Mark Salzman, ein junger Amerikaner, ging im Anschluß an sein Sinologie-Studium in Yale für zwei Jahre nach China, wo er an der Universität von Changsha in der Provinz Hunan Englisch unterrichtete und seinerseits vom größten Kampfsportler Chinas als erster und einziger Privatschüler akzeptiert wurde.

Von Mark Salzman ist außerdem erschienen:

Das lachende Sutra (Band 3244)
Eisen und Seide (Band 60400)

Dieses Buch wurde auf chlor- und säurefreiem Papier gedruckt.

Vollständige Taschenbuchausgabe Mai 1996
Droemersche Verlagsanstalt Th. Knaur Nachf., München

Titel der Originalausgabe: »The Soloist«

Originalverlag: Random House Inc., New York
Umschlaggestaltung: Graupner & Partner, München
Umschlagfotos: (links) Michael Furman/The Stock Market, (rechts) Pam Schreier
Satz: Ventura Publisher im Verlag
Druck und Bindung: Ebner Ulm
Printed in Germany
ISBN 3-426-60491-4

5 4 3 2 1

Mark Salzman

Der Solist

Roman

Aus dem Amerikanischen
von Gisela Stege

Knaur

Für Martha L. Salzman

1

Heute morgen las ich einen Artikel, in dem es hieß, die heilige Theresia von Ávila, eine spanische Mystikerin des 16. Jahrhunderts, die für ihre ekstatischen Visionen bekannt war, habe an einer neurologischen Störung gelitten, die Halluzinationen hervorruft. Auf diesen Artikel war ich gestoßen, als ich vor kurzem in den Bücherregalen meines Kollegen Martin stöberte, der mehr Fach- und andere Zeitschriften abonniert hat als unsere Fakultätsbibliothek. Da er sich freut, wenn man ihn in seinem Büro besucht, schlendere ich mindestens zweimal pro Woche den Korridor entlang, um mit ihm zu plaudern. Ich drückte ihm mein Erstaunen über den Inhalt des Artikels aus, aber Martin sagte, er habe schon seit Jahren so etwas erwartet. »Ich wette, es ist nur eine Frage der Zeit, bis man den Beweis erbringt, daß die meisten Heiligen jener Zeit einen Sprung in der Schüssel hatten. So wie eine Menge Künstler auch. Zum Beispiel gilt es als ziemlich sicher, daß van Gogh an einer Geisteskrankheit litt, die bewirkte, daß er seine gesamte Umgebung sah, als sei sie in gelbes Licht getaucht ... Und ich wäre nicht überrascht, wenn sich herausstellte, daß William Blake Epileptiker war.«

Möglicherweise werden die Wissenschaftler entdecken, daß musikalische Genialität eine allergische Reaktion auf Geräusche darstellt oder auf Vitaminmangel im Gehirn zurückzuführen ist. Dann hätte ich allerdings eine Menge, worüber ich mir Gedanken machen müßte: Als Kind war ich daran gewöhnt, daß man mir in Sälen mit eintausend Plätzen *standing ovations* brachte, während ich jetzt nur für eine einzige Zuhörerin spiele – und die kann mir nicht mitteilen, was sie denkt. War es Heimsuchung oder Heilung, als es plötzlich aus war mit meiner Begabung?

In diesem Frühjahr werde ich sechsunddreißig – jung für einen Konzertsolisten im Ruhestand, doch alt für eine männliche Jungfrau. Meine Laufbahn begann ich als musikalisches Wunderkind. Als ich drei Jahre alt war, ging meine Mutter mit mir einmal nach nebenan, um unsere neue Nachbarin zu begrüßen, eine junge Lehrerin, die vor kurzem nach Poughkeepsie gezogen war. Ich erinnere mich, daß sie auf dem rechten Auge schielte und daß mich das ängstigte. Während sie sich mit meiner Mutter unterhielt, stahl ich mich davon und entdeckte im Nebenzimmer ein kleines Klavier. Obwohl ich noch nie ein Klavier gesehen hatte, vermochte ich dem Instrument innerhalb weniger Minuten die Melodie eines Songs zu entlocken, den ich im Radio gehört hatte. Als meine Mutter merkte, daß ich nicht mehr da war, und mich suchen kam, hatte ich bereits die Harmonik ausgearbeitet.
Dieses Ereignis – die Entdeckung, daß ich musikalisch begabt war – wirkte sich auf meine Eltern nicht weniger durchgreifend aus als auf mich selbst. Ursprünglich hatten sie geplant, weitere Kinder zu bekommen. In Anbetracht meines Talents jedoch beschloß meine Mutter, daß es für sie und meinen Vater am besten sei, Aufmerksamkeit und Mittel ausschließlich auf mich zu konzentrieren. Also sparten sie sich die Miete für ein Klavier ebenso wie das Honorar für den besten Lehrer der Gegend buchstäblich vom Munde ab. Als ich fünf war, spielte ich so gut, daß ich öffentlich auftreten konnte und dafür fünfundzwanzig Dollar erhielt: mein berufliches Debüt. Alles sprach dafür, daß ich die Laufbahn eines Pianisten einschlagen würde, doch als ich sechs war, fuhr meine Mutter mit mir nach Manhattan, um Janos Starker mit dem D-Dur-Konzert von Haydn zu hören, und auf der

Heimfahrt bat ich sie, aufs Cello überwechseln zu dürfen. Das Klavier war zwar ein schönes Instrument, aber das Cello klang wie ein lebendiges, atmendes Tier mit Stimmbändern aus Bernstein. Nach fünf Minuten Zuhören wußte ich, daß ich mit der Stimme dieses Tieres singen wollte.
Cello übte ich mit fieberhafter Leidenschaft und machte dabei so große Fortschritte, daß es, als ich neun Jahre alt war, in unserer Umgebung keinen Cellisten mehr gab, der mich noch etwas lehren konnte. Also ging meine Mutter schließlich mit mir nach Deutschland, damit ich bei Johannes von Kempen studieren konnte, einem brillanten Cellisten, weithin bekannt für seine Interpretationen deutscher Musik, vor allem Bach. Mein Vater blieb in Poughkeepsie zurück: Zum einen wollte er seinen Job als Expedient nicht aufgeben und damit seine Pension und Krankenversicherung verlieren, zum anderen könne er, wie er sagte, nicht noch einmal in Deutschland leben. Deswegen sah ich ihn während jener Jahre nur, wenn ich in die Vereinigten Staaten reiste, um dort Konzerte zu geben, und in jedem Winter, wenn er nach Europa kam, um die Feiertage mit uns in der Schweiz zu verbringen.
Das Schlimmste an diesem Ortswechsel war die Tatsache, daß ich von meinen Freunden in der Schule getrennt wurde. Bis dahin hatte ich ein relativ normales Leben geführt: Da nur einige der anderen Kinder etwas von klassischer Musik verstanden oder von der Aufmerksamkeit wußten, die mir die Erwachsenen wegen meiner Begabung widmeten, konnte ich dennoch – obwohl ich gelegentlich gehänselt wurde, weil ich weder Kickball noch Dogdeball spielen wollte (meine Mutter hatte mir aus Angst, ich könnte mir die Finger verletzen, jeglichen Sport verboten) – auf eine angenehme Schulzeit zurückblicken. In Deutschland dagegen verfügte ich über einen Privatlehrer, dessen Gehalt, Kost und Logis von einem begeisterten und wohlhabenden Musikliebhaber bezahlt wurden, und meine

einzigen Spielgefährten waren erwachsene Musiker. Den größten Teil meiner Zeit verbrachte ich mit Maestro von Kempen, und der war, als ich ihn kennenlernte, schon fast neunzig. Sobald wir in Deutschland eingetroffen waren, hatte meine Mutter begonnen, jeglichen Kontakt mit anderen Kindern meines Alters zu verhindern, denn sie fürchtete, sie könnten mich mit ihren unreifen Spielen und Interessen von meinen Studien abhalten.

Immer, wenn ich mich über meine Einsamkeit beschwerte, erklärte sie mir, daß Gott mir eine ganz besondere Gabe verliehen habe und daß es, so schwer es ihr auch falle, so streng zu sein, einfach unverzeihlich wäre, wenn sie gestatte, daß ich diese Gabe achtlos verschleudere. Alle Opfer, die ich als Kind bringe, behauptete sie, würden mir, sobald ich erwachsen sei, gelohnt werden, denn dann würde, wie sie mir versicherte, wirklich jeder mit mir spielen und mein Freund sein wollen. Als ich zum Teenager heranwuchs und Interesse an Mädchen zu entwickeln begann, befahl sie mir, mich auf die Musik zu konzentrieren. Und garantierte mir, daß eines Tages, wenn ich nur ihren Rat befolge, die schönsten, kultiviertesten Frauen Schlange stehen würden, um mit mir ausgehen zu dürfen. Wie ich mich erinnere, sagte sie einmal, als ich sechzehn war: »Du bist noch so jung – fast noch ein Kind! Deine Aktien werden steigen, Renne, mit Sicherheit! Warum sie also zu früh abstoßen? Warte nur ab, eines Tages wirst du mir dankbar dafür sein.«

Und meine Mutter sorgte dafür, daß ich diesen »Ratschlag« befolgte – ob ich nun wollte oder nicht. Als ich siebzehn war, reisten wir nordwärts nach Schweden, wo ich auf Einladung mit dem Stockholmer Orchester das Lalo-Konzert spielen sollte. In einer Pause während der Proben lud mich die Tochter des Dirigenten, ein Jahr älter als ich und ebenfalls eine begabte Musikerin, auf einen Kaffee in eine Konditorei gegenüber ein. Da meine Mutter während der Proben einkaufen gegangen war, dachte ich, sie würde es nicht merken, und willigte ein. Diese dreißig Minuten waren einzigartig: Obwohl wir uns kaum verständigen konnten, hatte ich das Gefühl, mit ihr durchgebrannt zu sein, und meine Sinne waren genauso geschärft wie bei einem Konzert. Ich spürte, wie jeder einzelne meiner Schritte den Schnee niederdrückte, der Kuchen schmeckte mir, als sei es das erste Mal, daß ein Mensch Obst oder Puddingfüllung gekostet habe, und jede Strähne ihrer blonden Haare, die auf dem Kragen ihres Kamelhaarmantels lag, wirkte wie gesponnenes Gold. Überglücklich fragte ich sie, ob wir uns am folgenden Tag abermals treffen könnten. Sie sagte zu. An jenem Abend beging ich jedoch den Fehler, meine Mutter ein bißchen allzu heftig zu drängen, am folgenden Nachmittag wieder einkaufen zu gehen. Sie wurde mißtrauisch, kehrte vorzeitig in den Konzertsaal zurück und geriet, als sie erfuhr, daß ich nicht dort war, sofort in Panik. Der Dirigent glaubte sie mit der Erklärung beruhigen zu können, sie brauche sich keine Sorgen zu machen, ich sei in Begleitung seiner Tochter; auf meine Mutter wirkte das jedoch alles andere als beruhigend. Kaum war ich zur Tür hereingekommen, zerrte sie mich gewaltsam aus dem Konzertsaal, was mir schrecklich peinlich war, schleppte mich in unser Hotel zurück und machte mir eine furchtbare Szene. Mit ungewohnter Bitterkeit schalt sie mich aus und verlangte, ich dürfe nie, nie wieder versuchen, sie zu hintergehen. Obwohl ich mich abgrundtief schämte, brachte ich es fertig, sie zu fragen, was denn so schlimm daran sei, mit der Tochter des Dirigenten Kaffee zu trinken – was könne denn schließlich während einer halbstündigen Pause im Zentrum von Stockholm passieren, einer Stadt, die wir ohnehin in zwei Tagen wieder verlassen würden? Meine Mutter maß mich mit einem Blick – so muß Caesar Brutus gemustert haben –, dann wurde ihre Miene ausdruckslos. Eisigen Tones fragte sie mich, ob ich ihr so die vielen Jahre vergelten wolle, die sie für mich geopfert habe.

»Nun gut«, sagte sie, bevor ich antworten konnte, »du brauchst meinen Rat nicht mehr. Du bist jetzt ein berühmter Musiker, ein großer Star, und ich stehe dir nur im Weg. Was weiß ich denn schon? Wen kümmert es, daß ich auf mein eigenes Leben, auf andere Kinder verzichtet habe, nur damit du eine Chance bekommst? Gut. Tu du nur, was du willst.« Und dann begann sie tatsächlich, den Koffer zu packen. Ihre Reaktion stürzte mich in eine abgrundtiefe Verzweiflung, denn selbst in diesem Alter hatte ich noch nicht gelernt, selbständig zu sein, und so brach meine Entschlossenheit, ihr die Stirn zu bieten, augenblicklich in sich zusammen. Erst nachdem ich mich unter Tränen entschuldigt und ihr zumindest zwei dutzendmal versprochen hatte, das junge Mädchen nie wiederzusehen, gab sie nach und erklärte sich bereit, während der übrigen Zeit der Tournee bei mir zu bleiben.

Inzwischen hatte ich die ganze Welt bereist, mit den besten Orchestern Europas und Amerikas gespielt und mehrere Schallplattenaufnahmen gemacht und wurde überall, wo ich auftauchte, wie ein Fürst behandelt. Jene erste Zeit meines Musiklebens schien mir wie verzaubert zu sein – auf dem Podium wie privat. Ich war vollkommen davon überzeugt, keinen falschen Ton treffen zu können, selbst wenn ich es gewollt hätte. Ich erinnere mich noch, daß ich einmal während des Solos meines Begleiters das Gefühl hatte, wenn ich mein Cello beim Hals packen und es ihm über den Kopf schlagen würde, daß sogar dieses Geräusch der Harmonie unseres Vortrags entsprochen hätte. Ich spielte ohne jede Angst oder Befangenheit. So rückhaltlos waren mir Beifall und Aufmerksamkeit bisher zuteil geworden – noch dazu von Kindesbeinen an –, daß es mir niemals in den Sinn kam, mein Können in Frage zu stellen. Und ich liebte meine Auftritte.

Dennoch war ich nicht zufrieden. Nach jedem Konzert kamen Unmengen von Leuten, die viel älter waren als ich, hinter die

Bühne, um mir die Hand zu drücken oder mich auf die Wange zu küssen und mir mit Tränen in den Augen zu versichern, ich sei ein Wunder, ein Gottesgeschenk, und sie hofften, lange genug zu leben, um mich noch als Erwachsenen spielen hören zu können. Musikkritiker, Musikliebhaber, Dirigenten, mein Lehrer und vor allem meine Mutter stimmten in diese Lobeshymnen ein und erklärten mir immer wieder, ich werde, wenn ich als Teenager schon so spiele und weiterhin fleißig arbeite, als Erwachsener derart wunderbare Emotionen entwickeln können, daß ich zum besten Cellisten meiner Generation, wenn nicht des ganzen Jahrhunderts aufsteigen würde. Aus diesem Grund, und weil ich es kaum erwarten konnte, endlich meine Freunde selbst aussuchen und ein Liebesleben führen zu können, hatte ich keinen größeren Wunsch, als möglichst schnell älter zu werden.

Mit achtzehn erfuhr mein Leben eine plötzliche Wende. Inzwischen war ich mit meiner Mutter nach Poughkeepsie zurückgekehrt; Professor von Kempen hatte im Jahr zuvor seinen letzten Schlaganfall erlitten und war verstorben. Bei seiner Trauerfeier hatte ich mir die Tränen verbissen, denn ich war davon überzeugt, er hätte gewollt, daß ich mich zusammennehme. Außerdem hoffte ich, den Reifeprozeß, durch den ich zu einem fertigen Menschen wurde – zu einem Meistercellisten statt nur einem Wunderkind, zum wahrhaften Nachfolger des Maestro statt nur zu seinem potentiellen Erben –, beschleunigen zu können, indem ich mich wie ein erwachsener Mann verhielt. Ich wußte, daß von Kempen fest daran geglaubt hatte, mein Erfolg werde seinem Lebenswerk die Gültigkeit zurückgeben.

Nur ein knappes Jahr später jedoch fiel mir bei den Vorbereitungen zu einer Konzerttournee durch Südamerika zum erstenmal etwas auf – anscheinend ein Hörproblem, durch das mein Gefühl für Tongenauigkeit beeinträchtigt wurde. Ich brachte die Tournee hinter mich, aber nur mit äußerster Anstrengung und erhielt, was noch nie zuvor geschehen war, gemischte Kritiken. Innerhalb weniger Monate wurde dieses Problem so stark, daß ich kaum noch zu spielen vermochte. Meine natürliche Begabung für die Intonation kehrte sich unversehens gegen mich. Meine Ohren begannen jede einzelne Note so intensiv zu erforschen, daß selbst eine Abweichung von einer einzigen Periode in der Tonhöhe mich störte. Da nicht einmal ich mit einer so perfekten akustischen Präzision zu spielen vermochte, wurde es mir fast unmöglich, mich auf die Harmoniefolge zu konzentrieren, und mein Spiel geriet uneinheitlich und schwach. Anstatt euphorische Erlebnisse zu sein, wurden die Konzerte für mich zu einer endlosen Kette von Demütigungen.

Schließlich mußte ich all meine Auftritte absagen, von denen viele schon Jahre zuvor festgelegt worden waren. Es war ein enormes Problem für Veranstalter und Orchester und brachte mich in eine höchst unangenehme Situation. In einem Alter, da die meisten jungen Männer und Frauen das Gefühl haben, endlich ihr eigenes Leben zu beginnen, hatte ich das Gefühl, das meine sei zu Ende gegangen. Am liebsten wäre ich einfach verschwunden, und eigentlich habe ich das ja auch getan. Bis ich vierundzwanzig war, lebte ich im Haus meiner Eltern, übte wie besessen und dachte an nichts anderes als an die Frage, wie mein musikalisches Problem zu lösen sei. Nachdem ich früher einmal durch dieses herrliche Tier, das Cello, zu singen vermocht hatte, mit all der Macht und Freiheit, die es mir schenkte, konnte ich mir ein Leben ohne diese Kunst nicht mehr vorstellen.

Ich war furchtbar einsam, aber bis meine Begabung zurückkehrte, wollte oder konnte ich keine neue Beziehung mit jemandem eingehen. Um eine Analogie meiner Mutter zu benutzen: Meine Aktien waren so tief gefallen, daß ich sie bei einem so großen Verlust unmöglich abstoßen konnte. Ich saß fest.

Damals fühlte ich mich nicht wie ein richtiger Mensch; ich glich nicht dem Menschen, den ich in mir sah. Ich kam mir vor wie ein Geist oder das Bild in einem Zerrspiegel und wußte nicht, wie ich mich anderen präsentieren sollte. Ich sehnte mich nach einer engen Beziehung zu irgend jemandem, war aber vor allem in Gegenwart von Frauen verlegen und mir meiner Mängel bewußt. Die Frauen, von denen ich mich angezogen fühlte, wollten sich, wie ich mir einbildete, doch ganz gewiß nicht mit einem gescheiterten Musiker abgeben.

Inzwischen nahm ich meiner Mutter übel, daß sie mich von anderen jungen Menschen ferngehalten und mir übertriebene Ansprüche anerzogen hatte. Und meinem Vater verübelte ich es, daß er meine Mutter nicht daran gehindert hatte: Nachdem sie sich eingeredet hatte, es sei ihre heilige Pflicht, mein Talent zu fördern, hatte er sich nämlich aus allen Fragen meiner Erziehung weitgehend zurückgezogen. Da ich in ihrem Haus lebte, konnte ich relativ ungestört üben, aber schließlich kam ich zu der Überzeugung, meine Stimme nur wiederfinden zu können, wenn ich mir ein ganz neues Leben aufbaute, und zwar diesmal ohne einen Menschen, der mir ständig vorschrieb, was ich tun sollte. Also zog ich nach Los Angeles, wo mir die musikalische Fakultät einer großen Universität nicht nur einen wissenschaftlichen Lehrauftrag angeboten hatte, sondern auch die Möglichkeit, einer überschaubaren Anzahl von Schülern Cellounterricht zu erteilen.

Zehn Jahre lang verlief mein Leben eher ereignislos: Ich kann mich kaum an etwas aus diesem Zeitraum erinnern, höchstens daran, wie ungeduldig ich mit vielen Studenten war, die sich für ihre Freizeitaktivitäten mehr zu interessieren schienen als für Musik. Sogar Bach, an den Zeitgenossen sich als Menschen von einer nahezu unerschöpflichen Geduld und einem äußerst sanften Gemüt erinnerten, konnte ärgerlich werden, wenn er es mit Musikern zu tun hatte, die nicht intensiv genug übten.

Einmal, als er eine Kantate probte, hörte Bach voller Entsetzen, daß der Kirchenorganist bei einer ganz einfachen Passage den Faden verlor. Wütend über dieses unnötige Verbrechen gegen die Musik, riß sich Bach die Perücke vom Kopf, warf damit nach dem Organisten und schrie: »Flickschuster hätten Sie werden sollen!« Da wir heute in einer Gesellschaft leben, die ihre Streitigkeiten meist verbal austrägt, konnte ich immerhin darauf verzichten, Studenten mit Gegenständen zu bewerfen, aber wenn Träume wahr würden und Universitätslehrer einen größeren Einfluß auf den beruflichen Werdegang ihrer Schüler hätten, wäre Südkalifornien inzwischen von Flickschustern überlaufen.

Also ackerte ich weiter, mit meinem Job und meinen strapaziösen täglichen Übungen, bis mein Leben Anfang letzten Jahres abermals eine Wende nahm. Es begann an jenem Wochenende, da Yo-Yo Ma unseren Campus besuchte, um eine Gastvorlesung zu halten, und ich, nachdem ich beobachtet hatte, wie er meine Studenten an einem Nachmittag stärker zu inspirieren vermochte, als es mir in dem gesamten Jahr möglich gewesen war, beim Nachhausekommen einen Brief vom Gericht vorfand, in dem man mich zum Geschworenen berief.

2

An jenem Tag unterrichtete Mr. Ma über zwei Stunden lang, dann überraschte er die Anwesenden mit einer improvisierten Darbietung für die Studenten und den Lehrkörper. Mas Kraft schien aus einer unerschöpflichen Quelle zu kommen. Seinem Spiel war nichts von der Anstrengung des stundenlangen Unterrichtens anzumerken, und er schien auch nicht zu befürchten, sich vor dem Konzert, das er am folgenden Abend in der Stadt geben wollte, womöglich zu verausgaben. Anschließend beantwortete er Fragen und entpuppte sich dabei als reizender und humorvoller Redner, was auch erklärte, warum in dem Übungsraum, den er für seine Gastvorlesung benutzte, den ganzen Nachmittag über Gelächter zu hören gewesen war. Ich hatte mich für den Fall, daß während des Unterrichts schnell ein paar Noten oder Fotokopien gebraucht wurden, in meinem Büro am selben Korridor aufgehalten.

Später schlug der Dekan vor, auf ein paar Drinks in die Faculty Lounge überzuwechseln, wo wir uns auf mehrere Tische verteilen mußten. Yo-Yo tat mir leid, weil er, nachdem er gerade drei lange Stunden mit unseren Studenten verbracht hatte – ich weiß nicht einmal, ob man sich überhaupt die Mühe gemacht hatte, ihn zu fragen, ob er nicht lieber ins Hotel zurückkehren wolle –, nun auch noch die Lehrer unterhalten mußte, und so setzte ich mich zu einer Gruppe Studenten an den hintersten Tisch. In meiner Erinnerung war dies für mich der einzige Teil meines Lebens als Konzertkünstler gewesen, der mir äußerst unangenehm war: die anschließenden gesellschaftlichen Verpflichtungen. Ich liebte es, auf der Bühne zu musizieren, aber ich haßte es, später mit Menschen beim Dinner zusammenzusitzen, die alles über mich wissen oder mir alles von sich erzählen wollten, nur um dann zu ihrer Enttäuschung festzustellen, daß ich als Konversationspartner nicht so eloquent war wie in der Sprache der Musik. Ich hatte meine Mutter angefleht, diese Einladungen abzulehnen, aber sie behauptete steif und fest, es sei überaus wichtig für mich, gelegentlich »unter Menschen zu kommen«. In Wirklichkeit waren diese Dinners, Luncheons und Tees, wie ich inzwischen erkannt habe, weitaus wichtiger für sie selbst als für mich, denn da sie während des Konzerts nicht bei mir auf der Bühne sitzen konnte, war dieser gesellschaftliche Teil die einzige Möglichkeit für sie, jene Aufmerksamkeit auf sich zu ziehen, die ihr als meiner Mutter nach ihrer Meinung zukam, denn jeder, der mit mir sprechen wollte, mußte zuvor ihre Einwilligung einholen.

Yo-Yo muß die ganze Zeit humorvolle Geschichten erzählt haben, denn das Gelächter an seinem Tisch wollte nicht enden. Jedesmal, wenn ich hinüberblickte, sah ich, wie er beim Sprechen mit den Händen gestikulierte. Einmal imitierte er, glaube ich, Arthur Rubinstein. Was immer es sein mochte, es war eindeutig sehr komisch, und er selbst lachte über die eigenen Possen nicht weniger laut als alle anderen. Sein Humor war, wie ich später erfuhr, so ansteckend, daß sich sogar Larry Axelrod, ein bekanntermaßen humorloser Fagottist, veranlaßt sah, bei Tisch auch einen Witz zu erzählen.

Nach den Drinks verabschiedeten wir uns, und ich gesellte mich zu den anderen, um mich bei Yo-Yo zu bedanken und ihn hinauszubegleiten. Als es an mir war, ihm die Hand zu schütteln, nannte er mich zu meiner Verblüffung Renne, benutzte also die familiäre Abkürzung meines Namens. Dann fiel mir ein, daß wir uns schon einmal begegnet waren: vor sechzehn Jahren nach einem meiner Auftritte in New York. An jenem Abend war er hinter die Bühne gekommen, um mir zu gratulieren, und wir konnten sogar ein kurzes Gespräch führen, bevor meine Mutter mich davonschleppte, um mich einem Dirigenten vorzustellen. Ich erinnere mich, daß ich ihn auf Anhieb mochte, vor allem, da wir im selben Alter waren, und daß ich hoffte, wir könnten Freunde werden, doch meine Mutter hielt mich durchaus absichtlich von ihm fern. Das war unmittelbar nachdem er sich entschlossen hatte, Harvard zu besuchen statt eine der berühmten Musikschulen, um eine bessere Allgemeinbildung zu erhalten. Eine kluge Entscheidung, wie sich herausstellte, doch damals schimpften einige Leute, er nehme seine Kunst nicht ernst genug, und seine musikalische Weiterentwicklung werde darunter leiden. Ich glaubte, meine Mutter fürchtete, wenn ich zuviel Zeit mit ihm verbringe, werde seine rebellische Art auf mich abfärben und ich könnte etwas Unüberlegtes tun, zum Beispiel allein leben oder mir meine Freunde selber auswählen wollen.

Nachdem ich Yo-Yo hinausbegleitet hatte, kehrte ich in mein Apartment zurück, um vor dem Abendessen noch zu üben. Als ich in meinen Briefkasten sah, fand ich den üblichen Stapel Reklamepost sowie ein Schreiben des Superior Court von Los Angeles County. Obwohl ich keinen Grund hatte, mir Sorgen zu machen, bekam ich Herzklopfen, als ich das Kuvert öffnete. Wie sich herausstellte, war es die Ladung zu einem Geschworenenprozeß, bei dem ich für einen Zeitraum von mindestens zehn Tagen zu erscheinen hatte, beginnend in der zweiten Maiwoche, ausgerechnet zur Examenszeit. Meine Erleichterung, daß man mich nur als Geschworenen brauchte, verwandelte sich schnell in Ärger. Ich hatte gedacht, daß Lehrer von dieser lästigen Pflicht befreit seien.

Die Vorstellung, tagelang in einem stickigen Gerichtssaal sitzen, mir Aussagen und juristisches Geschwafel anhören und zusehen zu müssen, wie sich die Leute aufregten oder Meineide schworen, um dann mit einem Haufen völlig Fremder gemeinsam über das Urteil zu beraten, erfüllte mich mit Angst und Sorge. Schon wenn ich in den Nachrichten Berichte über Gerichtsverfahren sah, wurde ich nervös.

Ich machte mir einen Drink und legte die Ladung vorerst beiseite, denn ich mußte üben. Ich stimmte mein Cello, machte ein paar Bogenübungen, um meine Schultermuskeln zu lockern, und stürzte mich dann in die Musik. Ich hatte gehofft, daß Yo-Yos Überraschungsauftritt gewisse Auswirkungen auf mein Spiel haben würde, doch das war leider nicht der Fall. Immer wieder war es dasselbe: Während der ersten paar Minuten spielte ich am besten, ich war entspannt und mir meiner Finger auf den Saiten ebensowenig bewußt, wie wir uns beim Gehen unserer Füße bewußt sind. Dann jedoch, nach wenigen Takten, hörte ich, daß ich einen Ton um eine Spur zu tief spielte. Sofort wurde ich mir meiner Finger bewußt, die verzweifelt den genauen Punkt des Tones suchten. Diese winzige Unsicherheit genügte mir, um den folgenden Ton ein wenig zu hoch zu spielen, und ich wurde mir meiner Finger noch deutlicher bewußt. So kalt und fühllos schienen sie auf den Saiten zu werden, daß ich sofort aufhören mußte. Als ich dann eine simple Tonleiter spielte, um meine Intonation wiederzufinden, hörte ich die Fehler in den Tonhöhen so kraß, daß es nahezu hoffnungslos wurde: Nur eine Maschine hätte so klare Töne produzieren können, daß sie mein Gehör zufriedenstellten. Mit den Fingerspitzen, die sich inzwischen anfühlten wie dicke, eingefrorene Würste, den richtigen Ton finden zu wollen, glich jetzt dem Versuch, einen ausgefransten Schnürsenkel durch ein Nadelöhr zu fädeln. Nur die Macht der Gewohnheit ließ mich weitermachen, bis es Zeit war, mich zum Abendessen anzukleiden.

Zum tausendsten Mal wohl fragte ich mich, welchen Rat mir Professor von Kempen gegeben hätte, wäre er noch am Leben gewesen. Ich erinnerte mich, daß mein gebrechlicher Lehrer sich einmal, als ich verzweifelt war, weil meine Finger für einen bestimmten Griff nicht lang genug waren, auf seinem harten Fichtenholzstuhl so weit vorbeugte, daß ich fürchtete, er werde hinunterrutschen. »Jeder Musiker«, dozierte er, als rezitiere er ein Gebet, »entdeckt eines Tages, daß Gott ihm fehlerhafte Werkzeuge mitgegeben hat. Darin liegt der Unterschied zwischen einem gewöhnlichen Musiker und einem großen Künstler – wie er mit den eigenen Unzulänglichkeiten fertig wird.« Wie immer sprach er, den Blick fest auf mich gerichtet, in seinem archaischen bayerischen Dialekt mit mir und tippte mir dabei nachdrücklich mit dem Bogen aufs Knie. »Der gemeine Mensch läßt sich von ihnen behindern, Herr Sundheimer, der große Künstler niemals! Der findet kreative Möglichkeiten, mit seinen Unzulänglichkeiten fertig zu werden, und wächst so über sie hinaus.« Er schloß die Augen, schürzte nachdenklich die Lippen und nickte bedächtig.

Als er mir diese Lektion erteilte, war ich erst zehn, daher ging der größte Teil seines guten Rates bei mir zum einen Ohr hinein und zum anderen hinaus. Wenn er mir, was relativ oft geschah, diese rätselhaften Lektionen erteilte, war ich zwar bemüht, interessiert zu wirken, wartete im Grunde aber nur darauf, daß er mir konkrete Anweisungen gab. Ich wollte Lösungen für meine musikalischen Probleme, nicht Betrachtungen über philosophische Fragen. Schließlich zeigte er mir, daß ich den Griff schaffen konnte, indem ich den Daumen hinter dem Cellohals genau im richtigen Moment losließ – eine wirklich einfache Lösung.

Seit ich mein Hörproblem entdeckt hatte, versuchte ich, Möglichkeiten zu finden, es irgendwie kreativ zu nutzen, doch nie gab es ein Anzeichen dafür, daß ich darüber hinauswuchs. Vielleicht hatte von Kempen nur bestimmte Unzulänglichkeiten gemeint. Wäre er nur ein bißchen länger am Leben geblieben, hätte er mir möglicherweise empfohlen, mit dem Cello aufzuhören und mir ein anderes Ventil für meine kreative Energie zu suchen.

Um zu erfahren, was ich unternehmen könnte, wenn ich der Geschworenenpflicht aus dem Weg gehen wollte, sprach ich mit Martin, unserem dienstältesten Geigenlehrer. Wir haben in der Fakultät eine Geldwette laufen, die derjenige gewinnt, der es fertigbringt, im Gespräch mit Martin unauffällig ein Thema anzuschneiden, über das dieser nicht erschreckend gründlich informiert ist. Ich habe selbst gehört, wie er Ratschläge über Testamente erteilte, über steuerfreie Investitionen, Computersoftware, die neuesten chirurgischen Verfahren beim Karpaltunnelsyndrom, der Plage zahlreicher Pianisten und Streicher, und einmal, als ich ihm erzählte, daß ich mir möglicherweise ein neues Auto kaufen wollte, wußte er sogar, wie die *Consumer Reports* den Typ einstufen, für den ich mich interessierte. Und tatsächlich, als ich meine Geschworenenpflicht erwähnte, leuchteten seine Augen auf.

Der einzige Haken bei Martins Auskünften ist nur, daß er sich nicht damit begnügt, die Frage zu beantworten. Fragt man ihn etwa, wie die *Consumer Reports* den Ford probebeurteilen, wird er wie aus der Pistole geschossen antworten, aber nicht, ohne außerdem zu erwähnen, wie sie jeden anderen Wagen dieser Preisklasse einstufen, und darüber hinaus noch ausführlich zu erklären, warum *Car and Driver* zu ganz anderen Ergebnissen gekommen ist. Tatsächlich gelang es ihm auch hier wieder, an mein Problem mit der Geschworenenpflicht eine scharfe Kritik unseres Rechtssystems im allgemeinen anzuhängen. Der Kernpunkt seines ganz persönlichen Kommentars war, daß das ursprüngliche Konzept, normale Menschen über den Angeklagten Gericht sitzen zu lassen, zwar eine hübsche Idee, aber eindeutig nicht im Hinblick auf die moderne Gesellschaft entwickelt worden sei. »Im 18. Jahrhundert«, erläuterte er mir, »verfügte dieses Land über eine zahlenmäßig kleine Bevölkerung hochgebildeter Menschen. Inzwischen haben wir eine zahlenmäßig riesige Bevölkerung, die zum größten Teil ungebildet ist und nicht selbständig denken kann.«

Ich fragte ihn, ob er nicht auch finde, daß die Methode, normale Menschen zu Geschworenen zu bestimmen, dazu beitrage, die Justiz nicht den Kontakt mit dem gesunden Menschenverstand, dem allgemeinen Gefühl für Gerechtigkeit verlieren zu lassen, aber er fragte mich sofort zurück, was meiner Meinung nach normale Menschen seien. »Sehen Sie sich doch an, wie viele

Menschen die Republikaner wählen«, schimpfte er, »wie viele vor den Abtreibungskliniken demonstrieren und wie viele *US Today* lesen! Das sind Ihre normalen Menschen, Reinhard. Wollen Sie etwa deren Vorstellung von gesundem Menschenverstand? Da würde ich mich doch lieber von einem Richter aburteilen lassen, das kann ich Ihnen versichern.«

Eigentlich vermeide ich es grundsätzlich, mich mit irgend jemandem über den Zusammenbruch der Gesellschaft zu unterhalten. Ich stehe auf dem Standpunkt, daß Apathie eine annehmbare, wenn nicht sogar bewundernswerte Haltung ist, weil sie Frust und Verzweiflung aktiv abbaut und insoweit die Welt verbessert. Sobald ich zu Wort kam, erklärte ich Martin, daß ich es trotz meiner eher schwächlichen Verteidigung des Rechtssystems lieber vermeiden würde, daran teilzuhaben, und ob er mir helfen könne, mich davor zu drücken. Er antwortete, daß es ein leichtes sein würde, da rauszukommen. Ich müsse nur sagen, ich hätte einen Studenten, der für sein Abschlußexamen ein Stück einübe, und dieser Student würde in beträchtliche Schwierigkeiten geraten, wenn ich mich ihm längere Zeit nicht widmen könne. Ich müsse nur am ersten Tag meiner Ladung aufs Gericht gehen, versicherte mir Martin, der Sekretärin meine Entschuldigung vorlegen, und man werde mich gehen lassen.

3

Einige Wochen nach Yo-Yo Mas Gastspiel an der Universität und kurz bevor meine Geschworenenpflicht begann, erhielt ich einen Brief von einem Grundschulmusiklehrer aus Long Beach. Dieser Lehrer, ein Mr. Ralph Douglas, schrieb mir:

»… ich habe auf Grund Ihrer Größe als Musiker das Gefühl, daß Sie die richtige Adresse sind. Ich wende mich an Sie wegen eines musikalischen Genies, das ich entdeckt habe.«
Die Anspielung auf meine Größe reizte mich zum Lachen, denn ich bin nur einssiebenundsechzig.
»Kyung-hee Kim ist erst neun Jahre alt, aber nichtsdestoweniger ist er gigantisch«, schrieb Mr. Douglas begeistert, das Thema »Größe« weiterführend. »Er ist hochmusikalisch, kann ungeachtet des Schwierigkeitsgrads jedes Musikstück, das Sie ihm vorlegen, mühelos vom Blatt spielen, und seinen Ton sollten Sie hören! Ich selbst habe ihn vor zwei Jahren entdeckt, und das rein zufällig. Da ich neue Mitglieder für mein Schulorchester brauchte, verteilte ich während meines regulären Musikunterrichts einige Instrumente, um zu sehen, ob sich vielleicht jemand dafür interessierte. Kyung-hee war der letzte, der an die Reihe kam, und alles, was noch übrigblieb, waren ein Triangel und ein Cello. Wie gut für uns, daß er sich nicht für das Triangel entschieden hat! Seitdem, das heißt zwei Jahre lang, habe ich ihn unterrichtet, aber schon jetzt spielt er wahrhaftig wie ein Profi! Obwohl ich selber kein Cellist bin, möchte ich voraussagen, daß Kyung-hee der nächste Rostopowitsch *(sic!)* sein wird.«
Nun ja.
Ich argwöhnte sofort, daß es sich hier um einen mittelmäßig begabten Jungen handelte, beurteilt von einem hellauf begeisterten Leiter eines Schulorchesters. Wenn dieser Junge wirklich begabt war, wäre er so gut wie sicher inzwischen von einem anderen als diesem Ralph entdeckt worden. Warum hatten die Eltern des Jungen oder auch Mr. Douglas nicht schon einen richtigen Cellolehrer gefunden? Und schließlich dachte ich, obwohl es ein geringfügiger Punkt war: Wie ernst können wir Mr. Douglas' Voraussage in bezug auf Rostropowitsch nehmen, wenn dieser nicht mal den Namen des großen Cellisten richtig zu schreiben vermag?

Also antwortete ich Mr. Douglas und bedankte mich für seinen Brief, erklärte ihm aber, daß ich ausschließlich an der Universität lehre und nur in jedem Sommer Gastunterricht in Tanglewood gebe. Wenige Tage später erhielt ich jedoch den Anruf einer Frau, die sich als Kyung-hees Mutter vorstellte. Ihr Englisch war äußerst begrenzt, aber sie machte mir ziemlich lautstark klar, daß ich der einzige Lehrer sei, den sie für ihren Sohn akzeptiere, und daß ich meine Meinung ändern werde, sobald ich ihn erst einmal gehört habe.

Höflich erklärte ich ihr, daß mein Terminkalender mehr als voll sei, doch entweder wollte sie sich nicht abweisen lassen oder sie begriff einfach nicht, was ich zu ihr sagte. »Welche Zeit Kyung-hee kommen zu Ihrem Haus?« Als ich entgegnete, ich sei einfach nicht daran interessiert, Kinder zu unterrichten, sagte sie zunächst einmal gar nichts mehr.

»Hallo?« rief ich. Vielleicht waren wir ja getrennt worden.

»Ja?« fragte sie. »Welche Zeit?«

Obwohl ich verärgert war, dachte ich daran, wie meine Mutter einmal einen Dirigenten angefleht hatte, mich in seinem Hotelzimmer vorspielen zu lassen. Es war mir furchtbar peinlich gewesen, aber es hatte geklappt, denn schließlich gab der Ärmste nach. Ich spielte ihm vor, während er auf dem Zimmer frühstückte, und durfte später in seinem Orchester als Solist auftreten. Dieses Konzert sollte der eigentliche Beginn meiner Karriere sein. Daß ich mich nun daran erinnerte, lähmte meinen Widerstand, und ich erklärte Mrs. Kim, ich werde mir ihren Sohn anhören, aber nur für wenige Minuten. Ich weiß wirklich nicht, warum ich nachgab, denn ich hatte das Gefühl, daß ich, selbst wenn er tatsächlich begabt war, auf gar keinen Fall der richtige Lehrer für ihn sein würde.

Ich hoffte nur, daß er sich nicht als absolute Katastrophe entpuppen würde. Mein Alptraum war, daß es sich nicht nur um einen völlig normalen neunjährigen Jungen handelte, der Cello spielte, sondern daß die Mutter, wenn ich ihr sagen mußte, ich könne ihn nicht unterrichten, keine Absage hinnehmen würde. Wenn dieser Junge etwas taugte, würde ich ihn zu Laura Kantor abschieben. Die arbeitete damals mit mehreren jungen Cellisten, und ich hatte gehört, daß ihre Schüler gut vorankamen. Ich konnte mir allerdings nicht vorstellen, wie sie das schaffte, denn ich selbst fühlte mich auch unter den günstigsten Umständen in Gegenwart von Kindern unsicher. Ich wußte nie, wie ich mit ihnen reden sollte, ohne herablassend zu klingen oder sie zu kränken, indem ich über ihre Köpfe hinwegsprach. Ich selbst hatte es als Kind verabscheut, wenn die Erwachsenen mich herablassend behandelten, aber sobald ich erwachsen war, stellte ich fest, daß ich dazu neigte, dasselbe zu tun, und hatte deswegen ein furchtbar schlechtes Gewissen.

4

Am Wochenende vor dem Abschlußexamen feierte ich meinen vierunddreißigsten Geburtstag, und zwar, wie immer, seit ich nicht mehr zu Hause war, allein. Da ich nicht in meinem Apartment bleiben wollte, fuhr ich nach Santa Barbara in ein Hotel garni, das meiner Mutter besonders gut gefallen hatte, als sie das letzte Mal mit meinem Vater dort war. Es lag direkt am Wasser, und seine weiß verputzten Mauern waren über und über mit roten Fuchsien bewachsen. Wenn die Sonne daraufschien, schmerzte der Anblick fast in den Augen. Ich nahm mir ein Zimmer mit Blick aufs Meer.

Den restlichen Tag verbrachte ich mit der Suche nach einem Anzug. Ich habe gern etwas Neues zum Anziehen, gehe aber nur höchst ungern einkaufen. Ich hasse es, Geld für Dinge wie Kleidung oder Möbel auszugeben. Praktische Dinge. Das kommt vermutlich daher, daß ich in meinen jungen Jahren zusehen mußte, wie meine Eltern verzweifelt über den allmonatlichen Rechnungen saßen. Es gab auch eine Zeit, in der wir gut lebten, aber das war, als ich überall in Europa herumgereicht wurde, und außerdem war es das Geld anderer Leute. Sobald es mit meiner Karriere bergab ging, hatten sich meine Förderer zurückgezogen.

Schließlich fand ich zwar keinen Anzug, der mir gut genug gefiel, um ihn zu kaufen, entdeckte dafür jedoch in einem Antiquariat, von einem verschlafenen Dackel bewacht, einen wundervollen Band mit Fotos von der Erde, aufgenommen aus dem All und begleitet von Zitaten der Astronauten, die ihre Eindrücke schilderten. Vor allem das Zitat eines russischen Kosmonauten erregte meine Aufmerksamkeit. Er sagte, am stärksten habe ihn beim Aufenthalt außerhalb der Atmosphäre die Stille beeindruckt. »Es war eine große Stille«, schrieb er, »anders als ich es jemals auf der Erde erlebt habe, so weit und tief, daß ich meinen eigenen Körper zu hören begann: Ich hörte den Schlag meines Herzens, das Pulsieren in meinen Adern, sogar das Geräusch meiner Muskeln, wie sie sich gegeneinander bewegten.« Dabei mußte ich sofort an die Art Stille denken, die ich liebte, den Augenblick, bevor ich mit einem Musikstück begann und die Zuhörer vollkommen ruhig waren. Ich hielt den Bogen jedesmal einige Sekunden zu lange über den Saiten, nur um dieses unglaubliche Vakuum zu genießen, das entstand, wenn es in einem Saal mit Hunderten von Menschen so still wurde. Niemand nieste, hustete oder rührte sich, bis ich die Wartenden mit dem ersten Ton erlöste.

Die Astronauten jagen mit fünf Meilen pro Sekunde durch die Unendlichkeit, bewegen sich, arbeiten, schweben sogar außerhalb ihrer Kapsel und sind dennoch stets von einer lautlosen

Stille umgeben. Wie wirkt sich das auf den Menschen aus, frage ich mich, in all diese samtene Schwärze zu blicken und mitten darin die Erde hängen zu sehen, einen leuchtenden, runden Ball, in einer nahezu perfekten Leere schwebend, in der der Klang keine Bedeutung hat?

Das Buch erinnerte mich an eine Zeit meiner Kindheit, als das Wettrennen zum Mond auf dem Höhepunkt war und ich, wie die meisten kleinen Jungen, unbedingt Astronaut werden wollte. Im Gegensatz zu den meisten kleinen Jungen trainierte ich jedoch dafür. Ich bat meinen Vater, mir aus dem Lagerhaus eine Holzkiste mitzubringen, eben groß genug, daß ich hineinpaßte, aber auch wieder nicht zu groß ... ich wollte mich an die Enge gewöhnen. Ich stattete die Kiste mit Kissen, einer Decke, einer Uhr, ein wenig zu essen, einer Wasserflasche, einem Thermometer und einem selbstgebastelten Periskop aus und »trainierte«, indem ich die Kiste vor den Fernseher stellte und meine Lieblingsprogramme durch das Periskop betrachtete, das aus einem kleinen Loch im Deckel meiner »Raumkapsel« ragte. Anfangs saß ich während eines ganzen halbstündigen Programms in der Kiste; dann beschloß ich, meine Sitzungszeit täglich um fünf Minuten zu steigern.

Genau wie bei meinen Celloübungen ging ich mit zielbewußtem Eifer an dieses »Astronautentraining« heran. Nach einem Monat hielt ich es drei Stunden pro Tag aus und war noch immer gut in Form. Meine Mutter war verständlicherweise zutiefst beunruhigt. Sie versuchte mir das Training auszureden, erfolglos. Die Vorstellung, ein schimmerndes, schlankes Geschoß durch die dunkle Weite des Weltraums zu steuern, faszinierte mich bis zur Besessenheit, und ich war fest entschlossen, mein Sitzvermögen auf engstem Raum so drastisch zu verlängern, daß die Nachricht von meinem Training bis an die Ohren der NASA-Direktoren drang und sie veranlaßte, mir die vorzeitige Aufnahme ins Raumfahrtprogramm zu gewähren.

Mein Training fand ein abruptes Ende, als mein Vater am Frühstückstisch sagte: »Reinhart, was tust du den ganzen Tag in dieser Kiste? Du brauchst das Stillsitzen nicht zu üben, du sitzt ununterbrochen still, wenn du im Weltraum bist, so etwas braucht man nicht zu üben. Wenn du Astronaut werden willst, mußt du lernen, ein Flugzeug zu fliegen. Und das kann man erst, wenn man erwachsen ist, nicht schon als achtjähriger Junge.«
Meine Mutter stimmte ihm zu: »Er hat recht, Renne, du brauchst dich nicht zu quälen und stundenlang in dieser kleinen Kiste zu sitzen! Ewig in die Röhre zu starren, könnte deinen Augen schaden, Renne! Und außerdem«, sie beugte sich zu mir herüber und senkte die Stimme, »nehmen sie vielleicht gar keine Juden auf bei den Astronauten, weißt du. Es ist traurig, aber bei der Musik weißt du wenigstens, daß du eine Zukunft hast.«
»Oh, in den Weltraum hinauf werden sie die Juden schon lassen«, widersprach mein Vater leise. »Nur wieder runter werden sie nicht kommen dürfen.«
Ich bin sicher, daß mich mein Vater, der immer eine Möglichkeit fand, die Dinge mit Pessimismus oder Zynismus zu betrachten, nicht damit abschrecken wollte, aber als ich später am selben Tag wieder in meine Kiste kletterte und den Deckel schloß, begann ich mir auszumalen, wie es wohl sein würde, wenn die Rakete vom Kurs abkam oder wenn die NASA beschloß, mich tatsächlich nicht zurückkehren zu lassen, und ich in der absoluten Finsternis allmählich erstickte. Dieser Gedanke beunruhigte mich so sehr, daß ich nicht nur mein Astronautentraining abbrach, sondern noch monatelang nicht schlafen konnte, wenn in meinem Schlafzimmer nicht alle Lichter brannten und dazu die Tür weit offenstand.

Nach dem Dinner in Santa Barbara ging ich ins Kino und machte anschließend, auf dem Rückweg ins Hotel, einen kleinen Spaziergang am Strand entlang. Unten am Wasser war es kühl, aber windstill. Der abnehmende Mond, tief am westlichen Himmel, warf eine perfekte Bahn aus reflektiertem Licht aufs Meer, die vom Horizont bis zu meinen Füßen reichte. Ich versank in Gedanken, bis eine vorwitzige Welle sich mit einer letzten, heldenhaften Anstrengung höher auf den Strand warf als ihre Vorgängerinnen und mir die Schuhe näßte.

Auf mein Zimmer zurückgekehrt, fand ich eine Flasche Champagner vor, die in einem Kübel voll Eis auf mich wartete. Die beigefügte Karte lautete: »Unserem liebsten Reinhart herzliche Glückwünsche zum Geburtstag. In Liebe, Mutter und Dad.« Als ich mit fünfzehn Jahren zum erstenmal in der Carnegie Hall spielte, schenkte mir der Dirigent abends beim Dinner einen Schluck Champagner ein. Es war Moët et Chandon, und meine Mutter vergaß niemals, wie gut er mir geschmeckt hatte. Jedes Jahr sorgt sie dafür, daß ich eine Flasche zum Geburtstag bekomme. Ich hatte ihnen erzählt, daß ich das Wochenende in besagtem Hotel garni verbringen wollte, aber nicht gedacht, daß sie sich die Mühe machen würden, mir eine Flasche aufs Zimmer stellen zu lassen. Vermutlich hätte ich's besser wissen müssen.

Eigentlich war ich an jenem Abend nicht in der richtigen Stimmung für Champagner, aber ich konnte die Flasche nicht gut über Nacht stehen lassen. Es wäre deprimierend gewesen, beim Aufstehen und Packen am nächsten Morgen ständig auf die ungeöffnete Flasche in ihrem Kühler voller Wasser starren zu müssen. Also trank ich, so viel ich konnte, öffnete ein Fenster und versuchte dem Meer zu lauschen. Doch ich vermochte mich nicht lange auf das Rauschen zu konzentrieren. Immer wieder mußte ich daran denken, wie sehr ich mir wünschte, meinen Job als Lehrer aufgeben zu können, ohne mir Sorgen wegen des Geldes machen zu müssen. Irgendwie war es schon komisch, daß ich so fest entschlossen war, wieder Konzerte zu geben, denn viele aktive Musiker hätten mich um mein jetziges Leben beneidet: Ich brauchte nicht zu reisen, mich nicht um ein strapaziöses Repertoire zu bemühen, mit Buchungsagenten oder PR-Managern herumschlagen und ängstlich schwitzend auf Kritiken zu warten. Ich unterrichtete drei Tage in der Woche und hätte, wenn ich nur wollte, die übrigen vier Tage von morgens bis abends zu meinem eigenen Vergnügen Cello spielen können. Leider jedoch war das einzige Vergnügen, das ich mir wünschte, das Musizieren auf der Bühne vor Publikum.

Ich sehnte mich danach, wieder zu konzertieren – hatte mich an jedem einzelnen Tag der sechzehn Jahre, in denen ich nicht auftreten konnte, danach gesehnt –, und gelegentlich glaubte ich zu einem neuen Versuch bereit zu sein, hatte aber gleichzeitig furchtbare Angst vor einer Wiederholung dessen, was bei meinem letzten Konzert geschehen war. Es war ein winziger Konzertsaal in Chicago, und ich sollte drei der unbegleiteten Bach-Suiten spielen. Ich strich den ersten Ton der Fünften Suite in c-Moll, aber er klang so unmelodiös, daß ich, wütend auf mich selbst, innehielt und noch einmal anfing. Da das zweite Mal sogar noch schlimmer ausfiel, versuchte ich das Instrument neu zu stimmen und begann abermals von vorn, nur um ein drittes Mal abzubrechen. Das Publikum wurde allmählich unruhig und begann zu murmeln, und auf einmal wurde mir klar, was ich da getan hatte. Wer in der Geschichte der professionellen Musik hatte jemals ein Stück dreimal begonnen? Niemand, von dem ich gewußt hätte – es war ein nahezu unvorstellbares Versagen. Es gelang mir, lange genug die Fassung zu wahren, um mein Cello auf der Bühne abzulegen. Als ich mich bückte, um den Bogen quer über das Cello zu legen, zitterten mir Hände und Knie. Ich schritt quer über die Bühne, erreichte die Bühnentür, und dann spürte ich, wie ich ganz langsam in tausend Stücke zersprang.

5

Wieder in Los Angeles, rief ich zu Hause an, um mich bei meinen Eltern für den Champagner zu bedanken. Zu meiner Überraschung meldete sich mein Vater, denn sonst war stets meine Mutter ans Telefon gegangen. Mein Vater redete nicht gern, wenn er nicht sehen konnte, mit wem er sprach; es mache ihn unruhig, behauptete er, und das traf zu. Jedesmal, wenn ich zusah, wie er telefonieren mußte, ging er dabei auf und ab, spielte mit der Schnur oder kritzelte auf der Rückseite eines Kuverts. Da sich das Telefon in der Küche befand und meine Mutter überaus gewissenhaft war, pflegte sie Rechnungen auf dem Küchentisch zu stapeln, damit sie gezwungen war, sich sofort darum zu kümmern. Dies führte zu einem weiteren Grund, warum mein Vater nicht gern telefonierte. Meine Mutter wurde sehr ärgerlich und schimpfte mit ihm, weil er sie mit seinem Gekritzel auf den Kuverts nervös machte; sie hatte das Gefühl, daß man auf offiziellen Papieren nicht kritzeln dürfe. Vielleicht hatte das ja damit zu tun, daß sie als junge Frau aus Deutschland ausgereist war, als Papiere noch lebensnotwendig waren. Einiges davon muß sich auf mich übertragen haben, denn bis heute fotokopiere ich zwanghaft all meine Noten und schreibe meine Anmerkungen ausschließlich mit Bleistift auf die Kopien. Noch nie habe ich es fertiggebracht, auf ein gedrucktes Notenblatt oder auch in ein Buch zu schreiben.

»Hallo, Dad. Hier ist Reinhart.«

»Äh … Herzlichen Glückwunsch zum Geburtstag.«

»Danke. Wie geht's dir, Dad?«

»Ach, wie immer. Und dir?«

»Gut. Das Semester ist vorüber … Es war ruhig in diesem Jahr.«

»Gut, gut … Momma ist oben. Bleib dran.«

Als meine Mutter an den Apparat kam, entschuldigte sie sich zunächst dafür, nicht in der Nähe des Telefons gewesen zu sein, als ich anrief. »Aber dein Vater entfernt das Bohnerwachs in der Küche, und dieser Geruch! Ich weiß nicht, warum er das überhaupt machen muß, der Fußboden war eigentlich noch ganz in Ordnung. Hast du deinen Champagner gekriegt? Diese Leute ... Haben sich angestellt, als täten sie mir Gott weiß was für einen großen Gefallen, aber das bringt eben Geld ... Du hast ja keine Ahnung, was die mir dafür abknöpfen wollten.«
»Es hat wunderbar geklappt, Mutter. Als ich von einem Spaziergang zurückkam, stand er in meinem Zimmer. Alles war perfekt ... Ich danke euch vielmals.«
»Glaubst du, ich vergesse den Geburtstag meines einzigen Sohnes? Nicht zu glauben – schon vierunddreißig Jahre alt! Mir kommt es vor, als wäre es erst einige Tage her, daß wir ständig in der Welt herumgereist sind, nicht wahr?«
»Ja, es ...«
»Erinnerst du dich an London, als es dort schneite? Und an den Taxifahrer, der uns versichert hatte, wir würden es nie pünktlich zum Konzertsaal schaffen? Du warst so süß, Renne, mit diesem kleinen schwarzen Hut und dem Mantel! Wie ein richtiger kleiner alter Mann ... Ich hätte den Fahrer am liebsten umgebracht, aber du warst ganz ruhig. Dabei warst du es doch, der das Konzert geben sollte, oder?«
»Ja, ich erinnere mich.«
»Und wie waren die Studenten am Jahresende? Haben diesmal ein paar gut abgeschnitten?«
»Nein, dieses Jahr nicht ...«
»Aha. Also, Renne – du erinnerst dich doch an Mrs. Sprenkle, ja? Sie hat uns in diesem Jahr eine Einladung geschickt, all ihre Schüler sind aufgetreten, aber du kennst ja deinen Vater, der wollte und wollte einfach nicht hin. Letzte Woche hatte ich sie zum Dinner hier, und dein Vater hat den ganzen Abend kein

einziges Wort gesprochen. Er kann sie nicht ausstehen … Ach ja! Hast du gehört, was er eben gesagt hat?«

»Nein.«

»Er kann überhaupt keinen ausstehen, sagt er! Siehst du? Nie will er sich mal ein bißchen amüsieren.«

»Er ist immer schon ruhig gewesen, Mutter.«

»Reinhart! Er ist kein ruhiger Mensch, er tut nur, als wäre er alt, mehr nicht. Was soll er denn aber machen, wenn er erst richtig alt ist, eh?«

Sie erzählte mir, was sie an jenem Abend gekocht hatte, was Mrs. Sprenkle über Finkelsteins Tochter gesagt hatte, die angeblich eine große Begabung auf dem Klavier erkennen lasse, und daß Rabbi Siegel sie nach mir ausgefragt habe, als sie ihm zufällig in der Stadt begegnet sei. Er erinnere sich noch, berichtete sie, daß ich schon mit vier Jahren Kirchenlieder nur einmal zu hören brauchte, um sie anschließend auswendig wiederzugeben. Und wie immer, wenn sie von meiner Kindheit sprach, wurde ihr Ton fast ehrfürchtig. »Also, Reinhart«, erkundigte sie sich, und ich hätte den Satz für sie beenden können, »was macht deine Musik? Übst du immer noch fleißig? Ich glaube, du übst viel zuviel, ja?«

»Da gibt es nicht viel zu erzählen, Mutter. Es ist fast immer wieder dasselbe.«

Am anderen Ende entstand eine kleine Pause; dann hörte ich sie seufzen. »Ach, Renne … du arbeitest so fleißig. Gott stellt dich bestimmt nur auf die Probe, das weiß ich. Und weil du so fleißig arbeitest, wird sich alles für dich ändern, glaube mir. Ich weiß, daß es so kommen wird! Gott stellt uns auf die Probe, damit wir stärker werden. Vielleicht solltest du mal Urlaub machen, Renne, hm? Vielleicht irgendwo, wo's warm ist. Oder irgendwo in Europa.«

»Wir werden sehen. Hast du dich schon nach Dads Altersversorgung erkundigt?«

»Ach, du kennst doch deinen Vater. Jeden Tag bitte ich ihn, und jeden Tag schiebt er's wieder auf. Er traut sich nicht, nachzufragen. Aber keine Angst, Renne. Uns interessiert nur, ob du glücklich bist. Das ist das wichtigste für uns, Renne. Wenn du selbst Kinder hast, wirst du's verstehen. Glaube mir.«
Ich fürchtete schon, sie würde mich fragen, ob ich eine Freundin habe, also erklärte ich ihr, daß ich mich beeilen müsse, ich sei zum Abendessen verabredet. Ich bedankte mich noch einmal für den Champagner und wollte auflegen.
»Einen Moment noch, Renne, ich wollte dich noch fragen ... Hast du deine Flugtickets schon?«
»Aber Mutter! Es ist erst Mai! Bis dahin ist es noch ein halbes Jahr, ich habe also reichlich Zeit.«
»Bei diesen Airlines kann man nie wissen, Renne! Ehe man sich's versieht, spielt alles verrückt, und denk dran, was uns in San Francisco passiert ist – du willst doch nicht, daß dir so was am Yom Kippur passiert, oder? Du bist seit drei Jahren nicht mehr hiergewesen, Reinhart. Ist es da zuviel verlangt, daß du deine Tickets rechtzeitig kaufst, damit ich ...«
»Schon gut, Mutter, schon gut. Diese Woche noch werde ich meinen Flug buchen.«
»Aber nicht vergessen, Renne. Das ist das einzige, worauf dein Vater und ich uns heutzutage noch freuen können. Wir haben dich so lange nicht mehr gesehen ...«
»Ich verspreche dir, daß ich den Flug noch diese Woche buchen werde.«
»Du fehlst uns, Renne. Nochmals alles Gute zum Geburtstag! Arbeite nicht zu fleißig ... Du warst immer so ernst, du solltest mal versuchen, dich richtig zu amüsieren, ja?«
»Danke, Mutter. Ich ...«
»Hast du dich oben in Santa Barbara amüsiert? In diesem hübschen Ort? Ich wünschte, ich könnte noch einmal da hin.«
»Warum tut ihr das nicht, Mutter? Du und Dad, ihr könntet

doch auf eine Woche herkommen. Aus dieser fürchterlichen feuchten Hitze raus.«
»Machst du Witze? Dein Vater geht bald in den Ruhestand – wir müssen anfangen zu sparen. Wir haben schon zu lange gewartet. Aber du bist noch so jung, du solltest jedes Wochenende so etwas unternehmen. Renne ...«
»Ich muß zum Dinner, Mutter. Danke nochmals für den Champagner. Das war wirklich sehr lieb von euch.«
»Wir denken ständig an dich, Renne. Alles Gute zum Geburtstag ... Ich weiß, daß dieses Jahr alles gut wird für dich. Ich weiß es einfach.«

6

Am Sonntag nachmittag erschienen die Kims zwanzig Minuten vor dem vereinbarten Termin, blieben aber bis Punkt fünf Uhr draußen im Wagen sitzen, einem verschmutzten, vor Rost und Spachtelmasse fast unkenntlichen Kombi. Da ich nicht besonders viel zu tun hatte, überlegte ich, ob ich hinausgehen und sie vorzeitig hereinbitten sollte, entschied mich aber dagegen; wenn sie Menschen waren, die ihren Stolz in derartige Dinge setzten, wollte ich ihnen die Absicht, auf die Minute pünktlich zu sein, nicht verderben. Schließlich war ich anderes gewöhnt; meine Schüler kommen zuweilen ohne jede Entschuldigung bis zu zehn Minuten zu spät zum Unterricht, oder sie erscheinen zu früh und wollen mein Telefon benutzen.
Endlich stieg die Familie aus dem Wagen und eilte den Bürgersteig entlang zu meiner Wohnung. Sie klingelten, und nach einer Pause von zwei bis drei Sekunden klingelten sie noch einmal. Zweifellos konnten sie es kaum erwarten, daß ich mir ihren

kleinen Sohn anhörte. Als ich die Tür öffnete, standen da Mr. und Mrs. Kim, und vor ihnen beiden ihr winziger Sohn. Eine ältere Schwester von etwa zwölf oder dreizehn Jahren stand einige Schritte hinter ihnen und starrte auf ihre Schuhe hinab. Mrs. Kim versetzte ihrem Sohn einen kräftigen Stoß, woraufhin er ohne eine Spur von Emotionen auf dem Gesicht oder im Ton sagte: »Hallo.«

Er hatte beide dünnen Ärmchen um den Hals seines Cellokastens geschlungen, und selbst dieses viertelgroße Cello war schon genauso groß wie er. Er trug einen nagelneuen Anzug mit Krawatte, doch seine Schuhe waren arg ramponiert. Er schien dringend gutes Essen, frische Luft und ein wenig Bewegung zu brauchen und wirkte selbst für einen Neunjährigen furchtbar zart. Er hatte einen jämmerlich schlechten Haarschnitt und trug eine höchst unattraktive Brille, die ihm schief auf der Nase saß. Man brauchte nicht viel Phantasie, um sich vorstellen zu können, wie dieses Kind von seinen Mitschülern verspottet wurde. Er sah mich nicht an, sondern richtete den Blick auf einen Punkt einige Meter hinter mir, etwa in Höhe meiner Knie.

Mr. Kim schien sich dafür entschuldigen zu wollen, daß sie meine Zeit in Anspruch nahmen. Verlegen die Finger knetend, stand er vor mir und verbeugte sich mehrmals. Ich streckte ihm die Hand entgegen, was ihn einen Moment lang überraschte oder vielleicht sogar verlegen machte. Als er sie schließlich ergriff, fühlte die seine sich an wie aus Holz geschnitzt; seine Hände waren beide sehr schwielig. Während Mr. Kim eine straffe, sportliche Figur und angenehme, maskuline Züge hatte, vermittelte Mrs. Kims Erscheinung einen weniger positiven Eindruck. Sie war dick und hatte ein rundes, ausdrucksloses Gesicht. Ihre Augen waren winzige Schlitze oberhalb der Wangen, und sie richtete den Blick auf mich, als sei, statt ihres Sohnes, ich es, der getestet werden sollte. Ihre Tasche umklammerte sie mit Händen, die ebenfalls stark verarbeitet waren. Kyung-hees Schwester hielt sich die ganze Zeit im Hintergrund und machte keinen Versuch, die Aufmerksamkeit auf sich zu lenken.

Ich bat sie alle zusammen herein und führte sie ins Musikzimmer, wo ich den kleinsten Stuhl, den ich finden konnte, neben das Klavier gestellt hatte. Aber auch der war noch zu hoch für den Jungen. Wenn er saß, baumelten seine Füße hilflos in der Luft. Als ich erklärte, ich werde versuchen, etwas Passenderes zu finden, bemerkte seine Schwester in einem unangenehmen, klanglosen Ton: »Es ist ihm gleich, was für einen Stuhl er hat.«

Kyung-hee nahm das viertelgroße Cello und den kleinen Bogen und spannte die Roßhaare; dann hielt er mir schüchtern sein Cello hin.

»Seine Hände sind nicht kräftig genug, um es zu stimmen«, erläuterte seine Schwester mit einiger Genugtuung, wie ich bemerkte, aber Kyung-hee ließ sich keine Verlegenheit anmerken.

Die Wirbel waren so schlecht eingepaßt, daß es nahezu unmöglich war, das Instrument richtig zu stimmen. Als ich es ihm zurückreichte, gelang es ihm abermals, den Blickkontakt mit mir zu vermeiden. Ich setzte mich und wartete, aber Kyung-hee rührte sich nicht, sondern starrte mit leicht geöffnetem Mund zu Boden. Sein Anblick war so mitleiderregend, daß ich mich tatsächlich gereizt fühlte. Ich ärgerte mich über seine Eltern, die ihm einen so gräßlichen Haarschnitt verpaßt hatten, und ich ärgerte mich über den Jungen, der sich nicht die geringste Mühe gab, diesem Moment ein wenig Würde zu verleihen. Am liebsten hätte ich sie alle sofort wieder vor die Tür gesetzt.

Schließlich sagte seine Mutter etwas auf koreanisch zu ihm, und sofort hob er – ohne jede für mich erkennbare geistige oder körperliche Vorbereitung – den Bogen und sägte linkisch die ersten Töne einer transkribierten Mozartsonate herunter.

Diese ersten Töne bestätigten meinen Argwohn. Er spielte das fröhliche kleine Stück ohne eine Spur von Fröhlichkeit – genau so, wie man es von einem Kind mit geschickten Fingern, aber ohne jedes musikalische Gehör erwarten kann. Warum das Cello? Warum ich? Das dachte ich gerade, als etwas Außergewöhnliches geschah.

Die Musik schien ihn von hinten anzuspringen: von *außen* statt aus seinem Körper. Vom zehnten oder fünfzehnten Takt an spielte er selbst auf diesem fürchterlichen Cello mit einer solchen Klanggewalt, daß ich die Augen schließen mußte; ich konnte es einfach nicht ertragen, die Musik durch den Anblick dieses ausdruckslosen kleinen Jungen zu entweihen.

Die meisten Wunderkinder, von denen man in der Zeitung liest oder die man auf der Bühne sieht, sind eher begabte Nachahmer als wirkliche Künstler, und die Fähigkeit zum Nachahmen läßt meistens sehr schnell nach. Echte Wunderkinder, in denen schon in sehr frühem Alter die Emotionen der Musik tatsächlich mitschwingen und ihren Ausdruck finden, sind selten. Viele Leute halten dies sogar für unmöglich. Sie glauben, daß ein Kind mit so wenig Lebenserfahrung die komplexen Emotionen eines echten Musikstücks nicht begreifen kann. Wenn sie von einem neuen Yehudi Menuhin oder einem Mozart hören, halten sie es für einen Trick, eine geschickte Täuschung. Aus eigener Erfahrung weiß ich jedoch, daß die Emotionen in der Musik musikalische Emotionen sind und sich nach ihren eigenen Regeln entwickeln, einer Mischung aus chemischen Reaktionen und Erfahrungswerten. Sie ähneln Emotionen, die wir mit tiefgreifenden Lebenserfahrungen wie sexueller Anziehung oder dem Tod eines Elternteils verbinden, und können sie auch in starkem Maße auslösen, aber man muß diese Erfahrungen nicht selbst gemacht haben, um die Musik entsprechend zu »empfinden«.

Ich konnte auf der Stelle und ohne den geringsten Zweifel erkennen, daß dieser Junge die Musik empfand. Seine Interpretation war einfach zu frisch, zu ursprünglich, um sich als Nachahmung erklären zu lassen. Sie mußte aus einer inneren Quelle kommen, obwohl man wahrhaftig den Eindruck hatte, daß die Musik überall um ihn herum entstand, und eben nicht in ihm selbst.

Als er das Stück beendete, fiel er sofort wieder schlaff in sich zusammen. Seine Schultern sanken herab, und wieder blieb sein Mund offen stehen. Ich warf einen Blick auf seine Eltern, um zu sehen, wie sie auf den Vortrag reagierten. Mr. Kim starrte mich mit besorgter Miene an; er schien nicht recht zu wissen, wie er das Talent seines Sohnes beurteilen sollte. Mrs. Kim, die offenbar kein Risiko eingehen wollte, sagte etwas auf koreanisch zu ihm, und der Kleine begann mit einem neuen Stück.

Das gleiche wie zuvor spielte sich ab: Er begann grauenvoll – wiederum war es ein munteres Stück, wie die Musiklehrer der Grundschulen sie bevorzugen –, nach wenigen Takten jedoch bekam er wieder Kontakt mit jener Quelle, aus der er zuvor geschöpft hatte, und wuchs weit über sich hinaus. Mr. Douglas irrte sich natürlich: Der Junge war beileibe noch kein Rostropowitsch. Zunächst mußte er bei einem richtigen Cellisten die Technik lernen und einfach alles vergessen, was ihn veranlaßt hatte, zu Beginn seines Spiels jedesmal so idiotisch zu wirken. Es gab noch viel zu erforschen und zu entwickeln, aber es war eindeutig, daß der Junge ein Talent von wahrhaft unglaublichen Ausmaßen besaß.

Unfähig, meine Neugier zu bezähmen, fragte ich ihn, ob er jemals Bach gespielt habe. Als er darauf den Kopf schüttelte, spielte ich ihm auf meiner Stereoanlage Pierre Fourniers Aufnahme der unbegleiteten Cellosuite in d-Moll von Bach vor. Ich wollte wissen, wie er – im Gegensatz zu den Stücken, die Mr. Douglas ihm beigebracht hatte – auf ernste Musik reagierte.

Als die Suite zu Ende war, versuchte ich, in Kyung-hees Gesicht irgendeine Reaktion zu entdecken. Seine Augen waren so groß und rund wie Untertassen. Ich suchte die Noten heraus, stellte sie ihm auf den Notenständer und bat ihn, das Stück vom Blatt zu spielen. Das Ergebnis war unglaublich. Einige Passagen waren technisch für ihn zu schwierig, aber ohne einen Takt zu versäumen, improvisierte er Lösungen, die bemerkenswert erfolgreich ausfielen. Bei den Dreifachgriffen, die er nicht bewältigen konnte, folgte er einfach der Melodie und wählte den Grundton anstelle des Akkords. Es war ein Erlebnis, das jeder Musiker genossen hätte: Kaum bekam der Junge seine erste Kostprobe von Bach, und schon bewirkte sie, daß er sich vor meinen Augen verwandelte!

Seltsam gemischte Gefühle bewegten mich. Als er fertig war, sagte ich ihm, ihn spielen zu hören sei ein unvergeßliches, wunderbares Erlebnis für mich gewesen. Ich selbst wäre vor Freude überwältigt gewesen, wenn mir mein Lehrer das in diesem Alter gesagt hätte, statt mir, wie üblich, den Kopf zu tätscheln oder sich steif in meine Richtung zu verneigen; aber Kyung-hees teilnahmslose Miene ließ weder Freude noch Verlegenheit erkennen.

Ich wußte nicht, was ich tun sollte. Ich hatte ihm, falls er tatsächlich begabt war, Laura Kantors Nummer geben wollen, nun aber brachte ich das einfach nicht übers Herz. Nach einem etwas peinlichen Schweigen wandte ich mich an die Kims und hörte mich fast wie in Trance sagen, ich würde mich freuen, Kyung-hee zu unterrichten, und verlangte fünfzehn Dollar für jede Lektion. Dabei verschwieg ich, daß mein Honorar für Privatstunden normalerweise mindestens einhundert Dollar betrug. Mr. Kim sagte etwas auf koreanisch, woraufhin sich eine hitzige Debatte mit seiner Frau entspann; aus ihren Gesten und so weiter gewann ich den Eindruck, daß Mr. Kim fand, fünfzehn Dollar nur für Musik seien bei weitem zuviel,

während Mrs. Kim ihm zu entgegnen schien, er verhalte sich unvernünftig.
Anscheinend ging sie als Siegerin aus dem Disput hervor, denn an einem bestimmten Punkt schüttelte er nur noch den Kopf und starrte ärgerlich zu Boden, während Mrs. Kim sich mir zuwandte und sich erkundigte, wann ich denn Zeit für den Unterricht hätte. Da ich fand, daß Kyung-hees grundlegende Technik einer umgehenden Korrektur bedürfe, schlug ich vor, daß wir zunächst zweimal die Woche zusammenkommen sollten, am Sonntagvormittag und an einem Nachmittag in der Woche. Später dann, wenn ich sicher sei, die schlimmsten seiner schlechten Angewohnheiten korrigiert zu haben, würden wir den Unterricht auf einmal pro Woche reduzieren. Mrs. Kim schüttelte jedoch den Kopf und erklärte mir zu meinem Entsetzen, daß Kyung-hee und seine Schwester sonnabends und sonntags in der chemischen Reinigung der Eltern gebraucht würden und daß beide Eltern an den Wochentagen ganztägig arbeiteten. Wie's denn mit den Abenden der Wochentage aussähe? Am liebsten hätte ich ihnen den Hals dafür umgedreht, daß sie ein Kind mit dieser Begabung zwangen, als billige Arbeitskraft für sie herzuhalten, beschloß aber, lieber den Mund zu halten, jedenfalls in diesem frühen Stadium. Also einigten wir uns auf den Montag- und den Donnerstagabend. Ich gab Kyung-hee die Bach-Suiten und sagte ihm, er solle während der nächsten paar Tage einfach Teile daraus spielen, welche, könne er sich aussuchen, mit der ernsthaften Arbeit würden wir dann bei der ersten Lektion beginnen. Dann sagte Mr. Kim etwas zu seiner Frau. Sie nickte und erklärte mir, ihr Mann und sie hätten eine Frage an mich. Auf ihren Sohn deutend, erkundigte sie sich: »Wann kann Konzert machen?«
Mit größter Mühe gelang es mir, ein freundliches Lächeln auf mein Gesicht zu zaubern. »Diese Entscheidung müssen Sie und Kyung-hee selbst treffen«, erklärte ich. »Aber ich würde Ih-

nen empfehlen, langsam vorzugehen. Wenn Sie einen Jungen wie ihn zu sehr antreiben, könnten Sie damit sein Talent ruinieren.«

Obwohl Mrs. Kim daraufhin nickte, entdeckte ich einen Anflug von Mißbilligung in ihrer Miene. Natürlich konnte es aber auch sein, daß sie mich nicht richtig verstanden hatte. Gleich darauf verabschiedeten sie sich, und ich beobachtete von meinem Wohnzimmerfenster aus, wie sie zu ihrem Wagen gingen. Mr. und Mrs. Kim schienen sich wieder über etwas zu streiten, während die Tochter eines von diesen Videospielen im Taschenformat herauszog und damit zu spielen begann. Ich sah ihnen nach, bis ihr Wagen aus meinem Blickfeld verschwand, aber soweit ich gesehen hatte, sagte keiner von ihnen etwas zu Kyung-hee oder kümmerte sich um ihn. Er schien in seiner eigenen kleinen Welt zu leben.

7

Am folgenden Tag mußte ich weit vor Morgengrauen aufstehen, um üben zu können, bevor ich zum Gericht aufbrach. In jenem Frühling konzentrierte ich meine Bemühungen auf die chromatischen Tonleitern, weil ich hoffte, meine Intervalle dadurch derart zu perfektionieren, daß selbst mein Gehör keine Abweichungen mehr zu entdecken vermochte. Chromatische Tonleitern sind bekanntermaßen schwierig, und selbst wenn man sie richtig spielt, hat man das Gefühl, wahnsinnig zu werden, wenn man sie ununterbrochen hört. Nach einer Stunde dieser Qualen frühstückte ich erst einmal; dann folgte ich der Zeichnung auf der Rückseite meiner Ladung zum Treffpunkt, dem Parkplatz des Gerichts, von wo aus die Geschworenen mit einem Bus zum Gerichtsgebäude in der Stadtmitte gebracht werden sollten.

Wohl mehr als hundertmal war ich seit meinem Umzug nach Los Angeles schon an dem Gerichtsgebäude vorbeigegangen oder -gefahren, ohne ihm jemals Beachtung zu schenken. Bis zu jenem Vormittag. Es ist ein rechteckiger Kasten, der an einen riesigen Bienenstock erinnert; man kann sich vorstellen, wie hinter jedem der winzigen Fenster eine kleine Beamtenlarve sitzt, Fotokopierpapier frißt und darauf wartet, sich in einen Schriftführer, Staatsanwalt oder Richter zu verpuppen.

Die Sicherheitskontrolle passierte ich im Schlepptau einer spanisch sprechenden Familie, deren Mitglieder allesamt so aussahen, als hätten sie geweint, und gesellte mich dann zu den über zweihundert weiteren potentiellen Geschworenen in einem riesigen, matt beleuchteten Raum, wo wir uns an einem Schalter anmelden mußten. Mein erster Eindruck, das Gerichtsgebäude sei eine Art Brutstätte für Bürokraten, erwies sich als eindeutig zutreffend, denn ich sollte sogleich ein Prachtexemplar vor mir haben. Als ich der Angestellten am Schalter meinen Namen nannte, überreichte sie mir eine Broschüre über den Geschworenendienst und winkte mich weiter, um den nächsten in der Schlange nach seinem Namen zu fragen. Nach einer halben Stunde hatten sich alle angemeldet; also kehrte ich zum Schalter zurück und erkundigte mich, an wen ich mich wenden müsse, um von dieser Pflicht befreit zu werden. Sie antwortete, das hätte ich vor der Anmeldung tun müssen; da ich mich jedoch angemeldet hätte, müsse ich folglich auch den ganzen Tag hierbleiben. Ich fragte, woher ich hätte wissen sollen, daß ich ihr mein Anliegen vortragen mußte, und sie deutete auf die Broschüre, die sie mir unmittelbar vor der Anmeldung gegeben hatte. Bevor ich Luft holen konnte, um gegen diesen eindeutigen Fehler im System zu protestieren, erklärte sie mir, wenn ich zum Prozeß aufgerufen würde, hätte ich Gelegenheit, mit dem

Richter oder der Richterin zu sprechen, und er oder sie könne mich aus der Pflicht entlassen. Sonst müsse ich eben den ganzen Tag lang aushalten.

Also wartete ich. Ich zählte die Fußbodenfliesen, ich las zwei Jahre alte Zeitschriften über Aquariumpflege. Ich entdeckte Rubriken der Tageszeitung, von denen ich nicht gewußt hatte, daß es sie gab, vor allem aber vermied ich den Blickkontakt mit anderen. Ich wollte nicht in eins der Gespräche hineingezogen werden, die ich rings um mich herum aufschnappte, wie etwa, ob ein amerikanischer Juwelier ein knapp dreizehn Jahre altes schwarzes Kind hätte erschießen dürfen, das versucht hatte, sein Geschäft mit einer Spielzeugpistole auszurauben, wie wenig begeisternd die Kandidaten für die bevorstehenden Kommunalwahlen waren, und warum »Proposition 126« den Tod für Los Angeles bedeute. Ich hatte keine Ahnung, was »Proposition 126« überhaupt war. Wir machten eine Mittagspause und kamen zwei Stunden später zurück. Um vier Uhr hatte ich das Gefühl, vor Langeweile den Verstand zu verlieren, aber dann wurde mit vierundsiebzig anderen auch mein Name aufgerufen, und ein Gerichtsdiener führte uns zum Gerichtssaal 35. Als wir eintraten, fiel mir auf, wie unscheinbar der Gerichtssaal wirkte. Die Richterbank sah aus, als sei sie mit billigem Furnier verkleidet, die amerikanische Flagge in der Ecke hing schlaff an einem wackligen Ständer, und einige der Deckenplatten hatten sich gelöst. Die ganze Atmosphäre erinnerte mich eher an eine Aula der Junior High-School als an einen Gerichtssaal. Der Gerichtsdiener wies sechzehn von uns an, auf der Geschworenenbank Platz zu nehmen, und forderte uns andere auf, uns auf die ersten Reihen der Zuschauerbänke zu verteilen.

Als der Richter erschien, mußten wir uns erheben – ein höchst unangenehmes Ritual, dachte ich, angesichts dessen, was man tagtäglich über Juristen liest. Judge Davis war über einsachtzig groß und wog mindestens einhundertvierzig Kilo. Er hatte kurzgeschorenes weißes Haar, ein Doppelkinn und einen breiten Mund mit herabgezogenen Winkeln. Ich fühlte mich an einen Zeitschriftenartikel über Menschen erinnert, die wie ihre Lieblingstiere aussehen; da hatte es ein Foto von einem gewichtigen Mann gegeben, der seine englische Bulldogge im Arm hielt, und Judge Davis hätte sich ohne weiteres danebenstellen können, ohne die Wirkung des Fotos zu stören.

Der Richter räusperte sich geräuschvoll, rief das Gericht zur Ordnung und eröffnete die Verhandlung »Der Staat Kalifornien gegen Philip Weber«. Die Anklage lautete auf Mord zweiten Grades.

Ich konnte es kaum glauben: Martin, der enzyklopädische Geigenlehrer, hatte mir unter vielen anderen Dingen, die ich gar nicht wissen wollte, erklärt, die Chancen, daß ich für einen großen Prozeß ausgewählt würde, seien verschwindend gering. Ich hätte mir gleich denken können, daß ich in einem Mordprozeß landen würde.

Instinktiv sah ich zu dem Platz hinüber, auf dem der Angeklagte sitzen würde, sobald der Prozeß begann, und entdeckte gleichermaßen entsetzt wie fasziniert, daß er bereits dort saß. Es war ein junger Mann Anfang Zwanzig, blaß und mager, und trug ein rätselhaftes Lächeln auf dem Gesicht. Er saß kerzengerade, den Kopf hoch aufgerichtet, die Schultern entspannt, und ließ den Richter nicht aus den Augen, schien uns andere aber gar nicht wahrzunehmen.

Er sah eigentlich gar nicht aus wie ein Mörder; eher wie ein Missionar aus Salt Lake City. Ich wurde neugierig und hätte gern gewußt, was er getan hatte. War es ein brutaler, entsetzlicher Mord gewesen? – hatte er seine Eltern in ihren Betten erstochen? –, oder würde sich herausstellen, daß er zu schnell gefahren war und einen schweren Verkehrsunfall verursacht hatte?

Meine Gedanken wurden unterbrochen, als sich Judge Davis,

auf die Ellbogen gestützt, nach vorn beugte und uns eine strenge Predigt über die Bedeutung der Geschworenenpflicht hielt, darüber, wie ernst wir unsere Verantwortung nehmen sollten und wie wenig Geduld er mit Leuten haben würde, die sich dieser feierlichen Pflicht mit irgendwelchen windigen Ausreden zu entziehen suchten. Der Klang seiner Stimme, die von dort oben zu uns herabdröhnte, hatte eine ernüchternde Wirkung. Ich glaube, jeder im Gerichtssaal nahm eine aufrechtere Haltung ein, während er sprach. Nach der Ansprache blätterte er ungeduldig in einigen Papieren auf seinem Tisch – er hatte riesige, nervöse Hände –, dann ließ er seinen Blick über uns schweifen, wie es wohl ein Ausbildungsoffizier bei der Marine am ersten Tag auf dem Exerzierplatz tun mag, bevor er seine Rekruten in die Mangel nimmt.

»Dieser Fall kann sich eine ganze Weile hinziehen«, sagte er bedächtig.

»Bringt das für einen Anwesenden unangenehme Belastungen mit sich?«

Zuerst rührte sich keiner im Saal, dann hörte ich, wie ein paar Leute unruhig auf ihren Plätzen hin und her rutschten, und schließlich räusperte sich eine Frau.

»Fangen wir bei Ihnen an«, sagte Judge Davis, lehnte sich in seinem Stuhl zurück und musterte sie genauer. »Wie ist Ihr Name, Ma'am?«

»Ich heiße Janice Parks.«

»Worin besteht Ihr Problem?«

Sie sagte, ihr Mann arbeite auf Nachtschicht bei einer Röhrenfabrik und würde wütend, wenn sie nicht zu Hause sei und ihm ein frühes Abendessen koche, bevor er zur Arbeit ginge.

Judge Davis hielt offenbar nicht sonderlich viel von dieser Erklärung; er wurde ein wenig rot im Gesicht und polterte: »Wissen Sie, daß es Ihre Pflicht ist, als Geschworene zu dienen?«

»Ja, aber ...«

»Hat man Sie jemals einer Sache beschuldigt, die Sie nicht getan haben, Mrs. Parks?«

»Ich ... ich glaube schon, ja«, stammelte sie.

»Wie würden Sie sich fühlen, wenn man Sie einer schwerwiegenden Tat beschuldigte, und Sie kämen dafür in Haft, aber wenn es darum ginge, Geschworene zu bestimmen, wollte kein Mensch sich dazu bereit erklären, nicht einmal Ihre Nachbarn, bloß weil sie pünktlich ihr Essen auf den Tisch bringen wollen?«

Sie antwortete nicht.

»Kein Abendessen zubereiten zu können scheint mir keine unangemessene Belastung darzustellen«, sagte Judge Davis bissig, entließ sie mit einem ungeduldigen Wedeln der Hand und fragte dann: »Wer noch? Hat noch jemand das Gefühl, er könne seiner Geschworenenpflicht nicht nachkommen? Melden Sie sich bitte.«

Ein älterer Mann bewegte sich, offenbar unter Schmerzen, in seinem Sitz und hob die Hand.

»Wie ist Ihr Name? Und wo liegt das Problem?« fragte der Richter wieder.

Der arme alte Mann wand sich verlegen und sagte, er habe sich erst am Tag zuvor den Rücken verrenkt, was es ihm unmöglich mache, lange Zeit zu sitzen. Judge Davis schien unbeeindruckt, doch als der Mann ein ärztliches Attest vorlegte, das sein Anliegen unterstützte, durfte er gehen. Ein weiterer Mann sagte, er könne die Zeugenaussagen nicht verkraften, wenn es sich um einen Mordprozeß handele; er wurde entlassen. Eine Frau hatte schon Monate zuvor Flugtickets ins Ausland gekauft, und auch ihr wurde gestattet, zu gehen. Ein freiberuflicher Drehbuchautor beschrieb die großen finanziellen Ausfälle, die er durch eine Tätigkeit als Geschworener in Kauf nehmen müsse, doch als Judge Davis einen Beweis dafür forderte, daß er an einem Projekt arbeitete, das keinerlei Aufschub duldete, sagte der

Mann ärgerlich: »Na gut, na gut. Vergessen Sie, was ich gesagt habe.«

Je weiter die Befragung fortschritt, desto mehr schwand meine Entschlossenheit. Nicht nur, daß meine Ausrede, ich müsse mich um die Examensprobe eines Studenten kümmern, auf wackligen Beinen stand – allmählich hatte ich auch das Gefühl, daß so eine Tätigkeit als Geschworener eigentlich auch ihr Gutes hatte. Sie würde mich mindestens zehn Tage von meinem Cello fernhalten, und das war seit vielen Jahren der längste Zeitraum ohne ständiges Üben für mich – möglicherweise sogar der erste, seit ich angefangen hatte zu musizieren. Zwar hatte ich schon früher versucht, Urlaub von der Musik zu nehmen, doch mein Widerstand brach jeweils nach zwei, höchstens drei Tagen zusammen. Und da ich die Semesterzensuren bereits eingereicht hatte, war ich bis September von meiner Lehrtätigkeit befreit. Es gab nur noch den kleinen Koreaner, und dessen Unterrichtsstunden lagen ohnehin am Abend.

Als etwa um fünf Uhr auch der letzte seine Einwände gegen eine Tätigkeit als Geschworener vorgebracht hatte, vertagte Judge Davis die Sitzung auf den nächsten Morgen, mahnte uns, pünktlich zu sein, schlug kräftig mit seinem Hammer auf den Tisch und quetschte sich durch die schmale Tür hinter seiner Bank in seine Beratungsräume hinaus.

An jenem Abend versuchte ich, dem kleinen Koreaner einen Stundenplan für die nächsten paar Wochen auszuarbeiten. Es war eine bittersüße Aufgabe: Die Vorstellung, daß ich das Wissen, das mir von meinem Lehrer vermittelt worden war, an ihn weitergeben würde, erregte und deprimierte mich zugleich. Es wäre anders gewesen, wenn ich ihm mehr zugetan und er ein wenig ausdrucksvoller oder begeisterter über die Aussicht gewesen wäre, bei mir zu studieren. Aber er schien weder mein Wissen noch meinen Beifall zu brauchen, überhaupt nichts. Wenn ich schon mit einem Schüler alles teilen und mich von ihm schließlich übertrumpfen lassen mußte, dann sollte es wenigstens einer sein, den ich mochte. Gleichzeitig wollte ich dieses Gefühl unterdrücken und die Chance, ihn zu unterrichten, so gut nutzen wie nur irgend möglich. Natürlich tat ich das auch seinetwegen, denn die Tatsache, daß ich selbst ein Wunderkind gewesen war, würde mich, das war mir klar, besonders dazu qualifizieren, ihn anzuleiten, aber ich tat es auch um meiner selbst willen. Kyung-hee war ein ganz besonderer Fall, und ich wußte, als Lehrer würde es zutiefst befriedigend für mich sein, jene Art von Kommunikation zu erleben, die sich mit einem so außergewöhnlich begabten jungen Menschen herstellen läßt.

Ich kramte in meiner alten Zedernholztruhe und holte meine Notizbücher und Noten aus den Jahren hervor, da ich in Deutschland lebte; seit meiner Teenagerzeit hatte ich sie nicht mehr in der Hand gehabt. Beim Durchsehen all dieses Materials mußte ich an meinen alten Lehrer denken, an sein dunkles Haus und den Geruch seines Pfeifentabaks. Der »Herr Professor«, wie ich ihn nannte, rauchte während des Unterrichts ständig Pfeife und ließ sich von seiner Haushälterin, Frau Schmidt, in einer großen Blechkanne, die vom vielen Gebrauch völlig verbeult und schwarz angelaufen war, Kaffee bringen.

Eines Tages saßen von Kempen und ich in seinem Haus an der Edertalsperre bei Kassel, als er plötzlich den Unterricht abbrach, um mit mir einen Spaziergang im Garten zu machen. Er wollte mir eine bestimmte Blume zeigen, die an diesem Morgen aufgeblüht war: Er hatte versucht, eine neue Rosensorte zu züchten, und dies war das erste Ergebnis dieser Kreuzung. Durch einen Reitunfall in seiner Jugend hatte von Kempen ein stark verkrüppeltes Knie und konnte nicht ohne Stock gehen. Er besaß eine ansehnliche Sammlung von Spazierstöcken aus der ganzen Welt; mein Lieblingsstück war ein Stockdegen mit scharfer Klinge. Wenn Kempen jedoch beim Unterricht etwas holen wollte, zog er es vor, sein Cello als Krücke zu benutzen. Wenn ich sah, wie er auf sein uraltes Cello gestützt im Studio umherhumpelte, überlief es mich kalt, heute jedoch empfinde ich es als sonderbar anziehend.

An jenem Nachmittag nun ging er mit mir in den Garten hinaus, um die neue Rose zu besichtigen. Als er sie mir zeigte, versuchte ich Interesse vorzutäuschen, aber er spürte meine Ungeduld. Er fragte, woran ich gerade denke, und ich antwortete aufrichtig, daß ich gern das Stück beenden würde, an dem wir arbeiteten. Er hustete mißbilligend und befahl mir, mit den Augen so dicht an die Blüte heranzugehen, daß mein ganzes Gesichtsfeld von den leuchtend orangeroten Blütenblättern ausgefüllt war. Als ich gehorchte, sagte er: »Herr Sundheimer, betrachte bitte diese Farbe! Und den Blütenstaub, der eine bestimmte Art von Bienen anlockt, die ihn zu anderen Blüten tragen und sie befruchten. Stell dir vor, wie genial dieses Arrangement ist, wie perfekt! Ist es nicht erstaunlich, daß Gott derartige Dinge geschaffen hat? Und noch etwas, Herr Sundheimer – in diesem Moment betrachtest du etwas, das bis heute so noch nicht existiert, seit Anbeginn der Zeit nicht existiert hat. Und wenn es vergeht, wird es nie wieder existieren, es ist absolut einmalig auf der Welt. Wenn man sich das mal vorstellt, erscheint die Rose dann nicht weit kostbarer als auf den ersten Blick?«

»Ja, Herr Professor.«

»Ja, und so –« fuhr er fort »– sollte man auch die Musik betrachten. Jedes Stück ist jedesmal, wenn du es spielst, einzigartig und unersetzlich. Jeder einzelnen Phrase solltest du Ohren und Herz öffnen, jeder Note; und jeden Tropfen Schönheit aus ihr herausholen, den du kannst. Betrachte nie etwas als selbstverständlich!« Zigaretten liebte der Maestro beinah genausosehr wie seine Pfeife, und er genoß sie vor allem, wenn er draußen in seinem Garten saß. Er nahm eine aus einem hübschen Silberetui, setzte sie in Brand und paffte eine Zeitlang zufrieden vor sich hin; dann zog er eine Nagelschere aus der Tasche und wies mich an, die Blume unten am Stiel abzuschneiden. Nachdem ich das getan hatte, steckte er sie mir ins Knopfloch meines Jacketts. »So«, sagte er. »Nachdem nun so viel Einzigartigkeit in einem einzigen Anzug versammelt ist, müßtest du die großartigste Unterrichtsstunde deines Lebens vor dir haben!« Damit führte er mich ins Haus, um die Lektion zu beenden.

Vor meinen Collegestudenten hätte ich derartige Erlebnisse natürlich nicht wiederholen können; hätte ich das versucht, ich hätte mich nur zum Narren gemacht und sie in Verlegenheit gebracht. Man muß entweder sehr jung oder hemmungslos musikalisch sein, um derartige Sentimentalitäten nicht kitschig zu finden. Und da ich selbst als Schüler sowohl sehr jung als auch sehr musikalisch war, konnte es sich mein sonst so reservierter Lehrer leisten, sich seinen Gefühlen hinzugeben.

Seltsamerweise fühlte ich mich trotz unserer engen Verbindung und der rückhaltlosen Herzlichkeit, die er mir jederzeit entgegenbrachte, in seiner Gegenwart nie so recht wohl. Ich hatte zwar keine Angst vor ihm, und er war mir auch nicht unsympathisch, aber ich glaube, daß mich sein fortgeschrittenes Alter, seine altmodischen Manieren, sein seltsamer Akzent und vielleicht auch die Tatsache, daß wir uns in einem fremden Land kennengelernt hatten und zusammenarbeiteten, daran hinderten, in seiner Nähe vollkommen natürlich zu sein und seine Offenheit und Zuneigung entsprechend zu erwidern. Ich wünschte mir, ich könnte jetzt noch einmal bei ihm sein, und sei es auch nur für eine Stunde! Ein Beispiel für meine Unbeholfenheit: Eines Nachmittags während des Unterrichts merkte ich, daß ich zur Toilette mußte, aber es war mir peinlich, deswegen den Unterricht zu unterbrechen. Ich beobachtete, wie der Minutenzeiger der alten Standuhr langsam auf die volle Stunde zukroch, und überlegte dabei hektisch, ob ich den

Maestro um eine Pause bitten oder bis zum Ende der Unterrichtsstunde warten sollte. Je mehr mein Unbehagen wuchs, um so peinlicher wurde die Situation. Je länger ich nämlich wartete, desto fester war ich davon überzeugt, daß er mir die Dringlichkeit an der Stimme anhören und mich für einen Idioten halten würde. Als es noch drei Minuten bis zur vollen Stunde waren, konnte ich es schließlich – nach einer Ewigkeit stummer Agonie – nicht mehr aushalten. Ich machte mir in die Hose, spielte aber weiter und hoffte, er werde es nicht bemerken. Als die Uhr vier schlug, erhob sich von Kempen, der mich aus Rücksicht auf meine Mutter, die jedesmal unten wartete, niemals länger dabehielt, und verneigte sich, wie üblich am Ende der Stunde. Ich gab den Bogen zurück und hielt das Cello vor meinen Körper, hielt es den ganzen Weg bis zu unserem Auto vor mich, wo ich endlich vor Scham in Tränen ausbrach. Statt mitfühlend zu sein, war meine Mutter wütend.

Als ich nach Deutschland ging, um bei ihm zu studieren, war von Kempen dankbar für diese Chance gewesen, und ließ sich das in seinem ganzen Verhalten mir gegenüber anmerken. Zu jener Zeit hatte er, nachdem er sich entschlossen hatte, sich ganz dem Unterrichten zu widmen, seit zwanzig Jahren nicht mehr konzertiert. Ich dagegen unterrichtete nur, um die Zeit zu überbrücken, bis ich wieder auftreten konnte. Der Aufgabe, einen Schüler anzunehmen, der so viel Aufmerksamkeit erforderte, vor allem einen mit so wenig Charme, sah ich auch aus diesem Grund mit sehr gemischten Gefühlen entgegen. Ich fürchtete, der Unterricht könne mich auslaugen und meine letzten Hoffnungen auf ein zukünftiges Leben als Künstler im Keim ersticken.

Als ich jedoch jetzt in meinen Notizbüchern blätterte und meinem kindlichen Gekrakel entnahm, wie freudig erregt ich während jeder Unterrichtsstunde gewesen war, ärgerte ich mich über mich selbst, weil ich so egoistisch war und mich über Kyung-hees Talent nicht so freute, wie es ein Musikliebhaber tun sollte. Nach einem meiner eigenen Konzerte kam einmal jemand hinter die Bühne in meine Garderobe und fragte von Kempen taktlos, ob es ihn nicht störe, mit ansehen zu müssen, wie ein so junger Schüler mit so viel Aufmerksamkeit überschüttet wurde. Der alte Mann erhob sich aus seinem Sessel (das Stehen war immer schmerzhaft für ihn, doch er bestand auf derartigen Höflichkeiten) und antwortete: »Ich versichere Ihnen, Sir, daß es mir eine Ehre und ein Vergnügen ist, diesen Jungen zu unterrichten; aber selbst wenn es das nicht wäre, wäre es noch immer meine Pflicht, es zu tun. Wie mir dabei zumute sein mag, ist ganz und gar irrelevant.« Diese Art Würde wünschte ich mir, doch das war leichter gedacht als getan.

8

Am folgenden Tag begann Judge Davis die Verhandlung damit, daß er uns die Vertreter der Anklage und der Verteidigung vorstellte; er begann mit der Pflichtverteidigerin Miss Anna Doppelt. Sie trug ein sorgfältig gebügeltes graues Schneiderkostüm, keinen Schmuck außer einem Paar kleiner goldener Ohrringe, und eine dunkle Baskenmütze auf dem straff zurückfrisierten Haar. Obwohl sie es hier und da gut vertragen hätte – sie hatte schmale Lippen, und ihre Haut wirkte trocken – schien sie keinerlei Make-up zu benutzen. Sie schien ungefähr in meinem Alter zu sein, Mitte Dreißig, vielleicht aber war sie sogar noch jünger. Ihr Tisch war mit dicken, doch sauber gestapelten Stößen dicht beschriebenen gelben Konzeptpapiers bedeckt.

Obwohl sie furchtbar überarbeitet wirkte, schien sie den Prozeßbeginn kaum erwarten zu können.
»Und als Anklagevertreter«, fuhr der Richter fort, »Assistant District Attorney Jack Graham.« Mr. Graham war ein älterer Mann, vermutlich etwa Ende Fünfzig. Er hatte leichtes Übergewicht, trug eine Lesebrille, und seine Krawatte paßte nicht recht zum Hemd. Sein Gesicht wirkte angenehm und freundlich. Der Art, wie der Richter ihn uns vorgestellt hatte, glaubte ich entnehmen zu können, daß die beiden nicht zum erstenmal in diesem Gerichtssaal zusammenarbeiteten.
Als nächstes las der Richter zwölf Namen aus einem Computerausdruck vor, und zwölf potentielle Juroren nahmen auf der Geschworenenbank Platz, während wir anderen auf den Zuschauerrängen sitzen blieben.
Wir würden nun, verkündete der Richter, mit einem Verfahren beginnen, das *voir dire* genannt werde, »die Wahrheit sagen«. Dann erklärte er uns mit monotoner Stimme, daß wir eine Reihe von Fragen zu beantworten hätten, die in einer Liste vorne im Gerichtssaal aushingen; dadurch sollte in Erfahrung gebracht werden, ob wir geeignet seien, an diesem Fall als Geschworene mitzuwirken. Die ersten Fragen lagen auf der Hand – Name, Beruf, Familienstand – während mich die weiteren eher überraschten. Jeder Geschworene hatte auch den Beruf der Frau und der Kinder anzugeben sowie etwaige frühere Jurytätigkeiten, und zwar bis ins kleinste Detail. Als ein Mann erwähnte, er arbeite als Portier im Gebäude der *L.A. Times*, unterbrach ihn Judge Davis und fragte ihn, welche Zeitungen er lese. Und ob er schon über den vorliegenden Fall etwas gelesen habe? Nein.
Eine andere Geschworene, eine verängstigt wirkende ältere Frau, die erwähnte, ihr Mann sei bei der Polizei gewesen, unterbrach der Richter, um sie zu fragen, ob sie je Opfer eines Verbrechens geworden sei. Als sie antwortete, sie sei einmal über-

fallen worden, nur wenige Blocks von diesem Gerichtsgebäude entfernt, lachten einige Leute, und Miss Doppelt warf Judge Davis, der sich ebenfalls ein Grinsen zu verkneifen schien, einen vorwurfsvollen Blick zu. Er dankte der Frau ohne weiteren Kommentar und wandte sich an den nächsten potentiellen Geschworenen.

Als alle zwölf die Fragen auf der Liste beantwortet hatten, forderte Judge Davis die Verteidigerin auf, die Jury zu befragen. Sie zog sich einen ihrer gelben Notizblattstapel heran, holte tief Luft und begann mit ihrem Fragenkatalog. Es dauerte annähernd zwei Stunden. Ich bemerkte, daß sie diejenigen Juroren besonders eindringlich befragte, die konservativ oder religiös zu sein schienen. Als sie geendet hatte, war Mr. Graham, der Staatsanwalt, an der Reihe. Er wiederum schien Leuten, die auch nur im entferntesten mit Psychiatrie oder Psychologie in Verbindung gebracht werden konnten, besonders kritisch gegenüberzustehen.

Als dann die Befragung zu Ende war, forderte Judge Davis den Ankläger dazu auf, zum nächsten Verhandlungsschritt überzugehen. Mr. Graham nickte und gab gleich der ersten Geschworenen, einer früheren Schullehrerin, die auch als Sozialarbeiterin tätig gewesen war, ein Zeichen. »Danke, Euer Ehren. Wir möchten gerne der Geschworenen Nummer 1, Mrs. Berger, danken und sie entschuldigen.« Die Frau wurde ohne Kommentar von seiten des Richters weggeführt und durch einen anderen Geschworenen von der Zuschauerbank ersetzt. Diese Person, ein Mr. Lenahan, beantwortete die Fragen auf der Liste und stellte sich als Polizeibeamter im Ruhestand vor. Nach der Befragung durch die beiden Anwälte wurde er prompt von Miss Doppelt abgelehnt. Ein weiterer Kandidat wurde auf die Geschworenenbank zitiert, befragt und zugelassen.

Diese Prozedur dauerte den ganzen Vormittag und bis weit in den Nachmittag hinein. Unter den Entlassenen war eine Frau, die zugab, in einer Zeitschrift der Regenbogenpresse einen Artikel über den Angeklagten mit dem Titel »Zen-Monster killt Guru« gelesen und darüber bereits zu dem Schluß gelangt zu sein, der Angeklagte gehöre für das, was ihm zur Last gelegt wurde, hinter Schloß und Riegel. Aus dieser Befragung schloß ich, daß es sich wohl um einen Kultmord handelte. Die Frau, die in der Nähe des Gerichtsgebäudes überfallen worden war, wurde nach Hause geschickt, ebenso wie ein Mann, dessen Frau in einem Krankenhaus arbeitete, dort von einem Patienten angegriffen worden war und eine Therapie machen mußte, bevor sie ihre Arbeit wiederaufnehmen konnte.

Nachdem Mr. Graham eine junge Frau abgelehnt hatte, die gerade mit ihrem Jurastudium fertig war, rief Judge Davis meinen Namen auf. Inzwischen sah man allen an, daß dieses Auswahlverfahren sie langweilte und ermüdete. Nachdem ich die Fragen auf der Liste beantwortet hatte, blickte Miss Doppelt hinter einem Stapel Dokumente hervor, in denen sie las, und fragte mich, ob ich in der Zeitung von dem Fall gelesen hatte oder sonst etwas darüber wußte. Ich verneinte. »Mr. Sundheimer, wenn irgend jemand, sagen wir, einen epileptischen Anfall gehabt und während dieses Anfalls jemanden mit einem Schlag der Hand getötet hätte – finden Sie, daß er dafür bestraft werden müsse?«

»Ich würde sagen, nein.«

»Und warum nicht?« fragte sie und nickte bedächtig.

»Weil ... Ich würde sagen, er hat keine Kontrolle darüber gehabt ... über seine Bewegungen, meine ich.«

»Mit anderen Worten«, meinte Miss Doppelt, »er hat niemanden umbringen wollen, ja? Meinen Sie das?«

»Tja ... ich glaube schon ...« Sie machte mich nervös. Ich konnte nicht erkennen, ob ihr meine Antwort gefallen oder ob sie mich nur in eine Falle gelockt hatte, um mich dann als Geschworenen abzulehnen.

»Gut«, sagte sie endlich und schloß die anderen Geschworenen in ihren Blick ein. »Ich möchte hier nur darauf hinweisen, daß ein Mensch, der zu krank – geisteskrank – ist, die Absicht zu einem Mord zu fassen, nach dem Gesetz nicht wegen Mordes verurteilt werden kann. Er oder sie muß vielmehr aus Gründen der Unzurechnungsfähigkeit für nicht schuldig erklärt, zur Behandlung in eine Anstalt überwiesen und dort so lange festgehalten werden, bis man ihn für geeignet erklärt, in die Gesellschaft zurückzukehren. Oder ist irgend jemand anderer Meinung? Findet irgend jemand das zu milde?«

Niemand hob die Hand. Miss Doppelt schien mit meinen Antworten zufrieden zu sein und gab an den Ankläger weiter. Mr. Graham erhob sich, um sich die Beine zu vertreten, und musterte mich lächelnd. Er trug eine altmodische Brille mit schwarzem Rand, und als er stand, fiel mir auf, daß seine Schuhe dringend geputzt werden mußten. Er war überaus charmant. Er sprach ruhig, mit Südstaatenakzent, und benutzte Ausdrücke, die ich noch nie zuvor gehört hatte. Als eine Frau während des Auswahlverfahrens auf die Frage nach ihrem Beruf widersprüchliche Antworten zu geben schien, hatte er nur gelächelt, statt ärgerlich zu werden, und gesagt: »Ma'am, ich möchte nur sicherstellen, daß wir hier aus dem gleichen Gebetbuch lesen. Wenn Sie Ihrer Geschworenenpflicht genügt haben, werden Sie dann wieder am Telefon Waren verkaufen, oder werden Sie Romane schreiben?« Ich habe das Südstaatenenglisch immer gemocht, denn es ist musikalischer als alle anderen Dialekte. Ich glaube, wir Geschworenen wünschten uns alle, daß Mr. Graham uns sympathisch fand.

Als nun ich an der Reihe war, lehnte sich Mr. Graham im Sessel zurück, rückte seine Brille zurecht und erkundigte sich, ob ich irgend etwas über fremde Religionen wie den Buddhismus wisse oder bestimmte Eindrücke davon habe. Nein, erwiderte ich, nur daß vermutlich Meditation eine Rolle dabei spiele. Ob

ich religiöse Überzeugungen habe, durch die es mir unangenehm sei, vom Buddhismus zu hören, oder die es mir unmöglich machten, fremde Religionen objektiv zu betrachten? Nein.
Als er sich nach meiner Ausbildung erkundigte, erwähnte ich, daß ich in Europa Musik studiert und dabei Privatunterricht gehabt hatte.
»Geben Sie denn Konzerte, Mr. Sundheimer?«
»In letzter Zeit habe ich mehr unterrichtet als Konzerte gegeben.« Als ich ihm sagte, wo ich lehrte und daß ich neben dem praktischen Cellounterricht einen Kurs in Musiktheorie gab, wanderte plötzlich eine seiner Augenbrauen in die Höhe. »Wirklich? Ist Ihr Unterricht schwierig?«
Seine Frage überraschte mich. »Nun ja – nein«, stammelte ich, »nicht wenn die Studenten sich an heranführenden Kursen beteiligt haben.«
»Verzeihen Sie mir die Frage«, gab er zurück, »es ist nur so, daß eine meiner Töchter das College besucht. Ich versuche einen Kurs für sie zu finden, der ihre Noten ein wenig verbessert.«
Auf den Zuschauerbänken wurde gelacht. Ich war viel zu nervös, um zu merken, daß das Ganze ein Scherz gewesen war, aber jetzt war es zu spät für mich, mitzulachen. Dann fragte mich Mr. Graham nach meinen Eltern und nächsten Verwandten. Irgendeine Geisteskrankheit, von der ich wisse? Nein. Ob ich der Meinung sei, daß Geisteskrankheiten den Menschen von seiner Verantwortung gegenüber der Gesellschaft befreien? Bevor ich jedoch über diese Frage nachdenken konnte, protestierte die Verteidigerin, diese Frage sei geeignet, die Geschworenen zu beeinflussen. Der Richter gab dem Einspruch statt und wies mich an, nicht zu antworten.
Der Ankläger ließ kein Zeichen von Verärgerung erkennen und sah so aus, als habe er keine weiteren Fragen an mich, dann aber legte er plötzlich den Kopf schief und fragte: »Sie haben eine

Schallplatte gemacht, nicht wahr? Als Sie noch ein Junge waren.«
Ich antwortete, ja, das hätte ich. In Wirklichkeit hatte ich mehrere Schallplatten gemacht, aber da die meisten von ihnen vergriffen waren, mochte ich sie nicht erwähnen.
Mr. Graham nickte bestätigend und gab nach einer kurzen Pause zu verstehen, daß er keine weiteren Fragen mehr hatte. Ich hatte den Test bestanden.

9

Als Kyung-hee mit seiner Mutter zur ersten Unterrichtsstunde eintraf, bat ich ihn zunächst einmal, sich zur Probe auf den kleinen Klappstuhl zu setzen, den ich am Wochenende für ihn erstanden hatte. Er hatte genau die richtige Größe, obwohl ich selbst mich darüber mehr zu freuen schien als Kyung-hee und seine Mutter. Ich wollte, daß er lernte, richtig zu sitzen. Solange die Füße in der Luft baumeln, kann man das Cello nicht wirklich beherrschen. Er mußte lernen, das Cello mit den Beinen zu bewegen, wenn er über die Saiten strich.
Ich hatte mich gefragt, wie er auf meinen Vorschlag, noch einmal von Grund auf zu beginnen, reagieren würde. Während der ersten halben Stunde zeigte ich ihm nur die grundlegenden Griffe: wie man das Cello hält, ohne die linke Hand als Stütze zu benutzen, wie man es mühelos von einer Seite zur anderen dreht, und wie man sich die Schwerkraft zunutze macht statt die Kraft des Armes, um dem Bogenstrich Autorität zu verleihen. Der Sinn, der hinter jeder guten Technik steckt, ist es, das optimale Gleichgewicht zwischen musikalischer Spannung und muskulärer Entspannung zu finden. Wie die meisten Cel-

listen ohne die richtige Ausbildung war Kyung-hee beim Spielen so steif wie ein Brett.

Zu meiner Freude entdeckte ich, daß er keine Zeichen von Ungeduld erkennen ließ. Andererseits ließ er auch nicht unbedingt erkennen, daß er etwas begriff. Er tat, was ich ihm sagte, doch seine starre, ausdruckslose Miene – der leicht geöffnete Mund, die Augen, die nie etwas richtig anzusehen schienen – gab mir das beunruhigende Gefühl, er gehorche mir rein mechanisch, ohne das zugrunde liegende Prinzip zu begreifen. Ich holte meine französische Ausgabe von Pablo Casals' Autobiographie aus dem Regal und las ihm laut eines seiner bekannteren Zitate vor: *»Dans la vie il faut montrer du caractère et de la gentillesse«,* übersetzt in etwa: »Im Leben muß man sowohl Kraft als auch Sanftheit zeigen.« Dann erklärte ich ihm, daß wir als Cellisten diese Theorie auf unser Spiel zu übertragen suchen. Ich fragte Kyung-hee, ob er verstehe, warum es wichtig sei, sowohl stark als auch sanft zu sein. Er antwortete nicht, noch sah er mich überhaupt an. In der Annahme, er habe mich vielleicht nicht verstanden, wiederholte ich meine Frage. Dieses Mal rang er sich nach einer langen Pause ein steifes Nicken ab.

»Kannst du mir sagen, warum wir so zu spielen versuchen?« fragte ich ihn. Diesmal hatte er mich offensichtlich verstanden, schien aber entweder zu nervös oder zu verwirrt zu ein, um mir zu antworten. »Ich meine«, versuchte ich es abermals in besonders freundlichem Ton, »kannst du dich an eine Gelegenheit erinnern, als du sanft sein mußtest statt stark?«

»Ja«, antwortete er schließlich ohne nähere Erklärung.

»Würdest du mir davon erzählen?«

Nach einer weiteren langen Pause sagte er dann: »Wenn man eine Katze zu fest halten will, läuft sie weg. Aber wenn man sie sanft festhält, bleibt sie da.«

»Ja, genau!« lobte ich ihn, erleichtert, daß er wenigstens etwas von sich gegeben hatte. »Deswegen müssen wir ...«

»Mr. Douglas hat eine schwarze Katze«, stieß er mitten in meinem Satz hervor. Ich verspürte einen Anflug von Ärger. In Kyung-hees Alter hätte ich es niemals gewagt, einen Erwachsenen zu unterbrechen, schon gar keinen Lehrer. Ich glaube, wenn ich von Kempen unterbrochen hätte, wäre der vor Schreck gestorben. Da ich aber wollte, daß sich der Junge entspannte und sich frei auszudrücken lernte, schluckte ich meine Empörung herunter. »So, hat er das«, gab ich zurück.

»Hm-hm.«

»Nun ... ich finde, jeder Mensch sollte ein Haustier haben, nicht wahr? In einer Zeitschrift habe ich gelesen, daß der Blutdruck sinkt, wenn man eine Katze oder einen Hund auch nur berührt, und daß man dadurch gelassener wird. Was uns auf das Thema zurückbringt, das wir zuvor besprochen hatten, nicht wahr?«

»Meine Mom will nicht, daß ich eine Katze habe«, sagte Kyung-hee. Doch bevor er Näheres erklären konnte, sprach seine Mutter, die nur wenige Meter entfernt auf dem Sofa saß, sehr energisch in koreanischer Sprache auf ihn ein. Kyung-hee ließ den Kopf hängen und verstummte wieder. Er wirkte weder zerknirscht noch bitter, als sie ihn schalt, sondern schien sich einfach in sich zurückzuziehen. Ich beschloß, die sokratische Methode auf einen anderen Tag zu verschieben, und erklärte ihm, wenn man die schwierigsten Stücke scheinbar mühelos spielen wolle, müsse man besonders am Anfang sehr fleißig arbeiten, um eine präzise fließende Technik zu entwickeln, bei der weder Bewegungen noch Energie vergeudet würden. Sowohl Yehudi Menuhin als auch Arthur Rubinstein hätten die Technik zu Beginn ihrer Karriere ignoriert, weil sie das Gefühl gehabt hätten, das pure Talent werde genügen, erzählte ich ihm, jedoch hätten sie sich später einer schmerzhaft anstrengenden Ausbildung unterziehen müssen, um ihre nachlässigen Gewohnheiten auszumerzen. Nach diesem warnenden Ratschlag erklärte ich ihm, daß er mich jetzt zwar für grausam halten möge, weil ich ihn zu all diesen Übungen anhalte, daß er mir später aber dankbar dafür sein werde.

»Und nun, Kyung-hee, beginnen wir mit den Tonleitern. Du kennst doch die Tonleitern, nicht wahr?«

Schweigen.

»Kyung-hee, weißt du, was Tonleitern sind?«

Wiederum langes Schweigen; dann nickte er.

»Erzähl mir doch mal, was du über die Tonleitern weißt, Kyung-hee.«

Er rutschte auf seinem Stuhl herum; dann antwortete er schließlich mit ganz kleiner Stimme: »Leitern? Da klettert man rauf.«

Offensichtlich hatte er keine Ahnung von Tonleitern. Unglaublich! Kein Wunder, daß seine Eltern keinen anderen Lehrer für ihn besorgen wollten; er hatte die Noten vermutlich immer vom Blatt gelesen, und Mr. Douglas hatte staunend dabeigesessen und sich das als Erfolg angerechnet. Ich stellte ein Heft mit Tonleitern auf den Notenständer, erklärte ihm, wie sie funktionierten, und ließ ihn einige spielen. Wie erwartet, tat er sich äußerst schwer damit, nicht nur wegen seiner mangelnden Technik, sondern weil sie nicht melodisch waren, weil er nichts hatte, woran er sich halten konnte. Das schien ihm jede Energie zu rauben. So schmerzlich es für ihn war, in meinen Augen wäre es noch grausamer gewesen, wenn ich ihn hätte gewähren und rein instinktiv spielen lassen. Lieber die Fehler gleich jetzt ausmerzen. Ich zeigte Kyung-hee, wie man die Tonleitern spielt, und trug ihm auf, sich in der folgenden Woche mit nichts anderem zu beschäftigen als mit diesen Tonleitern und den Bogenführungsübungen, die ich ihm gezeigt hatte.

»Und was ist damit?« erkundigte er sich und zeigte auf den Bach, den ich ihm das letztemal mitgegeben hatte. Er tat mir leid, weil ich sehr gut verstehen konnte, wie er sich jetzt fühlen mußte, nachdem er erst eine Woche zuvor Bach entdeckt hatte. Doch wenn ich dieser Versuchung nachgab, würde er jedesmal, wenn er zu spielen begann, sofort in seine alten Gewohnheiten zurückfallen: Sein Bogenstrich würde ungleichmäßig werden, seine linke Hand würde sich verkrampfen und sein ganzer Körper wieder versteifen. Also wiederholte ich, daß er so lange nichts anderes spielen dürfe, bis er diese Übungen perfekt beherrsche.

Zum Zeichen, daß die Stunde beendet war, machte ich Miene, aufzustehen, aber Mrs. Kim räusperte sich energisch. Als ich mich zu ihr umwandte, sagte sie: »Letztes Mal Sie haben ihm das gegeben.« Sie deutete auf den Bach. »Er spielen jeden Tag, ganze Woche. Sie sollten hören.«

Ich wollte wirklich keinen Präzedenzfall schaffen und sie über den Verlauf unserer Lektionen bestimmen lassen, aber ich wollte sie auch nicht zurückweisen, vor allem in einem so frühen Stadium. »Na schön«, gab ich nach, nahm wieder Platz und fragte Kyung-hee: »Möchtest du mir etwas davon vorspielen?«

Ich kann nicht sagen, daß Kyung-hee erkennen ließ, ob er etwas spielen wollte, aber er griff behutsam nach den Bach-Noten und schlug die erste Seite auf. Ich hätte es wissen müssen! Kinder fangen immer von vorne an. Er betrachtete sie einen Moment, dann begann er mit dem Präludium der Suite in G-Dur. Wie ich bemerkte, fühlte er sich diesmal weit mehr in die Musik ein als beim erstenmal. Vielleicht war er aber auch nur erleichtert, für heute keine Tonleitern mehr spielen zu müssen.

Wie ich vorausgesehen hatte, kehrten sofort all seine schlechten Angewohnheiten zurück, aber ... diese Musik! Genau wie beim erstenmal, als ich ihn hörte, mußte ich die Augen schließen, um ihm richtig zuhören zu können, und es gab wirklich einiges zu hören. Dieses Präludium, göttlich in seiner Schlichtheit, besteht im Grunde nur aus einer Folge von Arpeggien, was vielleicht erklärt, warum die Bach-Suiten fälschlich für Übungen gehalten wurden und nahezu zwei Jahrhunderte lang praktisch nicht mehr gespielt wurden. Zum Glück stieß Pablo Casals mit dreizehn Jahren zufällig in einer winzigen Musikalienhandlung in Barcelona auf eine Ausgabe davon. Es war die Entdeckung seines Lebens; sie sollten seine Lieblingsmusik werden. Zwölf Jahre lang studierte er sie, arbeitete tagtäglich an ihnen und war fast fünfundzwanzig, als er eine von ihnen endlich in der Öffentlichkeit vortrug. Casals sagte oft, er habe das Gefühl, daß Bach der Shakespeare und der Rembrandt der Musik in einer Gestalt sei und daß Bachs Musik in der Lage sei, jede Nuance menschlicher Erfahrung auszudrücken. Von Kempen ging sogar noch weiter: Er glaubte, daß Bachs musikalische Inspiration göttlichen Ursprungs sei und daß Bach richtig zu spielen ein Akt religiösen Glaubens sei.

Kyung-hee ließ die Arpeggien klingen wie Wogen draußen im Ozean: auf den ersten Blick sanft, doch mit einer enormen Wucht unter der Oberfläche. Er verlieh dem Stück genau die richtige Balance zwischen Erregung und Ruhe. Er wollte weitermachen und die Allemande spielen, aber ich bat ihn, es für heute genug sein zu lassen. Nach dieser sehr langen Unterrichtsstunde mit ihm mußte ich erst einmal allein sein; noch nie zuvor hatte ich jemanden in so elementaren Techniken unterrichten müssen. Nachdem Kyung-hee und seine Mutter sich verabschiedet hatten, blieb ich noch lange im Studio sitzen. Ich fühlte mich unendlich müde.

10

Das *voir dire* ging noch den ganzen zweiten Tag weiter. Dieser gesamte Teil des Selektionsprozesses überraschte mich. Ich hatte immer gedacht, daß eine Jury aus nach dem Zufallsprinzip ausgewählten, gesetzestreuen Steuerzahlern bestehen soll. Wohl ein jeder vermag einzusehen, daß die Gerichte eindeutig ungeeignete Kandidaten aussieben, doch zuzulassen, daß die Anwälte die Jury so zusammenzusetzen versuchen, wie es für sie am günstigsten ist, erschien mir seltsam.

Nach dem Lunch an jenem zweiten Tag der Geschworenenauswahl spürte ich, wie müde ich war; inzwischen hatten wir mit mir zusammen zehn akzeptierte Geschworene. Sechs davon waren Frauen: eine Witwe, deren Ehemann im Jet Propulsion Lab von Pasadena gearbeitet hatte, eine jüdische Altenpflegerin im Ruhestand, eine füllige Schwarze, die in der Registratur eines Bürohauses als Sekretärin tätig war, eine ältere Latina, die als Hilfsschwester in einem Krankenhaus arbeitete, eine Hausfrau, deren Ehemann Apotheker war, und eine weitere Hausfrau, deren Ehemann »im Verkauf« arbeitete.

An Männern hatten wir einen Burschen mit ledriger Haut, der sich als Gasableser häufig im Freien aufhielt, den im Ruhestand lebenden Pedell einer High-School in Eagle Rock und einen weiteren Ruheständler, einen ehemaligen Betriebsleiter von GM, diesem Riesenkomplex, wo Autos produziert werden. Ich hatte Mühe, die Augen offenzuhalten, als der Richter einen weiteren Geschworenen aufrief. Ersetzt werden sollte ein Mann, der neben mir gesessen hatte; er war Biologe und hatte darauf bestanden, daß die Psychiatrie keine »richtige« Wissenschaft sei und er ein psychiatrisches Gutachten in keinem Fall ernstnehmen könne.

Die neue Geschworene hatte, wie ich bemerkte, als sie durch den Zuschauerraum nach vorne ging, eine ausgezeichnete Figur. Mit ihrem dunklen Teint und den umschatteten Augen – beides hatte ich schon immer sehr apart gefunden – sah sie aus wie eine Latina oder auch eine Orientalin. Sie schien etwa in meinem Alter zu sein und trug einen blutroten Sweater. Der Gerichtsdiener führte sie zu dem leeren Platz neben mir, und ich spürte, wie ich errötete, als sie sich setzte.

Wie oft hatte ich mir gewünscht, diese Reaktion unterdrücken zu können! Als ich sechzehn war, spielte ich einmal als Solist mit dem Symphonieorchester von Seattle, und wie üblich verlief alles perfekt. Ich bekam *standing ovations* und wurde für eine Zugabe auf die Bühne zurückgerufen. Anschließend erhob ich mich, um mich nochmals zu verbeugen – ein Teil meiner Auftritte, für den ich völlig unbegabt war, und tatsächlich hatte ich bei einem Tanzlehrer Unterricht nehmen müssen, um zu lernen, wie man sich verbeugt, ohne wie eine kaputte Aufziehpuppe zu wirken –, doch als ich mich aufrichtete, gratulierte mir die Konzertmeisterin mit einem Kuß auf die Wange. Wäre sie älter oder häßlicher gewesen, wäre das problemlos abgelaufen, doch sie speziell war jung und äußerst attraktiv, vor allem in ihrem Abendkleid aus schwarzem Samt. Als sie mich küßte, begann mein Gesicht, von einer Anzahl starker Bühnenlampen beleuchtet, in einem so grellen Karmesinrot zu glühen, daß es den Zuhörern nicht nur nicht entging, sondern daß sie auch noch taten, als sei es das Netteste, was sie jemals gesehen hatten, und mich dafür bejubelten. Es war das einzige Mal in meinem Leben, daß ich den Klang von Applaus nicht genoß.

Der Richter bat die neue Geschworene, ihren Namen zu nennen.

»Maria Teresa Reiter.«

Da ich nicht unhöflich sein wollte, drehte ich mich während der Befragung nicht zu ihr hin und sah sie nicht an, vor allem,

da wir sehr dicht nebeneinandersaßen, sondern fixierte statt dessen einen Punkt an der Rückwand des Gerichtssaals und versuchte, eine möglichst gleichgültige Miene aufzusetzen.
Der Verteidigerin erklärte sie, sie sei Fahrdienstleiterin in der Einsatzzentrale eines Rettungsdienstes, verheiratet und habe ein Kind. Als Geschworene habe sie noch nicht fungiert. Aus dem Gespräch mit der Verteidigerin ging außerdem hervor, daß sie nichtpraktizierende Katholikin war, nichts über asiatische Religionen wußte und nur einmal Opfer eines Verbrechens geworden war, als man ihren Wagen aufgebrochen hatte. Sie selbst hatte damals nicht im Auto gesessen und nur ein Tonbandgerät, eine Sonnenbrille und den Basketball ihres Ehemanns eingebüßt.
Dann war der Ankläger an der Reihe. Er brachte in Erfahrung, daß niemand in ihrem engeren Familienkreis an einer Geisteskrankheit litt und sie seit der Beendigung der High-School an ihrer jetzigen Stelle tätig war; ihr Mann sei Lokführer bei der Eisenbahn und sie selbst politisch gemäßigt. Die Fragen beantwortete sie gelassen und mit einer maskulinen, whisky-rauhen Stimme. Während einer Pause entdeckte ich auch, warum: Sie war hemmungslose Kettenraucherin.
Als Mrs. Reiter mit ihrem *voir dire* fertig war, brauchte nur noch ein weiterer Geschworener ernannt zu werden. Nachdem zwei Kandidaten entlassen worden waren – eine Frau, deren Cousine bei der Tragödie in Guyana umgekommen war und die keine Zeugenaussagen über Sekten mitanhören wollte, und ein Mann, dem kürzlich von einem »verrückten« Obdachlosen ein furchtbarer Schrecken eingejagt worden war –, konzentrierten die beiden Anwälte ihre Aufmerksamkeit auf einen Schwarzen, Mr. Dwight Anderson, einen ehemaligen Marinesoldaten, der als Sicherheitschef in einer Rüstungsfabrik arbeitete. Etwa um halb fünf, gegen Ende seiner Befragung, erreichte ein Streifen Sonnenlicht, der langsam über den Boden des Gerichtssaals ge-

wandert war, die Geschworenenbank. Während die Sonne unterging, kroch der Lichtstreifen an unseren Beinen empor, über unseren Schoß und erreichte schließlich Brusthöhe. Der knallrote Stoff von Mrs. Reiters Sweater, den sie auch gestern schon getragen hatte, erregte meine Aufmerksamkeit. Die Nachmittagssonne ließ die weiche Wolle aufleuchten, machte den Sweater, von meinem Platz aus gesehen, teilweise durchsichtig und bot mir einen ungehinderten Blick auf ihre festen, wohlgeformten Brüste. Dieses ganz gewisse Verlangen stieg in mir auf, und es erschreckte und bestürzte mich ungeheuer, daß es mich so unerwartet, so stark und in einer so unpassenden Umgebung überfiel.

Als ich es nicht länger ertragen konnte, richtete ich meine Aufmerksamkeit wieder auf den Gerichtssaal. Zu meiner Belustigung stellte ich fest, daß fast jeder in meiner Umgebung, männlich wie weiblich, den Blick auf Mrs. Reiters Busen gerichtet hatte. Als ich mich im Saal umblickte, sah ich, daß nur zwei Personen nichts von dem Spektakel zu merken schienen: der Gerichtsstenograph, der beim Schreiben von uns abgewandt saß, und der Angeklagte, der mir direkt in die Augen blickte. Er trug ein kühles Lächeln zur Schau, als wisse er genau, was in meinem Kopf vorging. Ich erschauerte und wandte den Blick ab; als ich wenige Sekunden später wieder hinschaute, starrte Weber zu dem Fenster hinaus, durch das der Sonnenstrahl hereinfiel. In diesem Moment wurde mir zum erstenmal richtig klar, daß es sich hier um einen Mordprozeß handelte. Ich war Geschworener und dazu auserwählt, über Schuld und Unschuld eines Mannes zu befinden, und nun kannte dieser Mann nicht nur meinen Namen, sondern wußte auch sonst einiges über mich.

Die Geschworenen wurden vereidigt, zwei Ersatzleute ausgewählt, und der Prozeß konnte endlich beginnen. Endlich sollten wir erfahren, was der blasse junge Mann verbrochen hatte.

Ich selbst war besonders neugierig geworden, als ich von dem Artikel in der Regenbogenpresse hörte, in dem der Angeklagte als »Zen-Monster« bezeichnet wurde. Ich versuchte den Artikel aufzutreiben, obwohl das gegen die Vorschriften verstieß, doch mein Bibliothekarsfreund an der Uni unterdrückte, als ich den Namen der Zeitschrift nannte, ein Lachen und schlug vor, ich solle in den Müllsäcken hinter den Supermärkten suchen.
Zunächst erklärte uns Judge Davis, daß der Angeklagte auf »nicht schuldig« wegen Unzurechnungsfähigkeit plädiere und der Prozeß daher geteilt werden müsse. Der erste Teil sei die »Schuldphase«, in der wir entscheiden müßten, ob der Angeklagte das Verbrechen tatsächlich begangen habe. Wenn wir ihn für schuldig hielten, würde man zur »Unzurechnungsfähigkeitsphase« übergehen, in der der Angeklagte zu beweisen versuche, daß er das Verbrechen zwar begangen habe, zum Zeitpunkt der Tat aber unzurechnungsfähig gewesen sei. Warum wir beides nicht auf einmal erledigen konnten, erklärte uns der Richter nicht; mir schien das Ganze eine recht wenig effektive Methode zu sein, und ich fragte mich allmählich, wie lange ich in diesem Gerichtssaal eingesperrt sein würde.

Zuerst trug der Staatsanwalt die Anklageschrift vor. In seinem weichen Südstaatendialekt und fast mit einer Andeutung von Traurigkeit im Ton berichtete er uns, der Angeklagte Philip Weber habe das College abgebrochen und fühle sich vom Leben gelangweilt und unbefriedigt. Er sei jahrelang umhergezogen, habe mit Hilfe von Drogen und Mystik »zu sich selbst zu finden« versucht und sich schließlich der Los Angeles Zen Foundation angeschlossen, einer buddhistischen Gemeinschaft in Pacific Palisades. Er habe sich von dieser Religion angezogen gefühlt, weil sie ihm »Erleuchtung« biete, einen blendenden Lichtstrahl der Erkenntnis, der jeden, der ihn erlebt, zum spirituellen Meister machte.

»Mr. Weber glaubte«, sagte der Ankläger, deutlich bemüht, sachlich zu klingen, statt sarkastisch, »er brauche nur ein erleuchteter Zen-Meister zu werden, dann werde er keinerlei Zweifel oder Unsicherheit mehr verspüren, und geistig hochstehende Menschen würden ihn achten, ja ihn um Erkenntnisse und Ratschläge bitten. Im Laufe der alljährlichen intensiven Meditationsexerzitien im Januar dieses Jahres hielt Mr. Weber diesen Zeitpunkt offenbar für gekommen. Am Nachmittag des 4. Januar rief er plötzlich laut, er sei erleuchtet, er sei zum Buddha geworden. Als Mr. Kazuo Okakura, der Zen-Meister, der die Exerzitien leitete, Mr. Weber bat, seine »Erleuchtung« zu demonstrieren, sprang der junge Mann auf, entriß dem Zen-Meister einen Stab und begann wie wild damit auf ihn einzuprügeln. Zu diesem Zeitpunkt befanden sich außer Mr. Weber und Mr. Okakura elf Personen im Tempel, die alle Zeugen dieser Attacke wurden. Durch die Schläge erlitt Mr. Okakura einen Schädel- und einen Genickbruch, an denen er einige Stunden später im Krankenhaus starb.«
Als Mr. Graham die Tat schilderte, hielten mehrere der Geschworenen hörbar den Atem an und starrten auf den Angeklagten, der viel zu schwächlich wirkte, um einen so brutalen Mord zu begehen. Auch fiel mir eine gewisse Unruhe im hinteren Teil des Gerichtssaals auf. Als ich hinübersah, entdeckte ich eine Gruppe von Asiaten, die ein altes, ebenfalls asiatisches Ehepaar umringte. Die jüngeren Mitglieder der Gruppe schienen für die alten zu übersetzen. Ich vermutete, daß es sich um die Eltern des Mordopfers handelte.
»Die Zeugenaussagen werden beweisen«, schloß Mr. Graham, deutete auf den Angeklagten und sah ihm direkt in die Augen, »daß Mr. Weber hier Mr. Okakura absichtlich getötet hat, um aller Welt seine spirituelle Macht zu demonstrieren und um die Möglichkeit auszuschließen, daß Mr. Okakura die Wahrheit seiner selbst behaupteten ›Erleuchtung‹ in Frage stellte. Wenn Sie

die Zeugenaussagen gehört haben, werden Sie zweifellos feststellen, daß Ihnen keine andere Möglichkeit bleibt, als den Angeklagten für schuldig zu befinden.«

Der Ankläger kehrte an seinen Platz zurück, während der Richter die Verteidigung aufforderte, ihr Eröffnungsplädoyer zu halten.

Miss Doppelt erhob sich und bat um eine vertrauliche Besprechung. Nachdem Judge Davids zögernd zugestimmt hatte, führte der Gerichtsdiener die Jury in den Warteraum hinaus, damit wir nicht hören konnten, was gesprochen wurde. Als wir in den Gerichtssaal zurückkehrten, sah ich, daß Miss Doppelt sich über irgend etwas ärgerte. Als der Richter sie abermals aufforderte, ihr Eröffnungsplädoyer zu halten, wandte sie sich zu uns um und sagte: »Meine Damen und Herren Geschworenen, leider ist es mir nur gestattet, während der Unzurechnungsfähigkeitsphase Beweise für eine Geisteskrankheit vorzulegen. Also sind Sie, die Geschworenen, gezwungen, Philip schuldig zu sprechen, bevor ich überhaupt eine Chance habe, ihn zu verteidigen, und das wird mit an Sicherheit grenzender Wahrscheinlichkeit ein Vorurteil in Ihnen wecken. Ich hoffe nur, daß Sie, wenn dieser Teil des Verfahrens vorüber ist, bereit sein werden, sich die Beweise für seine Unzurechnungsfähigkeit unvoreingenommen anzuhören. Ich danke Ihnen.« Der Richter hob eine seiner dichten Brauen und schien sie verwarnen zu wollen, ließ die Braue aber ebenso schnell wieder sinken. Der Angeklagte, der das bemerkte, lachte leise in sich hinein.

Während wir zur Frühstückspause den Gerichtssaal verließen, sagte der Geschworene, der Gasuhren ablas und Gary hieß, zu mir: »Klingt alles einigermaßen verrückt, nicht wahr? He, ich könnte auch Zen-Meister sein; ich hab 'nen Baseballschläger in meinem Laster! Ha, ha ...« Als er lachte, fiel mir auf, daß er furchtbar ungepflegte Zähne hatte.

Man hatte uns mindestens ein dutzendmal darauf hingewiesen,

daß es uns nicht erlaubt war, den Fall vor Beginn der Beratungen zu diskutieren. Also lächelte ich und versuchte, so höflich wie möglich, einigen Abstand zwischen uns zu bringen, aber er folgte mir bis zum Trinkbrunnen und erkundigte sich, ob ich etwas über Buddhismus wisse. Ich antwortete, nein, nahm aber an, wir würden später, im Lauf der Verhandlung, mehr darüber erfahren.

»Na, hoffentlich«, erwiderte er. »Vielleicht gibt's ja sogar eine Vorführung, und irgendein Kerl läuft über glühende Kohlen oder so.« Wieder lachte er über die eigenen Worte.

Vom *voir dire* her erinnerte ich mich, daß er in den Vierzigern war, aber er wirkte zwanzig Jahre älter, vermutlich weil er viel an der prallen Sonne war. Kaum zu glauben, daß ich nur ein paar Jahre jünger sein sollte als er. Er hatte einen kugelrunden Bauch, magere Beine und ein vollkommen flaches Hinterteil. Das fiel mir auf, weil er ständig an seiner Hose zupfte, als sei er daran gewöhnt, sie immer wieder heraufziehen zu müssen. Er fragte, ob ich die Sportereignisse verfolge. Als ich verneinte, erzählte er mir, die Dodgers hätten am Abend zuvor eine schändliche Niederlage einstecken müssen.

»Und das gegen ein so beschissenes Team«, klagte er. »Das ist doch unlogisch, finden Sie nicht? Ein großartiges Team spielt gegen ein beschissenes Team, da sollte es doch keine Zweifel geben. Aber, o Mann – wenn ein beschissenes Team gegen ein gutes Team spielt, dann färbt das ab, und jeder einzelne spielt beschissen.«

Erleichtert, weil er wenigstens das Thema gewechselt hatte und nicht mehr über die Verhandlung sprach, erklärte ich ihm, das gleiche gebe es häufig auch in der Musik. Man könne einen phantastischen Künstler engagieren, doch wenn er mit einem schwachen Orchester spiele, sei man überrascht, wie schlecht er zuweilen sein könne.

»Ja.« Er nickte. »He, wissen Sie was? Meine Eltern haben mich als Kind auch ein paar Wochen lang gezwungen, Klavierstunden zu nehmen ... Mann! Hab' ich die gehaßt! Ich hab' so lange gemault, bis ich wieder aufhören durfte. Aber jetzt, wo ich selbst 'nen Jungen hab', will meine Frau unbedingt, daß er Klavierstunden kriegt. Sie sind doch drin, in der Musik – was meinen Sie? Sollten Kinder Klavierstunden kriegen, weil das gut für sie ist, oder halten Sie's für Zeitverschwendung, wenn sie sich nicht dafür interessieren? Ich meine, mein Junge bettelt nicht gerade um Klavierstunden oder so.«

Da ich der Meinung bin, daß keiner diese Frage beantworten kann, entgegnete ich, das komme aufs Kind an; manche schienen viel Freude an Musikunterricht zu haben, andere nicht. Das könne man erst sagen, wenn man's versucht habe.

Maria Teresa stand nahe genug bei uns, um unser Gespräch mitzuhören. Schließlich kam sie herüber und erklärte, ihre Mutter habe so gern Akkordeon gehört, daß sie Maria Teresa fast ein Jahr lang Unterricht auf diesem Instrument erteilen ließ. Die Stunden hätten dann ein Ende gefunden, als die Familie einen Welpen kaufte, denn der junge Hund nahm sich das Akkordeon vor, zerfledderte es und vergrub die größten Stücke im Garten. »Meine Mutter ist an die Decke gegangen.« Sie lachte. »Aber ich hab' noch einen Monat lang Leckerbissen für ihn stibitzt, so sehr hatte ich dieses Akkordeon gehaßt.« Sie hatte ein wunderschönes Lächeln.

»Haben Sie sich jemals gewünscht, dabei geblieben zu sein?« erkundigte ich mich.

Sie musterte mich argwöhnisch. »Haben Sie schon mal Akkordeonmusik gehört?« fragte sie mich. Das war ihre ganze Antwort; anschließend entschuldigte sie sich und ging hinaus, um eine Zigarette zu rauchen. Ich lachte, aber erst, als sie schon fort war. Es dauerte ein paar Sekunden, bis ich merkte, daß sie einen Scherz gemacht hatte.

Ihre Geschichte erinnerte mich an den Abend, an dem Wolfgang Bruggen, einer der einflußreichsten Finanziers und Staatsmänner im Deutschland der Nachkriegszeit, meine Mutter und mich als Ehrengäste zu einer seiner prunkvollen Dinnerparties bat. Wie üblich fühlte ich mich fast während des ganzen Dinners unbehaglich; die anderen Gäste und sogar mein distinguierter Gastgeber schienen nicht recht zu wissen, ob sie mich als Kind oder als Erwachsenen behandeln sollten, und in einer so erlauchten Gesellschaft wagte ich es natürlich nicht, von mir aus ein Gespräch zu beginnen. Schließlich zog sich die Gruppe, wie fast jedesmal bei derartigen Ereignissen, aus der Affäre, indem man mich in den höchsten Tönen lobte, statt sich mit mir zu unterhalten.

Um alles noch viel schlimmer zu machen, saß Herr Bruggens achtzehnjähriger Sohn (ich war damals fünfzehn) mit verkniffener Miene neben mir und vermied es, mich auch nur anzusehen. Unmittelbar vor dem Dessert brachte Herr Bruggen mit einer Handbewegung sämtliche Gespräche zum Schweigen, machte eine Geste in meine Richtung und verkündete: »Bitte, meine Herrschaften, überlegen Sie mal: sechs Stunden pro Tag praktisch seit dem Tag seiner Geburt! Und kein einziges Mal brauchte man ihn zum Üben zu überreden! Stellen Sie sich das bloß mal vor!« Damit warf er seinem Sohn einen vielsagenden Blick zu und forderte uns auf, den Karamelpudding zu probieren.

Nach dem Dinner, als die Erwachsenen zum Rauchen und auf einen Schluck Cognac in den Salon hinübergingen, befahl Herr Bruggen seinem Sohn, mir den Blumen- und Kräutergarten zu zeigen. Draußen erklärte mir der junge Mann gehorsam, aber mißmutig die verschiedenen Sträucher und Pflanzen, bis ich ihn schließlich fragte: »Macht es dir Spaß, das Gärtnern?«

»Ich hab noch nie im Leben was gepflanzt«, gab er zurück.

»Ich auch nicht. Ich bin nicht besonders gut in Botanik«, sagte ich und hoffte den Älteren damit zu beeindrucken. Wegen unseres Altersunterschieds, und vielleicht auch, weil ich spürte, daß er mich nicht mochte, sehnte ich mich nach seiner Anerkennung. Ein einziges freundliches Wort von ihm – oder, besser noch, eine männliche Geste, etwa daß er mich in eine verbotene Unternehmung einweihte oder mich fragte, ob ich seinen Wagen sehen wolle – hätte mir mehr bedeutet als alle Lobeshymnen seines Vaters. Statt dessen sah er mich mit zusammengekniffenen Augen an und antwortete: »Mein Vater macht das immer so, weißt du. Er lädt jemanden wie dich hierher ein, redet davon, wie großartig du bist, und will damit erreichen, daß ich losziehe und ebenfalls großartige Dinge vollbringe. Aber weißt du, was passieren würde, wenn ich sagte, ich wolle Maler werden, oder Musiker? O Mann, er würde mich auf der Stelle enterben. Diese Dinnerparties sind der reinste Bockmist, ganz ehrlich.« Und dann fuhr er fort, alle möglichen Pflanzen zu erklären, als wolle er mir beweisen, daß er mich nicht zu bewundern gedenke. Genau wie Maria Teresas Geschichte von ihrer Mutter und den Akkordeonstunden gibt mir dieser Zwischenfall zu denken – warum hat die Natur die Menschen so geschaffen, daß sie ganz wild darauf sind, Kinder zu machen, wenn sie dann keine Ahnung haben, wie man sie großzieht? Wann läßt man Kinder ihren eigenen Instinkten folgen, und wann zwingt man sie, das zu tun, was selber getan zu haben man sich wünscht?

11

Benjamin Frederick Ellis, der erste Zeuge der Anklage, war ein hochgewachsener, magerer Mann in einem Anzug, der ihm am Körper hing, als hätte es ihn nur in drei Größen gegeben: klein, mittel und groß. Beide Arme ließ er steif am Körper herabhängen, als er mit schüchternen Schritten nach vorn stakste. Er mochte ungefähr vierzig sein, war aber dennoch vollkommen kahl. Als er an der Geschworenenbank vorbeikam, sah ich, daß ihm die Haare nicht ausgefallen waren, sondern daß er sie abrasiert hatte.

Ich bemerkte, daß er dem Angeklagten auf dem Weg zum Zeugenstand einen zornigen Blick zuwarf. Der Angeklagte lächelte und nickte geheimnisvoll; entweder spielte er sich als »spiritueller Meister« auf, oder er lebte wirklich in einer eigenen Welt der Phantasie. Mr. Ellis legte den Eid ab und nahm Platz. Er saß kerzengerade da, die Hände symmetrisch auf dem Schoß gefaltet. Mir ist aufgefallen, daß Amerikaner, die sich für östliche Mystik interessieren, immer eine Möglichkeit finden, anderen Menschen diese Tatsache zu demonstrieren: Sie sitzen, selbst wenn es Stühle gibt, im Schneidersitz auf dem Fußboden und drücken das Kreuz so unnatürlich durch wie West-Point-Kadetten. Mr. Graham trat vor den Zeugenstand, stellte einen Fuß aufs Podium und stützte den rechten Arm aufs Geländer. Durch sein Beispiel schien er bewirken zu wollen, daß sich der Zeuge ebenfalls ein wenig entspannte.

Mr. Ellis gab sich als Prior des Tempels der Zen Foundation in Los Angeles zu erkennen, was auch den geschorenen Schädel erklärte. Voll Nervosität schilderte er, was am Tag der Tat geschehen war. Die Mitglieder des Tempels nahmen an »intensiven Meditationsexerzitien« teil. Der Tradition entsprechend befolgten sie eine Woche lang einen sehr strengen Tagesplan: Aufstehen um vier Uhr morgens, Rezitationen auf japanisch, Hunderte von Niederwürfen vor dem Bild des Buddhas und bis zu sechzehn Stunden am Tag Meditieren bei absolutem Stillsitzen. Um elf Uhr abends gingen sie zu Bett, doch viele Schüler gaben, wie Ellis erklärte, nur vor, zu Bett zu gehen; um ihre Entschlossenheit zu demonstrieren, schlichen sie sich im Dunkeln in den Meditationssaal zurück und setzten ihre Bemühungen fort. Zweck der Meditationen war es, seinen Worten zufolge, die Lösung eines scheinbar irrationalen Rätsels zu finden, das der Zen-Meister jedem Schüler einzeln aufgab. Dieses Rätsel war nur zu lösen, wenn man jene transformationale Einsicht erlangte, die »Erleuchtung« genannt wurde.

»Am vierten Tag der Exerzitien«, berichtete Mr. Ellis, »begann Philip ... äh ... hörbar zu atmen. Das war am Vormittag, als wir aßen. Jeder dachte, er gebe sich nur besonders große Mühe, sich zu konzentrieren, deswegen kümmerte sich niemand darum.« Nach dem Lunch, der schweigend eingenommen wurde – Sprechen war während der ganzen Woche verboten –, begannen die Tempelmitglieder in aufeinanderfolgenden Perioden von jeweils fünfzig Minuten zu sitzen. Ich fragte mich – und ich glaube, die anderen Geschworenen fragten sich das ebenfalls –, wie man so etwas tatsächlich fertigbringt. Die Vorstellung, auch nur eine halbe Stunde mit gekreuzten Beinen auf dem Fußboden zu sitzen, ohne mich zu rühren, und über ein Rätsel nachzudenken, war für mich schlechthin unmöglich. Und dies dann sechzehn oder mehr Stunden am Tag jeweils eine Stunde lang zu tun – ob diese Menschen das genießen? Oder war es eine Form der Buße wie die Selbstgeißelung oder das Aufsagen von Tausenden von Ave-Marias, eine Probe des Durchhaltevermögens, die allmählich zur Euphorie führte? Dann wurde mir – und es schien mir eine gewisse Ironie zu beinhalten –, klar, daß ich selbst vermutlich mehr darüber wußte, als ich gedacht hatte, denn ich saß pro Tag nahezu acht Stunden lang im Gerichtssaal still, um mir die Zeugenaussagen anzuhören und das scheinbar unlösbare Rätsel eines Mordes zu lösen. Außerdem hatte ich fast dreißig Jahre lang hintereinander täglich sechs und mehr Stunden Cello geübt, eine Leistung, die manche Menschen auch für unmöglich halten würden.

Wie Mr. Ellis uns berichtete, begann Philip dann während der ersten Meditationsstunde nach dem Lunch leise vor sich hin zu weinen. Aber – so unglaublich es mir auch erscheint – niemand störte ihn dabei. Da Philip nicht umfiel oder aufstand und sich auch sonst unter Kontrolle zu haben schien, sagte Ellis, nahm man an, daß ihm nichts fehle.

»Während der zweiten Stunde«, erinnerte sich der Mönch, der all diese seltsamen Dinge beschrieb, als seien sie durchaus alltäglich, »wirkte Philip okay. Sein Atem ging ruhig. Dann, während der Gehpause – ungefähr nach jeder Stunde schreiten wir ein bißchen umher, um uns zu strecken und die Monotonie zu unterbrechen –, ging er irgendwie komisch; seine Schritte waren so federnd leicht, wissen Sie, als ginge er auf einer Matratze. Während der dritten Stunde begann er vor sich hin zu lächeln. Bald darauf wurde ein Kichern daraus. Das muß so gegen drei gewesen sein. Okakura gab ihm ein Zeichen, er solle still sein; und das war der Moment, in dem Philip plötzlich aufsprang und zu schreien begann.«

»Können Sie sich noch genau erinnern, was er schrie?« fragte Mr. Graham.

»Ja. Er sagte: ›Ich hab's! Ich hab mein *koan!* Ich bin ein Buddha! Ich war schon immer ein Buddha!‹« Wieder blickte Mr. Ellis zu dem Angeklagten hinüber, der langsam nickte, als sei nicht von ihm, sondern von einem ganz anderen Menschen die Rede.

Mr. Ellis fuhr fort: »Also blieb Okakura unmittelbar vor ihm stehen und sagte: ›Zeig mir die Lösung deines *koan!*‹ Das ist die japanische Bezeichnung für das Rätsel, das man lösen soll. Philip

sah ihn eine Sekunde lang an, dann … packte er den Stab, den der Meister ständig trug, riß ihn Okakura aus den Händen und … Er hieb ihn damit quer übers Gesicht. Mit voller Wucht. Es war so furchtbar … Wir alle waren … irgendwie sekundenlang wie gelähmt. Als wäre es nicht real, es war so … so absolut unglaublich! Okakura fiel zu Boden, aber Philip schlug immer weiter auf ihn ein. Es floß Blut … Überall war Blut, Unmengen davon, und man konnte sehen, daß sein Schädel … eingeschlagen war … Ich … Ich kann's wirklich nicht beschreiben …«
Der Zeuge schloß die Augen und preßte sich mit zwei Fingern die Nasenwurzel. »Sie müßten wissen … was für ein wunderbarer Mensch unser Meister war …«, sagte er, während er noch um Fassung rang. »Einfach wundervoll war Mr. Okakura … Er war für viele eine Inspiration …«
Im Zuschauerraum hörte ich ein Geräusch und sah, daß die alte Japanerin weinte. Zwei junge Frauen trösteten sie. Ihr Ehemann saß stoisch daneben und starrte geradeaus auf den Zeugen. Seine Augen waren feucht, aber er tupfte sie nicht trocken und machte auch keine andere Bewegung. In diesem Moment bedauerte ich, daß ich mich entschieden hatte, an dem Prozeß teilzunehmen. Der Anblick dieses alten Ehepaares, das sich eine geflüsterte Übersetzung von dem brutalen Mord an seinem Sohn anhören mußte, wirkte auf mich so deprimierend, daß es fast unerträglich war. Inzwischen trug der Angeklagte eine seltsam mitfühlende Miene zur Schau; er sah den Zeugen an, als tue es ihm leid, daß dieser sich an etwas so Furchtbares erinnern müsse. Zugleich aber schien er keinerlei Verantwortung für das zu empfinden, was hier gesagt wurde, schien sich selbst überhaupt nicht damit in Verbindung zu bringen.
Nach einer kurzen Unterbrechung, die dem Zeugen Gelegenheit geben sollte, die Beherrschung zurückzugewinnen, fragte Mr. Graham behutsam: »Was ist dann geschehen, Mr. Ellis?«

»Ich bin aufgesprungen und habe ihn zu Boden geworfen. Inzwischen hatte er Okakura, na ja, ich glaube, so vier- bis fünfmal geschlagen. Und während ich Philip niederzuhalten suchte, lief Louise, eines der anderen Mitglieder, in die Küche, um die Polizei anzurufen.«

Mr. Graham bat den Gerichtsdiener, Beweisstück eins in den Gerichtssaal zu bringen. Der Mann ging hinaus und kam gleich darauf mit einem schweren Eichenstock zurück, ungefähr ein Meter zwanzig lang und an einem Ende abgeflacht wie ein breiter Ruderriemen. Auf diesem flachen Blatt waren dunkle Flecken zu sehen, bei deren Anblick mir flau im Magen wurde.

»Ist das der Stock, mit dem Philip Weber Mr. Okakura getötet hat?«

»Ja …«

Mr. Graham ging mit dem Stock zur Geschworenenbank und bat jeden einzelnen von uns, ihn in die Hand zu nehmen, damit wir merkten, wie schwer er war. Und er war wirklich schwer. Ihn zu berühren, war eine wahrhaft ekelerregende Erfahrung. Nachdem er den Stab zum Gerichtsdiener zurückgebracht hatte, nahm Mr. Graham die Befragung des Zeugen wieder auf.

»Mr. Ellis. Als Sie ihn zu Boden gerissen hatten – was tat Philip, während Sie ihn niederhielten? Hat er sich gewehrt? Hat er mit Ihnen gesprochen?«

»Er erklärte mir ganz sachlich, er sei erleuchtet und nunmehr Zen-Meister. Wenn ich wolle, könne ich sein erster Schüler werden.«

Der Angeklagte sah aus, als wolle er aufstehen und etwas sagen, aber Miss Doppelt flüsterte ihm noch rechtzeitig etwas zu, das ihn zurückhielt. Dabei kehrte ein ferner, unbeteiligter Ausdruck auf sein Gesicht zurück, bei dem ich mich fragte, ob die Verteidigerin ihn nicht vielleicht dazu ermunterte, unzurechnungsfähig zu tun.

In der Mittagspause beschloß ich, ein italienisches Restaurant aufzusuchen, das ich am Morgen im Vorübergehen gesehen hatte. Obwohl es ziemlich voll war, gelang es der Empfangsdame, mich am letzten freien Tisch unterzubringen. Kaum zwei Minuten später kam Maria Teresa herein. An jenem Tag trug sie ein schlichtes schwarzes Kleid, in dem sie einfach umwerfend aussah. Ich sah, wie die Empfangsdame Maria Teresa erklärte, daß sie vermutlich zehn Minuten warten müsse. Maria Teresa krauste die Stirn und warf einen Blick auf ihre Uhr; dann blickte sie auf und entdeckte mich.

Vor lauter Nervosität senkte ich den Blick auf meine Speisekarte und tat, als hätte ich sie nicht gesehen; dann wurde mir klar, wie töricht ich mich benahm – nicht nur, weil es unhöflich war, sondern weil ich ganz genau wußte, daß es mir ein Vergnügen sein würde, sie an meinem Tisch zu haben. Als ich wieder aufblickte, machte sie jedoch schon wieder Miene, das Restaurant zu verlassen. Aus lauter Ärger über mich selbst rief ich ihren Namen, tat so, als hätte ich sie jetzt erst bemerkt, und bat sie an meinen Tisch. Sie willigte ohne große Umschweife ein. Später erzählte sie mir, daß ihr diese Geste, zusammen mit allem, was sie beim *voir dire* über mich gehört hatte, den Eindruck vermittelt habe, ich müsse ein aufgeschlossener, aber zurückhaltender und selbstsicherer Mann sein. Zurückhaltend war ich, damit hatte sie recht.

Anfangs plauderten wir über das *voir dire* sowie einige Leute, die entlassen worden waren. Sie war so attraktiv, daß ich befürchtete, es könne den Anschein haben, ich starre sie an. Ich war daran gewöhnt, Frauen über einen längeren Zeitraum hinweg zu beobachten – meine Studentinnen, wenn sie während des Unterrichts Cello spielten –, ohne mich deswegen befangen zu fühlen. Manchmal beobachtete ich sie dann mehr, als daß ich ihnen zuhörte, und verlor mich ein wenig in Tagträumen.

Also verbrachte ich einen großen Teil der Stunde mit Maria Teresa damit, mich darauf zu konzentrieren, meine Blicke nicht zu lange auf ihrem wunderschönen Gesicht und ihrem Busen verweilen zu lassen, den ihr Kleid nicht vollkommen zu verbergen vermochte. Wie sie sagte, genoß sie es, eine Zeitlang von ihrem Job befreit zu sein. »Einsatzleiterin zu sein ist nicht so aufregend, wie es sich anhört.« Woraufhin ich erwiderte, es sei mir nicht klar gewesen, daß dieser Beruf einen so positiven Ruf habe.

»Das war doch ein Scherz – hilf Himmel!« versicherte sie mir laut lachend.

Sie war keineswegs intellektuell, aber sie war nicht dumm. Ihre Erscheinung unterstrich eindeutig den Eindruck, daß sie dem Irdischen durchaus zugewandt war – die Schatten unter ihren Augen, das schwarze Kleid und diese rauchige Stimme. »Sie sind also Cellospieler, stimmt's? Ich sollte endlich mal anfangen, irgendwas über klassische Musik zu lernen. Wenn ich die höre, stelle ich mir immer Männer in steifen Kragen und mit Monokel vor, die alle aussehen wie Freud, in irgendeinem Schloß rumstehen, die Hacken zusammenschlagen und steife Verbeugungen machen. Verstehen Sie?«

»Stellen Sie sich das bei jeder klassischen Musik vor?« fragte ich sie.

»Hm … nicht bei jeder. Da fällt mir ein, daß ich ein klassisches Tonband habe, das mir wirklich gefällt. Der Soundtrack von *Amadeus.* Das habe ich mir gekauft, als ich den Film gesehen habe. Macht Sie vermutlich krank, nicht wahr?«

Gewöhnlich deprimiert mich musikalische Ignoranz, doch ihre Geschichte war so unglaublich banal, daß sie auch wieder bezaubernd auf mich wirkte. Wenigstens kannte sie den Komponisten, während es Unmengen von Menschen gibt, die tatsächlich glauben, die Musik zu *Amadeus* sei für den Film geschrieben worden. Und eben diese Unmengen von Menschen erinnern sich an Bachs überirdische Toccata für Orgel als die

Titelmusik zu *Rollerball,* oder lachen brüllend, wenn sie die Ouvertüre zu *Wilhelm Tell* in einem Konzertsaal hören.

»Wie wär's, wenn Sie mir ein paar andere gute Komponisten nennen würden, die ich mir anhören sollte«, schlug sie vor. »Ich möchte wirklich mehr hören, aber ich weiß nicht, wo ich anfangen soll.«

Ich fragte sie, welche Mozart-Stücke ihr besonders gut gefielen. Sie gestand mir, daß sie sich das Band nicht aufmerksam genug angehört hatte, um einen spezifischen »Song« zu nennen. »Was mich an eine Frage erinnert«, sagte sie, während sie ihren Salat in French Dressing ersäufte. »Sie kennen klassische Musik doch in- und auswendig, stimmt's? Also, was ist Ihr eigenes Lieblingsstück? Welche von all diesen Symphonien und Sonaten halten Sie für die beste?«

»Aber das ist eine unmögliche Frage! Es gibt so unendlich viel Musik, und so vieles davon ist unbeschreiblich schön. Allein schon die Musik für Cello.«

»Okay. Engen wir's ein. Was ist Ihr liebstes Cellostück?«

»Aber sogar das ist nicht fair! Man kann, sagen wir, die Barock-Meisterstücke nicht mit den Romantikern vergleichen, weil sie eine ganz andere Art von Musik darstellen.«

»Ach ja, na schön, ist ja schon gut. Was ist denn nun einer Ihrer Lieblinge? Es muß nicht Ihr absoluter Liebling sein. Ist Mozart auch auf Ihrer Liste?«

»Aber natürlich ist er auf meiner Liste! Aber der Komponist, dessen Werk mir persönlich am besten gefällt, ist Bach. Johann Sebastian Bach, nicht einer seiner Söhne. Mögen Sie ihn?«

»Das ist doch einer von denen mit den Perücken, ja?«

»Stimmt.«

»Na ja, ich hab' vermutlich was von ihm gehört, aber ich könnt's Ihnen nicht vorsingen. Aber ich möchte Sie was fragen. Es gibt Musik, die einen aufpeppt, es gibt Musik, die einen deprimiert, und es gibt Musik, die einen wirklich echt beruhigt. Was fühlen

Sie, wenn Sie Bach hören? Manchmal, wenn ich im Radio rumschalte, hab' ich plötzlich einen klassischen Sender drin, und das meiste davon klingt so … so trocken, finde ich, daß ich mich manchmal wirklich frage: Lassen Sie sich wirklich von diesem Zeug anturnen, oder ist das mehr so'n kulturelles Zeug, wissen Sie, irgendwas, das man nur tut, weil's gut für einen ist? Vermutlich ist das 'ne ziemlich dumme Frage.«

»Nein, ganz und gar nicht. Aber es ist schwer, die Antwort in Worte zu fassen. Wenn Sie mich fragen, was ich empfinde, wenn ich Musik höre, würde meine spontane Antwort sein, daß ich etwas spiele, statt etwas zu sagen. Ich ›fühle‹ eher etwas, als daß ich es ›höre‹. Aber ich kann Ihnen, glaube ich, ein Beispiel geben. Mein Lehrer in Deutschland sagte einmal, wenn er sterbe, wünsche er sich ein Gedenkkonzert in seiner Lieblingskirche statt einen traditionellen Trauergottesdienst. Da er nicht gesagt hatte, welche Musik gespielt werden sollte, bat mich nach seinem Tod der Testamentsvollstrecker, das Programm zusammenzustellen. Natürlich durfte es keine fröhliche Musik sein; gleichzeitig aber wollte ich nichts Deprimierendes oder Langweiliges. Also wählte ich einige Choral-Präludien von Bach, endend mit einem, das hieß *Wenn wir in höchsten Nöthen sind*. Bach hat es wenige Wochen vor seinem Tod geschrieben, nach einer Augenoperation, die fehlschlug. Da er nichts mehr sehen konnte, mußte er das Präludium seinem Schwiegersohn in die Feder diktieren. Er schrieb es in dem Bewußtsein, daß er sterben mußte; die Sorgen der Welt vermochten ihn nicht mehr zu berühren. Und deshalb findet sich in der Musik nicht die geringste Spur von Leiden; sein Geist hörte nur Perfektion und Harmonie. Da mein Lehrer Bach liebte und gerade aus einem sehr schweren Leben geschieden war, dachte ich, daß dies genau das Richtige sein würde.«

Zu meiner Verwunderung und voller Verlegenheit spürte ich, wie sich meine Kehle zusammenzog, und merkte, daß ich das

Thema wechseln mußte, um mich vor Maria Teresa nicht zum Narren zu machen.

Bevor wir das Restaurant verließen, versprach ich, ihr ein Tonband mit Musik zu leihen, die ihr, wenn sie den Soundtrack von *Amadeus* mochte, vielleicht gefallen würde. Als die Rechnung kam, wurde ich ganz kurz von Gewissensbissen geplagt, denn die Gewohnheit diktierte mir, daß ich für uns beide gemeinsam bezahlte, während die Umstände das als unangebracht erscheinen ließen. Letzten Endes brauchte ich in dieser Hinsicht jedoch keine Entscheidung zu treffen, weil Maria Teresa ganz selbstverständlich zur Rechnung griff und mich fragte, ob es mir recht sei, wenn wir das Ganze über ihre Kreditkarte laufen ließen, da sie zufällig kein Bargeld bei sich habe. Ich antwortete, es sei mir recht, und gab ihr den exakten Betrag für meinen Anteil der Rechnung in bar.

Über die allgemeine Dürre dieses Sommers plaudernd, kehrten wir gemeinsam zum Gerichtsgebäude zurück. Das Leben in Südkalifornien liefert unendlich viel Stoff für leichte Plaudereien: Man hat die Wahl zwischen Trockenperioden, Waldbränden, Schlammlawinen, Erdbeben, Smog-Alarmen und Schießereien auf den Autobahnen, und das sind nur die aktuellsten Themen. Wie Maria Teresa sagte, habe sie zwar keinen Garten, liebe es aber, endlos zu duschen, und konnte daher nicht mit ihrer allmonatlichen Wasserration auskommen. »Und das, obwohl ich fast immer allein im Haus bin«, ergänzte sie. Diese Bemerkung überraschte mich, und wieder spürte ich, wie mir die Röte ins Gesicht stieg, weil ich von ihrem *voir dire* her wußte, daß sie verheiratet war.

12

Beim ersten Kreuzverhör in diesem Prozeß schien die Verteidigerin entschlossen zu sein, uns vor Augen zu führen, welch sonderbare Bräuche bei diesen Zen-Exerzitien gepflegt wurden.

»Mr. Ellis«, begann sie, »zunächst möchte ich etwas mehr über diesen Stab erfahren.« In ihrem Ton lag eine gewisse Schärfe, fast so, als frage sie einen verlegenen Collegestudenten über den tödlichen Ausgang einer Mutprobe aus. »Können Sie uns etwas darüber erzählen? Warum hielt Mr. Okakura ihn an jenem Tag in der Hand?«

Der Zeuge wurde ein wenig nervös, erklärte dann aber, der Stab werde *kyosaku* genannt und sei ein traditioneller Gegenstand, der von nahezu allen Zen-Lehrern benutzt werde.

»Und wie wird er benutzt?« erkundigte sich die Anwältin und strich sich dabei eine Haarsträhne hinters Ohr.

»Die Zen-Lehrer benutzen ihn, äh ... um den Schülern zu helfen, wenn sie müde werden oder ihre Gedanken wandern lassen.«

»Okay, aber wie wird er benutzt?« hakte sie nach. »Trifft es nicht zu, daß der Lehrer die Schüler damit schlägt?«

Wieder wurde der Mönch nervös. »Ja, auf den Rücken, aber das geschieht nicht ohne Grund. Es geschieht aus Fürsorglichkeit, um dem Schüler zu helfen.«

»Fürsorglichkeit?« wiederholte Miss Doppelt ironisch. »Wie hart fällt diese Fürsorglichkeit denn gewöhnlich aus?«

»Nicht hart. Eher wie ein Klaps; es ist eine Aufmunterung. Man freut sich darauf, vor allem, wenn der Rücken vom langen Sitzen schmerzt.«

»Hat Mr. Okakura jemals Philip mit dem Stab geschlagen?«

»Ja. Er hat alle damit geschlagen.«

Ein verständnisinniger Ausdruck trat auf Miss Doppelts Gesicht. »Hat er Philip nicht damit geschlagen«, fragte sie in etwas lauterem Ton als zuvor, »unmittelbar bevor dieser an jenem Nachmittag hysterisch wurde?«

»Nun, nicht unmittelbar davor … Es war, äh … mindestens einige Minuten früher.«

Miss Doppelt nickte, schien aber nicht überzeugt zu sein. »Mr. Ellis«, fuhr sie eisig fort, »das haben Sie uns in Ihrer Aussage bisher aber verschwiegen.«

»Habe ich nicht!« protestierte er. »Ich habe gesagt, daß Mr. Okakura Philip bedeutet hat, still zu sein! Ein Klaps mit dem *kyosaku* ist ein Zeichen, das wir ständig verwenden. Alle Zen-Anhänger wissen das; es kam nicht aus heiterem Himmel.«

»Aha«, sagte Miss Doppelt. »Dann wollen wir das jetzt doch einmal klarstellen: An jenem Tag, dem 4. Januar, begann sich Philip seltsam zu verhalten. Er atmete schwer, weinte vor sich hin, dann wieder lachte er hysterisch. Um ihn zur Ruhe zu bringen, schlug Mr. Okakura ihn mit dem Stab. Wenige Minuten danach begann Philip auf einmal zu schreien, er sei ein Buddha, er habe sein Rätsel gelöst. Ist es Ihnen allen – zu irgendeinem Zeitpunkt während dieses Geschehens – überhaupt in den Sinn gekommen, daß dieser junge Mann in Schwierigkeiten sein könnte?«

Diese Frage schien den Mönch zu irritieren; gereizt schüttelte er den Kopf und antwortete: »Es könnte so aussehen, aber Weinen, Lachen, sogar Halluzinieren, das alles gibt es häufig während der Exerzitien. Er verhielt sich sonderbar, aber nicht so sonderbar, daß irgendeiner von uns hätte voraussehen können, daß er so etwas tun würde wie das, was er getan hat.«

»Mr. Ellis«, fragte die Anwältin mit ungläubiger Miene, »ist Ihnen denn nicht klar, daß widersinniges Lachen, Weinen und Halluzinieren ebenso häufig auch bei Psychoseanfällen auftreten?«

»Dafür bin ich kein Experte, nein.« Mit den Handflächen rieb sich der Zeuge die Oberschenkel. Er schien eine Falte in seiner Hose glätten zu wollen, aber ich konnte keine Falte entdecken.

»Das ist mir klar, Mr. Ellis, aber Mann Gottes ... Nun gut, beschäftigen wir uns mit dem Rätsel, jenem, das Mr. Okakura Philip zugeteilt hatte. Können Sie uns erklären, was das für ein Rätsel war?«

Hier errötete der Mönch; dann antwortete er: »Das ist schwierig, so aus dem Zusammenhang gerissen. *Koan* sind nicht logisch, daher wirken sie manchmal ... Man hat das Gefühl, daß sie völlig unlogisch sind oder seltsam klingen. Sie sollen bewirken, daß man die Grenzen seines Verstandes erkennt.«

Die Anwältin nickte wortlos. Der Zeuge hüstelte verlegen, mußte aber schließlich einsehen, daß er nicht so leicht davonkommen würde und weiterreden mußte. »Das *koan,* das Philip zu lösen hatte, ist sehr bekannt. Es wird seit über tausend Jahren benutzt. Es heißt: ›Wenn du dem Buddha auf der Straße begegnest und er dir im Weg steht, töte ihn.‹«

Die Miene der Verteidigerin sprach plötzlich von einer tiefen Ratlosigkeit, und sie warf uns einen Blick zu, als wolle sie sehen, ob wir ihre Verwirrung teilten.

»Das klingt aber seltsam, Mr. Ellis. Würden Sie uns die korrekte Auslegung des Ratschlags ›Töte den Buddha auf der Straße‹ erklären?«

»Nein. Dieses *koan* habe ich noch nicht gelöst.«

Nun fragte die Anwältin den Mönch, ob es zutreffe, daß ein Zen-Meister in der Zen-Philosophie als lebender Buddha betrachtet wird. Der Mönch bejahte, das treffe zu, und ich glaubte zu sehen, wie Miss Doppelt den Anflug eines Lächelns unterdrückte. Sie verschränkte die Hände auf dem Rücken, nickte vielsagend und wiederholte seine Aussage laut.

»Mr. Okakura war ein lebender Buddha, und Philip hatte ein Rätsel zu lösen, das lautete, wenn man einem Buddha begegne, solle man ihn töten. Als Philip laut schrie, er habe die Lösung dieses Rätsels gefunden, befahl ihm Mr. Okakura, seine Behauptung zu beweisen, es allen zu demonstrieren. Das ist äußerst interessant.«

Langsam, um eine dramatische Pause in ihrem Kreuzverhör zu machen, kehrte sie an ihren Platz neben dem Angeklagten zurück. Sie wandte sich um, sah uns an und sagte dann: »Die Verteidigung hat keine weitere Fragen, Euer Ehren.«

Ich erinnere mich, daß ich einmal einen Musikschüler hatte, der gelegentlich über Depressionen klagte, sonst aber normal und angepaßt zu sein schien. Während des Schuljahrs drängten ihn einige Bekannte wiederholt, an einer Veranstaltung teilzunehmen, die »zwanglose Plauderstunde für Christen« genannt wurde. Er gab schließlich nach; anfangs behauptete er, das Ganze interessiere ihn nur als geselliges Zusammensein, innerhalb weniger Monate jedoch engagierte er sich für diese Organisation. Sobald er vollgültiges Mitglied geworden war, erwartete man von ihm, daß er missioniere, und so versuchte er sogar mich für ihre Veranstaltungen anzuwerben. Jedesmal, wenn er den Herrn Jesus Christus erwähnte, und das geschah ständig, sogar während des Unterrichts, nahm sein Gesicht unweigerlich einen verzückten Ausdruck an. Nie ließ er eine Gelegenheit aus, mir zu erklären, daß er, seit er den Herrn Jesus Christus in seinem Herzen aufgenommen habe, ununterbrochen glücklich sei, nie mehr einen Grund sehe zu fluchen, und gelernt habe, keinen Groll und keine negativen Gedanken mehr zu hegen. Am wichtigsten aber war ihm wohl (jedenfalls nach der Häufigkeit zu urteilen, mit der er es mir gegenüber beteuerte), daß er »erkannt habe, wer er wirklich sei«, obwohl er sich nie näher darüber ausließ. Als ich feststellte, daß er einige meiner anderen Schüler drängte, sich der Gruppe anzuschließen, vor allem einen Austauschschüler aus China, der kaum genug Englisch konnte, um zu verstehen, wovon er redete, verlor ich die Beherrschung und befahl ihm, seine Missionierungsversuche in meinem Klassenzimmer zu unterlassen. Unverzüglich stieg er aus meinem Kursus aus und reichte Beschwerde gegen mich ein, aber das hatte keine weiteren Folgen, und ich sah ihn niemals wieder. Ich weiß nicht einmal, ob er die Schule abgeschlossen hat.

Nach allem, was ich an jenem Tag gehört hatte, schien Zen mir seiner Sekte zu gleichen. Erleuchtung, Erlösung, sein »wahres Ich finden« … das klang alles viel zu grandios, hoffnungsfroh und vage zugleich, um glaubhaft zu sein. Ich vermochte nicht zu verstehen, wie man ein Gebäude betreten, einen Haufen kahlköpfiger Weißer in Mönchsrobe sehen, sie auf japanisch skandieren hören kann und sich nicht so schnell wie möglich aus dem Staub machen möchte.

13

Kyung-hees zweite Cellostunde verlief sowohl gut als auch schlecht. Kaum war der Junge mit seiner Mutter zur Tür hereingekommen, da hielt mir Mrs. Kim das Übungsheft, das ich Kyung-hee gegeben hatte, unter die Nase, zog ein finsteres Gesicht und sagte: »Zu leicht! Kyung-hee schon gut, warum Sie wollen, er soll das machen?«

»Weil es notwendig ist, Mrs. Kim, wenn er ein großer Musiker werden will. Jetzt ist er gut, aber groß wird er nur werden, wenn er sich intensiv mit den Grundlagen beschäftigt.«

»Eh?« fragte sie und sah mich stirnrunzelnd an, als sei ich es, der Sprachprobleme hatte. »Das zu leicht«, wiederholte sie mit schriller Stimme, winkte mit ihrer molligen, kleinen Hand verächtlich ab und pflanzte sich im Studio auf die Couch. Dann

verschränkte sie die Arme vor der Brust und funkelte mich böse an.
Kein Wunder, daß Kyung-hee nie ein Wort sagte! Welches Kind würde es wagen, in Gegenwart einer solchen Mutter den Mund aufzumachen? Zum erstenmal empfand ich Mitgefühl für den Jungen, statt mich über ihn zu ärgern. Während er seinen Bogen mit Kolophonium einrieb und ich ihm das Cello stimmte, entdeckte ich, daß er auf die Rückseite des Instruments einen winzigen Sticker mit einem orientalischen Schriftzeichen geklebt hatte. »Was ist das?« fragte ich ihn. Er starrte mich durch seine dicken Brillengläser an, die seine Augen so groß wie Nektarinen wirken ließen.
»Das heißt Katze«, antwortete er mit leiser Stimme.
»Katze, Katze«, echote Mrs. Kim. »Immer Katze!« Sie führte ihren Gedanken auf koreanisch zu Ende, doch Kyung-hee schien ihr nicht viel Beachtung zu schenken.
»Ja«, sagte ich zu ihm, unter anderem, um seiner Mutter Paroli zu bieten. »Ich erinnere mich, daß du die Katze eines Nachbarn erwähnt hast, als du zum erstenmal hier warst. Magst du Katzen?«
Er nickte. »Katzen können bei Nacht sehen«, erklärte er.
»Ja, das ist richtig. Und sie sind großartige Jäger. Hast du schon mal gesehen, wie eine Katze Mäuse fängt?«
Er schüttelte den Kopf und sah mich erwartungsvoll an. Nun, wenigstens sah er mich an diesem Tag direkt an!
»Also, sie schleichen sich an, völlig lautlos, bis sie ganz dicht an ihrer Beute dran sind. Dann erstarren sie, fast so wie eine Statue, und warten auf genau den richtigen Moment, und dann –« ich imitierte das lautlose Anschleichen, um dann aus meinem Versteck hervorzubrechen »– schlagen sie zu, wie aus der Pistole geschossen. Ziemlich aufregend ist das!«
Tatsächlich, er lächelte! Und zum erstenmal sah ich seine Zähne. Ich hatte ein Gefühl, als hätte ich einen Blick auf den Hei-

ligen Gral erhascht. Um diese Stimmung nicht zu zerstören, griff ich zum Bogen und sagte zu ihm: »Weißt du was? Das ist genau das Gefühl, das man haben muß, wenn man mit einem großen Musikstück beginnt. Paß auf!«

Ich hob den Bogen, hielt ihn über die Saiten und erstarrte, um Kraft für den ersten Ton zu sammeln. Dann entspannte ich mich und legte los – das hohe C auf der A-Saite, und dann hinab bis zur tiefen C-Saite ganz unten. Es war die Anfangsphrase der dritten Bach-Suite. »Siehst du?« fragte ich meinen Schüler und hoffte, er werde begreifen, daß selbst eine einzelne, schlichte Tonfolge zu einer Welt musikalischer Bilder und Gefühle führen konnte. »Das letzte C war die Maus! Ich bin aus meinem Versteck hervorgebrochen, hab' sie gejagt und mir geschnappt! Willst du's vielleicht auch mal versuchen?«

Er erstarrte wie ein Kätzchen, mit einem unbewußt komischen Ausdruck der Entschlossenheit auf dem Gesicht. Dann schlug er zu, traf aber die dünne A-Saite so hart, daß sie zerriß. Auf seinem Gesicht machte sich helles Entsetzen breit, als wäre auf ihn geschossen worden; er wurde totenbleich, und sein Körper versteifte sich wie im Schock.

»Aiyo«, kreischte die Mutter; dann sprang sie auf, beugte sich über ihn, schimpfte mit ihm und wiederholte denselben Satz immer wieder auf koreanisch. Kyung-hee ließ den Kopf hängen und schien sich in sich zurückzuziehen; es war, als wolle er seinen Körper so klein und unauffällig wie möglich machen, um dann auch seine Seele verschwinden zu lassen. Mrs. Kim schüttelte verzweifelt den Kopf und sagte, mir zuliebe auf englisch, zu ihm: »Du hörst Lehrer nicht zu! Du tust nicht, was Lehrer tut! Wie wir sollen bezahlen, wenn du kaputtmachst? Daddy sehr böse, wenn nach Hause kommt.«

Mir ist natürlich klar, daß es am besten ist, sich nicht in Diskussionen zwischen Schülern und ihren Eltern einzumischen, aber ich konnte mich nicht im Zaum halten. »Mrs. Kim«, sagte ich, mühsam meine Stimme beherrschend, »Ihr Sohn ist Cellist – ein äußerst begabter Cellist, und eines Tages wird er vielleicht ein großer, berühmter Cellist werden. Aber wenn Sie ihn nicht Fehler machen lassen, wird er es zu gar nichts bringen. Saiten zerreißen nun mal bei Cellisten; so was kommt tagtäglich vor. Man kann es nicht vermeiden. Ihr Sohn trägt daran keine Schuld. Ich hatte ihn gebeten, so zu spielen, weil ich ihm helfen wollte.«

Ich wußte nicht, ob Mrs. Kim wütend auf mich oder einfach tödlich verlegen war. Jedenfalls kehrte sie mit steifen Schritten zur Couch zurück, ließ sich betont langsam darauf nieder und richtete den Blick irgendwo auf die Mitte des Fußbodens.

Die restliche Unterrichtsstunde war eine Katastrophe. Kyunghee hatte sich ganz in sich selbst verkrochen; auf meine Fragen antwortete er nicht einmal mit Ja oder Nein, sondern zuckte nur die Achseln. Andererseits sah ich, als er mir seine Übungen vorspielte, daß er große Fortschritte gemacht hatte.

Woraufhin ich noch weniger wußte als zuvor, was ich mit ihm anfangen sollte.

Der nächste Zeuge der Anklage war der Polizist, der als erster auf der Szene erschienen war und Philip Weber festgenommen hatte. Es war ein junger Mann, natürlich mit dem üblichen Schnauzbart, und sehr ernst. Er lächelte kein einziges Mal, brauchte vor seinen Antworten nie eine Pause zu machen, um die richtigen Worte zu suchen, sah niemanden an außer dem Staatsanwalt, der ihm die Fragen stellte, und vergaß auch das »Sir« nicht. Trotz seiner Bemühungen, die Antworten als objektive Fakten und sonst nichts zu formulieren, ließ seine Aussage deutlich erkennen, daß er Philip Weber für einen egozentrischen Außenseiter hielt, der an jenem Tag genau gewußt hatte, was er tat.

»Schien Mr. Weber sich unter Kontrolle zu haben, als Sie ihn verhafteten?« erkundigte sich der Ankläger.
»Jawohl, Sir, er hatte sich völlig unter Kontrolle. Der Angeklagte hat sich der Verhaftung nicht widersetzt. Er war keineswegs erregt.«
»Hat er, nachdem Sie ihm seine Rechte vorgelesen haben, überhaupt mit Ihnen gesprochen?«
»Jawohl, Sir. Der Angeklagte hat eine Menge geredet.«
»Worüber?«
»Der Angeklagte redete von seiner Philosophie. Für mich klang das wie absoluter Schwachsinn. Alles sei nur eine Illusion, sagte er, doch dann fragte er mich, ob wir nicht seine Handschellen lockern könnten, weil sie ihm weh täten. Außerdem verlangte der Angeklagte auf der Fahrt zum Revier von mir, eine bestimmte Straße wegen Bauarbeiten zu meiden. Er sagte, sonst würden wir aufgehalten.«
»Hatte er recht, Officer?«
»Jawohl, Sir. Wir wurden mehrere Minuten aufgehalten.«
Ich glaubte zu sehen, wie die Blicke des Polizisten bei diesen Worten unsicher umherwanderten; wahrscheinlich war ihm dieser anekdotische Teil ein wenig peinlich.
Der letzte Zeuge der Anklage war der Detective der Mordkommission, der Philip Weber unmittelbar nach seiner Festnahme vernommen hatte. Gegenüber seinem Vorgänger wirkte er sachlicher, eben wie jemand, der hauptsächlich am Schreibtisch arbeitet; um Autorität zu beweisen, brauchte er kein paramilitärisches Vokabular zu bemühen und sich auch keinen Schnauzbart wachsen zu lassen. Er war schwarz, wirkte wie ein vernünftiger Mann, und wie ich feststellte, betrachtete er den Angeklagten mehrmals, ohne daß ihm Abneigung oder Rachedurst anzumerken gewesen wären. Vielmehr hatte ich den Eindruck, daß dies ein relativ problemloser Fall für ihn gewesen war.

»Hat Mr. Weber ein Geständnis abgelegt, Detective Wright?« wollte Mr. Graham wissen.

»Ja, das hat er.«

»Haben Sie ihn über seine Rechte aufgeklärt?«

»Ja.«

»Und was hat er Ihnen gesagt?«

»Nun ja, er war sehr hilfsbereit. Er hat sofort zugegeben, daß er den Mann getötet hat, und als ich ihn fragte, hat er erklärt, er habe keine Gewissensbisse dabei empfunden. Der Mord sei eine Sache zwischen zwei Zen-Meistern gewesen, etwas, das gewöhnliche Menschen nicht verstehen würden, daher habe es auch keinen Zweck, mir etwas erklären zu wollen. Er schien das Gefühl zu haben, das Opfer – dieser Japaner – hätte ihn verstanden und nichts dagegen einzuwenden gehabt. Wie Philip behauptete, sei der Mord an diesem Japaner wirklich die beste Möglichkeit gewesen, die Philosophie des Opfers in die Tat umzusetzen.«

»Hat Mr. Weber gesagt, welche Philosophie das war?«

Detective Wright lachte. »Nun ja, er hat versucht, es mir zu erklären, aber ich fürchte, das war mir zu hoch, denn schließlich bin ich ein ganz gewöhnlicher Mensch, nicht wahr? Es steht alles in meinem Bericht; Sie sollten ihn lieber lesen, statt sich auf mein Erinnerungsvermögen zu verlassen. Alles in allem schien Philip sagen zu wollen, daß diese ganze Zen-Masche auf Vertrauen beruht. Daß man, wenn man nur genügend Selbstvertrauen hat, alles tun kann, weil es in Ordnung, ja perfekt ist. Das klingt alles sehr großartig – all dieser Sektenkram klingt erst mal großartig, bis man sieht, wozu er die Menschen bringt.«

Während der Pausen war ich darauf bedacht, nicht über den Fall zu sprechen, aber das erwies sich als schwierig. Vor allem Gary, der Gasableser, brachte es offenbar nicht fertig, den Mund zu halten. Er machte keinen Hehl daraus, daß er das Ganze einfach absurd fand; das tat ich auch, aber wenn man Gary hörte, hatte man den Eindruck, der Mord habe in einem Lachkabinett stattgefunden. Einmal habe ich tatsächlich gehört, wie er während der Zeugenvernehmung schnaubte, als müsse er ein aufsteigendes Lachen unterdrücken. Später erzählte er mir, die Vorstellung von kahlköpfigen Priestern, die mit Stöcken aufeinander einschlagen, sei ihm fast zu komisch vorgekommen, um sie für wahr zu halten.

So oft wie möglich suchte ich eine Gelegenheit, einige Worte mit Maria Teresa zu wechseln, und ein paarmal begann sie auch ein Gespräch mit mir. Zu meiner Überraschung waren wir beide so ziemlich die einzigen, die nicht dem allgemeinen Schema folgten, daß Männer mit Männern und Frauen mit Frauen sprachen. Nachdem ich so lange an der Universität gewesen war, wo die beiden Geschlechter sowohl im Lehrkörper als auch in der Studentenschaft ständig aufeinander trafen, wirkte dieses Schema fast altmodisch auf mich. Die einzige weitere Ausnahme, die mir auffiel, war Rose, die Sekretärin, die sich gelegentlich mit Dwight unterhielt, dem Sicherheitschef der Rüstungsfabrik. Und auch das wohl nur, weil sie die beiden einzigen Schwarzen in der Jury waren.

Nach der Aussage des Detectives hatte die Staatsanwaltschaft keine weiteren Zeugen, und Judge Davis gab an die Verteidigung weiter. Als Miss Doppelt auf eine Anhörung ihrer Zeugen verzichtete, weil diese nichts auszusagen hätten, wenn sie nicht Mr. Webers Geisteszustand aufs Tapet bringen könnten, hob der Richter wieder seine eindrucksvolle Augenbraue; dann zuckte er die Achseln und wies die Anwälte an, ihre Schlußplädoyers zu halten. Ich wußte zwar, daß Pflichtverteidiger überarbeitet und unterbezahlt sind, hatte aber immer angenommen, daß sie, vor allem in einem Mordprozeß, wenigstens einen gewissen Grad an Kompetenz zur Verteidigung ihres Mandanten aufzuweisen hätten. Miss Doppelt jedoch schien mir nicht sehr eifrig zu kämpfen.

Mr. Graham sprach als erster. Er wandte sich in seiner gewohnt lässigen Art an uns und gab uns einen kurzen Überblick über die Zeugenaussagen. Dabei betonte er, daß die Aussagen der Zeugen über die Tat allesamt unwidersprochen gewesen seien und keinen Zweifel daran gelassen hätten, daß der Angeklagte Mr. Okakura absichtlich getötet habe.

Miss Doppelt dagegen hielt überhaupt kein Schlußplädoyer, was mich erneut wunderte, ja fast schockierte. Nachdem nun die Beweisaufnahme des Prozesses abgeschlossen war, erteilte uns der Richter einige kurze Belehrungen, wie das Gesetz auf das Beweismaterial anzuwenden und ein Urteil zu finden sei. Er erinnerte uns daran, daß ein Schuldspruch auf Mord zweiten Grades zwar eine Tötungsabsicht – statt einer spontanen Tötung – voraussetze, nicht aber, daß Weber das Verbrechen geplant oder vorher darüber nachgedacht habe. Selbst wenn die Tötung absolut impulsiv geschehen sei, zähle sie dennoch als Mord, wenn der Angeklagte in dem Moment, da er den Stab schwang, töten *wollte.* Der Gerichtsdiener führte uns in den Beratungsraum, wo wir uns an einem langen Eichentisch niederließen. Ich wählte einen Platz am unteren Ende, und Maria Teresa setzte sich neben mich.

Dwight Anderson war der letzte, der hereinkam. Er nahm den einzigen noch freien Stuhl am Kopfende des Tisches, den alle anderen gemieden hatten. Niemand wollte der Sprecher sein. Nur Dwight, ein bulliger Mann, der eine Aura militärischer Disziplin ausstrahlte, schien nichts dagegen zu haben. Als er sich setzte, blickten natürlich alle zu ihm hinüber. »Soweit ich weiß«, begann er sogleich, »ist der erste Punkt der Tagesordnung die Wahl eines Geschworenensprechers. Möchte sich jemand freiwillig melden?«

Niemand hob die Hand.

»Hat irgend jemand früher schon mal in einer Jury gesessen?« erkundigte er sich.
Die ältere Jüdin, eine Krankenschwester im Ruhestand, antwortete, sie sei vor Jahren einmal als Geschworene tätig gewesen. Mit ihrem Akzent klang sie ein bißchen wie meine Mutter.
»Dann haben Sie gewiß die größte Erfahrung«, erklärte Dwight. »Also schlage ich Sie vor. Will jemand meinen Vorschlag unterstützen?«
Ein paar murmelten zustimmend. Die Kandidatin, eine winzige Person, akzeptierte den Vorschlag achselzuckend, fragte Dwight dann aber: »Was ist denn mit Ihnen, Mister? Sie scheinen das besser zu können als ich. Ich schlage Sie vor.«
Er nickte erfreut und bat um weitere Vorschläge oder Freiwillige. Da sich niemand meldete, bat er um Abstimmung. Er verteilte Papier und Bleistifte, die der Gerichtsdiener für uns mitgebracht hatte, und sagte: »Mein Name ist Dwight Anderson. Und Sie heißen, Ma'am?«
»Ruth Friedman.«
Ich hielt es für wahrscheinlich, daß Dwight gewählt wurde, da er so offensichtlich für diese Aufgabe geeignet war; deswegen stimmte ich aus Höflichkeit für Mrs. Friedman.
Entweder hatten noch sechs weitere Personen ein so weiches Herz wie ich, oder die Mehrheit unserer Gruppe wollte nicht von einem Schwarzen befehligt werden, denn Mrs. Friedman gewann die Abstimmung sieben zu fünf. Sie wirkte erstaunt, schien sich aber damit abzufinden und sagte: »Okay, dann bringen wir's mal hinter uns.« Wie sie uns berichtete, hatte die Jury bei ihrem ersten Prozeß zunächst geheim abgestimmt, dann im Plenum über die Zeugenaussagen diskutiert und schließlich abermals abgestimmt. Also verteilten wir weitere Zettel und wurden angewiesen, »schuldig« oder »nicht schuldig« draufzuschreiben.

Unmittelbar bevor wir anfingen, hob Mathilda Jencks, die Hausfrau mit dem Apothekerehemann, die Hand und fragte: »Und was ist, wenn man sich nicht entscheiden kann? Was schreibt man dann?« Sie hatte etwas an sich – eine gewisse Ängstlichkeit im Ton, einen hilflosen Blick –, das mich argwöhnen ließ, sie werde uns noch zu schaffen machen.
»Gut, daß Sie fragen«, gab Mrs. Friedman zurück. »Wenn Sie sich nicht entscheiden können, sollten Sie genau das hinschreiben.«
Also kritzelten wir alle eifrig und gaben unsere Zettel an Mrs. Friedman weiter, die sie zählte. Ich hatte »schuldig« geschrieben, weil es wirklich keine andere Möglichkeit gab, fragte mich jedoch, ob es während der zweiten Prozeßphase wohl komplizierter werden würde. Als Mrs. Friedman alles gezählt hatte, lächelte sie.
»Elf schuldig, einer unentschieden.«
Ich glaube, jeder von uns war bemüht, Mathilda nicht direkt anzusehen, aber sie seufzte und sagte verzweifelt: »Da haben Sie Ihre geheime Abstimmung.«
»Keine Sorge«, erklärte Mrs. Friedman, »es gibt keine Vorschriften, wie das hier abzulaufen hat, also ... Bei dem anderen Prozeß haben wir die Zeugenaussagen besprochen, alle zusammen; wir haben die Hauptpunkte gründlich erörtert. Das war ein komplizierter Prozeß, während dieser hier – ja, was ist dieser? Der ist nicht so kompliziert. Wer will anfangen? Mathilda, möchten Sie uns erklären, was Sie sich denken?«
»Ich weiß nicht, in welche Richtung das hier läuft ...« sagte Mathilda voll Nervosität. »Ich habe mir nur die Beweise angehört, und für mich liegt es keineswegs auf der Hand, daß das alles so eindeutig ist.«
Ein verlegenes Schweigen entstand. Ich vermutete, daß alle dasselbe dachten wie ich, nämlich: »Oje!« Mrs. Jencks schien entweder nicht klar denken oder sich nicht klar ausdrücken zu

können. Es war an unserer Sprecherin, das Schweigen zu brechen. Achselzuckend fragte sie: »Nun, wollen wir über die Zeugenaussagen sprechen? Wäre Ihnen das recht, Mrs. Jencks?«
»Offen gestanden, im Moment fühle ich mich ein bißchen unter Druck gesetzt. Ich werde da in eine Ecke gedrängt, in der ich nicht unbedingt gern sein möchte.«
»Dazu gibt es keinen Grund, meine Liebe. Wir haben's nicht eilig – oder? Lassen Sie sich Zeit.« Es war nett von Mrs. Friedman, das zu sagen, in Wahrheit aber konnten wir nicht weitermachen, bevor sich Mathilda zum Reden entschloß. Also saßen wir alle da und starrten schweigend auf die Tischplatte. Bis sie begann:
»Ich will ja nicht sagen, daß er nicht schuldig ist. Ich sage nur, ich glaube nicht, daß seine Schuld bewiesen ist. Ich meine, die haben doch überhaupt nicht darüber gesprochen, was für ein Mensch er überhaupt war, ich meine, der Anführer dieser Sekte ... der Japaner, der umgebracht wurde. Und wenn er nun so einer war wie dieser – wie hieß er noch? Tom Jones? Der in Guyana all diese armen Frauen und Kinder dieses furchtbare Gift trinken ließ? Wenn jemand diesen Unmenschen umgebracht hätte, bevor er all diese bösen Dinge tun konnte – würden wir ihn dann als Mörder bezeichnen? Oder Hitler?«
Diese Vergleiche waren so unlogisch, daß niemand den Versuch machte, mit ihr zu diskutieren. Schließlich schüttelte Mrs. Jencks mit noch verzweifelterer Miene als zuvor den Kopf und stieß hervor: »Na ja, wenn Sie alle so sicher sind, daß er schuldig ist, scheint mir ja irgendwas entgangen zu sein. Aber ganz wie Sie meinen: Wenn Sie sagen, er ist schuldig, ist das für mich okay.«
Eine idealistischere Gruppe hätte sie wahrscheinlich ermutigt, noch wenigstens einige Minuten länger an ihren Zweifeln festzuhalten, wir aber akzeptierten ihre Kapitulation eher freudig.
»Gut, dann ist es also einstimmig«, bestätigte Mrs. Friedman.

»Wollen wir dem Richter mitteilen lassen, daß wir ein Urteil gefunden haben?«
Wir nickten zustimmend und hofften, daß wir in den Gerichtssaal zurückkehren konnten, bevor Mrs. Jencks es sich noch einmal überlegte. Als wir unsere Plätze auf der Geschworenenbank einnahmen, bemerkte ich, daß der Angeklagte jeden einzelnen von uns aufmerksam beobachtete. Als sein Blick dem meinen begegnete, wollte ich aus Gewohnheit wegsehen, aber dann dachte ich, warum den Blick nicht erwidern, wenn er mich unbedingt anstarren will? Also erwiderte ich seinen Blick, obwohl mir dabei genauso flau im Magen war wie zuvor, als ich die Mordwaffe in der Hand hielt. Webers Gesichtsausdruck ähnelte dem eines Babys: Vollkommen entspannt musterte er mich mit unschuldiger Neugier. Nach ein paar Sekunden verlor er das Interesse an mir und sah statt dessen Maria Teresa an. Die ihm tatsächlich zulächelte. Und er erwiderte ihr Lächeln.
Als es soweit war, erhob sich Mrs. Friedman und las mit ruhiger Stimme vor: »Wir befinden den Angeklagten des Mordes zweiten Grades für schuldig.« Der blasse junge Mann saß mit geschlossenen Augen kerzengerade da und zeigte keine Reaktion. Keiner von den Anwälten schien überrascht zu sein. Erst als ich die Angehörigen des Ermordeten miteinander flüstern und zufrieden nicken sah, wurde mir klar, daß wir nicht darüber zu befinden hatten, ob jemand falsch geparkt hatte. Ihre Reaktion war jedoch kontrolliert; sie wußten natürlich, daß der Mörder im zweiten Teil des Prozesses noch immer für unzurechnungsfähig erklärt und daher freigesprochen werden konnte.
Wieder betrachtete ich den Angeklagten. Es war mir noch immer fast unmöglich, ihn mir als Schwerverbrecher vorzustellen. Er wirkte so passiv und resigniert. Er war auf dem besten Weg, eine lange Zeit, möglicherweise den Rest seines Lebens im Gefängnis zu verbringen, aber das schien ihn überhaupt nicht zu stören. Es war ein widersinniger Anblick, zum Wahnsinnigwer-

den, und ich wußte nicht, was ich davon halten sollte. Tat er nur so? War er wirklich geisteskrank? Oder machte er infolge der vielen Konzentrationsübungen und Rätsel tatsächlich eine Art Wandlung durch?

14

Ich habe mal einen Dokumentarbericht über Indien gesehen, der sich hauptsächlich mit Mystikern befaßte. Ein Mann stand barfuß, nur mit einem dünnen Musselinlendenschurz bekleidet, auf einem eisigen, verschneiten Berggipfel. Er stand regungslos, den ganzen Tag, Tag für Tag. Seit zehn Jahren hatte er kein Wort gesprochen. Jeden Abend brachten ihm die Einheimischen Reis und Gemüse. Woran dachte er, während er den ganzen Tag lang so vor sich hinstarrte? Ich glaube, man muß als Mensch ein völlig anderes Weltbild haben, um eine derartige Disziplin an den Tag legen zu können.

Derselbe Dokumentarbericht zeigte einen anderen Mann, dessen Guru gestorben war und der gelobt hatte, betend am Grab seines Lehrers zu stehen, bis ihm der Guru durch ein Zeichen bedeutete, er könne aufhören zu beten. Die Dorfbewohner halfen dem Mann, eine Schlinge so an einem Baum aufzuhängen, daß er sogar im Stehen schlafen konnte. Damals, als der Film gedreht wurde, stand er schon drei Jahre dort. Zwei Fragen tauchten in meinen Gedanken auf, als ich diesen Mann betrachtete: Sollte man nicht meinen, Erschöpfung und pure Langeweile hätten ihm schon nach wenigen Tagen vorgegaukelt, daß ihm sein Lehrer das Zeichen gab? Ich selbst jedenfalls – davon bin ich überzeugt – hätte jedes Vogelgezwitscher, jedes Hundegebell, jede Polizeisirene als ein Zeichen gedeutet, nach Hause zu gehen und mich niederzulegen! Und die zweite Frage war: Warum machten die Einheimischen bei all dem so bereitwillig mit? Im Grunde waren diese Leute weitgehend dafür verantwortlich, daß sowohl der verwaiste Schüler als auch der stoische Alte im Musselinlendenschurz diese Tortur durchhalten konnten. Sie ernährten diese Mysteriker und schienen sie zu verehren. Warum fanden sie derartige Dinge anbetungswürdig und erstrebenswert, während wir hier ... Ich versuchte mir einen Mann vorzustellen, der sich, nur mit einem Bettlaken bekleidet, auf den Mittelstreifen des Santa Monica Freeway stellt, stur geradeaus in den Smog hineinstarrt, kein Wort spricht und sich von frommen Einheimischen ernähren läßt. Er würde schon nach wenigen Tagen abtransportiert werden.

Ich habe mich noch nie für Mystik interessiert, weder für die östliche noch für die westliche. Vielleicht einfach nur deshalb, weil ich nicht viel darüber weiß, aber mir kommt das alles so unausgegoren vor. Möglicherweise gerät man, wenn man sehr lange hungert, nicht spricht und sich nicht bewegt, in eine Art Trance, aber wozu? Der Schlaf ist eine weit bessere Trance, weil man dabei mehrere Stunden lang völlig weg ist, und das geschieht jede Nacht mit uns allen. Warum also die unmenschliche Anstrengung, das gleiche tagsüber zu erreichen? Genießen diese Menschen den Zustand vielleicht? Und dann ist da noch die Tatsache, daß wir alle ohnehin sterben; ganz gleich, was wir tun, wir werden alle jene letzte und höchste Trance erleben – warum also haben diese Leute es so eilig, sie zu imitieren? Das erscheint mir so überflüssig; noch nie hat man gesehen, daß ein Tier sich dazu zwingt, unnatürliche Posen einzunehmen und sich stundenlang nicht zu bewegen. Am nächsten kommt dem wohl der Flamingo, der regungslos auf einem Bein steht, aber ein Flamingo ist von der Natur dazu bestimmt, das zu tun. Menschen dagegen sind Primaten, und Primaten sind von der Natur nicht dazu bestimmt, sich zu verknoten und stillzusitzen.

Irgend jemand sagte mir, ich solle doch mal versuchen, zu meditieren; da ich mich viele Stunden am Tag auf meine Celloübungen konzentrieren könne, sei ich dafür prädestiniert. Ich las dann ein Buch über Meditationstechniken und versuchte mich sogar ein paarmal darin, konnte aber keine Übereinstimmungen mit meinen Celloübungen entdecken. Wenn man musiziert, hat man ein klar umrissenes Ziel vor Augen: Töne so zu organisieren und zu produzieren, daß sie Gefühle in allen Schattierungen ausdrücken. Ein Leben lang müht man sich mit den Übungen ab und feilt an seinen musikalischen Ausdrucksmöglichkeiten, damit der Zuhörer emotionale Eindrücke in möglichst reiner Form empfängt. Die Meditation dagegen scheint eine Art frei dahintreibende Konzentration zu sein, bei der man entweder an gar nichts denkt, unablässig Verse repetiert oder ein unlogisches Rätsel zu lösen versucht: Konzentration um der Konzentration willen. Was fängt man damit an? Wie soll man die eigenen Fortschritte erkennen, und wie soll man sicher sein, daß man sich hinsichtlich der eigenen Fähigkeiten nichts vormacht? Da ich keinen Sinn darin sehen konnte, hatte ich nach ein paar Versuchen aufgegeben.

In dieser Hinsicht komme ich nach meinem Vater, der im Judentum eine Kulturform sah statt eine Religion. Er war der Ansicht, durch Einhalten der Feiertage, gründliches Studium der Geschichte und des Talmuds gelange man zu einem intellektuellen Verständnis der Tradition, das einem zwar einen guten Start für die Entwicklung der persönlichen Moral finden helfe, nicht aber ein Ziel. Er fand, die Menschen müßten sich dem Wandel der Zeiten anpassen, und ein strenges Dogma in der Religion sei unnatürlich. Darüber stritt er immer wieder mit meiner Mutter: Meine Mutter beschuldigte ihn, sich nur das einzureden, was er selbst hören wollte, und mein Vater entgegnete: »Ja. Na und? Der Rabbi sagt auch, was er selbst hören will, und du willst ihm zuhören! Was macht *dein* Urteil so sicher?«

Von Kempen war ein tiefreligiöser Mensch, doch nicht in dem Sinne, daß er viel über das Übernatürliche nachdachte oder an ein Leben nach dem Tod glaubte; er fragte sich nur voll Ehrfurcht und Staunen, wie sich etwas so Wundervolles und Großartiges wie die Musik mit Hilfe so fehlbarer Kreaturen wie den Menschen manifestieren konnte. Jedesmal, wenn er Musik hörte, öffnete er sich ihr mit so großer Demut und Dankbarkeit, als erhalte er ein Geschenk, das er unmöglich verdient haben konnte. Gegen Ende seines Lebens erfüllten ihn sogar so alltägliche Phänomene wie das sich verändernde Licht der Jahreszeiten, die Rufe der Zugvögel oder der Geschmack guten Tabaks mit Glück. Das einzige, dem er, soweit ich sehen konnte, ohne besondere Dankbarkeit gegenüberstand, war die Politik. Zeitungen ließ er sich täglich ins Haus kommen, weigerte sich aber, auch nur einen Blick hineinzuwerfen, bevor Frau Schmidt alles bis auf die Beiträge der Ressorts Kunst, Naturwissenschaft und Ernährung weggeworfen hatte.

Judge Davis hatte einen mächtigen Schädel. Anfangs war mir das nicht so aufgefallen, weil auch alles übrige an ihm so groß war, aber wenn einer der beiden Anwälte aufstand und in seine Nähe kam, sprang der Unterschied deutlich ins Auge. Davis' Kopf wirkte wie eine dieser römischen Heldenbüsten von Caligula, Nero oder Brutus, die auf den ersten Blick lebensgroß aussehen, so daß man erst, wenn man näherkommt, allmählich erkennt, daß sie die anderthalbfache Lebensgröße haben. Während der Verhandlungspausen vertrieb ich mir die Zeit, indem ich mir vorstellte, wie unser Richter mit einem Olivenkranz auf dem Kopf in einem Marmor-Kolosseum präsidierte. Nachdem wir unseren Urteilsspruch vorgebracht hatten, drehte er sich mit seinem schweren Sessel zu uns herum, wobei er, wie ich bemerkte, verstohlen seine Robe so ausbreitete, daß sie gleichmäßig zu beiden Seiten herabfiel. So wirkte er wie ein ohnehin schon großer Vogel, der sein Federkleid aufplustert, um möglichst noch mehr Eindruck zu machen.

Davis erinnerte uns daran, daß wir, nachdem wir den ersten Teil des Prozesses mit einem Schuldspruch abgeschlossen hatten, nun in das eintreten würden, was man als »Unzurechnungsfähigkeits-Phase« bezeichnete. Wie uns der Richter mit seiner tiefen, monotonen Stimme erklärte, hatte die Beweislast in dem soeben abgeschlossenen Teil beim Staat gelegen. Nunmehr dagegen, sagte er, sei alles umgekehrt, und die Beweislast falle der Verteidigung zu.

»Von diesem Augenblick an«, dozierte er, »lautet die Frage nicht mehr, ob der Angeklagte das Verbrechen des Mordes begangen hat oder nicht. Von diesem Augenblick an dürfen Sie die Zeugenaussagen nur im Hinblick auf die Frage erwägen, ob er zu dem Zeitpunkt, als er das Opfer tötete, zurechnungsfähig war. Der Angeklagte behauptet«, fuhr er fort, und die Art, wie er die Mundwinkel plötzlich herabzog, vermittelte den Eindruck, daß er der Behauptung des Angeklagten nicht sehr viel Bedeutung beimaß, »er habe zum Zeitpunkt der Tat an einer geistigen Störung gelitten und auf Grund dieser Störung nicht den bewußten Willen zum Mord haben können. Er und seine Verteidigerin, Miss Doppelt, fordern Freispruch wegen Unzurechnungsfähigkeit. Da die Beweislast nunmehr bei ihnen liegt, muß die Verteidigung eindeutige Beweise für diese Unzurechnungsfähigkeit erbringen und aufzeigen, daß Mr. Weber zum Zeitpunkt der Tat unzurechnungsfähig war ... daß er, als er Mr. Okakura tötete, nicht wußte, was er tat. Der Staat, vertreten durch Mr. Graham, braucht in diesem Teil nichts zu beweisen. Wenn Sie nach Abschluß dieser Verhandlung irgendeinen Zweifel daran hegen, daß Mr. Weber unzurechnungsfähig war, sind Sie gesetzlich dazu verpflichtet, ihn schuldig zu sprechen.«

Miss Doppelt strich sich wieder die Haarsträhne hinters Ohr und seufzte verärgert; ich vermutete, sie hatte das Gefühl, die

Belehrungen des Richters sprächen von einer Voreingenommenheit gegenüber ihrem Mandanten. Mein persönlicher Eindruck war, daß Judge Davis erleichtert gewesen wäre, hätte er die Verhandlung an diesem Punkt mit einem Schuldspruch abschließen und auf die »Unzurechnungsfähigkeitsphase« vollkommen verzichten können.

An jenem Tag hatte ich ein Buch in den Gerichtssaal mitgenommen; ich hatte vor, während der Pausen darin zu lesen, weil ich hoffte, dadurch zu verhindern, daß Gary, der lästige Gasableser, mir wieder einmal nachlief, nur um über sich selbst zu reden. Wenn es um ihn herum still war, schien er sich tatsächlich unbehaglich zu fühlen; während der Verhandlung dagegen fühlte er sich okay, weil immer irgend jemand sprach, und wenn während der Pausen ein anderer redete, hörte er zufrieden zu, ohne ihn zu unterbrechen. Sobald ein Gespräch jedoch für mehr als ein paar Sekunden unterbrochen wurde, wirkte er unruhig, sah sich überall um, gab störende Geräusche von sich, indem er die Luft zwischen den Zähnen hindurch einsog, und suchte, sobald jemand aufsah, Blickkontakt mit ihm, um sofort mit ihm ein Gespräch anzuknüpfen. Wenn dann niemand aufblickte, fing er an, mit mir zu reden.

Das Buch, das ich mitgebracht hatte, war ein neues Werk über die Interpretation früher Musik und ging von einer Frage aus: Wird man den alten Komponisten besser gerecht, wenn man sich um eine möglichst authentische Wiedergabe der Musik bemüht, so wie sie zu ihrer Entstehungszeit gespielt wurde, oder indem man modernes Gefühl und modernen Geschmack hineinbringt, um eine persönlich glaubwürdige Darbietung zu gewährleisten? Die vielen Entwicklungen »authentischer« Instrumente »aus der Zeit« sowie die Musikforschung der letzten Jahrzehnte haben eine lebhafte Debatte ins Leben gerufen, die noch immer andauert. Einerseits gibt es Leute, die der Meinung sind, frühe Musik mit modernen Instrumenten, moderner Phrasierung und Klangfarbe zu spielen, sei etwa so, als wolle man Rembrandts Meisterwerke mit der leuchtenden Farbskala von Matisse überpinseln – eine widerwärtige Verzerrung. Andererseits gibt es Leute, die behaupten, moderne Instrumente, Phrasierung und Klangfarbe bildeten einen Fortschritt gegenüber den früheren Versionen, und darauf zu verzichten sei etwa so, als wolle man Zahnheilkunde mit Bohrern aus dem achtzehnten Jahrhundert ausüben – eine Verschwendung mühsam erworbener Kenntnisse.

Als ich während der Pause unmittelbar vor dem Beginn der zweiten Prozeßphase bemerkte, daß Gary unruhig wurde und hörbar die Luft zwischen den Zähnen hindurchsog, nahm ich das als Hinweis, daß Gefahr im Verzug war. Ich schlug mein Buch auf, begann zu lesen, und es klappte: Gary trieb sich eine Weile in meiner Nähe herum, hustete ein paarmal, erwischte dann aber Roy, den Betriebsleiter im Ruhestand, auf dem Weg zur Herrentoilette und begann, ihn nach Prozessen über Arbeitslöhne auszufragen. Maria Teresa rauchte draußen eine Zigarette, während sich die übrigen Damen in der anderen Hälfte des Raumes zusammendrängten, um die Fotos von Jesusitas erstem Enkelkind zu bewundern. Mrs. Friedman löste sich aus der Damengruppe, setzte sich neben mich, tippte mir auf die Schulter und erzählte mir, daß sie, seit der Ankläger eine meiner Schallplatten erwähnt hatte, nach dieser Aufnahme gesucht habe.

»Sie war gar nicht so leicht zu finden, wissen Sie«, berichtete sie. »Sie sollten mal mit Ihrer Schallplattenfirma reden. In der ganzen Stadt bin ich rumgelaufen. Wissen Sie überhaupt, was diese Platte heute kostet?«

»Nein. Wieviel?«

»Siebzehn Dollar, und nur auf Bestellung!« Sie sah mich an, als erwarte sie eine Antwort, die ich ihr aber nicht gab. »Aber das war mir die Sache wert!« erklärte sie schließlich. «Sie sind phan-

tastisch, ehrlich. Mein Bruder ist Oboist bei den Bostoner Symphonikern, deswegen höre ich eine Menge Musik.«
Ich bedankte mich, und da ich viele Musiker dieses Orchesters kenne, erkundigte ich mich nach ihrem Bruder, aber der Name sagte mir nichts. Wie sich herausstellte, hatte ihr Bruder bei Hans Barreis studiert, über den ich eine Menge durch von Kempen gehört hatte. Die beiden hatten vor dem Krieg häufig zusammen gespielt. Als ich diese Verbindung jedoch erwähnte, erstarrte Mrs. Friedman deutlich. »Johannes von Kempen war Ihr Lehrer?« fragte sie kühl.
»Ja«, antwortete ich und bedauerte sofort, davon gesprochen zu haben. Ich versuchte zu verbergen, daß ich ihre veränderte Haltung bemerkt hatte, und hoffte, elegant auf ein anderes Thema übergehen zu können. Aber sie seufzte und schüttelte bedrückt den Kopf. »Ihr Name ... das ist doch ein jüdischer Name, nicht wahr?«
Ich bejahte.
»Aber Sie sind hier geboren, nicht in Europa?«
»Richtig. In Poughkeepsie.«
»Und was ist mit Ihren Eltern? Bei dem Vornamen, den Sie haben, müssen sie doch von drüben stammen, nicht wahr?«
»Ja. Sie sind beide aus Deutschland.«
»Aber wie konnten sie es dann zulassen, daß Sie sein Schüler wurden?«
»Sie wußten, daß von Kempen nichts gegen die Juden hatte. Die Art, wie er nach dem Krieg behandelt wurde, war ein schrecklicher Fehler.«
»Haben Ihre Eltern während des Krieges in Europa gelebt?« wollte sie wissen.
»Nein, sie sind vorher emigriert.«
»Dann können sie nicht wissen, dann können *Sie* nicht wissen, was ein schrecklicher Fehler ist. Ich will's Ihnen sagen. Herrigel, von Karajan, Ihr Lehrer, sie alle ... jedes Konzert, das sie gaben,

war ein Fehler. Jede Note, die sie spielten, hat uns geschadet. Ich weiß es. Ich habe dort gelebt.«

Es hatte keinen Sinn, mit ihr zu streiten. Ich schlug vor, da die Erwähnten inzwischen alle tot waren, sollten sie und ich unsere Bekanntschaft nicht gefährden, indem wir uns über Fragen stritten, die niemand mit Gewißheit beantworten kann.

»Ich streite mich nicht mit Ihnen, ich sag's Ihnen nur. Was diese Leute getan haben, war nicht richtig, und es ist nicht richtig, es zu vergessen. Nur das wollte ich sagen.« Ich fürchtete schon, sie werde weiterreden, zum Glück aber schien sie sich damit zufriedenzugeben, ihren Standpunkt klargemacht zu haben. Dennoch bereitete mir der Gedanke Unbehagen, während des gesamten Prozesses die Spannung ertragen zu müssen, die zwischen ihr und mir entstanden war.

Den ganzen Vormittag hatte ich Maria Teresa fragen wollen, wie ihr die Saint-Saëns-Aufnahme gefalle, die ich ihr am Freitag geliehen hatte, doch als sie vom Rauchen zurückkehrte, hatte ich keine Lust mehr, über Musik zu sprechen. Auch auf mein Buch vermochte ich mich nicht mehr zu konzentrieren. Also suchte ich mir ein Fenster im Korridor und beobachtete ein paar Bauarbeiter, die Asphalt auf die Straße gossen. Es dauerte nicht lange, da entdeckte mich der unvermeidliche Gary und begann auf mich einzureden. Vor allem war er untröstlich, weil die Dodgers am Wochenende wieder zwei Spiele verloren hatten. Ich versuchte interessiert zu tun, aber ich glaube, es gelang mir nicht. Ich war noch zu erregt von meinem Wortwechsel mit Mrs. Friedman und unterbrach ihn mitten im Satz, um mich zu entschuldigen und die Herrentoilette aufzusuchen; ich behauptete, Kopfschmerzen zu haben und ein Aspirin nehmen zu müssen. Er fragte, ob ich jemals Ibuprophren probiert hätte; er habe eine Packung in seinem Lastwagen, erklärte er, und würde sofort runterlaufen und sie mir holen, wenn er den Wagen nicht so weit von hier entfernt geparkt hätte. »Aber eine Apotheke

könnte ich draußen vermutlich auftreiben. Soll ich's versuchen? Ich sage Ihnen, wenn Sie das probieren, werden Sie Ihre Zeit nicht mehr mit Aspirin verschwenden.« Ich bedankte mich, erklärte aber, daß mir Aspirin immer recht gut geholfen hätte.
Schließlich wurden wir wieder hereingerufen, und der zweite Prozeßteil begann. Judge Davis wies in gereiztem Ton die Verteidigung an, ihr Eröffnungsplädoyer zu halten. Miss Doppelt schoß förmlich von ihrem Stuhl hoch, als sei sie lange gefangengehalten und nun endlich erlöst worden.
Eingangs sagte sie, daß wir uns sicher alle gefragt hätten, was für eine Verteidigerin sie sei, daß sie so wenig für ihren Mandanten getan hätte, während er wegen Mordes vor Gericht stand. Sie erinnerte uns daran, daß dieses seltsame, zweigeteilte Prozeßsystem, das heutzutage bei einer Berufung auf Unzurechnungsfähigkeit angewandt würde, sie und ihren Mandanten in eine unmögliche Lage bringe; denn im ersten Teil der Verhandlung sei es ihr unmöglich gemacht worden, ihren Mandanten wirksam zu verteidigen, weil eben der Grund für seine Unschuld – seine Unzurechnungsfähigkeit – nicht als Beweis angeführt werden durfte. »Aber nun gut«, sagte sie und musterte einen jeden von uns mit eindringlichem Blick, »ich verlasse mich darauf, daß Sie den ersten Teil der Verhandlung außer acht lassen und sich die neuen Beweise unvoreingenommen anhören.«
Sie holte tief Luft und ging zum Tisch der Verteidigung. Dort berührte sie ihren Mandanten sanft an der Schulter. Der junge Mann blickte ruhig lächelnd zu ihr auf. Einige der Japaner im Zuschauerraum rutschten mißbilligend auf ihren Stühlen hin und her, während der Angeklagte, obwohl er erst kurz zuvor des Mordes schuldig gesprochen worden war, überaus zufrieden wirkte. Es war ein beunruhigender Anblick; wenn er unzurechnungsfähig war, hätte man ihn vermutlich bemitleiden sollen, ich jedoch reagierte auf sein unbekümmertes Verhalten mit Abscheu. Miss Doppelt schien zu spüren, daß die *Human-touch-*

Taktik fehlschlug, und kehrte energisch an ihren alten Platz zurück.
Sie erzählte uns vom Leben ihres Mandanten vor seinem schicksalhaften Entschluß, sich dem Zen-Buddhismus zuzuwenden.
Zum erstenmal war Philip Webers Mutter mit einer, wie sich herausstellte, chronischen Geisteskrankheit eingeliefert worden, als Philip erst drei Jahre alt war. Da der Beruf den Vater zu ausgedehnten Reisen zwang, wurde der Sohn hauptsächlich von Kindermädchen großgezogen und mußte wegen ständiger Versetzungen fast jedes zweite Jahr die Schule wechseln. Bevor er die High-School abschloß und sein Elternhaus verließ, um aufs College zu gehen, hatte der Junge bereits in San José, Riverside, San Diego, Sacramento und Davis gelebt.
Philips Noten und IQ-Tests von der Grundschule ließen erkennen, daß er ein außergewöhnlich intelligentes Kind war, und die Bemerkungen der Lehrer in seinen Zeugnissen aus jener Zeit zeigten, daß er trotz seines ungeregelten Familienlebens ein gut angepaßter Junge war. In der achten Klasse begann er jedoch, in der Schule Schwierigkeiten zu machen; seine Zensuren, die ungewöhnlich gut gewesen waren, verschlechterten sich so rapide, daß er in der elften Klasse beinah nicht versetzt worden wäre, und den Berichten seiner Lehrer ist zu entnehmen, daß er in sich gekehrt und apathisch wurde.
»Diese Situation«, erläuterte Miss Doppelt, »hätte leichter bewältigt werden können, wenn er längere Zeit an einem Ort geblieben wäre. Doch da der Vater ihn so oft aus der Schule nahm, weil sie mal wieder umziehen mußten, wurden Philips Probleme ignoriert. Da keiner seiner Lehrer ihn gut genug kennenlernte, um zu merken, wie schnell es mit ihm bergab ging, machte auch keiner den Vorschlag, ihn zu einem Psychologen oder Arzt zu schicken. Und Philips Verhältnis zu seinem Vater wurde derart gespannt und distanziert, daß der ältere Mr. Weber

ebenfalls nicht daran dachte, seinen Sohn zu jemandem zu schicken, der ihn beraten konnte. Er glaubte, sein Sohn befände sich einfach in der ›Trotzphase‹.

Trotz seiner schlechten Zensuren und seiner wenig erfreulichen häuslichen Situation bestand Philip das SAT-Examen mit ›sehr gut‹ und wurde in die University of California in Santa Cruz aufgenommen. Dort studierte er jedoch nur ein Semester, versagte in allen Kursen und stieg aus. Er kehrte nach Hause zurück, verstand sich aber überhaupt nicht mit seinem Vater. Ja der Vater war so verärgert über die Leistungen seines Sohnes im College, daß er ihn schließlich hinauswarf.

Von da an lebte und arbeitete Philip ein Jahr lang in der Umgebung von Santa Cruz. Er entwickelte ein gewisses Interesse an Religion und trat einer Unitarier-Gemeinde in Santa Cruz bei. Anfangs war er begeistert, aber dieses Gefühl schlug sehr schnell in Enttäuschung um. Er wollte zu sich selber finden, doch die Gemeindemitglieder, so schrieb er seiner Mutter, ›... sitzen nur rum und organisieren Kuchenverkäufe‹ – was nun wirklich kein bißchen geistig erhebend ist –, ›ansonsten reden sie nur immer um den heißen Brei herum. Da kann man auch gleich ganz Atheist sein.‹ Eine Zeitlang befaßte sich Philip mit den Scientologen und reiste sogar nach Los Angeles, um dort in ihrem Hauptquartier zu arbeiten, doch anscheinend bekam er Streit mit anderen Sektenmitgliedern und verließ die Gruppe nach ein paar Wochen. Er bezog ein Apartment, fand einen Job, und dann begann er die Zen Foundation von Los Angeles zu besuchen. Am Zen-Buddhismus gefiel ihm, daß er vollkommene geistige Erleuchtung verheißt, und so nahm er sechs Monate lang an den Morgen- und Abendmeditationen teil. Danach siedelte er ganz in das Gebäude um, praktizierte Zen ganztägig und verdiente sich Kost und Logis, indem er in der Küche arbeitete.«

Miss Doppelt erinnerte uns an den Zeugen aus der Zen Foundation, der Philip als fanatisch und in sich gekehrt beschrieben hatte, wie jemand, der in seiner eigenen kleinen Welt lebt, und daran, daß Philip seine ganze Hoffnung in die Winterexerzitien gesetzt hatte, weil da Mr. Okakura endlich wieder nach Los Angeles kommen und sie durch die intensiven Übungen führen sollte.

Sie rekapitulierte den enorm anstrengenden Stundenplan der Exerzitien, die endlosen Stunden, in denen man mit gekreuzten Beinen dasitzen mußte, ohne einen Muskel zu rühren, die körperliche Züchtigung mit dem schweren Stab und schließlich das Ziel, das Lösen von Rätseln, die absichtlich unlogisch sind oder erscheinen.

»Ich habe übrigens ein wenig nachgeforscht«, erklärte sie, »und festgestellt, daß der Zeuge, den Sie letzte Woche gehört haben, nur einen Teil des Rätsels zitiert hat. Jetzt möchte ich Ihnen das ganze Rätsel vorlesen.«

Sie holte ein Buch von ihrem vollgepackten Tisch und schlug es an einer Stelle auf, die sie mit einem Papierstreifen von ihrem gelben Notizblock markiert hatte. Sie las:

> »Der Zen-Meister Lin-chi wurde einmal von einem Mönch gefragt: ›Was würdet Ihr tun, Meister, wenn Ihr irgendwo unterwegs wäret und plötzlich Buddha mitten auf dem Weg steht?‹ Lin-chi antwortete: ›Wenn du dem Buddha begegnest und er dir im Weg steht – töte ihn! Wenn du den großen Zen-Lehrern der Vergangenheit begegnest – töte sie! Wenn du deinen Eltern begegnest – töte sie! Das ist die einzige Möglichkeit, frei zu sein!«

Im Gerichtssaal entstand Gemurmel. Das ganze Rätsel wirkte abstoßend. Miss Doppelt sah uns stirnrunzelnd an und sagte: »Der Zen-Meister und die anderen Schüler erklärten Philip wiederholt, das einzige Ziel, der ausschließliche Grund für die Teilnahme an jenen Exerzitien und das Ertragen ihres qualvollen Stundenplans müsse die Lösung dieses Rätsels sein! Denn nur wenn er es lösen könne, werde er erleuchtet werden. Sie alle wissen, wozu das geführt hat.«

Miss Doppelt steckte beide Hände in die Taschen, zog sie aber gleich wieder heraus. Obwohl schlank, jung und vermutlich in guter Verfassung, war sie körperlich nicht sehr graziös. Der schlampig wirkende, übergewichtige Vertreter der Anklage bewegte sich weit eleganter als sie. Schon wenn man ihn durch den Saal gehen sah, fühlte man sich beruhigt und entspannt, während man sich bei ihren Bewegungen automatisch ein wenig verkrampfte.

»Alles in allem«, verkündete Miss Doppelt, »habe ich Beweise dafür, daß Mr. Weber an Schizophrenie leidet, einer schweren Geisteskrankheit.« Dabei musterte sie einen jeden von uns, versuchte mit jedem einzelnen Geschworenen persönlichen Kontakt zu knüpfen. Ich hatte Hochachtung vor ihren Bemühungen, denn ich merkte, daß sie sich die größte Mühe gab, ihren Mandanten zu verteidigen, doch ihre Technik war ziemlich ungeschliffen. Wenn sie uns so musterte, wirkte das ein bißchen unbehaglich; es war, als argwöhne sie, wenn sie uns nicht ständig im Auge behielt, würden wir ihr keine Beachtung schenken. Und die Tatsache, daß sie im Vergleich zum Durchschnittsalter der Geschworenen so jung war, ließ diese Geste noch ungeschickter wirken.

»Die übergroße Anspannung bei den Meditationsexerzitien mit ihrer brutalen Disziplin und den demütigenden Ritualen sowie die von der Zen-Religion geförderte, reglementierende Atmosphäre verstärkten Mr. Webers latente Geisteskrankheit und brachten ihn, um es kraß auszudrücken, um den Verstand. Er wurde völlig verwirrt und erlebte seinen ersten akuten psychotischen Zustand. Er verlor die Fähigkeit, zwischen symbolischen und realen Gesten zu unterscheiden, und tötete einen Menschen, weil er glaubte, damit eine Frage zu beantworten. Ein auf dem Gebiet der Psychiatrie erfahrener Zeuge wird aus-

sagen, daß mein Mandant zu dem Zeitpunkt nicht wirklich begriff, was er tat, und es noch immer nicht begreift. Ein besseres Beispiel für die juristische Definition von Unzurechnungsfähigkeit dürfte meiner Ansicht nach kaum zu finden sein.«
Zielstrebig kehrte Miss Doppelt zu ihrem Tisch zurück, ordnete einige Papiere und nahm Platz. Ich war, ganz allgemein gesehen, mit dem, was sie sagte, einverstanden, aber ich mochte die Art nicht, wie sie es sagte. Ich wehrte mich gegen ihre Argumente aus demselben Grund, aus dem ich aggressiven Verkäufern nichts abkaufe. Ich mag es nicht, wenn undiplomatische Menschen mir etwas einreden wollen.
Mr. Graham, der Staatsanwalt, hätte keinen stärkeren Kontrast zu Miss Doppelt bieten können. Mit freundlichem Lächeln erhob er sich an seinem Tisch – er hatte es nicht nötig, zu uns zu kommen und sich direkt vor uns aufzubauen – und sagte mit seinem angenehmen Akzent: »Ich glaube, das einzige, was ich zu diesem Zeitpunkt sagen kann, ist dies: Je besser Sie die juristische Auffassung von Unzurechnungsfähigkeit verstehen, desto schuldiger wirkt Philip Weber. Wenn er freigesprochen werden soll, muß Mr. Weber uns beweisen, daß er wegen einer Geisteskrankheit oder eines geistigen Defekts nicht wußte, was er tat, als er seinen Lehrer tötete. Die Beweiserhebung wird jedoch zeigen, daß Philip Weber *wußte,* was er tat. Deswegen«, verkündete er, seinen Magen tätschelnd, »stelle ich den Antrag, daß wir so bald wie möglich eine Mittagspause einlegen, damit wir nicht vor lauter Magenknurren die Aussagen nicht mehr verstehen.«
Judge Davis schien über die kurze Erklärung des Anklagevertreters erfreut zu sein. Seine Mundwinkel hoben sich zwar nicht ganz zu einem Lächeln, aber wenigstens so weit, daß er zum erstenmal nicht aussah, als hätte er einen Bissen verdorbenen Fisch geschluckt. Er befürwortete den Antrag des Staatsanwalts und vertagte die Verhandlung bis vierzehn Uhr. Ich glaubte,

wieder einen finsteren Ausdruck über Miss Doppelts Gesicht huschen zu sehen; bestimmt war sie verärgert über das freundschaftliche Einverständnis zwischen dem Staatsanwalt und dem Richter. In diesem Augenblick tat sie mir leid, so umgeben von ihren Notizen und mit der Aufgabe betraut, diesen unangenehmen, destruktiven jungen Mann zu verteidigen. Sie hatte, im Gegensatz zu Mr. Graham, nicht den geringsten Charme. Ich nahm mir vor, ihr diese Tatsache aus Fairneß nicht anzulasten.

15

Ich bat Maria Teresa, wieder mit mir zusammen zu Mittag zu essen, aber sie hatte sich schon mit Jesusita und Rose verabredet. Also suchte ich mir eine kleine Sandwichbar in der Nähe und aß, was ich schon lange nicht mehr getan hatte, im Stehen an der Theke. Die Diskussion mit Mrs. Friedman spukte mir immer noch im Kopf herum.

Von Kempen und Casals waren die beiden großen Cellisten ihrer Generation gewesen. Während des Krieges floh Casals, der Katalane, nach Südfrankreich, wo er immer wieder von den Nazis belästigt wurde. Eine Zeitlang hörte niemand mehr etwas von ihm, und es verbreitete sich das Gerücht, er sei umgebracht worden, weil er sich geweigert habe, vor Hitler zu spielen. Zwar hatte er tatsächlich eine derartige Aufforderung abgelehnt und wäre beinahe verhaftet worden, aber ein deutscher Offizier, von Casals' Integrität offenbar beeindruckt, rettete ihm das Leben. Von Kempen war entfernt verwandt mit dem bayerischen Königshaus und seit den frühen zwanziger Jahren Leiter des Münchner Symphonieorchesters gewesen. Er verabscheute die

Nazis und verhalf mehreren jüdischen Mitgliedern der Symphonie zur Flucht nach Frankreich und in die Schweiz, fand aber, daß er bei seinem Orchester bleiben müsse. »München war meine Heimat«, schrieb er mir einmal, »und die Symphonie war mein Leben. Dieses Orchester war zweihundert Jahre lang ein bedeutender Teil der deutschen Musiktradition gewesen – wie konnte ich es diesen Primitivlingen überlassen? Diese Leute mußten untergehen – sie waren zum Untergang bestimmt. Kein solches Regime konnte Bestand haben, daran glaubte ich aus tiefstem Herzen. Ich fühlte mich verpflichtet, das Orchester durch jene dunklen Zeiten zu führen.«

Seine Voraussagen über die Nazis erwiesen sich als zutreffend, doch nach dem Krieg wurde er zusammen mit mehreren anderen prominenten deutschen Dirigenten und Musikern beschuldigt, Sympathisant der Nazis gewesen zu sein. Einige dieser Männer, wie etwa von Karajan, versuchten nach dem Krieg, international aufzutreten, wurden aber ausgebuht, einige von ihnen gar von den Bühnen der ganzen Welt verbannt, darunter denen der Vereinigten Staaten. Da von Kempen ein äußerst sensibler Mensch war und den Gedanken, Katalysator einer so großen Bitterkeit zu sein, nicht ertragen konnte, war er 1946 aus der Symphonie ausgeschieden und gab von da an als Cellist nie wieder ein öffentliches Konzert. Er wählte den Ederstausee, eine ruhige Talsperre bei Kassel, als Altersruhesitz, übte von nun an nur noch zu seinem Vergnügen und unterrichtete seine Schüler in aller Ruhe im eigenen Heim.

Eine Zeitlang kamen immer wieder begabte Cellisten in den Ort Edersee, um bei von Kempen zu lernen, doch ihre Anzahl wurde bald geringer. Sein freiwilliger Rücktritt von der Bühne, den er als respektvolle Geste gegenüber jenen gedacht hatte, die durch den deutschen Nationalismus gelitten hatten, wurde ihm als Schuldbekenntnis ausgelegt. Außerdem litt er unter dem ständigen Vergleich mit Pablo Casals, der dem Faschismus von

Anfang an heftigsten Widerstand geleistet und sein Cello auch nach dem Krieg noch hatte schweigen lassen, allerdings aus anderen Gründen: Casals weigerte sich, im Ausland zu spielen, solange Francos Regime in Spanien seiner Heimat Katalonien nicht die Unabhängigkeit verlieh, was er leider nie erleben durfte. Als ich von Kempen dann 1965 kennenlernte, war er fast völlig vergessen. Ich sollte der erste Schüler von Bedeutung sein, den er nach dreizehn Jahren aufnahm.

Ironischerweise war es Casals' Idee gewesen, mich zu ihm zu schicken. Genau wie jeder andere junge Cellist hatte ich gehofft, bei Casals studieren zu können, aber der hatte zu viel mit seinen humanitären Projekten zu tun und war nicht bereit, einen so jungen Schüler wie mich aufzunehmen, zeigte sich jedoch willens, mich anzuhören, als ich elf Jahre alt war. Also flogen meine Mutter und ich nach Puerto Rico, wo Casals gegen Ende seines Lebens die Wintermonate verbrachte. Mutter und ich hofften natürlich, daß er seine Meinung ändern werde.

Nachdem ich ihm vorgespielt hatte, sagte er mit seinem bezaubernden Akzent zu meiner Mutter: »Gehen Sie mit Ihrem lieben Jungen nach Kassel, Madam. Lassen Sie ihn bei von Kempen vorspielen. Sie werden es nicht bereuen.«

Meine Mutter, die alles über die Kontroverse der deutschen Musik wußte, war entsetzt. Sie setzte zu einem langen Protest an, aber Casals, der höflich gewartet hatte, bis sie fertig war, behauptete, das sei ein ideales Arrangement. »Johannes von Kempen ist einer der größten Cellisten, die es jemals gegeben hat«, erklärte der Maestro. »Trotzdem wurde er wie ein Stück Dreck behandelt – ein weiteres Opfer des Nazi-Wahnsinns. Ob Sie ihn für schuldig halten oder nicht, er hat einen hohen Preis bezahlt. Im Spiel Ihres Sohnes höre ich schon jetzt die Nähe zu von Kempen; musikalisch gesehen ist von Kempen der perfekte Lehrer für ihn. Außerdem könnte er sich ausschließlich Ihrem Sohn widmen. Es wäre die letzte große Geste seines Lebens. Vor allem in Anbetracht Ihrer Herkunft … Vertrauen Sie mir, dies ist eine Chance, die zu einmalig ist, um sie zu verpassen.«

Eine der vielen bemerkenswerten Eigenschaften an Casals war die, daß er nie eine Situation falsch einschätzte, weder auf musikalischem noch auf politischem oder einem anderen Gebiet. Von Kempen war überzeugt, Casals vermöge in die Zukunft zu sehen. Ob das zutraf oder nicht, Casals' Gefühl, das alte Deutschland und ich würden eine gute Kombination ergeben, erwies sich als zutreffend.

Als ich von Kempen mit meiner Mutter zusammen zum erstenmal in Edersee aufsuchte, wollten wir an seiner Haustür klingeln, aber die Klingel funktionierte nicht; wir mußten mehrmals an der Tür hämmern, bevor Frau Schmidt, die streng wirkende Haushälterin, aufmerksam wurde und uns eine wacklige Treppe hinauf ins Studierzimmer des »Herrn Professors« führte. Von Kempen saß im Dunkeln auf einem schon tief in sich zusammengesunkenen Sofa. Er trug einen ausgebeulten, alten Anzug aus dunklem Wollstoff und abgetragene, aber kürzlich blank polierte Schuhe. Meine Mutter drückte meine Hand und forderte mich mit Blicken auf, nach oben zu sehen: An der Decke hingen überall Spinnweben! Der Alte mußte gesehen haben, wohin wir blickten, denn er begann uns hastig zu erklären, daß er es, je älter er wurde, um so mehr verabscheute, ein Lebewesen zu töten oder sein Heim zu zerstören, deswegen habe er die Haushälterin gebeten, die Spinnweben nicht zu entfernen. Frau Schmidt schüttelte verzweifelt den Kopf und ließ uns allein.

Von Kempen stemmte sich unter Schmerzen hoch, um uns zu begrüßen und meiner Mutter die Hand zu küssen; dann ließ er sich aufs Sofa zurücksinken. Er fragte mich, was ich ihm vorspielen wolle, aber er mußte seine Frage mehrmals wiederholen: Ich vermochte seinen bayerischen Akzent kaum zu verstehen, und überdies drückte er sich häufig in gehobenen, archaischen

Redewendungen aus, die man heutzutage nur noch in den Romanen von Thomas Mann findet. Ich wählte die Bach-Suite in c-Moll.
Bach, daran besteht kein Zweifel, hat die klassische Musik zur Perfektion gebracht. Er verstand es, seine musikalischen Ideen mit phantastischer Präzision und wunderbarem Understatement auszudrücken. Jedes Stück gleicht einem fein geschliffenen Diamanten: klar, schlicht und scheinbar fast mathematisch, doch unterschwellig – welch eine Vielfalt und strukturelle Integrität! Die Möglichkeiten der Interpretation sind grenzenlos; genauso wie es zahllose Möglichkeiten gibt, Licht durch einen Diamanten zu schicken, können sich keine zwei Bach-Interpretationen gleichen, denn die einzigartige Persönlichkeit eines jeden Musikers hat ihr ganz eigenes Gefühlsspektrum, das sich durch Bachs Kompositionen frei entfalten kann. Wenn zum Beispiel zwei sehr verschiedene Künstler dasselbe Liszt-Stück spielen, hört man vor allem immer noch Liszt. Bachs musikalische Persönlichkeit hingegen war so expansiv, so wundervoll transparent, daß seine Vorstellungen beim Spielen zu denen des Künstlers werden und dieser das Gefühl hat, daß Bach ihn gekannt haben muß, um ein Stück zu komponieren, das ihn so genau mitten ins Herz trifft.
Während ich spielte, richtete sich der alte deutsche Meister ganz langsam auf dem Sofa auf. Am Ende der Suite saß er so kerzengerade wie ein preußischer General, und sein Gesicht war angespannt vor Konzentration. Schließlich erhob er sich und ging zu meiner Mutter hinüber: »Meine liebe Frau Sundheimer ...« begann er, machte eine perfekte Verbeugung und küßte ihr vor Freude und Dankbarkeit die Hand. Dann küßte er die meine.
Seine Förmlichkeit war mir peinlich. Er bat, allein mit meiner Mutter sprechen zu dürfen, und schickte Frau Schmidt mit mir auf einen Spaziergang durch den Garten. Es paßte mir nicht,

daß ich nicht an den Verhandlungen teilnehmen sollte. Später, am selben Nachmittag, als ich mit meiner Mutter in unsere kleine Pension im Ort zurückkehrte, erklärte ich ihr, daß ich auf keinen Fall der Schüler »dieses alten Deutschen« werden wolle. Sie bat mich, ihn noch einmal aufzusuchen, bevor ich eine Entscheidung traf.

Als wir am folgenden Tag wieder zu ihm gingen, lud uns von Kempen, statt mich sofort vorspielen zu lassen, zu einem gemeinsamen Picknick ein. Frau Schmidt fuhr uns, mit meinem Cello in dem riesigen Kofferraum, zu einer uralten kleinen Kirche im etwa dreißig Kilometer entfernten Kassel, wo wir unter einer großen Ulme eine köstliche Mahlzeit aus Kartoffelklößen und kaltem Fleisch einnahmen. Dann gingen wir in die Kirche. Von Kempen sprach leider nur Deutsch, doch da meine Eltern zu Hause häufig Deutsch sprachen, konnte ich das meiste, was er sagte, verstehen. Wie er mir erzählte, habe Vater Bach diese Kirche persönlich besucht, um die neue Orgel auszuprobieren. Ein junger Pastor begrüßte uns und führte uns zu der Orgel, an der sich von Kempen niederließ, um eine Bach-Kantate zu spielen. Er winkte mir, mich zu ihm auf die Bank zu setzen. Als er aufhörte zu spielen, sagte er:

»Auf diesem Platz hat vor über zweihundert Jahren Vater Bach gesessen. Die damalige Orgel gibt es nicht mehr, aber in diesen Wänden, diesen Bänken, diesen Fenstern wohnt noch heute das Echo seines Spiels. In diesen Mauern lebt sein Geist weiter.« Er unterbrach mich, um mich anzusehen, und hielt mich lange in seinem Bann. »Möchtest du jetzt auf deinem Cello spielen, Herr Sundheimer?«

Ich fühlte mich wie berauscht. Ich nahm mein Instrument aus dem Kasten und spielte mir das Herz aus dem Leib. Die Kirche hatte eine wunderbare Akustik; es war, als würde das ganze Gebäude zu einem gigantischen Cello, und ich saß mittendrin und spürte, wie es rings um mich herum vibrierte. Der Gedanke, daß

Bach in diesem Raum gesessen und dieselbe Luft geatmet hatte und daß ich da saß und den Stimmen, die er in seinem Herzen hörte, diesen perfekten Stimmen, Leben einhauchte, erregte mich über die Maßen. Als ich endete, verneigte sich von Kempen tief vor mir und küßte mir abermals die Hand. Dieses Mal war ich nicht im geringsten verlegen.

16

Der erste Zeuge der Verteidigung war ein Psychiater, Dr. Jeremy Libertson. Er mußte etwa Ende Dreißig sein, wirkte aber weitaus jünger. Er hatte schütteres blondes Haar, einen sauber gestutzten Bart und ein wahres Engelsgesicht. Ohne seinen Aktenkoffer und seine sehr professionell wirkende Brille hätte man ihn für einen Collegestudenten halten können. Sogar ein nach College aussehendes Sportjackett trug er über den schmalen Schultern.

Er war Forschungs-Psychiater am Neurologischen Institut von Pasadena und hatte endlos viele erstklassige Ivy-League-Zeugnisse vorzuweisen. Genau wie ich schien er so etwas wie ein Wunderkind gewesen zu sein; schon mit einundzwanzig hatte er das Medizinstudium abgeschlossen. Nach einer langen Aufzählung all seiner Qualifikationen teilte er uns mit, er habe sich auf das Studium und die Behandlung der Schizophrenie spezialisiert.

Wie er aussagte, hatte er mit Philip Weber seit dessen Verhaftung wegen Mordverdachts zwölfmal gesprochen und eine lange Reihe psychologischer Tests mit ihm durchgeführt, die er uns alle namentlich nannte und in allen Einzelheiten zu erklären versuchte. Ich fand es schwierig, diesem Teil seiner Aussage zu folgen. Als er die Schilderung seiner Untersuchungen beendet hatte, fragte ihn Miss Doppelt: »Und konnten Sie zu einer schlüssigen Diagnose kommen?«

Dr. Libertson lächelte zurückhaltend. »Bis wir die chemischen und neurobiologischen Komponenten aller Gedanken und Gefühle eindeutig identifizieren können, wird keine psychiatrische Diagnose jemals hundertprozentig schlüssig sein. Zum Glück war dieser Fall nicht schwierig zu beurteilen. Mr. Webers Symptome, sein Verhalten und seine Fallgeschichte stimmen alle perfekt mit jenen einer spezifischen Geisteskrankheit überein.«

»Und welche ist das?«

»Eine progressive Krankheit, bekannt als chronische, undifferenzierte Schizophrenie.«

Miss Doppelt bat Dr. Libertson, diesen Terminus so zu erklären, daß auch Laien ihn verstehen konnten. Eifrig legte der Arzt die gefalteten Hände auf das Geländer vor ihm und rutschte bis an die vorderste Stuhlkante. Man sah deutlich, daß ihn das Thema stark erregte.

»Die meisten von uns vermögen gelassen mit anderen Menschen umzugehen, je nachdem, wie berechenbar sie sind«, begann er. »Die Schizophrenie ist eine Krankheit, die ihre Opfer unberechenbar wirken läßt ... Wenn man diese Krankheit jedoch genau beobachtet, erkennt man, daß die Symptome doch nicht ganz so unberechenbar sind. Aber der Durchschnittsmensch versteht nicht genug von Schizophrenie, um das feststellen zu können.«

Zunächst, führte er aus, sei es für Mr. Weber bezeichnend, daß seine Mutter an Schizophrenie gelitten habe. Offenbar hat diese Krankheit eine genetische Komponente, so daß ein Patient, dessen Familie eine derartige Fallgeschichte aufweist, weit häufiger daran zu leiden droht als der normale Durchschnittsmensch. Er las Passagen aus einigen Papieren vor, die sich auf

die Krankheitsgeschichte der Mutter bezogen, dann wandte er sich wieder der Krankheit selber zu.
»Fast alle Schizophrenen zeigen die ersten Symptome schon in der Jugend«, erklärte er. »Aber im Grunde ist es wie das, was man gesagt hat, als Calvin Coolidge starb – ›Woher wußten die das?!‹« Er lachte und schien eine Reaktion zu erwarten, aber es dauerte einige Sekunden, bis man den Sinn der Pointe erkannte – das heißt, daß Teenager und Verrückte kaum auseinanderzuhalten sind.
»Für die meisten von uns«, fuhr er fort und wirkte dabei so, als spreche er aus Erfahrung, »ist die Jugend eine furchtbare, verwirrende Zeit! Wir probieren neue Rollen aus, lösen uns von unserer Familie und versuchen, unser ›wahres Ich‹ zu entdecken, was immer das heißen mag. Wir schlagen uns mit der Frage ›Wer bin ich?‹ herum, und wie kommt es, daß wir uns bei unseren Freunden so verhalten und unseren Eltern gegenüber anders? Welches ist das richtige Ich? Das ist ganz furchtbar anstrengend. Zum Glück werden die meisten von uns in den Zwanzigern ruhiger und fühlen sich wohler.« Er nickte, als sei er erleichtert, diesen Teil der Zeugenaussage hinter sich gebracht zu haben.
Menschen mit Schizophrenie, erklärte er uns, fühlten sich leider nicht wohler, wenn sie älter werden, ja das Gefühl des Verwirrtseins werde mit dem Erreichen des Erwachsenenalters nur noch schlimmer. Die Kranken beobachteten sich mit einer so erschreckenden Intensität, daß sie, im grellen Licht all dieser Selbsterkenntnis, ihre ganze Spontaneität verlören. Wir sollten uns vorstellen, sagte der Arzt, wir litten an sehr starkem Lampenfieber, nur daß wir das fast ständig hätten.
Ich selbst fand diese Vorstellung natürlich schauerlich. Genau solche Momente wie die, die er beschrieb, hatte ich während meiner letzten Konzerte erlebt, bei denen ich mich mit geradezu grotesker Selbsterkenntnis beobachtete, meine Finger sich

auf den Saiten anfühlten und aussahen wie plumpe Würste, der Bogen in meiner Hand so schwer wie ein Ruderriemen wirkte und ich selbst fast starb vor Angst davor, daß ich plötzlich das Gedächtnis verlor und nicht mehr wußte, an welcher Stelle des Stücks ich eigentlich war. Es war Panik, Zorn und Verzweiflung, alles zusammen. Ich konnte mir gut vorstellen, daß jemand, der sich ständig, Tag um Tag, so fühlte, innerlich daran zerbrach.
Wie uns der Arzt erklärte, bringt der Patient, je weiter die Krankheit fortschreitet, Gedanken, Gefühle und Handlungen immer mehr durcheinander. Er kann zum Beispiel an etwas sehr Schönes denken, sich aber gleichzeitig todtraurig fühlen. Manche Patienten verlieren die Kontrolle über ihre Gedanken und glauben tatsächlich Stimmen zu hören oder Befehle, die von außerhalb kommen. Deswegen, erklärte er uns, sind so viele Schizophrene überzeugt, auf Befehl Gottes, des Teufels oder der CIA zu handeln.
Die meisten dieser Unglücklichen ziehen sich, um das auszugleichen, was sie für einen Mangel an Selbstbeherrschung halten, in sich selbst zurück und werden menschenscheu. Deswegen sind die meisten von ihnen alles andere als gefährlich, betonte der Arzt; wenn überhaupt, neigen sie dazu, nervöse, verängstigte Eremiten zu werden. Gelegentlich jedoch durchlebt ein Schizophrener das, was die Psychiater als psychotische Episode bezeichnen, eine akute Phase der Psychose. Dann werden die Symptome so übermächtig, daß der Patient wirklich die Kontrolle über sich verliert.
Miss Doppelt wollte wissen, ob Philip Weber sich in einem psychotischen Zustand befunden habe, als er den Zen-Meister tötete. Der Arzt nickte nachdrücklich und trommelte dazu bestätigend mit den Fingern auf dem Geländer.
»Aber eindeutig«, erklärte er. »Und man darf auch nicht vergessen, daß er, sobald er in diesen Zustand geriet, nichts hätte tun können, um wieder herauszukommen. Sobald ein Patient psy-

chotisch wird, verliert er jedes kohärente Gefühl für die Wirklichkeit und damit für die Selbstkontrolle.« Er schüttelte den Kopf und blickte zur Decke; er schien nach Worten zu suchen. Dann verzog sich seine Miene zu einem »Aha«-Ausdruck, und er beugte sich wieder vor. »Wissen Sie«, erklärte er strahlend, »das ist so ungefähr wie das, was die Physiker über Schwarze Löcher sagen, diese kollabierten Sterne, die im Weltall herumschwirren: Wenn man ihnen zu nahe kommt und in ihr Schwerkraftfeld gerät, gibt es kein Entkommen mehr. Man fällt nur noch hinab, kann nichts anderes mehr tun als sich hinabfallen zu lassen! Es gibt nichts, was stark oder schnell genug wäre, sich daraus zu befreien, nicht mal das Licht. Sobald ein Schizophrener psychotisch wird, kann der Teil von ihm, von dem man denken sollte, er müßte es ›besser wissen‹, der nette Mensch, den seine Familie und seine Freunde kannten, dieser Mensch, dieses Ich, jenen Kräften keinen Widerstand mehr leisten, die seinen Verstand verwirren. Er wird umhergewirbelt, ohne jeden Halt, und alles um ihn herum wird zu einem chaotischen Durcheinander ...« Der Arzt blickte den Angeklagten an, der sich gelassen auf einem von Miss Doppelts gelben Blöcken Notizen machte; dann wandte er sich wieder zur Geschworenenbank um. »Jene von uns, die gesund sind, sollten dankbar sein, daß sie nicht wissen, was für ein Gefühl das ist.«

Mit der Analogie von den Schwarzen Löchern landete er bei mir einen Volltreffer, denn ich hatte das Astronomiebuch, das ich bei Santa Barbara gekauft hatte und in dem Schwarze Löcher lang und breit beschrieben wurden, gerade ausgelesen. Der Gedanke daran lenkte mich von der Aussage des Arztes ab, und ich begann, mit dieser Analogie zu spielen, denn man konnte sie auf verschiedene Art und Weise weiterentwickeln. Die Physiker meinen, es gebe möglicherweise nur einen einzigen Weg, einem Schwarzen Loch zu entkommen, und das sei, indem man sich mitten hindurchfallen lasse und in einem anderen Universum herauskomme. Man selber sei dann vermutlich derselbe wie zuvor, doch alles andere ringsum werde verändert sein. Selbst wenn Philip Weber erfolgreich behandelt werden könnte, so überlegte ich, würde sein Leben wegen der Tat, die er begangen hatte, ein für allemal verändert sein. Wir alle – für ihn also der Rest der Welt – würden ihn von da an anders sehen. Er war ein Mörder, jemand, der einem anderen das Leben genommen hatte. Er lebte wahrhaftig in einem parallelen Universum; durch eine Therapie mochte er vielleicht sogar ein relativ gesunder Mensch werden, aber mit Sicherheit würde er nie als ein solcher betrachtet werden. Zum erstenmal empfand ich eine Art Mitleid mit dem jungen Mann, der auf mich allmählich eher armselig als bösartig wirkte.

Als ich mich wieder auf den Zeugen konzentrierte, sagte dieser gerade, daß Philip Weber während seiner psychotischen Episode im Tempel plötzlich in ein euphorisches Delirium geschleudert worden sei und sich in diesem Delirium einbildete, die richtige Lösung des Rätsels gefunden zu haben. »Töte den Buddha auf dem Weg«, bedeutete, den Zen-Meister mit dessen eigenem Stab anzugreifen.

Besonders interessant wurde die Aussage des Arztes, als er auf bestimmte Situationen zu sprechen kam, durch die diese psychotischen Episoden ausgelöst werden können. Wie er erklärte, könnten sie zuweilen ohne ersichtlichen Grund auftreten, in neun von zehn Fällen aber sei es möglich, sie auf eine emotionale Streßsituation zurückzuführen, wie etwa einen Besuch bei den Eltern des Patienten, die Fahrt in einem öffentlichen Verkehrsmittel, bei der er Gefahr läuft, angestarrt zu werden, oder die Beteiligung an irgendeiner gesellschaftlichen Situation, die ihn mehr als üblich verunsichert.

Als Miss Doppelt fragte, ob der Arzt glaube, daß die Zen-Exerzitien Webers psychotische Episode ausgelöst haben könnten, lachte der Psychiater tatsächlich laut auf. Mit einer fast bitteren Miene schüttelte er den Kopf und antwortete: »Miss Doppelt, es fällt mir schwer zu glauben, daß Sie oder ich an einer derartigen Aktivität teilnehmen könnten, ohne irgendeine Art von Zusammenbruch zu erleiden! Ich persönlich bin sogar der Meinung, daß die sogenannten religiösen Erfahrungen im Grunde haargenau das sind: Episoden nervöser Erschöpfung, ausgelöst durch Sinnesdeprivation, extreme Inbrunst ...«

»Einspruch«, protestierte Mr. Graham. »Die Meinung des Zeugen hinsichtlich normaler religiöser Erfahrungen ist hier nicht relevant, Euer Ehren. Er beeinflußt die Jury nur gegen die Religion, der Mr. Weber sich angeschlossen hat.«

»Stattgegeben.«

Der Arzt schien keineswegs verärgert zu sein. Er zuckte lediglich die Achseln und fuhr mehr oder weniger da fort, wo er aufgehört hatte. Es sei nicht ungewöhnlich, daß erschöpfte Menschen leichte Halluzinationen haben und diese Erscheinungen als Beweise für tiefe Erleuchtung, Visionen von Gott oder göttliche Eingebungen interpretieren, sagte er. Für ihn bestehe kein Zweifel daran, daß die Exerzitien Mr. Webers Psychose ausgelöst hätten. »Offen gestanden«, ergänzte er dann, »nach meiner Meinung sind die Aktivitäten der Exerzitien ... formulieren wir es doch so: Nur ein wirklich abgrundtief böses Genie könnte eine Atmosphäre schaffen, die bei einem schizophrenen Patienten noch wahrscheinlicher eine Psychose hervorruft.«

»Könnten Sie das näher erklären, Doktor?« bat Miss Doppelt. »Was genau an diesen Exerzitien hat Ihrer Meinung nach bewirkt, daß Mr. Weber eine Psychose bekam?«

»Nun ja, so ziemlich alles«, gab der Arzt nachdenklich zurück und zupfte stirnrunzelnd an seinem kurzen Bart. »Aber ja, ich kann es näher erklären. Erstens sind da die endlosen Stunden der Meditation pro Tag, bei denen man ununterbrochen mit untergeschlagenen Beinen dasitzen muß, ohne sich zu rühren, ohne zu sprechen und ohne aufzustehen. Das ist eine Sinnesdeprivation, die bei *jedem* Menschen, der das lange genug durchhält, zu desorganisiertem Denken und Wahnvorstellungen führt, bei Schizophrenen aber in einer weit kürzeren Zeit. Dann dürfen die Teilnehmer an den Exerzitien bei Nacht nur vier bis fünf Stunden lang schlafen; sie werden um vier Uhr morgens geweckt und müssen sich unter absolutem Schweigen und in größter Eile in den Meditationssaal begeben, wo sie sich vor dem Buddhabild einhundertmal der Länge nach hinwerfen müssen, bevor sie sich zur Meditation niederlassen. Schlafentzug und wiederholte motorische Aktivitäten führen ebenfalls nicht nur zu desorganisiertem Denken, sondern auch zu gesteigerter Empfänglichkeit für hypnotische Eingebungen ... Des weiteren sind da diese Rätsel, auf die sie sich den ganzen Tag und die ganze Nacht lang konzentrieren sollen. Wie ich hörte, redet man den Zen-Schülern ein, die Lösung dieser Rätsel werde ihnen tiefe Einsichten in die ›wahre Natur‹ des Universums bringen, die angeblich die Antworten auf all ihre Fragen über den Sinn des Lebens und so weiter in sich tragen. Diese Rätsel sind jedoch, wie man mir sagte, absolut unlogisch, und das ist offenbar der springende Punkt.

Wie ich schon sagte, bin ich der Meinung, daß desorganisiertes Denken die Schizophrenie praktisch definiert. Was könnte für einen solchen Menschen mehr Streß bedeuten, als sich rigorosen Übungen zu unterziehen, die bewußt dazu geschaffen wurden, die konventionelle Auffassung von Realität durch eine Art Kurzschluß außer Kraft zu setzen?«

Dann berichtete er uns von einem faszinierenden Fall in England; im Mittelpunkt stand ein äußerst begabter Theaterschüler in Oxford, der in einem Stück der Theatergruppe einen Schizophrenen darstellen sollte. Eines Abends, während einer anstrengenden Tournee durch England, stieg er in seine Rolle ein, um nie wieder herauszufinden! Und so verbrachte er den Rest seines Lebens in einer Anstalt für Geisteskranke. Offenbar hatte er die Veranlagung zu dieser Krankheit von Anfang an besessen, und der Streß, ständig eine Psychose vortäuschen zu müssen, hatte ihn letztlich in den Abgrund gestoßen.

»Diese Zen-Übungen –« fuhr Dr. Libertson eindringlich fort, »– werden in einer Atmosphäre strengster Disziplin durchgeführt, ohne jegliche Entspannung, sei es der Willenskraft oder der Selbstbeherrschung. Was geschieht dann wohl mit einem Menschen, der sich davor fürchtet, die Selbstbeherrschung zu verlieren, und der genau weiß, daß er davon ohnehin sehr wenig hat?« Der Arzt schüttelte den Kopf. Ein fast verzweifelter Ausdruck trat auf sein Gesicht. »Und dann kommt noch die Tatsache hinzu, daß der Zen-Meister als spirituelle Autorität angesehen wird, dessen klare spirituelle Erkenntnisse ihm, wie man glaubt, erlauben, all die Illusionen zu durchschauen, unter denen wir gewöhnlichen Sterblichen leben. Angeblich durchschaut er jeden falschen Vorwand, und da er die Natur des Universums zu verstehen behauptet, kennt er natürlich auch jeden Schüler besser als dieser sich selbst. Wie fühlt sich jemand, der ständig fürchtet, oberflächlich oder falsch zu wirken, in Gegenwart einer solchen Autorität? Er empfindet eine tiefe Angst, denke ich. Angst davor, entdeckt und als spiritueller und sozialer Versager überführt zu werden. Nimmt man dann noch die Tradition hinzu, die es dem Zen-Meister gestattet, die Schüler zur Strafe dafür, daß sie unnötig Geräusche machen, mit einem schweren Holzstab zu schlagen, wird die Situation noch stressiger, noch einschüchternder. Als Philip die Beherrschung verlor, als er weinte und dann lachte und der Meister ihn mit dem Stab schlug, wurde er schlicht und einfach hysterisch. Dieser Schlag mit dem Stab war ... war der Punkt, an dem es kein Zurück mehr für ihn gab. Danach wußte er nicht mehr, was er tat.« Wie der Arzt andeutete, hatte Mr. Weber, da die Zen-Meister kahlrasierte Schädel haben und Mönchskutten tragen und da Mr. Okakura, wie Buddha, Asiat war, diesen vermutlich für eine Erscheinung, für den Geist des Buddha gehalten und das getan, was im Rätsel beschrieben wurde. Dabei spiele eine Art Selbsthypnose eine Rolle, erklärte er. Weber habe das Rätsel während der vier Tage der Exerzitien wohl mehrere tausend Male vor sich hin gesprochen; in einer Situation extremer psychischer Anspannung müsse das Rätsel in seinem Kopf eine solche Resonanz ausgelöst haben, daß er das Gefühl hatte, es dringe von überall aus seiner Umgebung auf ihn ein, ja selbst aus dem Universum oder vielleicht von Gott.

»Jedenfalls«, resümierte der Arzt, »glaubte Philip an jenem Tag – und glaubt es immer noch –, daß er das Richtige getan hat, das einzige, was er hätte tun können, und daß er über den moralischen Rückhalt des gesamten Universums verfüge. Das ist der Grund, warum er keinerlei Reue erkennen läßt. Seine Sicht der Realität hat nichts mehr mit unserer eigenen, von Übereinkünften geprägten Realität zu tun.«

Miss Doppelt nickte bestätigend, ging ein paar Schritte auf ihren Tisch zu, blieb dann aber stehen und wandte sich mit einer halben Drehung dem Zeugenstand zu.

»Dr. Libertson. Hat Philip, als er diesen Stab schwang, gewußt, daß er einen Menschen tötete?«

»N ...« Sekundenlang schien der Arzt zu zögern; dann begann er noch einmal von vorn. »Nicht im realen Sinn. Für ihn besaß nichts von dem, was an jenem Tag geschah, Substanz oder Realität – es war alles eine Art Traum, ein Alptraum. Er handelte, wie wir es zuweilen in Alpträumen tun, denn im Rahmen seiner Psychose vermochte er sich ebensowenig selbst zu steuern wie wir in unseren Träumen.«

Ich war mir noch nicht ganz klar darüber, ob ich Philip Weber für unzurechnungsfähig hielt, als er sein Verbrechen beging, doch wenn er sich wirklich in einem Geisteszustand befand, wie Dr. Libertson ihn beschrieben hatte, erschien es mir plausibel, daß er getötet haben konnte, ohne zu begreifen, was er tat. Aus einer eigenen, sehr kurzen, doch unvergeßlichen Erfahrung wußte ich, daß es möglich war, hellwach zu sein, sich aber wie in einem Traum zu fühlen und zu bewegen. Es geschah kurz nach jenem letzten Auftritt in Chicago. Ich hatte das Cello auf den Boden der Bühne gelegt und war weggegangen. Sobald ich hinter den Vorhang gelangt war, führte mich ein Bühnenarbeiter in die Garderobe. Meine Mutter kam herein, und ich weiß noch, wie verwundert ich war, daß sie so gelassen wirkte. Irgend jemand brachte mein Cello, und meine Mutter packte es für mich in den Kasten. Dabei fiel mir auf, daß ich zum erstenmal sah, wie sie das Instrument berührte. Wir verschwanden durch den Bühneneingang und gingen zu einem wartenden Taxi. Meine Mutter versuchte, das Cello auf dem Beifahrersitz unterzubringen, als ich ganz plötzlich spürte, wie mich mein normales Ich – mit einem fast hörbaren, zischenden Geräusch – verließ. Wie in einem Traum »sah« ich mich den Bürgersteig entlanggehen. Alle, die ich sehen konnte, schienen mich anzustarren. Sie sahen aus, als hätten sie ihre Seele verloren und wirkten wie Marionetten aus weichem Gummi. Ich muß stehengeblieben sein, denn ich erinnere mich erst wieder daran, daß die Marionetten einen fast perfekten Kreis um mich bildeten. Die Gebäude standen in einem weiteren konzentrischen Kreis um uns herum, und ich befand mich im Mittelpunkt des Ganzen. Die Komposition der Szene wirkte, wie bei einer persischen Miniatur, viel zu symmetrisch, um wirklich zu sein. Dann verschwand das Gefühl der Irrealität genauso plötzlich wieder, wie es gekommen war. Alles wirkte wieder asymmetrisch und real, die Menschen wirkten weniger marionettenhaft und schienen wieder Seelen zu haben, und ich hatte mein Ichgefühl zurückgewonnen, das Bewußtsein, ein wacher Geist in einem realen Körper zu sein. Das Ganze hatte vermutlich weniger als zehn Sekunden gedauert – ich war nur vier bis fünf Schritte vom Taxi entfernt –, in dieser Zeitspanne jedoch hatte ich mich wahrhaftig selbst verloren. Wenn mein Körper plötzlich auf die Straße gesprungen wäre oder einen anderen Menschen mitten in den Verkehr gestoßen hätte – ich hätte mich so wenig daran hindern können, wie ich meinem Herzen hätte befehlen können stillzustehen oder meinem Magen, keine Nahrung mehr zu verdauen.

Als Mr. Graham den Arzt ins Kreuzverhör nahm, fragte er ihn, welcher der psychologischen Tests, die er bei dem Angeklagten durchgeführt hatte, die Diagnose Schizophrenie bestätigt habe. Dr. Libertson lächelte, als hätte er diese Frage erwartet, und antwortete, kein Test könne eine Diagnose auf Schizophrenie hundertprozentig bestätigen; das Leiden müsse aus dem Verhalten und aus der Reaktion auf die Behandlung gefolgert werden.

»Ich verstehe«, sagte Mr. Graham nachdenklich und verscheuchte eine Fliege vom Geländer des Zeugenstands. »Und was ist mit der Unzurechnungsfähigkeit – gibt es einen Test, der die Diagnose Unzurechnungsfähigkeit bestätigen kann?«

»Nein. Unzurechnungsfähigkeit ist ein juristischer Terminus, kein medizinischer. Ob er juristisch unzurechnungsfähig war oder nicht, muß einzig das Gericht entscheiden.«

Der Ankläger nickte höflich und sagte mit seiner beruhigenden Stimme: »Ja ... ich danke Ihnen, darauf wollte ich gerade zu sprechen kommen. Ich möchte dem Gericht jetzt etwas vorlesen ... Einen kleinen Moment, bitte ...« Er kehrte an seinen Tisch zurück und holte ein Blatt Papier aus seinem Aktenkoffer. »Hier ist es ... ja. Das erste Zitat stammt aus einem von der American Psychiatric Association veröffentlichten Bericht. Darin heißt es, daß ›die Grenze zwischen einem unwiderstehlichen Impuls und einem Impuls, dem nicht widerstanden wird, vermutlich nicht klarer ist als die Grenze zwischen Zwielicht und Dämmerung‹. Würden Sie dem zustimmen, Doktor?«

»Theoretisch ja«, räumte der Arzt ein.

»Aha. Danke. Das zweite Zitat stammt aus einem anderen Bericht für die Verteidigung auf Unzurechnungsfähigkeit, veröffentlicht von der American Bar Association. Darin steht, daß ›die Erfahrung lehrt, daß es noch immer keine wissenschaftliche Grundlage gibt, auf der man die eigene Fähigkeit zur Selbstkontrolle messen oder die Beeinträchtigung dieser Fähigkeit einschätzen kann. Es gibt also, kurz gesagt, keine objektive Basis für den Unterschied zwischen Tätern, die nicht zurückzuhalten waren, und jenen, die nicht zurückgehalten wurden, zwischen dem Impuls, der unwiderstehlich war, und dem Impuls, dem nicht widerstanden wurde, oder zwischen substantieller Beeinträchtigung der Fähigkeit und einer weniger starken Beeinträchtigung ... Die Frage ist nicht zu beantworten oder kann, im güngstigsten Fall, ausschließlich durch moralische Schlüsse beantwortet werden.‹« Mr. Graham sah den Arzt an – wiederum ohne jede Feindseligkeit – und fragte: »Wie ist es damit? Klingt das richtig?«

Dr. Libertson schien über die Richtung, die das Kreuzverhör nahm, nicht sehr glücklich zu sein, ließ sich aber nicht aus der Ruhe bringen und antwortete: »Es bleibt mir keine Wahl, ich muß Ihnen darin zustimmen, daß es keine absolut objektive Basis zum Erkennen des Unterschieds gibt, nein.«

Mr. Graham nickte freundlich; dann sagte er: »Das alles bedeutet also, nicht wahr, Doktor, daß es, da keine schlüssige medizinische Diagnose der Unzurechnungsfähigkeit möglich ist, dem Moralgefühl der Jury überlassen bleibt, darüber zu entscheiden – oder?«

»Einspruch!« rief Miss Doppelt. »Diese Schlußfolgerung ist unzulässig. Er versucht die Aussagen des Arztes zu entkräften, in-

dem er ihm juristisch-philosophische Fragen stellt statt medizinische.«
»Stattgegeben. Bitte, Mr. Graham!«
Der viel ältere Staatsanwalt verneigte sich reumütig vor seiner Gegnerin. »Dr. Libertson«, fuhr er dann fort und wandte sich wieder dem Arzt zu, »trifft es nicht zu, daß viele Verbrecher, die nicht unzurechnungsfähig sind, dennoch Persönlichkeitsfehler haben, die sie gewalttätig und antisozial machen, so daß sie keine Reue wegen ihrer Taten empfinden?«
»Das ist zwar ein anderer Krankheitstyp, aber ja.«
»Aha. Ich erwähne dies nur, Doktor, weil ich das Gericht daran erinnern möchte, daß eine Geisteskrankheit an sich den Menschen nicht automatisch unzurechnungsfähig machen muß.«
»Einspruch!« protestierte Miss Doppelt. »Der Staatsanwalt trifft Feststellungen, statt Fragen zu stellen.«
»Stattgegeben.«

Ich war fasziniert von dem Zitat über die Selbstkontrolle, das besagte, der Versuch, die Grenze zwischen einem unwiderstehlichen Impuls und einem unwiderstandenen Impuls zu finden, gleiche dem Versuch, zu entscheiden, wann das Zwielicht endet und die Dämmerung beginnt. Wir alle glauben, merken zu können, ob jemand geistig gestört oder psychologisch außer Kontrolle geraten ist; eine unangemessene Grimasse, eine Stimme mit unnatürlichem Rhythmus, eine leichte Unbeholfenheit der Bewegungen – schon die kleinsten Hinweise vermitteln uns das Gefühl, mit diesem Menschen stimme etwas nicht. Aber vielleicht sind wir gar nicht so gut im Erkennen geistiger Krankheiten, wie wir glauben. Irgendwie wünschte ich, die Verteidigerin würde Philip Weber in den Zeugenstand treten lassen, denn ich hatte das Gefühl, wenn ich ihn hören und seine Reaktionen beobachten könnte, würde ich vieles daraus erkennen. Aber Judge Davis hatte uns erklärt, daß der Angeklagte nicht aussagen müsse, und Miss Doppelt hatte uns eigens darauf hingewiesen, daß es der Gerechtigkeit oft besser dient, wenn man die Beweise für den Angeklagten sprechen läßt, statt umgekehrt.

17

Mit der Aussage des Arztes endete auch unser Tag. Während der Busfahrt zum Parkplatz hatte ich endlich Gelegenheit, Maria Teresa zu fragen, wie ihr das Tonband gefallen habe, das ich ihr gegeben hatte.

»Wollen Sie die höfliche Antwort oder die unhöfliche?« erkundigte sie sich.

»Die ehrliche.«

»Saint-Saëns ist ätzend«, erklärte sie grinsend und steckte sich eine Zigarette an.

»Würden Sie hier bitte nicht rauchen!« verlangte Mrs. Friedman laut, mit einem Seitenblick auf mich. Die Aufmerksamkeit, die ich Maria Teresa schenkte, war ihr offenbar nicht entgangen. Vermutlich hätte ich Mrs. Friedmans Einwand gar nicht beachten sollen, aber ich bin es nicht gewöhnt, daß man mich mißbilligt.

»Na ja, ganz so schlimm war's nicht«, erklärte Maria Teresa, die ihre Zigarette zum Fenster hinauswarf. »Ich meine, es ist bestimmt eine unglaublich schöne Musik, und ich bin einfach zu dumm, um sie zu verstehen, aber sie hat mich einfach nicht umgehauen. All diese Instrumente, die schnellen Töne, all das hat mir überhaupt nichts gesagt; es war, als hörte ich, wie sich eine Menge Leute in einer fremden Sprache unterhielten.«

»Es hat Sie also überhaupt nicht berührt?«

»Na ja, ich wiederhole, es ist vermutlich eine großartige Musik ...« Sie zuckte die Achseln und sah mich reumütig an. Sie war eine Philisterin, eindeutig; aber welch ein unglaublich anregendes Erlebnis, wenn eine wunderschöne Frau mir erklärt, daß Saint-Saëns ätzend ist! Ich glaube, seit ich sechs Jahre alt war, habe ich noch nie mit einem Menschen gesprochen, der von klassischer Musik so unbeeindruckt war. Worüber kann ich mich mit ihr unterhalten, fragte ich mich. Hätte ich überhaupt nicht mit ihr reden sollen?

Ich sei überrascht, erklärte ich Maria Teresa, daß sie Freude an Mozart habe, von Saint-Saëns aber nichts halte.

Ihre Augen leuchteten auf. »Ja, aber das kommt daher, daß ich eine Vorstellung damit verbinden kann, verstehen Sie? Zum Beispiel da, wo Amadeus krank im Bett liegt und dieser Alte ihn zwingt, die Musik zu schreiben, obwohl er weiß, daß es ihn umbringt, und man hört die Musik, die er schreibt. Ich will Ihnen eines sagen: Mozart gibt einen phantastischen Soundtrack, Mann!«

»Ja«, sagte ich, »aber jetzt werden Sie jedesmal, wenn Sie Mozart hören, eine Menge Schauspieler sehen, die eine Szene spielen, die niemals so stattgefunden hat! Diese Behauptung, daß Salieri Mozart umgebracht hat, ist barer Unsinn, wissen Sie. O Gott, dieses furchtbare Hollywood!«

»Diese furchtbaren Hollywood-Imitationen!« spöttelte sie und imitierte meine Gewohnheit, an meiner Krawatte herumzufingern. »Kriegen Sie bloß keinen Schlaganfall, okay? Wenn ich die Wahrheit wollte, könnte ich immer noch öffentlich-rechtlich fernsehen. Aber das Leben ist ohnehin langweilig genug. Wissen Sie was? Seien Sie nicht beleidigt oder so, aber für einen Mann, der nicht viel älter sein kann als ich, verhalten Sie sich wie so ein Kerl in einem Film mit Untertiteln! Wenn ich's recht bedenke, gehen wir das Ganze eigentlich ganz falsch an. Ich finde, *Sie* sollten sich ein paar von *meinen* Tonbändern ausleihen statt umgekehrt.«

»Wirklich? Glauben Sie, daß Sie mich kurieren könnten?«
»Liebt Imelda Schuhe?« schnarrte sie. »Sie sollten lieber Ihre Uni anrufen und denen mitteilen, daß Sie Ihren Job hinschmeißen. Ich werd' Ihnen was mitbringen, da werden Sie's bitter bereuen, daß Sie nicht Gitarre spielen statt Cello.«
Der Bus setzte uns auf dem Parkplatz ab, und wir verabschiedeten uns. Mein Wagen stand ganz am Ende des Areals. Kaum hatte ich ihn erreicht, da hörte ich jemanden lautstark fluchen, und als ich mich umdrehte, sah ich, wie Maria Teresa aufs Dach ihres eigenen Autos hämmerte. Sie muß ein wenig zu fest zugeschlagen haben, denn sie begann mit ihrer rauchigen Stimme nur noch lauter zu fluchen.
Ich ging hinüber, um nachzusehen.
»Ich habe meine beschissenen Schlüssel in diesem beschissenen Auto eingeschlossen«, schimpfte sie. Ich warf einen Blick hinein, und da schwangen sie sanft im Zündschloß ihres von den Schlägen vibrierenden Wagens.
»Haben Sie einen Reserveschlüssel?«
»Ja, zu Hause. Scheiße! Gut, daß ich die Krankenwagen nur organisiere und diese beschissenen Dinger nicht fahren muß! Können Sie sich vorstellen, was los ist, wenn ich so was vergesse, nachdem so'n armer Kerl mit 'nem Herzinfarkt hinten drin liegt? Himmel!«
Als ich sie fragte, ob ihr Ehemann ihr den Reserveschlüssel bringen könnte, lachte sie auf. »Was haben wir heute für einen Tag? Montag? Da ist er vermutlich in Indiana. Oder in Colorado.«
Ich erbot mich, sie nach Hause zu fahren, um ihre Schlüssel zu holen und sie dann wieder auf dem Parkplatz abzusetzen, aber sie wollte nicht, daß ich ihretwegen die weite Strecke fuhr, es gebe einen bequemen Bus, den sie nehmen könne. Ich antwortete, das würde mir wirklich nichts ausmachen, und setzte hinzu, daß sie mir so auch gleich ihr Tonband mitgeben könne. Wenn

ich schon meinen Lehrerjob aufgeben müsse, nachdem ich ihre Musik gehört hatte, müsse ich so bald wie möglich mit dem Papierkram anfangen. Schließlich gab sie nach.

»Schönes Auto«, sagte sie, als ich die Beifahrertür für sie entriegelte. Es war ein alter Jaguar, nicht das auffällige E-Modell, sondern eine alte Limousine, die ich gekauft und restauriert hatte, sobald ich es mir leisten konnte. Ich erzählte ihr, daß ich mich in dieses Auto verliebt hatte, als ich noch in Deutschland lebte und das Modell überall auf der Autobahn sah. Natürlich wollte sie wissen, warum ich in Europa gelebt hatte, und ich erzählte ihr ein bißchen über die Jahre, die ich mit von Kempen verbracht hatte.

»Da wir gerade davon sprechen«, sagte sie, »ich weiß noch, daß der Staatsanwalt sagte, er habe sich eine Ihrer Schallplatten angehört. Haben Sie vielleicht ein Tonband, das Sie mir leihen könnten?«

»Haben Sie denn das Label nicht gelesen?« gab ich zurück. »Ich war der Solist auf dem Saint-Saëns-Tonband.«

Sie klatschte sich die Hand vor den Mund und rutschte tief in ihren Autositz. »O Mann – tut mir leid!« sagte sie zu meinem größten Vergnügen. Ich war überglücklich, daß endlich – endlich! – sie es war, die errötete, und nicht ich.

»Macht überhaupt nichts«, erwiderte ich gelassen. »Ich hatte schon schlechtere Kritiken als Ihre, das kann ich Ihnen versichern.«

»Okay, ich versteh' ja sowieso nichts davon. Ich geb' der Gesellschaft die Schuld daran.«

Sie dirigierte mich zu ihrem Haus, das auf den ersten Blick wie ein verfallener Schuppen auf mich wirkte, sich bei näherem Hinsehen aber als ein durchaus bezaubernder kleiner Bungalow entpuppte, der wirklich nur eine neue Veranda und einen neuen Anstrich brauchte.

Drinnen war das Haus ein Chaos. Maria Teresa entschuldigte sich, erklärte mir aber, daß sie es, wenn ihr Ehemann auf Reisen sei, so richtig genieße, keinen Haushalt führen zu müssen.
»Wollen Sie ein Bier, bevor wir zum Parkplatz zurückfahren? Ich bin Ihnen wirklich sehr dankbar, daß Sie mir helfen.«
»Nein danke. Ich bin kein großer Biertrinker.«
»Was trinken Sie denn – nur so aus Neugier?«
»Wein, Gin, Scotch … egal was.«
Sie verdrehte die Augen. »Und wenn Sie Gin trinken – trinken Sie ihn dann aus diesen Y-förmigen Gläsern?«
»Manchmal ja. Warum fragen Sie?«
»Ich will nur wissen, womit ich's hier aufnehmen muß – was das Aussuchen einer Musikaufnahme für Sie betrifft, meine ich. Es klingt, als hätten Sie da so eine Art Tick, der Sie zwingt, sich nur Musik von Toten anzuhören. Das muß schon ziemlich weit fortgeschritten sein. Wir werden's ganz langsam angehen – ich will ja nicht, daß Sie hier'n Schlaganfall kriegen, oder so.«
Sie ging zu einem kleinen Tisch, auf dem sich Tonbandkassetten stapelten. Die meisten schienen nicht in den richtigen Behältern zu stecken. Die Möbel im ganzen Haus waren dick gepolstert, aber Bücherregale oder Bücher waren nirgends zu sehen.
»Eigentlich«, sagte Maria Teresa, an ihrem Ohrring fingernd, »müßte ich erst mal darüber nachdenken. Musik kann ich später noch für Sie aussuchen. Sie wollen doch sicher jetzt lieber gehen, eh?«
»Ich hab's nicht eilig. Aber wenn Sie viel zu tun haben …«
»Nein. Ich hab' nichts zu tun. Wollen Sie wirklich kein Bier, während Sie warten? Ich geh' mir eins holen.«
»Wenn dem so ist, dann schließe ich mich Ihnen an.«
Sie drückte mir eine Dose Bier in die Hand und nötigte mich, auf der Couch Platz zu nehmen. Wie ich bemerkte, war das Möbel über und über mit Hunde- oder Katzenhaaren bedeckt, obwohl ich nirgends ein Haustier entdecken konnte. Während

Maria Teresa in ihrem chaotischen Kassettenberg wühlte, sah ich auf einer Fensterbank eine Sammlung winziger Glastiere sowie eine Holztafel, in die »OH, SHIT!« eingeritzt war. Alles andere war streng funktionell.
Ich fühlte mich unbehaglich, aber zugleich auch glücklich. Irgendwie war es äußerst befriedigend, in diesem unordentlichen Haus zu sitzen, Bier aus der Dose zu trinken und Maria Teresas bissigen Bemerkungen zu lauschen. Darüber hinaus bewirkte ihr kleiner Fauxpas hinsichtlich meiner Musikaufnahme, daß ich mich in ihrer Gegenwart weit entspannter fühlte, als ich es sonst gewesen wäre. Dennoch war ich noch immer nervös. Es war nicht zu leugnen, daß ich mich sexuell von ihr angezogen fühlte. Wie also kam ich dazu, sie für mich ein Rockmusiktonband heraussuchen zu lassen? Wollte ich sie etwa verführen?
Ich versuchte mir derartige Gedanken aus dem Kopf zu schlagen. Was sollte das überhaupt? Selbst wenn ich es in Erwägung zog, mich mit einer verheirateten Frau einzulassen, was ich nicht tat, würde es niemals eine wie Maria Teresa sein. Wir hatten nicht das geringste gemeinsam, und sie war mit einem Mann verheiratet, der mir wahrscheinlich eine Eisenbahnschwelle über den Schädel ziehen würde, wenn er uns auf die Schliche kam. Außerdem hatte ich keine Veranlassung, zu glauben, daß sie sich für mich interessierte. Wir waren die beiden jüngsten unter den Geschworenen, mindestens zehn Jahre jünger, daher war es nur natürlich, daß wir uns mehr miteinander unterhielten als mit ihnen. Und dennoch konnte ich mir nicht recht erklären, was ich in ihrem Haus zu suchen hatte.
»Aha! Genau das richtige!«
»Haben Sie gefunden, was Sie suchen?«
»Ja.« Sie reichte mir eine unmarkierte Kassette. »Ich bin ziemlich sicher, daß sie das ist. Aber hören Sie sich wirklich erst alles an, bevor Sie mir sagen, was Sie davon halten. Auch wenn Sie's nur in homöopathischen Dosen schaffen.«

»Was für Musik ist das? Hat sie eine Bezeichnung?«
»Das sage ich Ihnen nicht. Ich möchte nicht, daß Sie voreingenommen sind. Aber eine Sorge kann ich Ihnen abnehmen – ich bin nicht drauf.« Sie warf sich in einen Sessel und fuhr sich mit der Hand durch die Haare. »Ich weiß, daß wir nicht über den Prozeß reden sollen«, sagte sie, »aber ich bin neugierig ... Müssen wir uns an all dieses Zeug erinnern, was dieser Psychiater erzählt hat? Wir durften uns ja noch nicht mal Notizen machen.«
»Keine Ahnung. Vielleicht sollen wir uns nur ein allgemeines Bild machen. Man kann doch wirklich nicht von uns erwarten, daß wir uns all diese technischen Informationen merken.«
»Ja, wie diese Sache mit dem Sternenloch, in das man reingerät und nicht wieder rauskommt. Was sollte das heißen?«
»Oh, aber das ist unglaublich faszinierend. Sterne können auf die unterschiedlichste Art und Weise sterben. Ich selbst habe gerade gelesen, daß manche zu Schwarzen Löchern werden, andere zu Weißen Zwergen und wieder andere zu Roten Riesen.«
Sie schaute mich von der Seite an. »Seien Sie bloß vorsichtig, wer zuhört, wenn Sie so daherreden.«
»Ich weiß.« Allmählich spürte ich, wie mich das Bier entspannte. »Die Menschen halten Naturwissenschaftler für langweilig, aber sie haben wirklich Humor. Zum Beispiel habe ich in einer Zeitschrift gelesen, daß eine Gruppe Physiker an einer Theorie arbeitet, die all die verschiedenen Theorien über die Frage, woher die Materie kommt, wohin sie geht und all das, in sich vereint. Und wissen Sie, wie die genannt wird?«
»Nein. Wie denn?«
»Die Theorie von Allem. Ist das nicht komisch? Das ist genau der richtige Name dafür.« Ich lachte, aber sie fand es anscheinend nicht sehr komisch.
»Das ist wie dieses Mädchen, das da arbeitet, wo ich auch ar-

beite«, sagte sie. »Die hat eine orange Katze namens Orange Katze und einen Papagei namens Papagei. Das geht anscheinend über meinen Horizont. Jedenfalls mochte ich diesen Psychiater nicht. Ich fand, daß er ganz schön versnobt wirkte. Der fand es klasse, da oben zu sitzen, wo ihm alle zuhören müssen, das hat man gemerkt. Ich hatte den Eindruck, daß er uns immer wieder beweisen wollte, wie gebildet er ist.«

»Er war sehr engagiert.«

»Ja. Und dann die Art, wie er beim Sprechen immer mit seinen kleinen Händen rumfuchtelte ... Ich wette, das ist einer von denen, die immer die Sachen auf dem Schreibtisch rumschieben, damit die Kanten genau gerade sind. Viele Ärzte machen so was. Das sehe ich ständig bei der Arbeit.«

»Nun ja ... ich selber bin auch so ähnlich, deswegen ...«

Sie verzog das Gesicht zu einer enttäuschten Grimasse. »Sie? Nein! Sie sind doch Musiker! Ich dachte, Musiker wären zu großzügig dafür. Ich hatte mir vorgestellt, daß Sie verschiedene Socken tragen.«

»Nein. Niemals. Wenn mir ein Knopf am Hemd fehlt und ich keinen habe, der genau dazu paßt, werfe ich das Hemd weg. Es würde mich wirklich stören, wenn ich das im Spiegel sehen müßte.«

»Das ist Wahnsinn!«

»Aber das ist noch nicht das Schlimmste«, fuhr ich fort. Und erzählte ihr von meinem absoluten Tongefühl, das so stark war, daß es mich sogar ärgerte, wenn mechanische Geräusche mißtönend waren.

»Was meinen Sie mit mechanischen Geräuschen – Maschinen?«

»Genau. Wenn ein Mixer um eine Winzigkeit zu tief tönt oder der Rasenmäher des Nachbarn zu hoch, bereitet mir das körperliche Schmerzen.«

»Mann! Dann wäre es also eine Qual für Sie, wenn Sie, sagen wir mal, zu einem Stock-Car-Rennen gehen würden, was?«

Plötzlich verzog sich ihr Gesicht zu einem breiten Grinsen. Als ich sie fragte, was denn so komisch sei, antwortete sie: »Ich dachte gerade ... wie furchtbar es sein würde, wenn Sie ein Wochenende mit meinem Mann verbringen müßten! Der ist nicht glücklich, wenn er nicht irgendwas Benzingetriebenes zum Spielen hat. Wenn er nicht seine Lokomotive fährt, muß er entweder auf seinem Motorrad sitzen oder auf einem Snowmobil oder auf einem Jetski ... Nur laut muß es sein, sonst ist es Schrott, findet er. Und Sie gehen schon in die Luft, wenn ein Mixer den falschen Ton drauf hat! Großartig! Sie machen sich zu Hause wohl nicht oft Margaritas, was?«

»O doch, das geht. Ich hab' einen Mixer gefunden, der genau in F-Dur läuft.«

»Quatsch!«

»Nein, nein, kein Quatsch – der ist haargenau gestimmt.«

Als ich nach Hause kam, spielte ich sofort Maria Teresas Kassette ab. Die Musik war, wie ich's geahnt hatte, nahezu unerträglich. Es war der Mitschnitt eines Livekonzerts, und ich konnte mir beim Zuhören die Szene vorstellen: Die Leadsängerin, eine Frau mit zerrissenen Jeans und überweitem Hemd, wie sie auf der Bühne jaulend düstere Prognosen hinausjammerte, wobei sie von einer Band aus Männern mit langen Haaren, komischen Kopfbedeckungen und mageren Beinen begleitet wurde. Ich zwang mich jedoch, mir das Ding bis zu Ende anzuhören, damit ich, wenn ich ihr mitteilte, die Musik sei ätzend, das vom Standpunkt des Kenners aus tun konnte.

18

Als Kyung-hee zu seiner dritten Stunde kam, war sein Gesichtsausdruck genauso leer wie immer. Inzwischen hatte sich die Erregung über das Neue gelegt, und sein Mangel an Persönlichkeit nervte mich mehr denn je. Seine Mutter bestand darauf, mir zu Beginn dieser Lektion die zerrissene Saite zu bezahlen – in einzelnen Dollarscheinen und Vierteldollarstücken in einem Kuvert, das sie mir formell mit beiden Händen überreichte. Ich war überzeugt, daß diese Zeremonie Kyung-hee nur daran erinnerte, wie gefährlich es war, sowohl mich als auch seine Mutter zufriedenstellen zu wollen. Während ich zusah, wie er sich lustlos durch seine Übungen quälte, war mir bereits nach wenigen Minuten klar, daß ich keine ganze Stunde davon ertragen konnte. Verzweifelt bemüht, ihm ein wenig Freude zu machen, damit wenigstens *ich* ein wenig Freude hatte, wies ich ihn an, das Cello abzustellen, und erkundigte mich, wann er Geburtstag habe.

»Im Oktober«, antwortete er und sah mich durch seine riesige Brille an.

»Also gut, dann möchte ich dir ein vorzeitiges Geburtstagsgeschenk machen.«

Diese Idee entsprang einem Erlebnis, das ich in Edersee gehabt hatte, als ich mich bei von Kempen beschwerte, die ewigen Übungen seien so langweilig, ich wolle nur noch richtige Musik spielen. Damals war ich elf Jahre alt.

»Ach ja«, sinnierte der alte Mann, nachdenklich nickend. Ich weiß noch, daß er dabei den Kopf so drehte, daß ich ihn vor den offenen Fenstern zu seinem Garten im Profil sehen konnte. Diese Fenster standen immer offen, sogar im Winter, damit er während des Unterrichts die Vögel draußen hören konnte.

»Ich glaube, das Problem liegt an deiner Kleidung«, sagte er schließlich. »Wie du wohl bemerkt haben wirst, kleide ich mich für unsere Lektionen stets sehr sorgfältig. Und weißt du was? Ich trage diesen Anzug, der für mich vor dem Krieg angefertigt wurde, sogar bei meinen eigenen Übungen. Komm mit, wir statten Herrn Unterhalter einen Besuch ab; das ist ein Schneider, den ich kenne.«

Frau Schmidt chauffierte uns ins Dorf zu dem Schneider, einem Mann, der sogar noch älter war als mein Maestro, und der sich, als wir seine dunkle Werkstatt betraten, tief vor uns verneigte.

»Der junge Herr hier braucht einen anständigen Anzug für seine Übungen«, erklärte von Kempen. »Aber es muß etwas sein, das ihm gefällt. Würden Sie so freundlich sein, ihm Ihre Mappe und die Stoffmuster zu zeigen?«

Der Schneider behandelte mich so respektvoll wie einen Erwachsenen; wenn er die Situation auch nur im geringsten belustigend fand, so ließ er es sich nicht anmerken. Ich blätterte im Katalog der Anzugschnitte, konnte aber kaum einen Unterschied zwischen ihnen feststellen.

»Wählen Sie aus, was Sie möchten, Herr Sundheimer. Der Anzug soll Ihnen Freude machen. Das ist das einzige Kriterium.«

Schließlich platzte ich in meinem holprigen Deutsch heraus: »Ich ... Ich will so einen wie Sie, Herr Professor!« Herr Unterhalter sah von Kempen fragend an; der nickte nur und versicherte mir, der Schneider werde mir den Wunsch erfüllen. Und ich rechnete es den beiden alten Herren hoch an, daß keiner von ihnen ein Lächeln auch nur andeutete.

Drei Tage später war der Anzug fertig. Als Frau Schmidt ihn aus dem Ort mitbrachte, wollte ich ihn unbedingt sofort anziehen. Es war ein dunkler, formeller Anzug mit weiter Hose, steifem Kragen und Weste und war begleitet von einem kurzen Schreiben seines Schöpfers: »Mein lieber junger Maestro! Ich hoffe, das Stück ist zu Ihrer Zufriedenheit ausgefallen. Ich habe mich bemüht, den Schnitt und den Stoff von Ihres teuren Lehrers Anzug möglichst getreu zu kopieren. Wenn es Ihnen nichts ausmacht, könnten Sie Ihren verehrten Professor vielleicht überreden, mir zu gestatten, einen gleichen auch für ihn anzufertigen. Dreißig Jahre einen einzigen Anzug zu tragen ist wirklich zu lange, und wenn die Qualität noch so hervorragend ist.«

»Junger Mann«, erklärte mir von Kempen, der Herrn Unterhalters Vorschlag ignorierte, »dieser Anzug wird nur zum Musizieren getragen, nicht zum Vergnügen. Behandle ihn pfleglich und nimm dir Zeit beim Ankleiden! Trag deine Haare sauber gebürstet und sieh stets aufmerksam in den Spiegel, um dich zu vergewissern, ob wirklich alles in Ordnung ist, wie es ein jeder schätzenswerte Gentleman tut! Erst dann solltest du mit dem Üben beginnen. Ich versichere dir, daß das der von dir erwähnten Langeweile endgültig ein Ende bereiten wird.«

Und so war es. Von jenem Tag an konnte ich es nicht erwarten, aus dem Bett zu springen und mich anzuziehen, und wenn ich diesen Anzug trug, fühlte ich mich wie ein König, so sehr, daß ich mich untertänigst vor meinem Spiegelbild verbeugte. Auf diese Weise verlieh er all meinen Übungsstunden die Aura einer feierlichen Zeremonie.

Angesichts dieser Erinnerung erbat ich Mrs. Kims Erlaubnis, mit ihnen beiden einen Anzug für Kyung-hee einkaufen zu gehen. Ich bestand darauf, daß dies auf meine Kosten geschah – meine ganz persönliche Art, meinem Lehrer das zu vergelten, was er damals für mich getan hatte. Anfangs wirkte Mrs. Kim bestürzt, als könne sie sich nicht entscheiden, ob sie mit mir streiten oder einfach den Jungen nehmen und fliehen sollte. Schließlich willigte sie ein, jedoch mit minimalster Begeisterung. Sie verstand es, mir das Gefühl zu verleihen, daß sie mich ununterbrochen verdächtigte, und das war ziemlich irritierend; aber immer wieder sagte ich mir, daß ich vermutlich genauso vorsichtig sein würde, wenn ich ein eigenes Kind hätte und es in einer fremden Kultur großziehen müsse.

Ich erklärte Kyung-hee ungefähr das, was von Kempen mir erklärt hatte: daß er die Übungsstunden weniger langweilig finden würde, wenn er entsprechend gekleidet sei, und daß wir an diesem Abend den richtigen Anzug für ihn suchen wollten.

»Wäre das nicht schön, wenn du einen Anzug hättest, den du dir selber ausgesucht hast?« Er schien eine Weile darüber nachdenken zu müssen. Schließlich nickte er, aber nicht sehr überzeugt.

Ich ging mit ihnen zu einer Passage in der Nähe des Campus, wo wir mein bevorzugtes Geschäft aufsuchten, das sich auf Herrenbekleidung im europäischen Stil spezialisiert hatte. Ich nahm an, daß Kyung-hee einen Anzug wie den meinen wählen würde, doch er zeigte kein Interesse an den Mustern, die ich ihm vorschlug. Tatsächlich schien er überhaupt nichts zu wollen, was es in diesem Laden gab. Zögernd schlug ich vor, weiterzugehen; wir durchstöberten einige der eleganten Geschäfte, von denen die meisten auffallende Kleidung für Teenager führten, aber Kyung-hee reagierte auch hier auf nichts. Auch als wir durch die Knabenabteilung von Nordstrom's gingen, schien nichts sein Interesse zu wecken. Allmählich hielt ich das Ganze für einen Fehler; vielleicht vermochte sich Kyung-hee einfach nicht über Kleidung zu freuen. Doch dann, während wir durch das riesige Labyrinth der Passage schlenderten, machte er urplötzlich halt, um irgend etwas anzustarren, und zwar mit eindeutig interessiertem Blick. Ich wandte mich um, weil ich sehen wollte, um was es sich handelte; anfangs dachte ich, es ginge um einen elektrischen Massagesessel, der ganz vorn im Schaufenster eines Geschäfts für Yuppie-Neuheiten stand.

»Möchtest du einen Massagesessel?« erkundigte ich mich zweifelnd.

Er schüttelte verblüffend energisch den Kopf und zeigte auf etwas anderes. Rechts neben dem Neuheitengeschäft gab es einen Kostümverleih, und dort, mitten im Schaufenster, stand eine kindergroße Schaufensterpuppe, bekleidet mit einem reichbestickten schwarzen Kostüm und einem langen Seidencape, das steif hinter der Puppe ausgebreitet war, als werde es vom Wind gebläht.

»Batman«, sagte Kyung-hee ehrfürchtig.

Sofort fing seine Mutter an, auf koreanisch auf ihn einzuschimpfen, nur die Worte »verschwendest die Zeit deines Lehrers« sagte sie auf englisch. Obwohl ich ihr darin fast zustimmte, wurde mir klar, daß ich, sobald ich die Wahl des Jungen in Frage stellte und ihm damit bewußt machte, daß er mit seiner Wahl *mir* eine Freude bereiten sollte, die Wirkung ganz und gar zunichte machte. Also zwang ich einen unschuldigen Ausdruck auf mein Gesicht und sagte zu ihr: »Ist doch nichts Schlimmes an diesem Anzug, Mrs. Kim. Wenn er ihm gefällt, ist er bestimmt der richtige für ihn.«

Sie starrte mich völlig entgeistert an. Kyung-hee huschte davon und betrat den Laden. »Das für Halloween!« protestierte Mrs. Kim verzweifelt. »Das zum Spiele machen! Warum Sie immer wollen, er machen Spiele, springt wie Katze, trägt komischen Anzug?«

»Musik ist nicht wie andere Jobs, Mrs. Kim. Man wird nicht gut darin, indem man eine ernste Miene zieht und so tut, als arbeite man in einer großen Firma! Die einzige Möglichkeit für ihn, ein ganz Großer zu werden und Geld zu verdienen, besteht darin, ihm die Musik so schmackhaft zu machen, daß er gar nichts anderes mehr tun will. Ich versuche Ihrem Sohn zu helfen, Mrs. Kim – ganz ehrlich –, und ich weiß genau, was ich tue. Ich war genauso wie Ihr Sohn; deswegen weiß ich, was zu tun ist.«

Sie hatte die Hände zu kleinen Fäusten geballt und sah aus, als kämpfe sie mit den Tränen. »Wir ziehen hierher, damit Kyung-hee und Kyung-ja besseres Leben haben, nicht wie in Korea.

Hier wir müssen machen Reinigung, weil nicht sprechen Englisch und alle denken, wir dumme Menschen. Mr. Kim, er nicht wollen, Kyung-hee spielen Musik, er sagen, Kyung-hee nicht machen Geld. Er wollen, Kyung-hee wird Maschinist. Ich wollen, Kyung-hee auch glücklich sein, also streiten ganze Zeit. Ich sagen, lassen ihn Musik machen, aber ganz ernst. Sie, Sie Amerikaner! Sie sagen, machen Spiele, sein glücklich, machen Geld. Okay für Sie, aber was, wenn Kyung-hee machen Spiele, ist glücklich, aber nicht arbeiten fleißig genug? Dann er hat nichts!«

Ich wußte nicht, was ich ihr antworten sollte. Nachdem sie das gesagt hatte, verstand ich sie zwar besser, aber es wäre sinnlos gewesen, Kyung-hees Lektionen den Wünschen seiner Eltern entsprechend zu gestalten. Man unterrichtet entweder ganz oder gar nicht.

Sie ersparte es mir jedoch, das auszusprechen. Sie seufzte tief auf und heftete den Blick auf ihre Handtasche. »Alle sagen, Sie guter Lehrer, berühmter Lehrer. Sie nett zu Kyung-hee, er Sie mögen.« Sie zuckte die Achseln. »Sie wollen Anzug kaufen – kaufen Anzug. Vielleicht Mr. Kim muß nicht sehen.«

Gemeinsam betraten sie und ich den Laden und fanden Kyung-hee direkt neben der Schaufensterpuppe. Ich versuchte, alles zu vergessen, was ich gehört hatte, und fragte ihn: »Ist das der Anzug, den du dir wünschst? Kümmere dich nicht um meine Meinung. Wenn es dich glücklich macht, mußt du ihn haben.«

Er schien darüber nachzudenken; seine Mutter hatte ihn in Verlegenheit gebracht, doch, wie ich hoffte, nicht allzusehr. Nach einigen Sekunden warf er mir einen Blick zu und sagte nur mit den Augen ja. Ich glaube, er versuchte mir so zu antworten, daß seine Mutter es nicht bemerkte.

Ich kaufte den Anzug – er war entsetzlich teuer, vor allem, weil der Verkäufer, ein aggressiver junger Mann, der sich die Buchstaben XTC in den Hinterkopf hatte rasieren lassen, darauf bestand, das Kostüm sei erst vollständig, wenn auch der »Werkzeuggürtel« dazu käme, ein Accessoire, ohne das angehende Batmänner, wie man so höre, einfach nicht auskommen könnten. Als wir wieder zu Hause waren, fragte ich Kyung-hee nicht, ob er ihn für unsere Lektion anziehen wolle; ich sah nicht ein, warum ich mir oder Mrs. Kim den Anblick zumuten sollte, wie er mit dieser blank glänzenden Kapuze und der Maske mit dem eingestanzten Stirnrunzeln auf dem Kopf Cello spielte. Ich hielt ihm also meine persönliche Version der Motivationspredigt, die von Kempen mir gehalten hatte, und variierte sie insoweit, als er den Anzug nur zum Üben tragen sollte, nicht zum Unterricht. Er schien sich wirklich aufrichtig zu freuen, was mich ungeheuer befriedigte.

Wir machten mit den Übungen weiter, wo wir aufgehört hatten, und alles lief gut. Zum Schluß tätschelte ich ihm aufmunternd die Schulter und lächelte Mrs. Kim dabei zu. Sie zuckte nur stumm die Achseln.

19

Als zweiter Zeuge der Verteidigung erschien der Vater des Mörders. Er hatte seit Beginn der Verhandlung im Zuschauerraum gesessen, aber niemand hätte von ihm gedacht, daß er der Vater des Jungen sein könnte. Ich hatte ihn für jemanden von der Presse gehalten.

Wie er dem Gericht mitteilte, war er Erster Vizepräsident eines multinationalen Papierkonzerns, und man merkte gleich, als er den Zeugenstand betrat, daß Konfrontationen ihm nicht fremd waren. Trotz eines beträchtlichen Bauches, dem Verlust des größten Teils seiner Haare und tiefer Kummerfalten um die Augen und auf der Stirn machte er den Eindruck eines starken Mannes, mit wuchtigen Schultern und einem mächtigen Brustkorb. Fast während der ganzen Zeit, die er im Zeugenstand verbrachte, wahrte er eine strenge, beherrschte Miene. Sein Sohn warf, wie ich bemerkte, nur hier und da verstohlene Blicke auf ihn; er hatte seinen engelhaften Ausdruck fürs erste verloren und durch etwas ersetzt, das wohl eher Verlegenheit sein mochte.

Miss Doppelt bat Mr. Weber, dem Gericht zu erklären, wann die Schwierigkeiten seines Sohnes zu Hause und in der Schule begonnen hatten. Der kräftige Mann, der trotz der Klimaanlage im Gerichtssaal sehr stark schwitzte, trocknete sich mit einem Taschentuch die Stirn und berichtete, wie seine Frau zum erstenmal in eine Anstalt für Geisteskranke kam.

»Als Philip drei war, brach bei Nancy eine zwanghafte Putzwut aus. Sie war immer eine verdammt gute Hausfrau gewesen, doch hierbei ging es ihr eindeutig nicht mehr darum, das Haus sauberzuhalten. Sie verbrachte Stunden damit, Kleidungsstücke zu falten und in ein und dieselbe Schublade zu legen, immer und immer wieder. Und als ich eines Tages von der Arbeit nach Hause kam, fand ich sie zusammengekrümmt und weinend in der Badewanne. Philip war im Schlafzimmer; er hatte den ganzen Tag nichts zu essen bekommen und schrie erbärmlich. Da mußte ich den Arzt rufen. Sie wurde ins Krankenhaus gebracht und blieb dort damals zwölf Wochen lang ...

Ich stellte jemanden ein, der sich um Philip kümmerte, und daran änderte sich nichts, bis er aufs College kam. Mit Nancy ging es so weiter, rein ins Krankenhaus und wieder raus. Wenn sie sich zu Hause aufhielt, war sie mehr oder weniger hilflos, deswegen war sie kaum noch eine Mutter für Philip ... Aus beruflichen Gründen mußten wir viel umziehen, deswegen mußten wir auch die Kindermädchen immer wieder wechseln. Ich hielt sie alle für recht kompetent, aber jetzt ... Ich weiß es nicht ...«

Weiter sagte Mr. Weber sen. aus, sein Sohn sei immer schwermütig gewesen, aber scheinbar mit allem recht gut fertig geworden – bis er aufs College ging, das er nach nur einem Semester urplötzlich verließ.

»Er kam nach Hause – wir wohnten damals in Sacramento – und ... ach, ich weiß nicht, ich glaube, er sagte, er wolle einen Roman schreiben oder ein Drehbuch oder so was Ähnliches. Ich war ... sehr skeptisch, was das betraf. Einige seiner Lehrer erklärten, er sei begabt, aber man weiß ja nie, wie man so was interpretieren soll. Für mich klang es, als suche er nichts weiter als eine Möglichkeit, der Arbeit aus dem Weg zu gehen. Ich sagte zu ihm, er könne sechs Monate zu Hause bleiben und sich am Schreiben versuchen, nach Ablauf der sechs Monate aber müsse er auf eigenen Füßen stehen.«

Während dieser sechs Monate war Mr. Weber nicht oft zu Hause gewesen, weil er in jenem Jahr für seine Firma wiederholt nach Europa fliegen mußte. Trotz seiner Abwesenheit wurde das Verhältnis zu seinem Sohn während dieses Zeitraums besonders gespannt.

»Wie ich schon sagte, er war irgendwie ... schwermütig, schweigsam. Inzwischen aber war es eher so was wie ... Nun ja, er hing die ganze Zeit zu Hause rum. Er machte eine von diesen Phasen durch, die im College-Alter eben auftreten und wo man als Vater offenbar nichts mehr richtig machen kann. Philip hatte eine ganz und gar negative Einstellung mir und meiner Arbeit gegenüber.«

»Inwiefern negativ?« unterbrach ihn Miss Doppelt rüde; wie immer legte sie keine besonders guten Manieren an den Tag. Bei diesem Zeugen jedoch störte mich das nicht so sehr; da der ältere Mr. Weber ein ziemlich unangenehmer Zeitgenosse zu sein schien, sah ich fast mit einer Art Genugtuung zu, wie er hier in die Mangel genommen wurde.

»Na ja ... ich leite eine Papierfabrik. Also bin ich es, der die Regenwälder abholzt, die Flüsse vergiftet, Eulennester zerstört – Sie wissen schon.«

»Würden Sie daher sagen, daß die meisten Ihrer Gespräche mit Philip in Wirklichkeit Auseinandersetzungen waren?«

»Wenn wir überhaupt miteinander redeten, ja. Wir hatten nichts gemeinsam, daher hatte ich immer das Gefühl, es gebe nichts, worüber wir reden könnten.«

Ich kannte diese Situation recht gut. Als ich zehn war, vermochte ich kein sinnvolles Gespräch mehr mit meinen Eltern zu führen, weil keiner von ihnen genügend Musikkenntnisse besaß, um in der Lage zu sein, mir zu folgen, und weil ich nicht genügend über das Leben außerhalb der Musik wußte, um über etwas anderes reden zu können. Meine Mutter, die enorme Opfer brachte, um mich vor der Außenwelt zu schützen, schien das nicht weiter zu stören. Da sie der festen Überzeugung war, daß meine Begabung direkt von Gott komme, hielt sie es für ihre heilige Pflicht, über meine Gabe zu wachen, dafür zu sorgen, daß ich es immer bequem hatte, und mich vor unliebsamen Ablenkungen zu bewahren. Sie war voll und ganz mit ihrer Rolle als Beschützerin und Managerin beschäftigt und kompensierte damit offenbar die Tatsache, daß wir, statt eine Freundschaft zwischen uns entstehen zu lassen, eine Beziehung zueinander hatten, die fast ausschließlich auf einem Gefühl gegenseitiger Verpflichtungen beruhte. Statt mit mir zu reden, lieferte sie gewöhnlich Berichte über das, was sie für mich getan hatte, und ich belohnte sie, indem ich ihr gestattete, über die äußeren Umstände meines Lebens zu bestimmen, wie etwa, was ich essen und was ich anziehen, wo und wann ich spielen und wen ich kennenlernen sollte.

Mein Vater verhielt sich völlig anders. Sobald er meinte, er könne mir als Berater und Vertrauter nicht mehr von Nutzen sein – das war etwa um mein zehntes oder elftes Lebensjahr herum –, hatte er sich unvermittelt von allem zurückgezogen. Sobald ihn

Leute nach den Konzerten erkannten oder erfuhren, er sei mein Vater, zog er den Kopf zwischen die Schultern, beantwortete Fragen mit kurzen, barschen Phrasen und entschuldigte sich gewöhnlich, indem er zu meiner Mutter sagte: »Ich warte im Wagen« und verschwand. Es war, als wolle er durch seine Anwesenheit den anderen nicht die Freude verderben.

Als ich noch sehr jung war, hatte er mich damit in Verlegenheit gebracht, doch als ich älter wurde, erzürnte mich vor allem seine gesellschaftliche Unbeholfenheit. Da er nicht dumm war, fand ich, er habe keinen Grund, sich zu schämen. Hätte er mit meiner Mutter nicht aus Deutschland fliehen müssen, wäre er dort Anwalt geworden; da er jedoch nur sehr schlecht Englisch sprach, bestand er keine Aufnahmeprüfung der juristischen Fakultäten hier und hatte schließlich einen Job als Expedient in einem großen Versandhaus annehmen müssen. Ich konnte seine Enttäuschung verstehen, aber das machte ihn doch wohl kaum zum Versager als Mensch. Mich erfüllte es mit Zorn, daß er sich bei meinen Konzerten und den Parties, zu denen meine Familie eingeladen wurde, immer möglichst unauffällig verhielt, denn ich hatte die Befürchtung, die Menschen könnten annehmen, er habe einen guten Grund, sich zu verstecken. Und dann schämte ich mich wirklich seiner.

Meines Wissens hatte mein Vater keine Freunde, zumindest nicht in der Zeit, während ich heranwuchs. Nie lud er Kollegen zum Dinner ein, und nie ging er am Abend oder an den Wochenenden mit irgend jemandem aus. Er kam jeden Abend von der Arbeit direkt nach Hause und blieb am Wochenende daheim, wo er stets »nützliche«, doch im Grunde absolut überflüssige Dinge im Haus zu tun fand. Bei mir erkundigte er sich, wie es mit meiner Ausbildung stehe, welche Musikstücke ich demnächst einstudieren würde und so weiter, doch wenn ich – was selten geschah – mit ihm über irgend etwas anderes zu sprechen versuchte, fand er immer etwas mit seinen Händen zu tun, so daß er mich nicht direkt ansehen mußte. Hier und da zog er die Augenbrauen hoch, krauste die Stirn und nickte gelegentlich, damit ich merkte, daß er mir zuhörte, hielt den Blick dabei jedoch auf seine Hände gerichtet, mit denen er Sachen faltete, drehte, arrangierte, beschnitt, polierte, schnitzte. Damit schien er – absichtlich oder nicht – allem, was ich sagte, den emotionalen Gehalt zu entziehen und es in höfliches, nichtssagendes Geplauder zu verwandeln.

Über die frühen Jahre seines eigenen Lebens sprach er nur selten mit mir. Von meiner Mutter wußte ich, daß seine Eltern, die Deutschland nicht verlassen wollten, im Zuge der Judenverfolgung gestorben waren, aber ich war schon in den Zwanzigern, als ich von einem Cousin den Rest der Geschichte erfuhr. Unser Onkel, der älteste Bruder meines Vaters, wurde im selben Lager wie meine Großeltern gefangengehalten, hatte jedoch überlebt. In den Jahren nach Kriegsende wurde er – von Schuldgefühlen gequält, weil er überlebt hatte, ohne die eigenen Eltern retten zu können – morphiumsüchtig und starb 1949 an einer Überdosis. Mit meinem Vater sprach ich nie darüber, auch nicht, nachdem ich alles erfahren hatte. Das einzig wahrhaft wichtige Gespräch, das ich jemals mit meinem Vater führte, fand statt, als ich ihn fragte, ob er glaube, Amerika könne es überleben, einen ungebildeten, moralisch wenig gefestigten Exschauspieler zum Präsidenten zu haben.

»Kommt drauf an«, antwortete mein Vater.

»Worauf?«

»Ob du Optimist bist oder Pessimist.«

Als ich ihn bat, mir zu erklären, wie er diese beiden Gruppen definiere, erklärte er: »Reinholt, wenn jemand geboren wird, dann ist es, als würde er ganz oben auf einen Skihang gestellt. Es gibt nur einen Weg, den man einschlagen kann, und der führt bergab. Optimisten, das sind die Menschen, die rückwärts blicken; sie sehen hinauf, versuchen aber hartnäckig, zu ver-

drängen, daß sich das Oben immer weiter entfernt. Die Pessimisten blicken in die Richtung, in die sie gehen.«
»Und was bist du, Dad?«
»Ich sehe nicht hin.«

Als die sechs Monate vorüber waren, bat Mr. Weber seinen Sohn, ihm den Roman zu zeigen, und der junge Mann mußte zugeben, daß er nicht eine Zeile geschrieben hatte.
»Damals tat mir Philip leid, aufrichtig leid. Es brach mir das Herz, daß er immer nur im Haus herumschlich, keine Freunde hatte, und das Kindermädchen sagte mir, daß er den ganzen Tag vor dem Fernseher sitze und auf der Couch schlafe statt im Bett. Mein Sohn! Aber ich fand, daß ich fest bleiben mußte, weil er sonst vielleicht niemals selbst die Verantwortung für sein Leben übernehmen würde. Also gab ich ihm fünfhundert Dollar und erklärte ihm, nun müsse er auf eigenen Füßen stehen.«
»War dies das letzte Mal, daß Sie ihn sahen, bevor er in diesem Jahr verhaftet wurde?« wollte die Verteidigerin wissen.
»Nein. Er tauchte noch einmal auf – ein Jahr, nachdem ich ihn vor die Tür gesetzt hatte. Als ich eines Abends von der Arbeit nach Hause kam, saß er im Wohnzimmer. Er sah furchtbar aus. Er war abgemagert und blaß, und irgend etwas war eindeutig mit ihm nicht in Ordnung. Er sprach undeutlich, bildete keine vollständigen Sätze. Vage erzählte er vom Leben in Los Angeles, und daß er für eine große Filmgesellschaft schreibe. Ich merkte, daß er Drogen genommen haben mußte, und stellte ihn deswegen zur Rede. Er leugnete es nicht, wurde aber schneeweiß und stürmte zum Haus hinaus. Damals habe ich ihn zum letztenmal gesehen. Ich nehme an, daß er nach Los Angeles zurückgefahren ist.«
»Mr. Weber, es ist mir bewußt, daß dies eine schwierige Frage ist, aber ich glaube, Sie werden verstehen, warum ich sie Ihnen

stellen muß. Haben Sie das Gefühl, das Richtige getan zu haben, als Sie ihn damals fortschickten?«

Mr. Weber trocknete sich die Stirn und räusperte sich. »Anhand der Informationen, über die ich damals verfügte, habe ich das getan, was ich für das Beste hielt«, erwiderte er verkniffen. »Nach allem, was ich heute weiß, hätte ich allerdings anders gehandelt.«

»Könnten Sie uns sagen, was Sie anders machen würden, wenn Sie noch einmal die Chance dazu hätten?«

Mr. Weber atmete hörbar aus. Daß er zugeben mußte, einen Fehler gemacht zu haben, schien ihm großes Unbehagen zu bereiten. »Als Philip das College verließ, dachte ich nur, er sei einfach schwierig ... und das sei nichts als ein kindischer Versuch, die Aufmerksamkeit auf sich zu ziehen. Da er sich nicht so verhielt wie Nancy während ihrer schlechten Phasen, kam ich nicht auf die Idee, er könnte geistig gestört sein. Ich glaube, ich *wollte* mir nicht vorstellen, daß so etwas möglich sein könnte; es war zu schmerzhaft, daran zu denken. Ich dachte, wenn ich ihm nur vernünftige Vorschriften machte und möglichst streng mit ihm sei, würde er allmählich erwachsen werden. Ich wollte nicht, daß er eins von diesen verwöhnten reichen Kindern wurde, die sich als Erwachsene zu Parasiten entwickeln. Heute ist mir klar, daß er damals tatsächlich krank war ... irgendwie geisteskrank. Es war nicht seine Schuld. Ich wünschte, ich hätte es damals gewußt. Ich hätte ihn zum Arzt geschickt, und der hätte ihm womöglich geholfen. Und diese Tragödie hier wäre vielleicht nicht geschehen.«

Miss Doppelt bat den Vater, einige Passagen aus einer Reihe von Briefen vorzulesen, die Philip seiner Mutter geschrieben hatte, als er schon in der Zen Foundation lebte. Mr. Weber sen. hatte sie seiner Frau nicht gegeben, weil er dachte, sie würde sich nur aufregen. Zum größten Teil bestanden die Briefe entweder aus weitschweifigen, unreifen Gefühlsausbrüchen über die Vergänglichkeit des Lebens oder aus dramatischen Versicherungen, sich bis zum äußersten zu bemühen, bis er endlich erleuchtet sei und sein Gelöbnis erfüllen könne, »alle empfindenden Wesen von ihren Leiden zu erlösen«. Insgesamt gewann man dabei den Eindruck, daß es sich bei Philip um einen extrem unsicheren jungen Mann handelte, der verzweifelt seine abwesende Mutter zu beeindrucken suchte, allerdings auf eine traurig-phantastische, verquaste Art und Weise. Ein Teil des Briefes jedoch beeindruckte und interessierte mich. Er lautete:

> »... manchmal, wenn ich im Hauptsaal *zazen* sitze, geschieht etwas sehr Intensives mit mir, etwas, das nur Personen geschieht, die kurz vor dem *satori* stehen. Ich lausche auf etwas wie etwa eine Tempelglocke oder auch den Müllwagen, der jeden Morgen gegen sechs vorbeikommt, und wenn ich mich dabei in einem bestimmten Geisteszustand befinde, kann ich plötzlich das Geräusch sehen oder schmecken! So ist zum Beispiel der Glockenklang dunkelgrün und glänzend, oder er schmeckt wie diese glitschigen Pilze, die man in Dosen kaufen kann. Der Müllwagen, der rückwärts hereinfährt, macht dabei so ein piepsendes Geräusch, und dieses Piepsen ist hellgelb und hat einen metallischen Geschmack, aber wenn der Fahrer Gas gibt, dann ist es schwarz. Und hat aus irgendeinem Grund gar keinen Geschmack. Das könnte ein *makyo* sein, das heißt, eine Illusion, die fortgeschrittenen Zen-Schülern zuteil wird und etwas, das ich überwinden muß; es könnte aber auch eine Vorstufe der Erleuchtung sein.«

Das interessierte mich, denn als kleiner Junge konnte ich deshalb ein Musikstück hören und sofort ohne Noten nachspielen, weil ich das Gefühl hatte, jede musikalische Phrase besitze nicht so sehr eine Farbe oder einen Geschmack, sondern eine Struktur, und wenn ich mich an die Folge der Strukturen erinnere, könne ich automatisch die Klänge reproduzieren. Als Weber von »glitschigen Pilzen« sprach, löste das bei mir plötzlich eine Flut von Erinnerungen aus. Ich vermochte mich sogar an einige dieser Strukturen zu erinnern, vor allem an jene, die ich mit langsamen, eindringlichen Melodien assoziierte. Phrasen, die sich anfühlten wie Seide oder Federn, und andere, die wie grober Sand oder polierter Marmor auf mich wirkten. Diese Erinnerungen waren so angenehm, daß ich eine Zeitlang in dankbare Träumereien versank, in denen ich verweilte, bis Judge Davis die Vormittagspause ankündigte.

20

Während die anderen Geschworenen aufstanden, um hinauszugehen, fragte mich Maria Teresa beiläufig, ob ich später mit ihr zusammen zum Lunch gehen würde. Ich war erfreut, zugleich aber auch mehr als nur ein wenig nervös. Obwohl nichts dagegen sprach, daß wir zusammen essen gingen, war da die harte, aber unausgesprochene Tatsache, daß sie verheiratet war. Ich wußte natürlich, daß ich mich wegen ihres Aussehens zu ihr hingezogen fühlte, dennoch dachte ich gar nicht daran, ihr Avancen zu machen. Ich wollte einfach nur die Tatsache genießen, daß eine körperlich so attraktive Frau mir ihre Aufmerksamkeit schenkte.

Ich war nicht ganz und gar ohne Erfahrung mit Frauen; schließlich hatte ich mich einmal, als ich Ende Zwanzig war, beinah verliebt. Naomi war eine Geigerin, die mit Martin, unserem gut informierten Geigenlehrer, in einem halbprofessionellen Quartett spielte. Da Martin meinte, daß sie und ich gut zueinander passen würden, lud er Naomi ein. Ich fühlte mich zu ihr hingezogen, und Martin, der mir versicherte, daß sie sich für mich interessierte, ermutigte mich, sie doch später anzurufen, um mich mit ihr zu verabreden. Wie üblich zögerte ich zunächst: Statt sie sofort anzurufen, wurde ich von einer Woge neu erwachter Entschlossenheit heimgesucht und übte, bis ich dachte, mir würden die Arme abfallen, weil ich hoffte, endlich der Lösung meines Problems näherzukommen, damit ich ihr wenigstens irgendwann mitteilen konnte, daß ich ein Konzert vorbereitete. Als diese Bemühungen zu keinem Resultat führten, gab ich Martins Vorhaltungen nach und rief sie an.

Wir gingen mehrere Monate miteinander aus, aber es war und blieb eine ungeschickte, platonische Beziehung. Meistens besuchten wir Konzerte. Und wenn wir keine Konzerte besuchten, redeten wir über Konzerte oder über Musik im allgemeinen. Sie sprach gern über ihr Quartett und ihre Arbeit als Solistin, doch wenn sie mich nach meiner Musik fragte, konnte ich nur von der Vergangenheit reden. Da wir beide Musiker waren und von klein auf nichts anderes gewesen waren, hatten wir kaum ein anderes Gesprächsthema. Wir hätten wunderbare Freunde werden können, doch wie ein Damoklesschwert hing die Erwartung über uns, daß wir mehr werden würden als nur Freunde. Vor allem die Erwartung, daß ich uns zu etwas anderem als nur gute Freunde machen würde; denn sie war eine eher traditionell ausgerichtete junge Dame und würde mit Sicherheit nicht den ersten Schritt zu jenen Aktivitäten machen, die mir im Kopf herumspukten.

Sobald ich in ihre Nähe kam, hatte ich das Gefühl, zu Eis zu erstarren. Immer wieder mußte ich daran denken, wieviel leichter es mir gefallen wäre, sie zu umwerben, und um wieviel selbstsicherer ich mich gefühlt hätte, wenn ich wieder ein echter Musiker gewesen wäre statt nur ein einfacher Musiklehrer. Um die Analogie meiner Mutter auf diese Situation zu übertragen: Wenn meine Aktien so hoch gehandelt worden wären

wie damals, als ich siebzehn war, hätte ich mir gut vorstellen können, daß sie mit mir schlafen wollte. In meiner jetzigen Situation jedoch fühlte ich mich außerstande, meine Absichten zu erklären, weil ich fest davon überzeugt war, sie werde möglicherweise so reagieren wie J. Alfred Prufrocks große Liebe und etwas sagen wie: »So hatte ich das aber nicht gemeint, Reinhart. Ganz und gar nicht.«
Es endete, wie vorauszusehen war: Sie hatte plötzlich keine Zeit mehr. Jedesmal, wenn ich sie anrief, freute sie sich zwar, von mir zu hören, hatte aber, leider, andere Pläne. Um ehrlich zu sein, ich war erleichtert. Von da an ließ ich mich von Martin nicht mehr verkuppeln. Ich war überzeugt, daß jede Frau von echtem Charakter sich letztlich von meiner Unsicherheit abgestoßen fühlen würde, und falls nicht, würde ich selbst vermutlich nicht sehr lange mit ihr ausgehen wollen. Also beschloß ich, entweder zu warten, bis ich wieder ein erfolgreicher Künstler war, oder ganz einfach Single bleiben.

Es fiel mir schwer, mich während des übrigen Vormittags auf die Verhandlung zu konzentrieren. Als wir alle wieder Platz nahmen, streifte Maria Teresas Hand meinen Arm. Das hätte durchaus unbeabsichtigt sein können, aber es stürzte mich in heftige Verwirrung. Eigentlich hätte ich zuhören sollen, wie der Staatsanwalt den Vater des jungen Mannes ins Kreuzverhör nahm, meine Bemühungen um Konzentration waren aber nur teilweise erfolgreich. Mr. Grahams sanfte Stimme und die leisen Antworten des Zeugen vermochten nicht immer zu mir durchzudringen.
Unmittelbar vor dem Lunch jedoch wurde die Befragung auf einmal aggressiv. Es begann damit, daß Mr. Graham Mr. Weber fragte, wann er zu der Überzeugung gekommen sei, Philips Probleme und damit letztlich auch seine Gewalttätigkeit im Zen-Tempel seien auf diese Geisteskrankheit zurückzuführen. Mr.

Weber starrte den Ankläger mit unverhohlener Abneigung an. »Wann ich begann, Philip für krank zu halten? Doch wohl eindeutig, als dies hier geschah! Mann Gottes, ein normaler Mensch tut so was doch einfach nicht. Und sehen Sie ihn sich doch an«, forderte er und zeigte mit seinem dicken Finger auf den Sohn, »man erkennt doch auf den ersten Blick, daß er nicht weiß, was zum Teufel hier vor sich geht! Verdammt noch mal, steht hier wegen Mordes vor Gericht und sitzt da wie auf 'nem lustigen Schulausflug.« Plötzlich brach seine ganze Verzweiflung über den Sohn aus ihm heraus. »Ich meine« – er deutete mit dem Kinn auf Miss Doppelt – »nichts für ungut, aber ich habe einen privaten Anwalt für ihn nehmen wollen und keinen Pflichtverteidiger, aber Philip wollte nicht ...«

Der Staatsanwalt unterbrach Mr. Weber mitten im Satz und verlangte, die letzte Bemerkung aus dem Protokoll zu streichen, da sie eine Beleidigung für seine Kollegin, Miss Doppelt, und darüber hinaus ungerechtfertigt sei. Anfangs hielt ich das für eine wahrhaft ritterliche Geste; bei längerem Nachdenken wurde mir jedoch bewußt, daß die Tatsache, daß Philip Weber sich von seinem Vater keinen erfahreneren Anwalt auswählen ließ, die Behauptung der Verteidigerin stützte, Philip könne nicht klar denken.

Mr. Graham wandte sich wieder dem Zeugenstand zu und ließ sich vom Protokollführer den Teil von Mr. Webers Aussage vorlesen, in dem er schilderte, wie er entdeckt hatte, daß sein Sohn Drogen nahm. Dann fragte er den Vater, ob er es für möglich halte, daß die Drogen den Verstand seines Sohnes geschädigt hätten.

»Einspruch, Euer Ehren!« protestierte Miss Doppelt. »Die unmittelbar nach der Tat durchgeführten Blutuntersuchungen ergaben, daß Philip zum Zeitpunkt der Exerzitien keine Drogen genommen hatte. Diese Fragestellung ist irreführend.«

Der Ankläger schoß sofort zurück – sanft, aber energisch. »Die

Tatsache, daß an jenem Tag keine Drogen in seinem Blut gefunden wurden, bedeutet noch nicht, daß sie seinen Verstand nicht zuvor schon beeinträchtigt haben.« Judge Davis stimmte ihm zu und wies den Einspruch ab. Mr. Weber sen. wich der Frage aus, indem er erklärte, da er kein Arzt sei, könne er unmöglich bestimmen, wo die Wirkung der Drogen geendet und die Geisteskrankheit begonnen hätte. »Eines weiß ich jedoch genau«, sagte er. »Er hatte diese Probleme schon lange, bevor er auch nur in die Nähe von diesen verdammten Drogen gelangen konnte. Ich weiß schon, worauf Sie hinauswollen ...« Er zeigte auf den Ankläger. »Sie kommen da mit einem an den Haaren herbeigezogenen Argument und wollen behaupten, daß Philip nicht krank gewesen sein kann, weil jeder normale Vater, vor allem einer mit einer so schwerkranken Frau, das schon viel früher gemerkt hätte. Also, der Grund, warum ich das nicht früher gemerkt habe, ist der, daß es keine Probleme gab; aber in Wirklichkeit wollen Sie doch sagen, daß ich kein normaler Vater war, oder nicht? Ich habe als Vater versagt. Ich habe meinen Sohn im Stich gelassen, und nun muß er dafür bezahlen.«
Man sah, wie schwer es ihm fiel, diese Worte auszusprechen. Als er sich wieder die Stirn trocknete, sah ich, wie stark seine Hände zitterten. Er war ein unsympathischer Mann, aber er war seiner Frau während der achtzehn Jahre ihrer Krankheit treu geblieben und bereit, die Verantwortung für das Geschehene auf sich zu nehmen; er war ein schlechter Vater gewesen, aber er hatte es nicht verdient, das zu erleben, was er jetzt erlebte. Nach diesem Wortwechsel schaltete ich ab; ich konnte es nicht ertragen, den Rest des Kreuzverhörs anzuhören.

»Wie lautet das Urteil?« fragte Maria Teresa, als wir uns zum Essen setzten.
»Sie meinen, ob ich ihn für schuldig halte?«
»Ich meine nicht den Prozeß Reinhart. Ich meine das Tonband,

das ich Ihnen geliehen habe ... Hatten Sie schon Zeit, es sich anzuhören?«
»Ach so, das Tonband ... Ja, ich hab's mir angehört. Es war allerdings unglaublich.«
Sie lachte laut auf. »Ach, kommen Sie ... Haben Sie sich denn überhaupt nicht reinhören können?«
»Reinhören? Selbstverständlich hab' ich mich reingehört ... Nur leider durfte ich mich eine Dreiviertelstunde nicht wieder raushören, denn schließlich hatte ich's Ihnen ja versprochen.«
Die Art, wie wir miteinander lachen konnten, gefiel mir. Während des größten Teils meines Lebens hatte ich es so satt gehabt, ewig als Wunderkind betrachtet zu werden, daß ich ununterbrochen bemüht war, älter zu wirken, als ich war. Wie ironisch kam es mir vor, daß ich nun, vierunddreißig Jahre alt und kein Wunderkind mehr, so große Freude daran hatte, mich jünger zu geben, als ich war.

Während des Mittagessens erzählte mir Maria Teresa schauerlich-komische Geschichten aus ihrer Arbeit; von Leuten, die den Krankenwagen riefen, wenn sich ihr Mini-Dackel erbrach, übergewichtigen Leuten, die in der Badewanne steckenblieben, und sogar einem jungen Callboy, der um Hilfe rief, als seine ältere und noch dazu prominente Kundin beim Sex einen Herzstillstand erlitt. Das Schlimmste daran aber sei gewesen, erklärte sie, daß die Frau in einem ausgefallenen Lederanzug gestorben war, bei dem man sich fragte, was für eine Szene es im Leichenschauhaus gegeben haben mochte, als ihre erwachsenen Kinder sie identifizieren mußten.

Als sie sich beim Lunch die dritte Zigarette ansteckte, fragte ich sie, ob sie sich keine Sorgen wegen zu starken Rauchens mache.
»Ich werde aufhören«, gab sie lächelnd zurück, »aber noch nicht jetzt. Am Silvesterabend habe ich mir vorgenommen, wenn

meine Tochter in diesem Jahr all ihre Prüfungen besteht, zum Dank dafür mit dem Rauchen aufzuhören. Bis dahin aber brauche ich es.«

»In welcher Klasse ist sie?«

»In der neunten – unglaublich, nicht? Aber sie ist auf einer Militärschule. Sie war hier unten in Schwierigkeiten geraten ... Ihr Vater ist Berufssoldat, deswegen kriegt sie einen Nachlaß auf die Schulgebühren. Es heißt, die Ausbildung dort soll ziemlich gut sein, aber ich weiß nicht recht ... Sie tut mir leid, den ganzen verdammten Tag salutieren zu müssen. Armes Ding. Aber sie wird's schon schaffen. Wenigstens treibt sie sich nicht 'rum.«

»Ihr Ehemann ist beim Militär?« hakte ich nach und bedauerte es ein wenig, daß dieses Thema zur Sprache gekommen war.

Ihre ganze Miene drückte Erleichterung aus. »Keineswegs! Das war mein erster Mann. Ich hatte ihn mit sechzehn geheiratet, weil ich schwanger war. Was soll man tun, wenn man sechzehn ist? Nach einem Jahr haben wir uns scheiden lassen, aber er hat das Kind behalten. Er hatte einen Job und seine Familie ein bißchen Geld, ich dagegen hatte gar nichts. Ich glaube, ich kann darüber froh sein. Ich sehe Yolanda an den Wochenenden, allerdings jetzt, wo sie in der Schule ist, nicht mehr so oft.«

Sie nahm die Serviette von ihrem Schoß, faltete sie sorgsam und legte sie auf den Tisch; dann schien ihr jedoch einzufallen, daß sie noch nicht fertig gegessen hatte, und sie legte sie auf ihren Schoß zurück.

»Und was ist mit Ihnen – waren Sie jemals verheiratet?« erkundigte sie sich. Ich muß Überraschung gezeigt haben, denn sie lachte kurz auf und entschuldigte sich, weil sie so neugierig sei. »Ich weiß, es geht mich nichts an, aber so bin ich nun mal.«

Es störte mich nicht, ja, ich hatte gehofft, daß sie mir eine persönliche Frage stellen würde. Ich erklärte ihr, daß ich noch nie verheiratet gewesen sei, es nicht mal in Erwägung gezogen hätte.

Sie nickte, ohne eine besondere Reaktion zu zeigen. Dann zog sie, während ein zufriedener Ausdruck über ihr Gesicht huschte, tief an ihrer Zigarette und drückte sie im Aschenbecher aus. »Sie haben Glück gehabt«, behauptete sie. »Es ist wirklich niederschmetternd, wenn's schiefgeht. Vor allem, wenn man ein Kind hat.« Kaum hatte sie das gesagt, da begann sie über sich selbst zu lachen und setzte hinzu: »Ich wette, das sagen alle zu Ihnen, eh? ›Sie können von Glück sagen, daß Sie ein Single sind.‹ Während alle Singles, die ich kenne, sagen, sie wünschten, sie wären verheiratet. Die Menschen sind so verrückt. Wir können nichts machen, ohne so zu tun, als wäre es schwer.« Wieder lachte sie. »Aber vielleicht sollte ich nur für mich selber sprechen.«

Aber ich stimmte ihr zu. Es war höchst sonderbar – ich hatte wirklich nichts mit ihr gemein, und ich hätte mir nie vorstellen können, mit einem Menschen wie ihr überhaupt ins Gespräch zu kommen. Nicht etwa, daß sie dumm war, und unattraktiv war sie beileibe nicht, aber sie schien von einem anderen Stern zu kommen, und zwar von einem, den ich nicht unbedingt gern besuchen würde. Und dennoch ... Obwohl ich mir nicht vorstellen konnte, mich ernsthaft mit ihr einzulassen, stellte ich mir durchaus vor, wie eine körperliche Beziehung zwischen uns wohl sein würde.

Auf dem Rückweg zum Gerichtsgebäude sagte sie eher beiläufig: »Ich hatte es wirklich fast vergessen, wie das ist, mit einem Mann ein richtiges Gespräch zu führen. Ich meine, wo sich der Mann tatsächlich das anhört, was ich zu sagen habe. Es war schön – danke.«

Diesmal hatte ich das Mittagessen bezahlt.

Am Nachmittag sagte eine hagere Frau mit extrem kurz geschorenem Haar, eine Zeugin des Mordes im Zen-Tempel, für

die Verteidigung aus. Als sie ihren Platz im Zeugenstand einnahm, steckten mehrere Japaner im Zuschauerraum hastig die Köpfe zusammen und flüsterten; dann standen sie wie auf Kommando alle auf und verließen lautlos den Gerichtssaal. Sie machten weder unnötigen Lärm, noch verursachten sie eine Störung, ihre Geste blieb jedoch nicht unbemerkt.
Die Zeugin, die Fran DeLacy hieß, erklärte, sie sei Künstlerin und habe sich anfangs aus beruflichen Gründen für Zen interessiert. Sie lernte damals bei einem japanischen Keramiker, der ihr zur Konzentrationsintensivierung Zen empfahl. Im Verlauf einiger Jahre wuchs ihr Interesse an Zen so sehr, daß es ihr Kunstinteresse überschattete; bald darauf war sie in die Zen Foundation eingezogen, um ihre gesamte Energie nur noch auf die Meditation zu konzentrieren. Als sie zu sprechen begann, fiel mir auf, daß der Angeklagte unruhig auf seinem Stuhl herumrutschte und es vermied, sie anzusehen. Er schien während ihrer Aussage ungewohnt angespannt zu sein.
Die Zeugin berichtete, wie Philip sich ihrer Gruppe angeschlossen hatte. Als Miss Doppelt sie bat, ihren anfänglichen Eindruck von Philip zu schildern, antwortete sie: »Gleich am ersten Tag, als er hereinkam, merkte ich, daß er von der Rolle war. Der brauchte keine Zen-Lektionen, der brauchte einen Therapeuten!« Während sie das sagte, stieß Weber ein lautes Lachen aus; es war das erste Mal seit Beginn der Verhandlung, daß er überhaupt einen Laut von sich gab.
»Ich erinnere mich«, fuhr Miss DeLacy fort, »an die Versammlung, auf der wir beschlossen, ob wir ihn bei uns aufnehmen wollten oder nicht. Ich war dagegen.«
»Bei dieser Versammlung – haben Sie da Ihren Bedenken Ausdruck verliehen?« wollte Miss Doppelt von ihr wissen.
»Ja. Ich hab' gesagt, he, wir haben hier schließlich kein Hospital, sondern ein Zen-Zentrum. Ich dachte mir, daß wir Probleme kriegen würden, wenn er bei uns blieb, weil er unver-

kennbar völlig durcheinander war. Aber ich wurde überstimmt.«
Sie selbst lebte nicht mehr in der Zen Foundation, sondern war unmittelbar nach dem Mord ausgezogen, erklärte uns aber, sie hätte schon seit längerer Zeit vorgehabt, wegzugehen. Gefragt, warum sie weggehen wollte, antwortete sie, sie sei nicht mit den Lehrmethoden des verstorbenen Zen-Meisters einverstanden gewesen. Sie habe gefunden, er übe einen zu starken Druck auf die Schüler aus, damit sie nach Erleuchtung strebten.
»Mr. Okakura sagte immer: ›Wenn ihr es wirklich ernst meint mit Zen und ihr euch wirklich, ehrlich anstrengt, werdet ihr plötzlich eine Erleuchtung haben, und das wird das größte Ereignis eures Lebens sein. Wenn ihr Erleuchtung wollt, müßt ihr euch vorher praktisch umbringen‹, sagte er.« Sie seufzte und leckte sich die Lippen, als wolle sie sie befeuchten. Vor ihr auf dem Tisch stand ein Glas Wasser, das sie aber nicht zu bemerken schien. »Es war, glaube ich, diese Einstellung, die ich nicht mehr ertragen konnte. Ich fand sie furchtbar macho. Die Zen-Lehrer glauben, da sie selbst durch die Hölle gegangen sind, um sich ihr Wissen anzueignen, müssen die anderen das ebenfalls tun, oder sie dürfen nicht ihrem Club beitreten. Und dann kommt da so einer wie Philip, der ohnehin schon reichlich fanatisch ist und kurz vor dem Überschnappen zu stehen scheint, und auf den dann noch einen so großen Druck auszuüben ... Ich meine, das stimmt doch, oder? Sie sehen doch selbst, was daraus geworden ist.«
»Sie fanden also, daß Mr. Okakura oder vielmehr seine Methoden Mr. Webers Kräfte deutlich überfordert haben?«
Die Zeugin verzog den Mund, sah sich im Saal um und überlegte. »Nun ja, nicht absichtlich«, antwortete sie schließlich. »Aber ich finde, das *koan,* das er Philip zugeteilt hatte, das mit dem Töten des Buddha auf dem Weg ... Ich glaube, das hatte was damit zu tun. Ja.«

Der Grund, warum die Angehörigen des Toten den Saal verlassen hatten, wurde während des Kreuzverhörs klar. Mit seiner gewohnt höflichen, aber ironischen Art berichtete Mr. Graham, mehrere Zeugen hätten in ihren eidlichen Aussagen erwähnt, daß Philip, genau wie viele andere Mitglieder der Zen Foundation, überaus bestürzt gewesen sei, als eine Liebesbeziehung zwischen dem verstorbenen Zen-Lehrer und mehreren Schülerinnen, darunter der Zeugin, in aller Öffentlichkeit bekannt wurde. Wie sich herausstellte, hatte der Zen-Lehrer mit einigen weiblichen Mitgliedern seiner Gemeinde geschlafen, ohne daß diese voneinander wußten, und eine von ihnen hatte ihn sogar wegen sexueller Belästigung verklagt, sich aber außergerichtlich mit ihm geeinigt.

Miss DeLacy schien nicht überrascht zu sein, daß dieser Punkt in der Verhandlung zur Sprache kam. Ihr Vorgesetzter hatte sie offenbar darauf vorbereitet. Sie sagte, ja, der Skandal habe eine Menge Leute aufgebracht, darunter auch Philip. Eines Abends bei einer Krisenversammlung habe eine Frau erklärt, sie halte Okakura für einen Betrüger, man müsse ihm das Lehren verbieten. Philip hatte sie zwar nicht angeschrien, ging aber in sein Zimmer hinauf, und mehrere Mitglieder hörten ihn weinen. »Aber damals haben viele geweint in der Foundation«, schloß sie.

»Miss DeLacy«, erkundigte sich Mr. Graham charmant wie immer und brachte es fertig, höflich zu wirken, obwohl er eine äußerst persönliche Frage zu stellen beabsichtigte, »bevor diese Dinge ans Licht kamen – hatten Sie da Grund zur Annahme, daß Philip Sie mochte? Ich meine, in Sie verliebt war?«

Wieder lachte Weber bei dieser Frage laut auf. Als ich zu ihm hinübersah, schüttelte er mit einem ziemlich gezwungen wirkenden Lächeln den Kopf.

»Nein, er hat mir nie einen Grund zu dieser Annahme gegeben«, antwortete die Zeugin. »Im Gegenteil, er sah mir praktisch nie

richtig in die Augen. Und sprach auch nur mit mir, wenn ich ihm eine Frage stellte, um dann sofort davonzulaufen.«
Mr. Graham nickte bedächtig; dann sah er zu Weber hinüber, der ein wenig die Stirn runzelte und mit dem Daumennagel Kerben in einen Bleistift drückte. Das machte mich nachdenklich: Wenn er sich als unreifer junger Mann in Miss DeLacy verliebt hatte, sich aber auf akzeptable Art und Weise nicht auszudrücken vermochte und dann erfuhr, daß der Zen-Meister mit ihr geschlafen und sie betrogen hatte – vielleicht hatte es dann ja doch ein Tatmotiv gegeben.

21

»Hast du beim Üben den Anzug getragen, Kyung-hee?« erkundigte ich mich, während ich das Cello für ihn stimmte.
Er nickte kaum merklich; dann gab er zurück: »Aber der richtige Batman würde, glaube ich, nicht Cello spielen.«
»Und warum nicht?«
Er sah zu mir auf; dabei bemerkte ich, daß seine Brille wieder mit billigem Isolierband geflickt worden war, diesmal an der Brücke, die beide Gläser zusammenhielt. Einen Augenblick bewegte er lautlos die Lippen, als rekapituliere er, was er mir sagen wollte. Der Junge sagte sowieso selten etwas, und wenn, dann schien er größte Mühe zu haben, seine Gedanken in Worte zu fassen.
»Es gibt mehrere Superhelden«, begann er und krauste hinter der beschädigten Brille die Stirn. »Zum Beispiel Thing – der ist aus orangefarbenen Steinen gemacht, damit es ihm nicht weh tut, wenn man ihn boxt. Batman hat alle möglichen Werkzeuge, die er selbst erfindet. Alle Helden haben bestimmte Fähigkeiten,

damit sie gegen die bösen Männer kämpfen können. Aber Cellospielen wäre keine gute Fähigkeit, weil es ihm beim Kämpfen nicht helfen kann.«

Soviel hatte ich ihn noch nie sprechen hören. Ich war hocherfreut und wollte ihn ermuntern, öfter so zu erzählen wie jetzt, zugleich aber vermochte ich dem, was er sagte, kaum zuzustimmen. »Du hast recht, Kyung-hee, aber das Kämpfen und die Musik sind zwei ganz verschiedene Dinge. Die Menschen kämpfen, um anderen Menschen weh zu tun oder um sich zu schützen, aber Musik machen die Menschen, um sich wohl zu fühlen. Musik macht das Leben lebenswert. Selbst solche Superhelden wie die, von denen du gesprochen hast, haben etwas außer dem Kämpfen, meinst du nicht auch?«

Konzentriert starrte er einen Moment ins Leere; dann schüttelte er den Kopf so heftig, daß es über den schmalen Schultern richtig gefährlich aussah. »Es gibt furchtbar viel böse Männer, Mr. Sundheimer.«

»Nun gut, okay, aber reden wir von dir. Du kämpfst nicht gegen böse Männer, sondern hast eine ganz besondere Gabe. Du hast die ganz besondere Fähigkeit, Musik zu verstehen. Das ist dir doch klar, oder?«

»Hm-hm.«

»Und irgendwie ist deine ganz besondere Fähigkeit stärker als diese Typen aus den Comics, denn die können nichts weiter als kämpfen, während du mit deiner Musik unendlich viel mehr anfangen kannst. Mit deinem Spiel kannst du den Menschen so viel sagen und ihnen wunderschöne Momente schenken, damit sie ihre harte Arbeit vergessen oder an schöne Dinge der Vergangenheit denken. Ich glaube, das ist die größte Fähigkeit überhaupt, meinst du nicht auch?«

Wieder versank er tief in Gedanken. Als er wieder auftauchte, erklärte er tiefernst: »Also … wenn man keine Musik hat, kann man immer noch leben und was anderes tun; aber wenn man von einem bösen Mann getötet wird, kann man gar nichts mehr tun. Darum sind die Superkräfte vielleicht doch immer die besten.«

Ich konnte nicht leugnen, daß eine gewisse Logik in seinen Worten lag. Obwohl ich enttäuscht darüber war, daß er das Kämpfen für wichtiger hielt als die Musik, erleichterte es mich, zu hören, daß Kyung-hee durchaus zu einem seinem Alter entsprechenden logischen Denken fähig und keineswegs ein borniertes Wunderkind war, wie ich es gefürchtet hatte, als ich ihn kennenlernte.

»Nun ja, vielleicht ist es töricht von mir, derartige Vergleiche zu ziehen, Kyung-hee. Aber reden wir von Batman. Ist er nicht derjenige, dessen Eltern von einem bösen Mann getötet wurden und der sich daraufhin vornahm, das Verbrechen zu bekämpfen?« Ausnahmsweise war ich froh, auch einmal einen Kinohit gesehen zu haben.

»Hm-hm.«

»Dann ist er ja doch wie du und ich, nicht wahr? Er ist nicht übermenschlich; er ist ganz einfach klug und entschlossen.«

»Hm-hm.«

»Dann könnte er in seiner Freizeit möglicherweise Cello spielen, stimmt's?«

Kyung-hees Miene erstarrte plötzlich; er wirkte, als wäre ihm etwas von der Decke auf den Kopf gefallen.

»Nein«, sagte er mit ungewohnter Heftigkeit. »Das könnte Batman niemals tun, weil er in seiner Bathöhle all diese Computer hat und so, aber wenn er Bruce Wayne wäre, dann könnte er es tun! In der Wayne-Villa wäre das perfekt!«

»Warum wäre es da perfekt?«

»Weil die Wayne-Villa wie Musik *aussieht*! Weil's da Kerzen, alte Teppiche und blanke Rüstungen gibt!«

Erfreut, daß er Musik mit anderen Aspekten der menschlichen Existenz in Verbindung brachte, und wenn es auch nur Möbel

waren, erkundigte ich mich, ob die Wayne-Villa wie die gesamte Musik aussehe oder wie eine bestimmte Musik.
»Wie Mozart!« rief er sofort. »Mit einem Kamin, stellen Sie sich das vor! Und Ihr Haus sieht aus wie Bach«, ergänzte er.
»Wieso?« Ich fühlte mich äußerst geschmeichelt.
»Weil alles hier drin, die Sessel und der Schreibtisch … das ist alles …« Er rang um Worte. »Das ist alles so sparsam!«
Mir war klar, er meinte, die Möbel seien einfach. »Und dieses Bücherregal –« er deutete auf die Regale an der hinteren Wand »– das ist auf dieser Seite der Tür dasselbe wie auf der anderen.«
Die zueinander passenden Regale zu beiden Seiten der Tür erinnerten ihn offenbar an die Symmetrie der Harmonie, die Bach perfektioniert hatte. Ich war so freudig erregt, daß ich kaum noch stillsitzen konnte.
»Hör zu, Kyung-hee, wir wollen mal was versuchen. Du denkst inzwischen weiter über Musik und Häuser nach, ja?« Ich sprang auf und holte mehrere Fotobände aus den Regalen, in denen ich eine breite Palette von Bildern charakteristischer Bauten und Gärten zu finden hoffte. Als ich Kyung-hee ein Foto von den Gärten in Versailles zeigte, rief er, ohne eine Sekunde zu zögern: »Mozart!«
Dann fand ich eine Aufnahme der Silhouette von Venedig, und wieder rief er ganz spontan: »Mozart!« Als er ein Foto des Kapitols von Washington sah, erklärte er sofort: »Bach!«
Als wir weitere Bilder betrachteten, identifizierte er alles, was auch nur annähernd dekorativ war, als »Mozart«, und alles Einfache oder Klassisch-Symmetrische als »Bach«. Mir wurde klar, daß das vermutlich die einzigen Komponisten waren, die er kannte. Als ich ihm eine Abbildung der Ruinen einer alten Burg zeigte, betrachtete er sie lange und sagte dann: »Das sieht überhaupt nicht wie Musik aus.«
Um ihn zu testen, holte ich eine Plattenaufnahme von Debussys *Versunkener Kathedrale* heraus, ein exquisites kurzes Klavierstück

mit wundervoll flüssigen Akkorden, so arrangiert, daß sie wie Glocken einer uralten Kirche klingen, die in den Wassern eines tiefen, stillen Sees versunken ist. Kyung-hee lauschte regungslos; als das Stück endete, blickte er auf das Foto der Burgruine hinab und dann wieder zu mir auf. Seine Pupillen waren so geweitet, daß seine Augen wie blanke schwarze Murmeln wirkten. »Das ist unglaublich!« staunte er; der Ton seiner Stimme, zusammen mit dem ehrfürchtigen Staunen auf seinem Gesicht, war zugleich bezaubernd und mitleiderregend. Der Gedanke, daß dieser kleine Koreaner ohne jenen Grundschulmusiklehrer in Long Beach, der einen Cellisten für sein Schulorchester brauchte, sein ganzes Leben lang niemals die klassische Musik entdeckt hätte, verursachte mir körperliche Schmerzen.

In diesem Augenblick wußte ich, daß es meine Hauptaufgabe sein mußte, nicht Kyung-hees Technik zu verbessern, sondern dafür zu sorgen, daß sein Talent durch Konfrontation mit großer Musik gefördert wurde. Ich fragte ihn, welche klassischen Platten oder Tonbänder er zu Hause höre. Seine Familie besitze keine Stereoanlage, antwortete er. »Aber wir haben zwei Fernseher«, ergänzte er voll Stolz.

Ich wies ihn an, sich zu seiner Mutter aufs Sofa zu setzen; während der ersten Hälfte dieser Lektion würden wir uns Musik anhören, erklärte ich ihm. Ich legte die Aufnahme des Cleveland Orchestra von Mussorgskis *Bilder einer Ausstellung* auf. Und statt ihm schon eingangs die üblichen Erklärungen zu jedem Satz zu geben, breitete ich die Fotobände auf dem Fußboden aus und forderte ihn auf, die Bilder zu suchen, die am ehesten »so aussähen« wie das, was er hörte.

Er nahm dieses Problem auf eine Art und Weise in Angriff, die mir zunächst völlig unlogisch erschien. Sobald die Musik einsetzte, lauschte er nur wenige Sekunden; dann sprang er auf den Boden hinunter und begann so schnell in den Büchern zu blättern, daß ich fürchtete, er werde einige Seiten zerreißen. Da er nicht *ein*mal bei einem Foto zögerte, glaubte ich fast, er habe mich nicht richtig verstanden und versuche nicht, sie mit der Musik in Verbindung zu bringen. Es hatte den Anschein, als schenke er der Musik überhaupt keine Beachtung. Beim fünften Satz – nach einem knappen Drittel des Stücks – hatte er alle Fotos in den Büchern durchgesehen. Er kletterte wieder aufs Sofa zurück.

Ich überlegte, ob ich die Musik anhalten und ihm alles noch einmal erklären sollte, fand es letztlich aber wichtiger, daß er das Stück ohne Unterbrechungen hörte. Nach dem letzten Satz, der großen Prozession durch das Tor von Kiew, als die Schlußtöne verklangen, musterte ich ihn, um zu sehen, wie er reagierte. Er erwiderte meinen Blick mit einem Ausdruck eifriger Konzentration.

»Wie findest du das, Kyung-hee?«

»Soll ich Ihnen jetzt die Bilder zeigen?« fragte er, unruhig auf seinem Platz herumrutschend.

»Ja, sicher.«

Er stürzte sich auf die Bücher und schob alle bis auf eines beiseite: ein Buch mit Farbfotos von Ernst Haas. »Das hier hat die Bilder, die am richtigsten aussehen«, erklärte er und blätterte eilig durch die Seiten. Während er aus dem Gedächtnis das einführende Thema summte, die Promenade, die den Komponisten darstellt, wie er in der Ausstellung, in der die Bilder seines verstorbenen Freundes Victor Hartmann gezeigt werden, von einem Bild zum anderen schlendert, entschied sich Kyung-hee ohne Zögern für das Foto der Pferdekutschen am Central Park, deren Kutscher Zylinder und lange Kutschermäntel tragen.

»Altmodisch«, erklärte er und zeigte auf die Zylinder. »Und dann kam das hier.« Wieder blätterte er in dem Buch, während er das bewegende Thema des zweiten Satzes, Gnomus, summte. Mussorgski hat es nach Hartmanns Gemälde eines mißgestalteten Liliputaners komponiert. »Das hier«, verkündete Kyung-hee und zeigte auf das Foto seiner Wahl, Gewitterwolken, die sich am Himmel über Nevada zusammenziehen. Dann kehrte er sofort wieder zu dem Foto vom Central Park zurück. »Und wieder das hier«, sagte er, zu Recht die Wiederaufnahme des Promenade-Themas identifizierend.

Der nächste Satz – Troubadoure vor einer alten Burg – hat ein klagendes, orientalisch anmutendes Thema, getragen hauptsächlich von den Bläsern, vor allem den Oboen. Kyung-hee wählte das Foto eines Kamelmarktes in Indien und bemerkte dazu: »Die müssen auf eine lange Reise durch den Sand gehen. Sie können machen, daß Schlangen aus Körben kommen!«

Ohne von dem Buch aufzublicken, um meine Reaktion zu sehen, arbeitete er sich in genau der richtigen Reihenfolge durch alle fünfzehn Sätze. Er vermochte tatsächlich alle Melodien aus dem Gedächtnis zu summen und konnte, wie er mir später erklärte, die entsprechenden Fotos so schnell finden, weil er sich die Seitenzahlen gemerkt hatte.

Die Tatsache, daß seine Wahl, obwohl sie nicht immer genau das traf, was Mussorgski sich bei seinen Kompositionen gedacht hatte, jedesmal perfekt zur Stimmung eines jeden Satzes paßte, war ein Beweis dafür, daß er emotional auf die Musik reagierte. Das Aufregendste dabei war wohl, daß er diese musikalischen Emotionen mit visuellen Bildern in Verbindung zu bringen vermochte: Meiner Meinung nach ist nämlich der Unterschied zwischen wahrhaft großen Musikern und geschickten musikalischen Technikern der, daß der Musiker fähig ist, mehr als nur das Hörvermögen in seine Interpretationen einzubeziehen. Wenn er Musik spielt oder hört, fühlte er sie, schmeckt sie und kann seine Darbietung mit eigenen Erinnerungen und Phantasien anreichern, die nichts mit der reinen Hör-Harmonie zu tun haben müssen.

»Kyung-hee«, fragte ich am Ende unserer Stunde, »bist du jemals in einem Konzert gewesen? In einem Konzertsaal?«

Er schüttelte den Kopf. Während er sein gemietetes Cello in sein fadenscheiniges Futteral zurücksteckte, fragte ich Mrs. Kim, ob sie Lust hätten, am Samstag abend mit der Familie in die Stadt zu kommen und meine Gäste bei einer Aufführung der Philharmonie zu sein. Ich erinnerte sie an den internationalen Erfolg von Orchestern wie den Philharmonikern oder den Bostoner Symphonikern und sagte, es wäre gut für Kyung-hee, diese Musik einmal live gespielt zu hören. Sie schien ehrlich schockiert zu sein von meinem Angebot und hielt eine lange Ansprache auf koreanisch, nach der sie Kyung-hee einen Rippenstoß versetzte und mit ihrem Kinn in meine Richtung deutete. Das war ihr Zeichen, daß er für mich etwas ins Englische übersetzen sollte. Aber er tat es nicht; statt dessen sagte er einfach zu mir: »Meine Mom ist verlegen.«

»Warum?« fragte ich.

»Sie sind der Lehrer!« sagte er und sah blinzelnd zu mir empor. »*Wir* müssen *Sie* zu Sachen einladen. Deswegen lädt sie Sie zum Dinner zu uns ein.«

»Sag ihr, daß das sehr nett von ihr ist und daß ich gern bald einmal zu euch kommen werde. Aber was ist mit dem Konzert am Samstag? Könnt ihr kommen?«

»Nein, nein!« antwortete Mrs. Kim mir direkt, lächelte nervös und winkte mit einer Hand ab. »Mr. Sunhai zu höflich!«

Als ich ihr versicherte, daß mein Angebot ernst gemeint sei, daß ich Kyung-hee das Erlebnis eines wunderschönen Konzerts um seiner Kunst willen vermitteln wolle und daß ich die Eintrittskarten umsonst bekomme (was nicht zutraf, aber ich dachte, es könne helfen), hielt sie mir vor, daß die ganze Familie am Wochenende abends in der Reinigung arbeite. Sie zögerte, rang ihre rauhen Hände und sah hilfesuchend ihren Sohn an. Dann sagte sie: »Aber wenn Sie sagen, wichtig für Kyung-hee, vielleicht Kyung-hee kann gehen. Ich rede mit Mr. Kim.«

Ich war sprachlos; für meine Mutter wäre es absolut unvorstellbar gewesen, zu erlauben, daß jemand mich im Alter von neun Jahren mitnahm. Von Kempen schien das von Anfang an gespürt zu haben, deswegen machte er niemals den Fehler, mich irgendwohin einzuladen, ohne zuvor meine Mutter eingeladen zu haben. Einmal bat mich ein weniger aufmerksamer Dirigent vor der ersten Nachmittagsprobe zum Lunch. Ich glaube, er war nervös, weil er mit einem so jungen Solisten arbeiten sollte, und glaubte, mich ein bißchen besser kennenlernen zu müssen, bevor wir zusammenarbeiteten. Ich brauchte keine Sonderbehandlung – im Gegenteil, es war mir lieber, wenn ich nichts mit den Dirigenten und den Orchestermusikern zu tun haben mußte, weil ich fast immer sofort spürte, daß es sie störte, ein Kind als Kollegen anerkennen zu müssen. Anstatt direkt mit uns darüber zu sprechen, hatte nun dieser Dirigent am Hotelempfang eine Nachricht für mich hinterlassen, die meine Mutter abholte und las, als wir eintrafen. In dieser Nachricht wurde sie überhaupt nicht erwähnt. Also rief sie den Dirigenten sofort an, als wir in unserem Zimmer ankamen, und teilte ihm eiskalt mit, *wir* hätten bereits Pläne fürs Mittagessen, und er möge in Zukunft doch so freundlich sein, *uns* etwas mehr als eine Stunde zuvor von irgendwelchen Verabredungen in Kenntnis zu setzen.

»Aber wie Kyung-hee herkommen?« wollte Mrs. Kim wissen. »Mr. Kim und ich arbeiten Samstag.«

Da ich mir die Chance nicht entgehen lassen wollte, erbot ich mich, Kyung-hee am Nachmittag abzuholen, mit ihm zum Dinner zu gehen und ihn nach dem Konzert umgehend nach Hause zu bringen. Sie tat wieder so, als sei ihr das peinlich, protestierte, ich sei zu höflich, und ein Lehrer solle seinen Schülern nicht so große Gefälligkeiten tun, doch ich bestand darauf, und schließlich erklärte sie, wenn ihr Ehemann einverstanden sei, werde es schon in Ordnung gehen.

22

Miss Doppelts nächster Zeuge, Professor Grant Stribling, hielt am Los Angeles Community College Vorlesungen in Vergleichender Religionswissenschaft, sah aus wie kurzvor dem Pensionsalter und litt offenbar stark unter Allergien. Der Kern seiner Aussage lautete, Zen sei eine ikonoklastische Buddhistensekte, die impulsives, spontanes Verhalten fördere.

Wie Professor Stribling uns zwischen seinen Niesanfällen erklärte (»Es ist der Staub, nicht der Smog«, versicherte er uns immer wieder, »genau wie in den Hörsälen!«), sei Zen eine nihilistische Philosophie, die lehre, daß alles reine Illusion ist und daß alle Werturteile wie gut oder schlecht, recht oder unrecht, bedeutungslos sind. Zen, erklärte er, kenne den Begriff der Sünde nicht; für Zen sei die einzige Realität jene, die wir im eigenen Kopf tragen. Wenn jemand etwas Schlechtes tue und es als schlecht erkenne, schaffe er sich ein schlechtes »Karma« – worunter offenbar schmerzliche Erinnerungen zu verstehen waren, die den Menschen belasten. Wenn man jedoch ohne Unrechtsbewußtsein etwas tue, könne kein schlechtes Karma entstehen, mit anderen Worten, man habe kein schlechtes Gewissen.

»Dann«, fragte Miss Doppelt und ließ ein winziges bißchen zuviel Erregung in ihrer Stimme mitschwingen, »könnte man, Zen zufolge, alles tun und damit davonkommen, solange man selbst es für okay hält? Und selbst ein Mord wäre kein Unrecht, wenn er mit reinem Gewissen begangen wird?«

Der Professor rieb sich ein Auge, das ohnehin schon übermäßig gereizt war. »Ganz recht«, bestätigte er. »Wenn Sie sich die Samurai ansehen, die Kriegerkaste im alten Japan … Die hatten diese Idealvorstellung, in die Schlacht zu ziehen oder sogar Selbstmord begehen zu können, ohne Zweifel oder Furcht zu empfinden ... Selbst in jüngerer Zeit, während des Zweiten Weltkriegs, benutzten die Kamikaze-Flieger die Zen-Philosophie, um innere Ruhe zu finden, bevor sie sich in den Tod stürzten.«

Miss Doppelt nickte. Dann sah sie uns an und sagte: »Das bringt mich zu meiner letzten Frage, Professor: Dieses Rätsel vom Töten des Buddha auf dem Weg – ist Ihnen das bekannt?«

»Ich habe davon gehört, ja.«

»Können Sie uns erklären, was es bedeutet?«

Wieder nieste er geräuschvoll. »Entschuldigen Sie ... *koan* über das Töten des Buddha, ja. Die Zen-Anhänger behaupten gern, daß man *koan* nicht mit Worten erklären kann, aber ich glaube, die allgemeine Idee ist die, daß Sie selbst dann, wenn Ihnen der Buddha persönlich erscheint, theoretisch fähig sein müßten, ihn ohne Zögern niederzuschlagen. Das wäre die extreme Prüfung für Ihre innere Gelassenheit. Zen legt, genau wie der reguläre Buddhismus, größten Nachdruck auf Distanziertheit.«

Das klang für mich wie eine Art Betäubung. Warum sollte jemand eine derartige Distanziertheit erreichen wollen? Wenn man keine Gefühle für oder Bindungen an etwas entwickeln will, halte ich es für die einfachste Möglichkeit, Selbstmord zu begehen. Und der Professor vermittelte mir den Eindruck, daß Zen eine qualvoll langsame und schwierige Form psychologischen Selbstmords war. Warum den Körper am Leben erhalten? Dennoch aber fragte ich mich: Wenn Philip Weber so dringend diesen Zustand der Erleuchtung erreichen wollte – wer sagte denn, daß er ihn nicht erreicht hatte? Vielleicht hatte er wirklich seine »Erleuchtung« gehabt. Wenn Zen, wie der Professor sagte, keinen Moralkodex kannte, vermochte ich nicht einzusehen, wieso der Mord an dem Zen-Meister gegen irgendein Prinzip dieser Religion verstieß. Miss Doppelt hatte diesen Zeugen vermutlich aufgerufen, um uns zu zeigen, wie eindeutig amoralisch und exzentrisch der Zen-Kult war, und um ihre Behauptung zu stützen, daß Philip Weber an jenem Tag in den Wahnsinn getrieben worden sein mußte. Das war jedoch ein zweischneidiges Schwert, denn es erhob sich zugleich die Frage: Was aber, wenn Weber nur ein außergewöhnlich guter Zen-Schüler war? Wenn seine psychologischen »Probleme«, vom Standpunkt der Zen-Sekte aus gesehen, tatsächlich wertvolle Errungenschaften waren, die ihm den Weg zu einer gloriosen Erleuchtung bereiteten? Wenn er vor zweihundert Jahren in Japan gelebt hätte – wäre er dann als großer Meister gefeiert worden?

Beim Kreuzverhör erfuhren wir, daß Professor Striblings akademischer Grad von einem Seminar stammte statt von einer Universität und daß er diesen Grad für Theologie erworben hatte statt für Vergleichende Religionswissenschaft. Alles, was er über asiatische Religionen wußte, hatte er durch selbständiges Lesen und Forschen erlernt und hatte ihn lediglich dazu befähigt, einen Einführungskurs mit dem Titel »Religionen der Welt« zu halten. Von diesem Kurs war, wie sich herausstellte, nur eine einzige Woche dem Buddhismus gewidmet gewesen, Zen eingeschlossen. Mr. Graham bezeichnete den Mann zwar nicht direkt als Betrüger, führte aber einen Test durch, der die Aussage des Professors unterminierte. Mr. Graham bat uns, die Geschworenen, so zu tun, als wüßten wir nichts über das Christentum, und stellte dem Professor dann eine Reihe von Fragen über diese Religion, die der Professor nur mit Ja oder Nein beantworten durfte. Daraufhin sollten wir uns vorstellen, was wir, allein auf diese Fragen und Antworten gestützt, für einen Eindruck vom Christentum bekommen hätten.

Er fragte, ob es zuträfe, daß in manchen Kirchen ein Gottesdienst abgehalten werde, bei dem die Gläubigen aufgefordert würden, das Fleisch ihres Gottes zu essen und sein Blut zu trinken. Ja. Sagte uns die Bibel nicht, daß Gott Lots Weib bestraft

hat, indem er sie tötete und in eine Salzsäule verwandelte, nur weil sie sich umgedreht hatte? Ja.
Dann die nächste Frage: »Hat Christus nicht gesagt, Professor, daß Er auf die Welt gekommen sei, um den Mann gegen seinen Vater, die Tochter gegen ihre Mutter und die Schwiegertochter gegen ihre Schwiegermutter zu stellen?«
Der Professor nieste und schüttelte verärgert den Kopf. »Sie reißen diese Dinge aus dem Zusammenhang, Sir.«
Mr. Graham gab freimütig zu, daß er genau das getan habe, und entschuldigte sich dafür, daß es so aussehe, als habe er das Christentum oder den Zeugen beleidigen wollen. »Aber, Professor, bei allem Respekt, ich muß sagen, daß einige Ihrer Aussagen einem ähnlichen Prinzip folgen. Zum Beispiel haben Sie anfangs erklärt, die Kamikaze-Flieger hätten Zen benutzt, um sich auf den Kampf vorzubereiten. Damit wollten Sie uns, wie ich annehme, aufzeigen, was geschehen kann, wenn die Menschen Zen ausüben. Muß ich Sie daran erinnern, daß die christliche Religion auf genau dieselbe Art und Weise bei den Kreuzzügen und der Inquisition mißbraucht wurde? Was sagt uns das über das Christentum?«
Mr. Graham erinnerte das Gericht ferner daran, daß Professor Stribling kein Spezialist auf dem Gebiet der Vergleichenden Religionswissenschaften war, sondern auf dem der christlichen Theologie. Er bat uns, Zen und seine Moral bis zu einem späteren Zeitpunkt ohne Vorurteile zu betrachten, weil dann ein qualifizierterer Zeuge zu dem Thema sprechen werde. Wie ich feststellte, wurde Mr. Grahams Charisma, je länger der Prozeß dauerte, immer stärker, sein Alter, seine ein wenig vernachlässigte Erscheinung, sein Bäuchlein und seine charmanten Südstaatenmanieren verliehen ihm einen sanften Glanz, eine Wärme, die zur Folge hatte, daß man ihm Vertrauen entgegenbrachte. Miss Doppelt dagegen wirkte, obwohl sie eindeutig intelligent und redegewandt war, allzu energisch und ungeho-

belt. Selbst wenn sie ein gutes Argument vorgebracht hatte, fragte ich mich, ob sie uns nicht manipuliere. Sie ließ sich ihre Taktik anmerken: Ich hörte es sofort in ihrem Ton, wenn sie eine Falle stellte, und das lenkte mich von den Aussagen ab.

Während einer Pause desselben Tages folgte ich Maria Teresa in den Gemeinschaftsraum, in dem sie rauchen durfte. Meine Strategie, während der Pausen zu lesen, vermochte Gary inzwischen nicht mehr abzuschrecken. Er setzte sich neben mich, starrte über meine Schulter hinweg auf die Seiten und fragte: »Na, wie geht's weiter in dem Buch?« Ich beschwerte mich bei Maria Teresa, ich könne nicht verstehen, warum er sich so an mich hänge, nachdem ich ihn doch niemals dazu ermutigt, sondern immer versucht hätte, Distanz zu wahren, wenn er mit mir sprach. Maria Teresa antwortete, er benehme sich wohl deshalb so, weil ich der einzige Mensch sei, der höflich genug war, ihm überhaupt Beachtung zu schenken.

»Wissen Sie, ich habe den ganzen Tag bei der Arbeit solche Kerle um mich, deswegen hab ich gelernt, gar nicht erst nett zu ihnen zu sein. Man denkt immer, daß die das doch wissen müßten, nicht wahr? Sie müßten doch wissen, daß sie langweilig sind, daß sie ein bißchen mehr Sport machen sollten, daß sie sich öfter mal die Zähne putzen sollten, aber ich sag Ihnen was, und ich weiß, wovon ich rede: Keinen Schimmer haben die. Aber das hindert sie keineswegs, einen ständig zu belabern – o nein! Versuchen Sie mal, eine Frau zu sein; das ist wirklich noch hundertmal schlimmer.«

Sie paffte genüßlich vor sich hin und fragte mich dann, wo ich zur High-School gegangen sei. Das war schon wieder so eine Frage – eine Frage, die zeigte, daß sie in einer ganz anderen Welt lebte. Ich habe nie eine High-School von innen gesehen; ich hatte vom dritten Schuljahr an einen Privatlehrer. Maria Teresa war darüber schlicht und einfach verblüfft; wieder und wieder sagte sie, was für eine unglaubliche Kindheit das gewesen sein müsse, ich müsse mich als Kind ja als König der Welt gefühlt haben.

Ein jedes Kind, so scheint mir, wünscht sich zuweilen, ein anderer zu sein. So wie die meisten Kinder denken, wie schön es wäre, immer in einem Hotel zu wohnen, malte ich mir aus, zur Schule zu gehen und eine Menge Freunde in meinem Alter zu haben, die ich dann ewige Jahre kennen würde. Mein Hauslehrer in Deutschland, Andrew Halpbern, war jahrelang für mich das gewesen, was einem Spielkameraden am nächsten kam; er war ein ruheloser Amerikaner in den Zwanzigern, der sich ein bißchen Geld verdiente, während er seinem Hauptinteresse nachging – den Verabredungen mit europäischen Frauen und den Diskussionen über die Meriten des Existentialismus, zu denen er sich mit seinen exilierten Freunden in dem Café unter seiner Wohnung in Kassel traf. Er war bemüht gewesen, so wenig Zeit wie möglich mit mir zu verbringen.

Am nächsten kam ich ihm an dem Nachmittag, als er mich mitten in einer Lektion in griechischer Geschichte in die Philosophie des Ekklesiastes einführte.

»Hör dir das an, Renne«, forderte Mr. Halpbern mich auf und zitierte aus dem Gedächtnis: »›In viel Weisheit liegt viel Schmerz; und wer Wissen vermehrt, vermehrt Kummer.‹ Leider hat es, dank Plato, zweitausend Jahre gedauert, bis den Menschen klar wurde, daß Ekklesiastes recht hatte.«

»Was hat Plato denn getan?« erkundigte ich mich, weil ich spürte, daß mein Lehrer drauf und dran war, mir eine höchst kostbare Information anzuvertrauen.

»Er war derjenige, der gesagt hat, ›Tugend ist Wissen‹, Renne! Und seitdem glauben die meisten Menschen, daß Wissen die Lösung für alles ist, selbst heute noch. Aber das hat sich als falsch erwiesen. Heute wissen wir, daß es so etwas wie Wahrheit nicht gibt und daß Wissen uns nicht helfen kann. Die meisten Menschen wagen sich das bloß nicht einzugestehen.«

»Sie meinen, wir wissen, daß alles Wissen falsch ist?« fragte ich ihn erschüttert.
»Na ja, sieh dir die Welt heute doch an, Renne! Wir können Atome spalten, aber wir können nicht verhindern, daß die Menschen Atombomben bauen. Das Experiment Mensch hat einfach nicht funktioniert. Unser großes Gehirn ähnelt den riesigen Geweihen dieser prähistorischen Elche, von denen sie die Skelette gefunden haben; die sind ausgestorben, weil sie den Kopf unter dem schweren Gewicht nicht mehr heben konnten. Wir wären alle viel besser dran, wenn wir weitaus dümmer wären. Oder weitaus intelligenter.«
»Und was hat dann alles für einen Sinn?« wollte ich wissen.
Ein schlaues Grinsen machte sich auf seinem Gesicht breit; er blickte sich um, um sicherzugehen, daß meine Mutter uns nicht hören konnte, und flüsterte dann: »Das wirst du erfahren, sobald du eine Freundin hast!«
Leider konnte ich diese Gedankengänge jedoch mit Andrew nicht weiter vertiefen. Nicht lange nach unserem Gespräch lernte er eine junge Italienerin kennen, entschied, er habe lange genug in Deutschland gelebt, und setzte uns davon in Kenntnis, daß er in den Süden gehen und an einer amerikanischen Schule in Neapel unterrichten werde, wo seine Freundin zu Hause sei. Da meine Mutter in Anbetracht meines wachsenden Erfolges und meiner zahlreichen Konzerttermine fand, daß ich keinen Privatlehrer mehr brauchte, wurde kein Ersatz für Andrew engagiert.
Maria Teresa wollte etwas über meine vielen Reisen hören. Ich erzählte ihr von damals, als das kleine Flugzeug, das meine Mutter und mich von Rom nach Paris zu einem Konzert brachte, das Fahrwerk nicht ausfahren konnte und eine Bauchlandung im Fluß machen mußte.
»Da müssen Sie ja wahnsinnige Angst gehabt haben!«
»Eigentlich nicht. Für ein Kind ist das höchstens aufregend. Die

größten Sorgen hab' ich mir um mein Cello gemacht. Aber es ist gut rausgekommen; der Pilot hat es selbst vom Sitz neben mir geholt und dafür gesorgt, daß es aus der Maschine gerettet wurde.«

»Der Pilot hat sich die Mühe gemacht, Ihr Cello zu retten?«

»Aber sicher! Er war Italiener und hatte sich während des Fluges lange mit mir unterhalten. Er wußte, daß mein Cello ein Guarneri war. Und kein Italiener läßt ein Guarneri-Instrument naß werden.«

Maria Teresa gestand, daß sie Amerika noch nie verlassen hatte. Ja sie gab sogar ein wenig beschämt zu, nur ein einziges Mal in den Osten gekommen zu sein, als sie und ihr zweiter Ehemann zum zehnten Todestag von Elvis Presley nach Graceland fuhren.

23

Der letzte Zeuge für die Verteidigung war eine niedliche, aber nervöse Neunzehnjährige, mit der sich Weber unmittelbar vor seinem Einzug in die Zen Foundation mehrfach getroffen hatte. Sie trug ein rosarotes Kleid, in dem sie noch jünger wirkte, und hielt ihre Hände die ganze Zeit im Zeugenstand auf ihrem Schoß gefaltet. Sie hatte den Angeklagten in dem Fotogeschäft kennengelernt, in dem sie arbeitete, und eine kurze Romanze mit ihm gehabt, doch als Philip dann in den Zen-Tempel umzog, hatte er ihr gesagt, er könne sich nicht mehr mit ihr treffen, weil er jetzt Mönch werden wolle.

»Er stand wirklich voll auf Zen, und ich fand, daß es zwar ... unheimlich klang, aber irgendwie ziemlich interessant«, berichtete sie mit piepsiger Stimme. Judge Davis runzelte düster die Stirn und forderte sie auf, lauter zu sprechen. Ihr Blick wanderte immer wieder zu ihrem ehemaligen Boyfriend hin; die Tatsache, daß er hier wegen Mordes vor Gericht stand, schien sie irgendwie mehr zu faszinieren als zu erschrecken. Er lächelte ihr ausdruckslos zu; sie schien ihn nicht im geringsten zu interessieren.

Miss Doppelt fragte das Mädchen, ob Philip jemals etwas gesagt oder getan habe, das darauf schließen lasse, er könne gewalttätig sein. »Nein«, antwortete die Zeugin mit weit aufgerissenen Augen, »im Gegenteil. Er wirkte, als könne er keiner Fliege was zuleide tun.«

»Können Sie uns ein Beispiel nennen ... Dinge, die uns eine Vorstellung davon geben, wie Philip war, als Sie mit ihm befreundet waren?«

»Tja ... hm ... Er hat mir zum Geburtstag einen Goldfisch geschenkt ... Die meisten Leute schenken einem Schmuck oder, na ja, irgend so was, er aber hat mir was Lebendiges geschenkt ... Er hatte es wirklich mit den Tieren. Sogar Spinnen hat er gerettet, wenn sie auf dem Gehsteig rumkrabbelten. Er nahm sie mit den Händen auf und setzte sie auf einen Busch oder so. Außerdem hat er so komische Sachen gemacht, nur einfach, damit ich lache.«

»Zum Beispiel?«

»Ach, er hat mir diese Zen-Geschichten erzählt, über Männer, die sich ihre Schuhe auf den Kopf stellen oder komische Sachen sagen, weil sie erleuchtet sind, und er hat gesagt, er würde auch so was Ähnliches tun. Einmal, als er mich abholte, trug er das Hemd umgekehrt, mit den Knöpfen auf dem Rücken ... Das war Blödsinn, das hat er bloß gemacht, damit ich lache, wissen Sie. Aber das gehörte, glaube ich, irgendwie auch zu seiner Philosophie.«

»Als Sie hörten, was in dem Zen-Tempel geschehen war, Miss

Conway – was ist Ihnen da durch den Kopf gegangen? Was haben Sie gedacht?«
Wieder warf das nervöse junge Mädchen einen verstohlenen Blick zu Philip hinüber, der mit geschlossenen Augen dasaß, als meditiere er, dann sagte sie: »Ich dachte ... Mann, der muß tatsächlich verrückt geworden sein. Sonst würde er so was bestimmt nicht tun, jedenfalls nicht der Typ, den ich gekannt habe.«
Mr. Graham fragte Miss Conway, ob sie jemals gesehen habe, daß Philip Drogen benutze. Sie wurde knallrot und schien zu erstarren; Mr. Graham versicherte ihr freundlich, das Gericht sei nicht daran interessiert, ob sie mit ihm zusammen Drogen benutzt habe, sondern nur, ob er sie jemals benutzt habe. Sie sah zu Miss Doppelt hinüber, die ihr zunickte, als wolle sie sagen, sie dürfe ruhig die Wahrheit sagen.
»Ja, manchmal schon«, antwortete sie schließlich.
Als Mr. Graham sie aufforderte, präziser zu sein, kam nach und nach heraus, daß Philip Weber einen ziemlich starken Gebrauch von Drogen gemacht hatte. Tatsächlich hatte es den Anschein, als seien die beiden den größten Teil der Zeit, die sie zusammen verbracht hatten, high gewesen, gewöhnlich von Marihuana, gelegentlich aber auch von härteren Drogen wie LSD, Meskalin und einer Droge, die Ecstasy genannt wurde, was in meinen Ohren wie eine Art Aphrodisiakum klang. So wie sie aussah und wie sie sprach, hätte ich nicht gedacht, daß sie harte Drogen benutzte: Sie schien dadurch keinen Schaden davongetragen zu haben. Ich fragte mich jedoch, ob diese Rauschmittel Philip Webers Verstand beeinflußt hatten, vor allem, da er von vornherein labil gewesen war.
Mr. Graham wirkte zuversichtlich, als er den ersten Zeugen der Anklage, Dr. Lawrence Carillo, in den Zeugenstand rief. Wie wir erfuhren, war Dr. Carillo Psychiater und hatte achtzehn Jahre lang in einer staatlichen Klinik für Psychiatrie gearbeitet.

Dem Aussehen nach war er etwa Ende Fünfzig; er trug einen dicken, graumelierten Schnurrbart, hatte harte Augen und war sehr muskulös. Dabei wirkte er äußerst streng – genau wie ein Mann, den man bei psychisch kranken Patienten braucht, die hundertprozentig sicher verwahrt werden müssen.

»Dr. Carillo, mußten Sie in den achtzehn Jahren Ihrer Tätigkeit in der staatlichen Anstalt kriminelle Patienten behandeln? Menschen, die durch ihre Geisteskrankheit zu gewalttätigem, kriminellem Verhalten neigten?«

»O ja, eine Menge.«

»Waren darunter auch Schizophrene?«

Der Arzt nickte fast gelangweilt. »Im allgemeinen sind Schizophrene viel zu sehr in sich zurückgezogen, um gewalttätig zu werden, aber gelegentlich ... ja, doch ... hatten wir einen Schizophrenen, der während einer schlechten Phase die Neigung zu Gewalttätigkeit entwickelte.«

Dr. Carillo hatte den Angeklagten zwar nur einmal untersuchen dürfen, aber ihm war Zugang zu den Resultaten aller Untersuchungen gewährt worden, die vom Psychiater der Verteidigung durchgeführt worden waren, sowie zu dem konkreten Beweismaterial dieses Falles. Mr. Graham ließ eine kleine Pause in der Befragung entstehen, indem er zu seinem Tisch ging und einen dicken Packen Unterlagen holte. Es war nur eine kurze Verzögerung, aber die Unterbrechung des rhythmischen Fortlaufs entging niemandem. Sie erinnerte mich daran, daß ich unmittelbar vor einer Kadenz – wenn das Orchester gerade verstummt war und sich die Zuhörer, auf die Kante ihrer Sessel rutschend, auf meinen nächsten musikalischen Höhenflug vorbereiteten –, immer einen kurzen Moment lang gezögert hatte, um eine fast unerträgliche Spannung zu erzeugen. Wenn ich dann den ersten Ton strich, konnte man fast hören, wie das Publikum aufatmete, als hole jemand Luft, der zu lange unter Wasser gewesen ist.

Nach dieser Pause hielt Mr. Graham den Stapel Papiere empor und sagte: »Das hier ist die Kopie des Berichtes, den der psychologische Berater der Verteidigung – Dr. Libertson, wenn ich mich nicht irre – eingereicht hat. Dr. Libertson kam zu dem Schluß, daß Philip Weber an einer chronischen, undifferenzierten Schizophrenie leidet. Was meinen Sie, Doktor – ist diese Diagnose korrekt?«
Der Zeuge nickte bedächtig und rieb sich mit dem Ringfinger den Augenwinkel. »Jawohl. Er ist schizophren, das ist richtig.«
Unruhe brach im Zuschauerraum aus. Der Experte der Anklage schien die Aussage des Experten der Verteidigung zu bestätigen. Inzwischen war der Zuschauerraum jeden Tag voll besetzt. Außer den Angehörigen des verstorbenen Zen-Meisters waren mindestens ein Dutzend Journalisten anwesend, und auch eine wachsende Zahl von Neugierigen, allesamt mit kahlgeschorenen Köpfen, kamen dazu. Sogar ein paar junge Frauen gab es – sie saßen stets in den ersten Reihen –, die ein fast romantisches Interesse an dem Angeklagten entwickelt zu haben schienen. An diesem Tag veranlaßte der Lärm im Zuschauerraum Judge Davis zum erstenmal, zornig seinen Hammer zu schwingen.
Während das Getuschel verstummte, beobachtete ich die beiden Anwälte, aber sie zeigten keinerlei Reaktion. Der Richter drohte, den Saal räumen zu lassen, wenn das Gemurmel nicht sofort aufhöre. Auch als es still geworden war, blieb im Gerichtssaal eine fast greifbare Spannung erhalten. Aller Augen und Ohren waren auf den müde wirkenden Psychiater gerichtet, der uns den bisher dramatischsten Augenblick der Verhandlung beschert hatte.
»Jawohl, er ist schizophren, das ist richtig«, wiederholte der Arzt und sah den Angeklagten an, »aber er ist nicht geisteskrank.«
»Könnten Sie uns diese Feststellung erklären, Doktor?« bat Mr. Graham.

»Ja. Schizophrenie bedeutet ebensowenig automatisch, daß man geisteskrank ist, wie Krebs bedeutet, daß man tot ist. Millionen Menschen leiden an Schizophrenie, doch diese Krankheit befällt die Menschen auf unterschiedliche Art und Weise und mit unterschiedlicher Schwere.«

Wie er uns erklärte, traten Geisteskrankheiten kaum jemals in »sauber verschnürten Päckchen« auf. Es komme vielmehr weit häufiger vor, daß die Patienten an einer Kombination von Störungen litten, und das sei der Grund, warum die Behandlung manchmal so schwierig sei. Außer seiner Schizophrenie, führte Carillo aus, zeige Weber Symptome mehrerer Persönlichkeitsstörungen, wie man sie oft bei gewalttätigen, sozial isolierten Verbrechern finde.

»Aber was Sie vermutlich wissen wollen, ist wohl, ob Weber an jenem Tag wußte, was er tat, ob er sich dessen bewußt war, daß er einen Mann tötete, ob er sich anders hätte verhalten können. Und da lautet die Antwort ja, er wußte, was er tat. Er leidet an einer sogenannten Borderline-Krankheit, was bedeutet, daß er sich einer Psychose genähert, die Grenze aber nicht überschritten hat. Weber ist tatsächlich krank, aber er ist nicht verrückt.«

Mir fiel auf, daß dieser Arzt den Angeklagten ausschließlich beim Nachnamen nannte, während der erste Psychiater stets seinen Vornamen Philip benutzt hatte.

Mr. Graham fragte den Arzt, wie man sicher sein könne, daß der Angeklagte zum Zeitpunkt der Tat nicht psychisch krank gewesen sei und welche Indizien ihn zu dieser Schlußfolgerung geführt hätten.

Der Zeuge grinste, als wolle er uns im voraus andeuten, daß diese Frage schwer zu beantworten sei. »Man muß das Bild im ganzen betrachten«, erklärte er. »Man darf nicht nur die Antworten auf die Testfragen sehen. Beschäftigen wir uns einen Moment mit dem Begriff geistiger Gesundheit. Die meisten von uns haben das Gefühl – aus dem Bauch heraus, okay? –, daß jeder, der ein furchtbares Verbrechen begeht, verrückt sein muß. Wer einen sinnlosen Mord begeht, wer einen Wolkenkratzer in Brand steckt oder den Präsidenten zu entführen versucht, muß verrückt sein. Und dennoch machen wir diese Menschen für das, was sie tun, verantwortlich, nicht wahr?«

Als Antwort auf die eigene Frage zuckte er die Achseln; dann sagte er: »Ich meine, seien wir doch mal ehrlich – wir urteilen hier recht willkürlich. Kein Mensch weiß wirklich, ob der Mann, der seine Frau zerlegt und ihr Fleisch kocht, sich anders hätte verhalten können. In Anbetracht seiner genetischen Struktur, seiner Kindheitserfahrungen, seiner Lebensumstände im Erwachsenenalter wissen wir wirklich nicht, ob er sein Leben besser hätte bewältigen können. So etwas *kann* man nicht wissen. Aber irgendwo müssen wir die Grenze ziehen, deswegen sagen wir: Wenn ein Mensch in der Lage ist, fast immer rational zu denken, muß er für sein Handeln verantwortlich gemacht werden. Das mag weit hergeholt klingen, aber im Grunde ist es gesunder Menschenverstand.

Dasselbe gilt für Menschen mit Geisteskrankheiten. Wie ich schon sagte, kennen die meisten von ihnen den Unterschied zwischen Recht und Unrecht, und die Ausnahmen sind gewöhnlich leicht zu erkennen. Ein klassisches Beispiel wäre etwa der Mann, der plötzlich glaubt, daß jeder, der einen Aktenkoffer trägt, ein Spion von einem anderen Planeten ist, der ihn umbringen will, und der infolgedessen seinen Versicherungsagenten umbringt, weil er sich verteidigen zu müssen glaubt. Oder der Mann, der seine Frau erwürgt, weil er glaubt, eine Orange auszudrücken. Geht es jedoch um Borderline-Fälle, muß man ein bißchen vorsichtiger sein. Man muß sich fragen, ob der Mann wirklich geisteskrank ist oder nur seine selbstsüchtigen Phantasien auslebt. In solchen Situationen muß man über diese hochentwickelten Tests hinaussehen. Man sucht und sucht und fragt sich, was sagt der Täter über sich selbst und über das Verbrechen, und wie passen diese Aussagen zu den tatsächlichen Umständen der Tat. Man studiert die Gespräche, die Fallgeschichte, einfach alles – und dann erhält man so etwas wie eine Collage. Man tritt zurück und betrachtet sie, und Sie würden sich wundern, wenn Sie wüßten, wie oft man ein klares Bild erhält.

In diesem Fall hier entsteht das Bild eines einsamen, unsicheren, egoistischen jungen Mannes, der beachtet werden will. Er hat vor dem Verbrechen zwar Symptome einer Geisteskrankheit – darunter Schizophrenie – gezeigt, im großen und ganzen aber verfügt er über eine recht gute Selbstkontrolle und Selbstkenntnis. Man braucht eine Menge Selbstkontrolle, um diesen Stock zu schwingen, das dürfen Sie mir glauben. Es ist nicht einfach, einen Mann mit einem Stock totzuschlagen, nicht einmal mit einem so schweren. Man muß auf die richtigen Stellen schlagen.

Außerdem ist Weber ein relativ intelligenter Mensch und vermag recht klar zu denken. Daß er diesen Zen-Tempel entdeckte, war für ihn ein gefundenes Fressen, denn die Zen-Philosophie scheint mir – nach allem, was ich gehört habe – das Motto ›Selbstverwirklichung‹ zu fördern. Er ist übrigens nicht der einzige, der sich an dieses Motto angehängt hat. Erinnert sich einer von Ihnen noch an die Beat-Poeten? Die haben bei ihren Dichterlesungen gerülpst, sich gekratzt und behauptet, das sei Zen gewesen. Aber das kam relativ schnell aus der Mode.«

Mehrere Zuschauer im Gerichtssaal lachten leise, als sie sich diese Dichterlesungen vorstellten, auch Gary, der tatsächlich wie ein Roß schnaubte. Maria Teresa versetzte mir einen Rippenstoß, zeigte auf Gary und verdrehte verächtlich die Augen.

»Seine Vorstellungen, so wenig anziehend sie auch erscheinen, sind einfach zu folgerichtig und organisiert, um einem psychisch kranken Geist zu entspringen, würde ich sagen. Wirklich psychisch Kranke bilden sich möglicherweise ein, ein Genie zu sein, aber sie klingen immer absolut unlogisch. Die Niederschriften von Mr. Webers Gesprächen mit der Polizei, mit anderen Psychiatern und mir dagegen ... Verdammt noch mal, wenn Sie die veröffentlichen würden – ich möchte wetten, daß sich eine Menge Leute melden würden, die seine Anhänger werden wollen. Er besitzt einen gefährlich scharfen Verstand.«

24

Das war eine beunruhigende Aussage. Ich hatte jedoch wenig Zeit zu überlegen, wie sie meine Meinung über den Fall beeinflußte, denn kurz bevor Judge Davis die Mittagspause ankündigte, beugte sich Maria Teresa zu mir herüber und fragte mich: »Ich hab' ein besseres Restaurant gefunden. Haben Sie heute schon was vor?«

Natürlich war ich begeistert, daß sie zum drittenmal mit mir zu Mittag essen wollte, aber ich war auch ein bißchen beunruhigt, weil einige von den Geschworenen, vor allem Miss Friedman, sich für die Tatsache zu interessieren begannen, daß wir so oft und so lange zusammen waren. Als wir, während wir mit den anderen den Gerichtssaal verließen, ein wenig zurückblieben, fragte ich Maria Teresa, ob sie das Getuschel und die Seitenblicke bemerkt hätte.

»O ja, natürlich. Aber es ist mir egal, was die von uns denken – Ihnen nicht?«

Das war die Antwort, die ich hören wollte, aber nicht hätte hören wollen sollen. Inzwischen wußte ich natürlich, daß sie sich für mich interessierte; und meine innere Stimme sagte mir, daß ich ihr nicht so viele ermunternde Signale senden sollte. Eine andere, weniger gescheite innere Stimme behauptete dagegen recht lautstark, daß daraus schließlich nichts Schlimmes entstehen könne, daß es zwar aufregend, aber ungefährlich sei. Denn nach Abschluß dieses Prozesses werde ich sie nie wiedersehen, und in dieser kurzen Zeit könne schließlich nichts Ernsthaftes passieren.

Das Restaurant entpuppte sich als kleines, indisches Speiselokal in einem alten Hotel. Ein winziger, an die Wand genagelter Lautsprecher versorgte uns mit indischer Tonbandmusik, die ich eher als störend empfand. Diese Art von Musik hat einen hypnotischen Effekt auf mich und bewirkt, daß meine Aufmerksamkeit kommt und geht und ich ständig das Gefühl habe, eine aggressive Mücke an meinen Ohren vorbeifliegen zu hören. Ich bat den Kellner, uns einen Tisch in einiger Entfernung von diesem Lautsprecher zu geben, aber das machte das Geräusch nur noch ärgerlicher, weil es jetzt wie eine ganze Armee von Insekten klang.

Da ich mit indischen Speisen nicht vertraut war, überließ ich es Maria Teresa, das Essen zu bestellen. Mit vierzehn Jahren, in England, hatte ich einmal indisches Essen probiert und es schrecklich gefunden, aber damals war ich auch nicht sehr experimentierfreudig gewesen. Ganz gleich, in welchem Land ich war – ich wollte täglich meinen amerikanischen Hamburger zum Lunch. Nun bestellte mir Maria Teresa einen Drink aus Yoghurt und Mangosaft; ich versuchte meine Vorurteile zu unterdrücken, da aber Yoghurt mich immer an Gesundheitskost und all die furchtbar ungesund wirkenden Leute erinnert, die so was kaufen, trat ich den Drink lieber an sie ab und bat den Kellner, mir einen Martini zu bringen.

Maria Teresa lachte über das Martini-Glas; anscheinend fand sie es belustigend, daß ein Mann in meinem Alter mit absolut ernster Miene aus so einem Glas trank. »Kann ich bitte die Olive haben?«

»Nicht, wenn Sie sich über meinen Drink lustig machen.«
Ich gab sie ihr. Mit einer Papierserviette wischte sie den Gin von der Olive ab und steckte sie sich in den Mund. »Hmm! Bitte, fragen Sie mich jetzt was.«
»Worüber?«
Wieder schoß sie ihr umwerfendes Lächeln ab – sie hatte zwar einen ganz leicht abgestoßenen Zahn, aber selbst den liebte ich – und antwortete: »Irgendwas. Stellen Sie mir irgendeine Frage. Ich möchte reden.«
Ich überlegte einen Moment; dann fragte ich sie, welche Hobbys sie hätte – von proletarischer Musik abgesehen.
»Äh ... na schön. Wären Sie sehr enttäuscht von mir, wenn ich sage, daß ich überhaupt keine guten habe?« entgegnete sie.
»Warum sollte ich enttäuscht sein?«
»Nun ja, Sie führen dieses Künstlerleben und verkehren wahrscheinlich ständig mit Leuten, die furchtbar interessant und kreativ sind. Mein Leben dagegen sieht ganz einfach so aus: aufstehen, zur Arbeit gehen, nach Hause kommen, das Abendessen machen, Stereomusik hören, fernsehen, ins Bett gehen. An den Wochenenden würde ich manchmal gern mit meinen Freundinnen ausgehen, aber die sind immer so sehr mit ihren Kindern beschäftigt, daß es schwierig wird, sich mit ihnen zu verabreden. Mit anderen Worten, mein Leben ist langweilig.«
»Was würden Sie denn lieber tun?«
»Was könnte ich denn tun? O Mann ... Moment mal. Das muß wirklich phantastisch sein, reich zu sein und ein zweites Haus in Südamerika zu haben, irgendwo unten an der Küste. In Kolumbien gibt es unglaublich schöne Strände; meine Mutter schwärmt ständig davon. Außerdem spreche ich sogar Spanisch, deswegen würde ich mich da unten einfach phantastisch fühlen. Hätten Sie gedacht, daß Spanisch meine Muttersprache ist?«
Ich hatte überhaupt keinen Akzent bei ihr bemerkt, aber jetzt, wo sie davon sprach, fiel er mir natürlich auf und machte sie in

meinen Augen nur noch viel attraktiver. Ich sah sie vor mir, wie sie auf dem Balkon einer südamerikanischen Villa stand, in einer Hängematte lag oder, am allerbesten, in ein schnurloses Telefon Spanisch sprach. Es war eine bezaubernde Vorstellung.

»Oder vielleicht Sängerin. Es muß toll sein, auf der Bühne zu stehen, während so viele Menschen zusehen, und so richtig loszulegen. Ich weiß nicht ... Mit Sicherheit hat das auch Nachteile, aber ich bin überzeugt, daß das einfach 'ne wahnsinnige Menge Spaß macht. Und wenn man auch noch klassische Musik macht, wird man von allen respektiert und braucht sich überhaupt keine Sorgen mehr zu machen von wegen, daß man zu alt wird, wie es die Rockmusiker tun. Man kann achtzig werden und immer noch klassische Musik machen, stimmt's?«

Ja, dachte ich, aber nur, wenn man noch musizieren kann. Sie fragte mich, wie es sei, auf einer Bühne zu spielen, und ich erzählte ihr, daß ich vor einem Konzert den ganzen Tag nichts essen konnte, nicht stillsitzen konnte. Nicht, weil ich nervös war, sondern weil ich ungeduldig war. Ich wollte spielen. Ich wollte nicht warten. Ich wußte, daß ich gut spielen würde, also warum warten? Den ganzen Tag rekapitulierte ich die Musik im Kopf. Ich wachte früh am Morgen auf und sprang aus dem Bett; nichts konnte mich dort mehr halten. Ich duschte endlos, wanderte im Hotel herum, und anschließend lief ich mit meiner Mutter in der Umgebung herum. Irgendwo in einem netten Lokal aßen wir dann zu Mittag, aber ich hatte keinen Appetit.

»Dann ist Ihre Mutter zu all Ihren Konzerten mitgegangen?« fragte sie leise. Ich spürte an ihrer Stimme, daß sie etwas zu verbergen suchte. Also mußte ich ihr erklären, daß die Konzerte, von denen ich sprach, allesamt vor meinem achtzehnten Geburtstag stattgefunden hatten. Ihre Miene verriet zuerst Überraschung, und dann Erleichterung.

Sie wollte wissen, ob ich die Konzerte genießen könne, während ich spielte, oder ob ich zuviel nachdenken müßte, um das alles richtig wahrnehmen zu können. Ich antwortete, daß ich zwar keine verbalen Gedanken fassen könne, wie etwa: »Das macht Spaß«, oder: »Sieh dir doch all diese Leute im Smoking an, die mir zuhören«, daß ich aber ein ganz wundervolles Gefühl der Macht zu genießen vermöge. Ich erzählte ihr von einem Dokumentarfilm über einen Tiefseetaucher, der unter Wasser Wale filmte, als eines dieser Tiere direkt an ihm vorüberschwamm und der Taucher spontan nach einer Flosse griff, um sich von ihm mitziehen zu lassen. Es sei eine intuitive Entscheidung gewesen, erklärte der Taucher, als er seinen Film erläuterte, und das unglaublichste Ereignis in seinem Leben. Das Gefühl, sagte er, von einer so ungeheuer kraftvollen Kreatur gezogen zu werden, sei einfach unbeschreiblich gewesen. Und das, erklärte ich Maria Teresa, müsse wohl ungefähr so ein Gefühl sein wie das, wenn man auf einer Bühne vor einem erwartungsvollen Publikum musiziert.

Allein schon, wenn ich davon redete, überlief mich eine Gänsehaut; ich rollte einen Ärmel hoch, um es ihr zu zeigen, und sie war gebührend beeindruckt. Heute weiß ich, der Hauptgrund dafür, daß ich so fest daran glaubte, eines Tages wieder spielen zu können, war der, daß ich daran glauben *mußte.* Ich fühlte mich so unglücklich als männliche Jungfrau fast schon mittleren Alters, als ehemaliger Konzertmusiker, der Cellostunden geben muß, daß ich einfach daran glauben *mußte,* eines Tages wieder Großes erleben zu dürfen, denn wie konnte ich mir sonst selbst ins Gesicht sehen? Woran sonst sollte ich glauben?

Daß ich ihr meine Gänsehaut zeigte, schien sie zu ermutigen. Sie beugte sich vor, stützte die Ellbogen auf den Tisch und das Kinn in eine Hand und fragte: »Sie haben gesagt, daß Sie niemals auch nur nahe daran waren, zu heiraten – ist das wahr? Hatten Sie nie wirklich ernsthaft eine Freundin?«

Bis dahin hatte ich geglaubt, je mehr man sich einer moralisch anfechtbaren Situation nähere, desto stärkere innere Konflikte werde man durchfechten müssen. Das Gegenteil war der Fall: Je weiter die Dinge mit Maria Teresa sich entwickelten, desto leichter fiel es mir, den nächsten Schritt zu tun. Als sie mir diese Frage stellte, empfand ich eine so intensive innere Freude, als hätte ich vor allem gehofft, daß sie mich nach meinem nichtvorhandenen Liebesleben frage. Obwohl ich mir noch immer keine Verbindung mit ihr vorstellen konnte, begannen sich andere Möglichkeiten – Dinge, die ich mir flüchtig vorstellen konnte – in meine Gedanken zu schleichen.

Ich sagte Maria Teresa die Wahrheit, und die lautete, daß ich nicht wußte, wieso sich jemand mit mir verabreden sollte, bevor ich wieder auftreten konnte, und daß ich niemandem die Peinlichkeit zumuten mochte, mich zurückzuweisen. Damit versuchte ich nicht etwa, ihre Gefühle zu manipulieren, doch ob ich das beabsichtigte oder nicht, sie schien eindeutig der Meinung zu sein, daß ich soeben eine unsichtbare Grenze überschritten und sie aufgefordert habe, dasselbe zu tun.

»Das Leben ist kurz«, sagte sie und sah mich mit ihren traurigen, wunderschönen Augen offen an. »Warum sollen wir unsere Zeit mit dummen Gedanken verschwenden, wie etwa, ob Sie berühmt genug sind, wenn doch alles greifbar vor Ihnen sitzt? Wenn Sie mich fragen, sind Sie ein äußerst verabredungsfähiger Mann.«

In diesem Moment schien die Zeit stillzustehen, die Dinge hätten sich so oder so entwickeln können. Dann gewann die sichere Seite die Oberhand. Ich erinnere mich nicht einmal mehr, wer zuerst etwas sagte, aber wir brachen in ein nervöses Geplapper darüber aus, daß jeder ständig das Gefühl hat, er habe es nicht verdient, glücklich zu sein, daß das Leben unfair ist, und so weiter.

Aber das dauerte nicht lange. Die Situation war noch immer günstig; wir waren noch immer so nahe daran, daß der kleinste

Stoß genügt hätte. Als wir das Hotel verließen, sahen wir ein junges Paar, eng aneinandergeschmiegt, im Wagen vorbeifahren, und das war's. Urplötzlich blieb Maria Teresa stehen. Ich machte ebenfalls halt, betrachtete ihr schmerzlich schönes Gesicht, und mein Widerstand verpuffte wie eine Rauchwolke. Es war überwältigend, so richtig erschien es mir. In mir war nicht der geringste Raum für die Frage, warum ich sie nicht berühren sollte. Ich erinnere mich, daß ich einmal zusah, wie einer meiner Kollegen im Lehrerzimmer eine Bloody Mary trank, als unvermittelt und völlig lautlos der Boden seines Glases herausfiel. Eben war er noch trocken und fröhlich gewesen, und im nächsten Moment schon sah er aus, als habe ihm ein Stier den Bauch aufgerissen. Niemand konnte genau sagen, wann das Malheur geschehen war, und wir alle, auch er selbst, brauchten mehrere lange Sekunden, um zu erkennen, woher all diese rote Flüssigkeit kam.

Genau wie damals brauchte ich einige Sekunden, um zu begreifen, was geschah. Als ich es kapierte, war ich schon tief im ersten leidenschaftlichen Kuß meines Lebens begriffen. Er dauerte sehr lange. Als er endete, fragte ich sie, ob ich sie zum Dinner einladen dürfe, und sie sagte ja.

Ich fragte mich, ob nicht der ganze Gerichtssaal wußte, daß an jenem Tag etwas geschehen war. Ich bin sicher, daß ich ein fürchterlich rotes Gesicht hatte – von der Erregung, den beiden Drinks und diesem Kuß. Maria Teresa wirkte absolut zufrieden. Ihr Gesicht hatte dieselbe Farbe wie immer, die Farbe von Milchkaffee, wie er in Europa serviert wird, in ihrer Halsgrube aber befand sich ein Fleck, der ebenfalls tief gerötet war. Einen schönen Anblick müssen wir beide geboten haben, als wir da zwischen all diesen gelangweilten, mürrischen Geschworenen so leicht wie Federn dahinschwebten.

An Miss Doppelts Kreuzverhör des Psychiaters erinnere ich mich nicht mehr genau. Ich schenkte ihr nicht sehr viel Beachtung. Mir war klar, daß sie die Ansicht des Arztes angreifen würde, nur ein geistig gesunder Mensch könne die schwierige psychologische Aufgabe bewältigen, Zen zu benutzen, um sein verrücktes Verhalten zu rechtfertigen. »Zen ist eine Religion, die die Menschen nachhaltig ermutigt, impulsiv zu handeln!« sagte sie mit einer Stimme, die Verzweiflung verriet. »Ein Mensch wie mein Mandant, der, wie Sie bereitwillig zugeben, an einer schweren geistigen Störung leidet, der, wie Sie selbst sagten, auf jener feinen Grenzlinie zwischen Krankheit und Verrücktheit steht, könnte in einer extremen Situation leicht über diese Grenze gestoßen werden. Und wie nennen Sie das, was bei diesen religiösen Exerzitien getan wurde, wo die Leute kaum aßen und schliefen und sich wie besessen mit diesen Rätseln befaßten?«
Der Arzt schien sich von dieser Attacke nicht erschüttern zu lassen. Er fuhr fort, sich den Bart zu streichen, und behauptete, trotz allem, was man vom Buddhismus halte, scheine Philip Weber gewußt zu haben, was er tat, als er den Zen-Meister tötete. »Der Beweis dafür«, erklärte er, »ist für mich Webers Behauptung, nach seiner erleuchteten Ansicht sei einfach alles eine Illusion. Er habe überhaupt nicht gezögert, das zu tun, was er getan hat, und jetzt empfindet er auch keine Reue darüber, daß er diesen Mann getötet hat, weil er, nach seiner erleuchteten Ansicht, keinen realen Menschen getötet hat, sondern alles nur Teil der großen Illusion gewesen ist, die wir das Leben nennen. Das ist der Beweis für mich. Psychisch Kranke schauspielern nicht; für sie ist wirklich alles real. Weber sagt, er wußte die ganze Zeit, daß nichts von dem, was er tat, real war, daß er es als Eingebung, als religiöse Handlung tat. Das nehme ich ihm nicht ab.«

Während der Nachmittagspause sprachen Maria Teresa und ich kein Wort miteinander – wir hatten unsere Verabredung zum Dinner, bis dahin gab es nichts weiter zu tun als warten. Sie ging hinaus, um ihre Zigarette zu rauchen, und ich setzte mich der Form halber zu den anderen Männern und gab vor, Roy, dem pensionierten Betriebsleiter, zuzuhören. Er schimpfte über die schmutzigen Tricks, mit denen die Japaner die Handelsbilanz aus dem Gleichgewicht zu bringen versuchten. Wenn sich seine Blicke mit meinen kreuzten, zog er jedesmal eine irgendwie kampflustige Miene, als fordere er mich zum Widerspruch heraus. Er hatte von Beginn des Prozesses an etwas gegen mich gehabt – mein Alter, mein Nachname und die Tatsache, daß ich an einer Universität lehrte, machten ihn zweifellos mißtrauisch –, und einmal, draußen auf dem Parkplatz, von dem uns der Bus abholte, zeigte er auf meinen Wagen und fragte mich, ob ich das nächste Mal einen amerikanischen kaufen würde. Doch während dieser Pause hörte ich Roys Tiraden nicht zu; meine Gedanken weilten woanders. Ich versuchte mich jetzt schon zu einer Entscheidung hinsichtlich des Abends durchzuringen, damit ich nicht den ganzen Abend hin und her schwankte und, wenn der kritische Zeitpunkt kam, falls er denn kam, vor Unentschlossenheit erstarrte.

Ich hatte eigentlich keine moralischen Probleme im Hinblick auf eine Affäre: Wenn Maria Teresa eine unglückliche Ehe führte und bereit war, fremdzugehen, würde ich nicht versuchen, sie davon abzubringen. Da ich nie religiös und niemals verheiratet gewesen war, hielt mich keine der beiden Institutionen in ihrem Griff. Das Risiko, falls es überhaupt eins gab, lag einzig und allein bei Maria Teresa.

Mein Problem war vielmehr, daß ich wußte, ich könnte in ihr niemals eine richtige Gefährtin sehen. Ich kam mir ziemlich prüde vor, daß ich gleich in so großartigen Begriffen dachte, aber ich konnte eben nicht anders. Wenn ich das Gefühl gehabt hätte, es gäbe auch nur eine entfernte Möglichkeit, daß wir beide eine dauernde Verbindung eingehen könnten, hätte das mein Gewissen beruhigt, aber es bestand nicht die geringste Chance. Ich dachte nicht daran, mich ernsthaft mit einer zweimal verheirateten Frau einzulassen, deren Tochter auf die Militärakademie ging und der nur Musik gefiel, die ich nicht ausstehen konnte. Obwohl ich Maria Teresas Gesellschaft genoß und mich gern mit ihr unterhielt, rührte das zum größten Teil daher, daß ich mich körperlich zu ihr hingezogen fühlte. Sobald das Neue an ihrer Schönheit verblaßte und wir uns besser kennenlernten, würden wir einander immer weniger zu sagen haben, das war mir klar.

Andererseits fand sie ihr Leben langweilig und hatte das Recht, sich zu amüsieren; wenn es ihr und mir Freude machen würde, miteinander zu schlafen, warum sollte ich verhindern, daß es geschah? Ich hatte mir im Laufe der Jahre so viele Gelegenheiten entgehen lassen, indem ich fünfzig Schritte vorausdachte, mir aber niemals die Frage gestellt, ob es eine dieser Frauen wirklich interessierte, wenn ich niemals wieder ein Konzert geben würde, oder ob eine von ihnen tatsächlich erwartete, daß ich sie nach ein paar Verabredungen bat, mich zu heiraten.

Meine Mutter erklärte mir immer wieder, was für *schmucks* die Männer seien, daß sie mit Mädchen ausgingen, die sie dann nie wieder anriefen. Sie schilderte mir, wie die Mädchen dann am Telefon hockten, um endlos auf den Anruf zu warten, der niemals kam, während ihr Herz ganz langsam in Stücke zerbrach. Es war eine gräßliche Vorstellung, die unglücklicherweise auch tatsächlich dazu führen sollte, daß ich Frauen gegenüber so unerfahren war: Ich wagte es kaum jemals, eine zu fragen, ob sie mit mir ausgehen wolle, weil ich mich dann verpflichtet fühlte, sie ein zweites, ein drittes und ein viertes Mal auszuführen. Und wenn ich es tat, was selten geschah, und dann eher aus Höflich-

keit als aus aufrichtigem Interesse, war es noch schlimmer, wenn ich irgendwann doch nicht mehr anrief, weil die Frau inzwischen vermutete, daß ich es wirklich ernst mit ihr meinte. Es schien mir fast so, als müsse ich entweder heiraten oder ganz allein bleiben, weil ich sonst einen Menschen auf die übelste Art leiden und ihn glauben lassen würde, er sei nicht gut genug, um Liebe zu wecken. Wenn man jemandem das angetan hat, kann man es nicht wieder gutmachen, das weiß man.
Das andere, weniger abstrakte Problem für mich war immer gewesen, daß ich mich unfähig fühlte, meine fleischlichen Absichten deutlich zu machen. Ich konnte mich ziemlich gut mit einer Frau unterhalten, ich konnte sie ziemlich gut kennenlernen, doch an dem Punkt, an dem ich ihr hätte sagen müssen, daß ich mich zu ihr hingezogen fühlte oder sie in einer mehr als nur freundschaftlichen Art und Weise berühren wollte, erstarrte ich zu Eis. Ich geriet dann sofort in Verlegenheit; es schien mir jedesmal, als könne ich auch gleich meine Hose öffnen, nach da unten zeigen und fragen: »Hätten Sie was dagegen, wenn wir das hier in unsere Pläne einbeziehen?«
Ich glaubte diesen Übergang nur zu schaffen, wenn es ganz allmählich geschah, wenn ich spürte, daß es eine gemeinsame Entscheidung war. Ich wollte niemanden schockieren oder abstoßen, und ganz gewiß wollte ich nicht unter solchen Umständen zurückgewiesen werden. Lieber würde ich mir in einem Restaurant oder vor einer Haustür einen Korb geben lassen als auf einem Sofa mit der Hand unter der Bluse einer Dame. Aber die richtige Gelegenheit, diese Grenze zu überschreiten, hatte sich nie ergeben. Erst schloß man Freundschaft, tauschte Gedanken aus, sprach über Kunst, freute sich an gutem Essen und gutem Wein ... und dann war da die Sache mit der Sexualität. Zu diesem Teil war ich nie vorgestoßen, nicht einmal mit Naomi. Mit anderen Worten, ich war ein Feigling. Ich hatte eine furchtbare Angst, beim Sex zu versagen. Was, wenn mir dabei

dasselbe passierte wie mit der Musik? Was, wenn ich so verlegen wurde, daß ich überhaupt nichts zustande brachte?

Daß ich Maria Teresa kennengelernt hatte, stürzte mich in tiefen Aufruhr. Sie schien, was das Überschreiten von Grenzen betraf, nicht die geringsten Bedenken zu haben. Sie war zum zweitenmal verheiratet und hatte ein Kind; ich konnte mich darauf verlassen, daß sie nach dem Sex nicht in Tränen ausbrechen oder schockiert tun würde, wenn ich versuchte, ihr die Bluse aufzuknöpfen, das wußte ich. Aber was, wenn ich mich auf Grund meiner Unerfahrenheit zum Narren machte? Ich war schließlich eine männliche Jungfrau, nicht nur im rein sexuellen Sinn; und wenn sich das zeigte, würde das nicht jemandem wie ihr, die eine so große Lebenserfahrung hatte, lachhaft vorkommen? Der Gedanke, mich vor ihr lächerlich zu machen oder mir gar ihren Spott zuzuziehen, ängstigte mich. Und selbst wenn ich mit ihr zu schlafen vermochte – was war, wenn sie hinterher anhänglich wurde? Was sollte ich zu ihr sagen? Würde sie mir vorwerfen, ich hätte das alles nur mitgemacht, um zu sehen, wie es war, Geschlechtsverkehr mit ihr zu haben? Denn das traf zu. Was aber, wenn *sie* nur sehen wollte, wie es war, *mit mir* Geschlechtsverkehr zu haben? Warum sollte sie mit denselben hartnäckigen Mythen über die Sexualität belastet sein, wie ich sie mit mir herumtrug, den Mythen, die Sex mit dem Begriff der Tugend verbinden? Vielleicht mochte sie Sex ja und dachte nicht unbedingt daran, daß er zu etwas anderem führen könne. Wenn ja, dann wäre ich ein Esel, das Ganze einfach abzublasen, denn ich würde uns beiden die Chance rauben, uns aneinander zu freuen, und zwar aus purer, hilfloser Angst.

Unnötig zu erwähnen, daß meine Versuche, zu einem Entschluß zu gelangen, nur tieferliegende Konfliktschichten zutage förderten. Schließlich beschränkte ich mich darauf, ganz ohne Plan mit ihr zum Dinner zu gehen und abzuwarten, was geschah.

25

Der letzte Zeuge, Tokku Hayashi, war Amerikaner japanischer Herkunft und schätzungsweise Anfang Sechzig. Er hatte silbergraues, sauber zurückgebürstetes Haar, trug einen unauffälligen grauen Anzug und so blank polierte Schuhe, daß sie Militärstandard entsprochen hätten. Er war Architekt, hatte aber auch vier Semester als Direktor der Japanese Buddhist Association gearbeitet sowie ein Buch und mehrere Abhandlungen über Zen auf englisch veröffentlicht.

Zunächst fragte ihn Mr. Graham, ob er Kazuo Okakura kenne, den ermordeten Gründer der Zen Foundation von Los Angeles.

»Ja. Ich lernte ihn vor zehn Jahren kennen, kurz nachdem er in dieses Land gekommen war.«

»War er Ihrer Meinung nach qualifiziert, Zen zu lehren?«

Der Zeuge nickte und antwortete mit klarer, angenehmer Stimme: »Ja, Mr. Okakura war qualifziert.«

Anschließend umriß Mr. Graham die Situation. »Die Verteidigung, Sir, bringt vor, daß Mr. Okakura Philip Weber, indem er diesem das Rätsel ›Töten des Buddha‹ zuteilte, absichtlich zur Gewalttätigkeit provoziert habe … daß Zen impulsives, irrationales Verhalten billige und sogar dazu ermutige, und daß Philip Weber daher nicht dafür verantwortlich zu machen sei, daß Zen ihn zu diesem Mord getrieben hat. Würden Sie uns zu diesem Argument etwas sagen?«

Der alte Mann räusperte sich höflich und versicherte, sein Bestes tun zu wollen, mußte aber zugeben, daß es nicht einfach sei, festzustellen, wo religiöse Erfahrung endet und die Einbildung beginnt. Sein ruhiges Auftreten erinnerte mich an von Kempen: Mein alter Lehrer vermochte ohne eine Spur von bewußtem Handeln auch den allergewöhnlichsten Situationen

Würde zu verleihen. Einfach die Art, wie er einen Raum betrat, veranlaßte andere Menschen, sich von ihrer besten Seite zu zeigen.

Zunächst erklärte Mr. Hayashi, daß Zen keine Religion in dem Sinne sei, daß ein Gott oder ein höchstes Wesen angebetet werde, sondern eher eine Art Therapie für Menschen, die sich zu große Sorgen machen. Wie er sagte, könne man alle Sorgen ganz einfach durch eine Frage ausdrücken: »Warum fühle ich mich nicht frei?«

Er hielt inne, um einen Schluck Wasser aus dem Glas auf dem Zeugenstand zu trinken. Er war der erste Zeuge, der von diesem Service Gebrauch machte; die anderen hatten das Glas zwar angestarrt oder herumgeschoben, schienen aber alle viel zu nervös zu sein, um daraus zu trinken.

»Nehmen wir an«, fuhr er dann fort, »ein Fisch schwimmt fröhlich draußen im Meer; er hat keine Sorgen außer der Suche nach Nahrung. Eines Tages erklärt jemand dem Fisch: ›Weißt du was? Das Meer ist nur so und so groß. Und du bist darin gefangen. Da du nicht außerhalb des Meeres leben kannst, wirst du niemals wirklich frei sein.‹ Plötzlich fühlt sich der Fisch eingeengt und haßt sein Schicksal. Schließlich ist er auf ewig gefangen.

Und nun sprechen wir von den Menschen, ja? Die meisten hassen den Gedanken, daß sie nicht immer tun können, was sie wollen. An manchen Tagen haben selbst die Privilegiertesten von uns das Gefühl, überhaupt keine Freiheit zu haben. Für diese Gedanken ist Zen ... nun ja, wie eine Medizin. Zen sagt Ihnen: Ja, die Gesellschaft setzt dir zwar Grenzen, dein Körper und dein Verstand setzen dir Grenzen, aber – na und? Innerhalb dieser Grenzen findet man unendlich viele Möglichkeiten und Chancen.«

Er zitierte Gandhi, der offenbar gesagt hatte, daß »die Zufriedenheit im Handeln liegt, nicht im Erfolg«. Dann erklärte uns

Mr. Hayashi, die Zen-Meditation sei eine Übung für Menschen, die lernen wollten, wie man sich auch in ganz normalen Situationen intensiver bemühen kann, nicht nur in den außergewöhnlichen. Zen, sagte er, verfolge den Zweck, es den Ausübenden zur Gewohnheit zu machen, ihrem normalen Leben mit all seinen Begrenzungen und Unzulänglichkeiten mehr Aufmerksamkeit zu widmen und sich engagierter zu fühlen.

Er unterbrach sich, um sich zurechtzusetzen, als sei die Zeugenaussage eine körperliche Aktivität, die eine gute Haltung und eine gesunde Sitzposition auf dem Stuhl erforderte. »Und nun sollten wir über Recht und Unrecht sprechen, und über das *koan* ›Töten des Buddha‹. Zunächst einmal ist wohl uns allen die Geschichte aus der Bibel bekannt, in der Jesus sagt: ›Wenn dich dein rechtes Auge ärgert, so reiße es aus.‹ Nehmen die Christen das etwa wörtlich und reißen sich die Augen aus, wenn sie etwas Verführerisches sehen? Nicht daß ich wüßte. Ich denke, es bedeutet eher, wenn du einen Impuls oder Wunsch empfindest, von dem du weißt, daß er falsch ist, solltest du dich bemühen, dir diesen bösen Wunsch aus dem Kopf zu schlagen.

Mit dem *koan* ›Töten des Buddha‹ ist es ganz ähnlich. Wenn man sich ständig ausmalt, wie schön es wäre, ein erleuchteter Buddha zu sein – wie die anderen dann alle zu einem aufblicken würden! –, so ist das genau die Art törichter Gedanken, die einen daran hindert, sich selbst so, wie man ist, voll anzunehmen. Man gliche diesem armen Fisch, der sich fragt, wie es wohl wäre, in einem größeren Meer zu schwimmen, und dem dadurch entgeht, was direkt vor seiner Nase liegt. Wenn man sich sagt: ›Ich bin doch nur ein ganz gewöhnlicher Mensch, ich bin überhaupt nicht wie ein Buddha. Ich werde niemals erleben, was ein Buddha erlebt‹, dann befiehlt einem das *koan,* diese Gedanken sofort zu beenden. Töte diesen imaginären Buddha, dieses Phantasiegebilde der Erleuchtung! Richte deine Aufmerksamkeit wieder auf die Realität, den gegenwärtigen Augenblick, auf

konstruktive Handlungen. Wo stehst du jetzt? Was tust du? Denke darüber nach. Das ist die Bedeutung der Worte ›Wenn du dem Buddha auf dem Weg begegnest, töte ihn‹.«
Er hielt inne, um abermals einen Schluck Wasser aus dem Glas vor ihm zu trinken. Als er sich wiederum räusperte und uns zulächelte, spürte ich, daß er zur Coda gelangt war, in der sich der Kreis seiner Gedanken schließen und er zu ihrer natürlichen Schlußfolgerung gelangen würde.
»Zen«, sagte er, »ermuntert jeden, seinem normalen Leben so, wie es jetzt ist, vollste Aufmerksamkeit zu schenken. Es lehrt die Menschen, ihr Leben zu betrachten, als sei es ein ... sagen wir, ein Ballett. Eine Tänzerin hastet nicht durch ihren Part, nur um zu sehen, wie er endet, und sie erwartet auch nicht, daß jeder Sprung und jede Drehung besser ausfällt als der oder die letzte, nicht wahr? Nein, nein, denn das wäre eine so ... eine so große Verschwendung. Sie tanzt, um sich am Erlebnis des Tanzens zu erfreuen! Sobald man aber sein Leben in diesem Zusammenhang sieht, will man es nicht durch Gewalttätigkeit verderben, denn das wäre nicht logisch! Das wäre, als bräche unsere Tänzerin ihrem Partner die Beine, damit sich das Scheinwerferlicht auf sie konzentriert. Doch ohne ihren Partner wäre es aus mit dem Tanz. Das ist meine Antwort auf Ihre Frage nach dem impulsiven, gewalttätigen Verhalten. Mr. Okakura hätte niemanden dazu ermuntert, einem anderen Menschen gegenüber gewalttätig oder respektlos zu sein, denn durch Gewalttätigkeit wird Zen zerstört.«

Als die Verteidigerin mit dem Kreuzverhör begann, trat sie langsam auf den Zeugenstand zu. Sie schien diesem sanften Zeugen eindeutig Mißtrauen entgegenzubringen.
»Mr. Hayashi: Halten Sie es nicht für möglich, daß ein Mensch mit einer schweren Geisteskrankheit den Zen-Ratschlag, sich selbst zu akzeptieren, wie man ist, so interpretieren könnte, als

solle er, sagen wir, diesen seltsamen Stimmen in seinem Kopf mehr Aufmerksamkeit schenken?«

»Das wäre möglich, ja. Mir fällt da sogar ein Beispiel ein, wo eben das geschehen ist.«

»Wirklich?« Zum erstenmal, seit Mr. Hayashi den Zeugenstand betreten hatte, zeigte die Verteidigerin ein wenig Hoffnung, während der Ankläger eher mißmutig dreinblickte. Er beugte sich vor, stützte das Kinn in die Handfläche und trommelte mit seinem Bleistift auf den Tisch. Er schien den Blickkontakt mit dem Zeugen zu suchen, doch Mr. Hayashi schenkte, seinen Grundsätzen getreu, der Verteidigung seine volle, ungeteilte Aufmerksamkeit.

»Ja, es geschah, als ich noch als junger Mönch in Japan lebte. Ein Schüler, der eine Art Nervenzusammenbruch hatte, beschloß, den Zen-Tempel über seinem Kopf anzuzünden. Er brannte den Tempel nieder, besann sich hinsichtlich des Selbstmords jedoch im letzten Moment anders und überlebte. Bei seinem Prozeß erklärte er, von einem *koan* über einen Mönch inspiriert worden zu sein, der eine hölzerne Buddhastatue verbrannte, um sich in einer kalten Nacht Wärme zu verschaffen.«

Miss Doppelt blickte nicht mehr so begeistert drein. »Dann frage ich Sie, Mr. Hayashi: Wenn Sie bereitwillig zugeben, daß ein junger Mann in Japan auf Grund seiner Geisteskrankheit von einer Zen-Geschichte zu einem Verbrechen inspiriert wurde, warum glauben Sie dann, daß es bei Mr. Weber nicht so gewesen sein kann? Warum glauben Sie, daß er geistig gesund gewesen sein muß?«

»Habe ich das gesagt?« fragte der alte Herr aufrichtig erstaunt. Der Ankläger zuckte zusammen.

»Nun ja«, entgegnete Miss Doppelt, »ich kann nur annehmen, daß der Ankläger Sie in den Zeugenstand gerufen hat, um seine Überzeugung zu bestätigen, daß Mr. Weber geistig gesund war, als er das Verbrechen beging. Oder irre ich mich da?«

Falls Mr. Hayashi sich bei diesem Teil des Kreuzverhörs unbehaglich fühlte, so ließ er es sich nicht anmerken. »Ich bin nicht sicher, Miss Doppelt«, antwortete er freundlich, »ich hatte gemeint, ich solle Fragen über den Zen-Buddhismus beantworten. Mr. Webers Geisteszustand zu beurteilen, dazu bin ich, glaube ich, nicht qualifiziert.«
»Ich verstehe. Dann geben Sie also zu, daß Mr. Weber durch die Aktivitäten der Zen-Exerzitien in eine psychotische Episode gedrängt worden sein kann?«
»Ja, natürlich. Ich persönlich hoffe sogar, daß es so ist. Denn dann gäbe es möglicherweise Hoffnung, daß die Krankheit behandelt werden und Mr. Weber der Gesellschaft eines Tages von Nutzen sein kann, statt sie zu belasten.«
»Ich stimme Ihnen von ganzem Herzen zu, Mr. Hayashi. Ich danke Ihnen sehr.«

26

Maria Teresa war vor mir im Restaurant. Es lag in Pasadena, weil sie dort nicht befürchten mußte, Bekannten zu begegnen. Sie hatte schon einen Martini für mich bestellt, den der Kellner brachte, als ich Platz nahm.
»Ich glaube, ich bin noch nie in einem so schönen Restaurant gewesen«, erklärte sie fröhlich. Sie hatte ihr Bier schon fast geleert, und ihre Wangen glühten in einem sanften Rosa. »Ich muß Sie was fragen«, sagte sie dann.
»Was denn?«
»Was hielten Sie von diesem Japaner, heute nachmittag?«
Ich berichtete ihr, daß mir seine Aussage sehr gut gefallen habe,

daß ich jedoch, als sie beendet war, ein wenig deprimiert gewesen sei.

»Deprimiert? Wieso?«

»Ach … weil er mich an meinen Cellolehrer erinnerte, und wenn ich an den denken muß, werde ich immer ein bißchen traurig. Ich wünsche mir dann, daß ich etwas älter gewesen wäre, als ich ihn kannte. Das ist ein ziemlich dummer Gedanke, das ist mir klar, aber … Was kann man dagegen tun, manchmal?«

»Mag sein.« Sie schüttelte den Kopf. »Ich weiß es nicht. Was er da über Menschen sagte, die ihr Leben langweilig finden und glauben, daß man nichts dagegen tun kann, trifft tatsächlich auf mich zu. Mein Gott, einfach perfekt beschreibt mich das. So ist mein Leben seit der High-School – langweilig, langweiliger, und dann am Wochenende ein bißchen weniger langweilig. Zur Arbeit gehen, nach Hause kommen, Essen kochen, das Haus putzen. Ich bin genau wie dieser Fisch, von dem er geredet hat, nur daß ich nicht im Meer gefangen bin, sondern in irgendeiner Toilette … Mann, zuweilen frage ich mich, ob das wirklich alles ist? Warum kann ich kein etwas interessanteres Leben haben? Vielleicht sollte ich Buddhistin werden, eh? Würde mir das stehen, ein kahler Kopf?«

Sie leerte ihr Glas Bier, und ich bestellte für uns zusammen eine Flasche Wein. Ich wollte mich nicht betrinken, aber ich wollte ein bißchen weniger nüchtern sein.

»Wissen Sie was?« fragte sie mich und brachte mich mit ihrer Art, mich anzusehen, fast zum Kochen. Mein ganzer Körper wurde heiß, wenn sie den Blick auf mich richtete. »Es kommt mir fast wie Schicksal vor, daß das alles heute passiert ist, nicht wahr? Ich hatte mir in den letzten Tagen Sorgen gemacht und mir gedacht, daß ich mich vielleicht nicht so mit Ihnen anfreunden sollte. Ist das falsch? habe ich gedacht. Muß ich mich schuldig fühlen? Selbst heute nachmittag, nachdem wir uns zu diesem Dinner verabredet hatten, dachte ich noch, okay, wir werden einmal zusammen essen, aber das ist dann auch alles, damit ist Schluß. Aber als ich dann heute diesen Japaner hörte, dachte ich mir, warum eigentlich nicht? Sie sind vermutlich der interessanteste Mensch, dem ich jemals begegnet bin – mit Sicherheit aber der netteste … Ich hab' mir gedacht, selbst wenn ich Sie nur so lange kennen kann, wie dieser Prozeß läuft, sollte ich das Beste daraus machen, stimmt's? Warum nicht?«

Ich jubelte innerlich. »Maria Teresa … Was Sie da gerade gesagt haben … Ich bin so erleichtert …«

»Wieso?«

»Weil ich mich furchtbar, ganz furchtbar zu Ihnen hingezogen fühle, aber ich war so … ich war so …«

Plötzlich brach ich in Lachen aus. Was sagte ich da zu ihr? Ich beschloß aufzuhören, bevor ich den ganzen Abend verdarb. Ich hatte mir das alles schon mindestens hundertmal durch den Kopf gehen lassen und beschlossen, die Dinge auf mich zukommen zu lassen und nicht schon vorher Pläne auszuarbeiten. »Vergessen Sie, was ich gerade gesagt habe!« stieß ich hervor. »Ich finde alles wunderbar und will nicht weiter darüber nachdenken. Trinken wir auf Mr. Hayashi und seinen erleuchteten Fisch.« Wir stießen auf den alten Herrn an; dann bestellten wir unser Essen.

Ich begann mit Muscheln in Brühe und ließ zwei weichschalige Krabben folgen. Maria Teresa probierte das Carpaccio – sie hatte es noch nie gegessen – und entschied sich dann für in Papier gegarten Lachs. Jeder Bissen dieses Dinners, jeder Schluck Wein schien mir der beste zu sein, den ich jemals gekostet hatte. Wir redeten kaum; unser Kellner muß sich gedacht haben, daß wir lächerlich aussahen. Als er uns fragte, ob wir Dessert oder Kaffee wollten, antwortete Maria Teresa, nein, sie habe einen guten Kaffee und etwas Dessert zu Hause, und damit basta. Ich fragte, ob es denn wirklich angebracht sei, daß ich sie dorthin begleite, und sie erklärte, ich brauche mir keine Sorgen zu machen, und außerdem sei es nicht weit zu ihrem Haus. Ich folgte ihr in meinem eigenen Wagen. Sobald wir ihr unordentliches Haus betraten, drehte sie sich zu mir um. Sie stand ganz still und schloß die Augen. Ein Gedanke tauchte aus all dem Chaos auf. Es war ein so einfacher, zerbrechlicher Gedanke; ich konnte fast sehen, wie die Worte auf einem Bildschirm aufleuchteten: »Nicht fragen.« Sie faßten einfach alles zusammen: diese Situation, diese überwältigende Situation, diesen Verlust der Selbstkontrolle. Ich nahm alles wahr, ich war derjenige, der es geschehen ließ, aber, soweit ich sagen konnte, ohne je darüber nachgedacht zu haben, ob es eine gute Idee sei.

Der Gedanke löste sich auf; ich küßte sie, und wir beide schmolzen dahin. Es gab keinen Gedanken mehr, kein Reden, keinen Widerstand.

Ich knöpfte ihre Bluse auf, gleich dort im Wohnzimmer. Der Anblick, wie sie ihr über die Schultern herabglitt, versetzte mir einen solchen Schock, daß ich tatsächlich zitterte. Ihre Brüste … Als ich sie in meine Hände nahm, ihr Gewicht fühlte und Maria Teresa seufzen hörte, hätte ich aufschreien können vor purer Wonne. Dies ist es also! dachte ich. Dies ist es, wovon alle reden, dies ist es, warum so vieles geschieht, so vieles, wovon man hört und liest. Dies ist das wirklich echte Gefühl, einen Körper zu haben, dies ist, was jedes Lebewesen fühlt, wenn es sich endlich paart.

Ich hatte das Gefühl, sie zu besitzen, indem ich sie einfach betrachtete. Jede Rundung war ein Geschenk, jede Haarsträhne, jede Falte erschütterte mich, ließ es mir kalt über den Rücken laufen, und ich fragte mich, wie ich es so lange ausgehalten hatte, ohne dies kennenzulernen.

Sobald wir im Schlafzimmer waren, wurde es jedoch weniger einfach. In einem Plastikrahmen auf der Kommode neben dem Bett entdeckte ich ein Foto. Das mußte Maria Teresas Mutter sein. Ihre aufgedunsene, verschobene Figur war in eine grellfarbene Bluse und Polyestershorts gezwängt, sie trug Sandalen und hielt eine Dose Bier in der Hand. Sie hatte die gleichen dunklen Ringe unter den Augen wie Maria Teresa, doch bei der Mutter wirkten sie fürchterlich und ließen sie stumpf und erschöpft wirken. Das Foto war bei einem Picknick entstanden; im Hintergrund sah man Leute um einen Klapptisch sitzen. In Gedanken fügte ich den Lärm miteinander wetteifernder Kofferradios und kreischender Kinder hinzu.

Auf einmal war mir meine Nacktheit peinlich, und als ich Maria Teresa ansah, merkte ich, daß sie mich unbekleidet weit weniger erregte als angezogen. Statt von der Schönheit ihres nackten Körpers überwältigt zu sein – und sie war wirklich schön –, entdeckte ich kleine Mängel an ihrer Haut, Unebenheiten, die ihrer Schönheit die Perfektion nahmen. Allmählich betrachtete ich ihren Körper, wie ich meinem eigenen Cellospiel lauschte: zu genau. Ich wurde verlegen, und dann fragte ich mich, ob ich das Ganze durchstehen würde.

Sobald mir dieser Gedanke durch den Kopf schoß, war es vorbei. Mit meiner ganzen Willenskraft versuchte ich mich zu konzentrieren, redete mir selbst zu wie einem lahmen Gaul. Beschimpfte mich, versuchte alles mögliche, um mich wieder in Erregung zu versetzen, doch vergebens.

Maria Teresa zeigte sich verständnisvoll: Das sei nicht wichtig, behauptete sie, ich solle mir keine Gedanken machen. Aber ich war niedergeschmettert. Sie fragte, ob mir das früher schon mal passiert sei, und ich verneinte, doch irgend etwas in meinem Ton muß verräterisch geklungen haben, denn plötzlich zog sie sich zurück und fragte: »Hast du überhaupt schon mal … mit einer Frau geschlafen?«

Ich gestand, daß ich das nicht getan hätte.

Sie machte den Kaffee, den sie mir versprochen hatte, und wir tranken ihn im Bett. Sie hatte den Kopf an meine Brust gebettet, und manchmal, wenn ich spürte, wie ihre Wimpern über meine

Brustwarzen strichen, oder wenn eine Strähne ihrer kastanienbraunen Haare über meinen Hals aufs Kissen glitt, konnte ich sekundenlang vergessen, wie verzweifelt und beschämt ich war. Diese Augenblicke vergingen jedoch sofort wieder und wurden von einem wachsenden Gefühl der Fremdheit und tiefer Angst verdrängt. Alles begann falsch zu wirken; die Crèmetöpfe auf dem Nachttisch, ihre chaotisch in einer Zimmerecke herumliegenden Schuhe, der Aschenbecher in Form eines Frosches, die leicht verschossenen Gardinen, ein Spinnennetz, das sich in einem Winkel der Zimmerdecke im Luftzug bewegte – alles in diesem Raum begann auf mein Gemüt zu drücken und schien sogar eine Art Geräusch von sich zu geben, ein zunehmend disharmonisches Gesumm. Alles um mich herum, Maria Teresa eingeschlossen, wirkte auf einmal auf schmerzhafte Weise falsch. Dieses Gefühl wurde mit der Zeit immer stärker, bis ich es als nahezu unerträglich empfand. Ich lächelte und plauderte mit ihr, hätte aber am liebsten geschrien. Schließlich zog ich mich an. Meine Hände zitterten von der Anspannung. Wir gaben uns einen Abschiedskuß, und ich war, als ich ihr Haus verließ, heftig bemüht, es nicht so aussehen zu lassen, als befände ich mich auf der Flucht. Dabei wäre ich am liebsten gerannt, so erleichtert war ich, dieses Haus hinter mir lassen zu können. Ich hörte mehrere Nachbarn laut auf spanisch streiten. Ein Hund mit einer Schiene am Bein, der die Straße überquerte, bellte laut, als ich meine Wagentür öffnete. Auf der Rückfahrt zu meiner Wohnung hätte ich fast einen Unfall verursacht. So eilig hatte ich es, nach Hause zu kommen, daß ich eine rote Verkehrsampel überfuhr, ohne sie überhaupt gesehen zu haben, und einem anderen Wagen gerade noch ausweichen konnte.

27

Ein Zeitgenosse Bachs schilderte einmal, wie er an einer großen Gesellschaft teilgenommen hatte, auf der der Gastgeber, ein Amateurmusiker, die Gäste mit seinem Spinettspiel unterhielt. Bach, der sich verspätet hatte, betrat das Zimmer während einer der Improvisationen des Gastgebers. Als der Amateur den großen Meister bemerkte, sprang er mit einem letzten disharmonischen Akkord auf. Bach fand das so unerträglich, daß er an seinem Gastgeber vorbei zum Spinett lief, um den Akkord aufzulösen. Erst dann kehrte er zum Gastgeber zurück und begrüßte ihn mit einer Verbeugung.

Bach war so vernünftig, sich auf das Auflösen musikalischer Dissonanzen durch seine Kunst zu beschränken, ich jedoch, der ich törichterweise glaubte, die emotionale Disharmonie, die in Maria Teresas Schlafzimmer eingesetzt hatte, in Harmonie verwandeln zu können, lief, als ich nach Hause kam, geradewegs in mein Musikzimmer, um Cello zu spielen. Als ich das Instrument stimmte und mit ein paar Tonleitern und Arpeggien begann, empfand ich plötzlich einen ungewohnten Anflug von Angst und mußte nach wenigen Minuten schon wieder aufhören. Diesmal war es jedoch nicht die Intonation gewesen, die mich störte – an jenem Abend erschien es mir einfach absolut trivial und falsch, Cello zu spielen. Ich ging in die Küche und machte Kaffee, ich las die Zeitung, ich stellte das Radio an – ich hätte alles getan, um meine Gedanken vor den entsetzlichen, schmerzlichen Bildern zu bewahren, die immer wieder in meinem Kopf abliefen und die alle dasselbe verkündeten: daß ich mein Leben lang allein bleiben werde.

Nach einer schlaflosen Nacht kehrte ich ins Musikzimmer zurück und scheute diesmal schon beim Anblick des Cellos zurück. Unvermittelt spürte ich heißen Zorn und wußte, daß ich

die Wohnung verlassen mußte. Nicht einmal hören wollte ich Musik.
Panik überfiel mich. So etwas hatte ich noch niemals empfunden, nicht einmal nach meinen schlimmsten Erlebnissen auf der Bühne. Selbst damals hatte ich immer noch spielen wollen, ja, am Tag nach jenem letzten Konzert in Chicago kehrte ich sofort ins Musikzimmer zurück, weil ich glaubte, daß meine einzige Hoffnung im Üben liege. Was immer mein Problem sein mochte, ob es neurologischer oder psychologischer Natur war, ich gelobte, es mit noch intensiverem Üben zu kompensieren. Ich würde bis zu einem Punkt gelangen, da ich, ohne Rücksicht darauf, ob ich die Musik richtig hörte oder nicht, wieder gut zu spielen vermochte.
Wenn man ihn fragte, wie er in der Kunst der Musik so vollkommen geworden sei, pflegte Bach zu antworten: »Ich habe sehr schwer arbeiten müssen; jeder, der so schwer arbeitet, wird es genauso weit bringen.« Von Kempen war gleichfalls der Meinung, daß Musik ebensosehr Handwerk wie Kunst sei, und ermahnte mich oft, mich von meinem Talent nicht zu der Auffassung verführen zu lassen, daß ich die rigorosen, langweiligen technischen Übungen aus meinem täglichen Übungsplan streichen könnte. Vor allem zitierte er gern die Passage aus Bachs Biographie, in der Forkel jenen, die in die Fußstapfen des großen Komponisten zu treten wünschten, den guten Rat gibt: »Das größte Genie mit der unbezwingbarsten Liebe zu einer Kunst ist im Grunde niemals mehr als eine Veranlagung, ein fruchtbarer Boden, auf dem eine Kunst nur ordentlich gedeihen kann, wenn sie mit unermüdlichen Schmerzen gepflegt wird ... Bachs glühendes Genie wurde von einem ebenso glühenden Fleiß begleitet, der ihn unaufhörlich dazu antrieb, Hilfe bei den Vorbildern jener Zeit zu suchen, wenn er durch eigene Kraft nicht zum Erfolg gelangte.« Das Vorbild meiner Zeit war von Kempen, der noch in seinem neunzigsten Lebensjahr, und ob-

wohl er absolut sicher war, niemals wieder aufzutreten, tagtäglich übte.

Das erklärt einen Teil meiner Hartnäckigkeit, aber nicht alles. Daß ich so viele Jahre, nachdem sich meine Karriere totgelaufen hatte, weiterübte, war nicht nur eine Frage der Disziplin und der Willenskraft, sondern es gab für mich auch einfach keine Alternative. Ich hatte von Kindesbeinen an das Etikett »außergewöhnlicher Künstler« getragen, hatte eine musikalische Technik entwickelt, die es mir gestattete, mich auf Weltklasseniveau musikalisch auszudrücken, zu kommunizieren, und diese Möglichkeit wirkte nicht nur euphorisierend, sondern sie diente auch zur Selbstdefinierung: Jener Zustand der musikalischen Emotion war das »Ich«, an das buchstäblich jeder dachte, mit dem ich Kontakt hatte, wovon und mit dem ein jeder sprach. Auf eine andere Art zu kommunizieren oder eine Identität über mein musikalisches Ich hinaus zu erwerben, fehlte mir die Erfahrung. Als ich meine Fähigkeit, zu musizieren, verlor, wurde ihre Wiedererlangung zu einer Frage von Leben und Tod. Denn was war mein Leben schließlich ohne Musik?

Fast während meines gesamten Erwachsenenlebens hatte ich tagtäglich über die eine Frage nachgedacht: Was bin ich, wenn ich kein Musiker bin? Nun, nach meinem Erlebnis mit Maria Teresa, begann ich diese Frage in die Zeit rückwärts zu projizieren: Wenn meine musikalische Stimme, meine Identität, die so klar, so unerschütterlich und rein gewesen war, wirklich von Anfang an mein gewesen war, wie konnte dann die Stimme, die von meinem persönlichen Leben reflektiert wurde, im Vergleich dazu so schwach und unartikuliert sein? Ließ nicht die Tatsache, daß ich mich als unfähig erwiesen hatte, mich selbst an diesem fundamentalsten aller menschlichen Dialoge zu beteiligen, darauf schließen, daß ich selbst und mit mir alle anderen zu der irrigen Auffassung verführt worden waren, ich sei ein echter Künstler statt nur ein frühreifer Imitator? Wieviel von meiner musikalischen Stimme, meiner musikalischen Identität reflektierte tatsächlich mich selbst, und wieviel davon waren die Stimmen des Komponisten und meines Lehrers, übertragen durch eine bemerkenswerte kindliche Gabe für Mimikry? Während ich mir diese schlimmen Fragen stellte, hinterließ Mrs. Kim mit verschwörerischer Stimme eine Nachricht auf meinem Anrufbeantworter und teilte mir mit, Mr. Kim habe sich entschlossen, mir zu erlauben, Kyung-hee in die Symphonie mitzunehmen, und sie hoffe, es sei noch nicht zu spät. In ihrem mühsam gebrochenen Englisch erklärte sie mir: »Kyung-hee, er so traurig«, als er anfänglich gehört habe, daß er nicht mitgehen dürfe, daß sein Vater es sich anscheinend anders überlegt hatte. Ihrer gedämpften Stimme entnahm ich, daß es einen unangenehmen Familiendisput gegeben hatte. Warum? fragte ich mich. Wenn dieser Mann so versessen darauf war, daß sein Sohn Geld verdiente, warum wollte er dem Jungen dann nicht jede nur erdenkliche Chance verschaffen, sich zum Starmusiker zu entwickeln? Aber ich war nicht in der Stimmung, lange darüber nachzudenken, so sehr widerten mich die Kims und ihre grotesken Wertvorstellungen an. Ich beschloß, mir nicht mal die Mühe zu machen, ihren Anruf zu erwidern, und stürmte zur Wohnung hinaus, um ein wenig spazierenzugehen. Drei Straßen weiter dämmerte mir jedoch, daß Kyung-hee nach allem, was ich über die Familie wußte, wirklich sehr stark aus der Fassung geraten sein mußte, wenn der Vater seine Meinung änderte. Er wollte dieses Konzert anscheinend tatsächlich unbedingt besuchen. Sofort stellte ich mir vor, wie er in seinem kleinen Sportjackett zu Hause saß und auf mich wartete, ohne daß mein Wagen je in die Einfahrt bog. Voller Gewissensbisse und verärgert über mich selbst eilte ich nach Hause zurück, rief Mrs. Kim an und sagte ihr, daß ich den Jungen um halb fünf abholen werde.

Die Kims wohnten in einer öden, flachen Gegend von Long Beach, inmitten von tristen Einkaufsmärkten und schäbigen, einstöckigen Bürogebäuden. Fast alle Ladenschilder waren mit orientalischen Lettern beschriftet, und alle Leute, die ich sah, auch die Insassen der Autos, waren Asiaten. Es handelte sich um ein kleines Haus mit weitgehend verrotteten Dachrinnen, einem rostigen Lieferwagen mit einem halbplatten Reifen vor der Tür und einem zerfledderten Maschendrahtzaun, der das Grundstück eingrenzte. Jeder Quadratzentimeter Boden des winzigen Vorgartens war bepflanzt, doch nirgends sah man blühende Blumen, nur Bohnen, die sich an Stangen emporrankten, Auberginen, Erbsen, Karotten, Rosmarin, Petersilie, Brunnenkresse und mehrere andere Kräuter, die mir unbekannt waren. Die übrigen Häuser an der Straße hatten, wie ich bemerkte, entweder Nutzgärten wie die Kims vor dem Haus, oder sie ließen den Garten einfach verkommen.

Als ich an die Tür klopfte, wurde mir von Mrs. Kim geöffnet. Sie führte mich hinein und rief nach Kyung-hee. Während des Wartens sah ich mich im Wohnzimmer um und entdeckte, daß es blitzsauber geputzt war. Die Möbel waren zwar von dieser gräßlichen Sorte, wie Sears sie in seinen Ausstellungsräumen vorführt, wirkten aber alle nagelneu oder wenigstens gewissenhaft gepflegt. Mittelpunkt des Zimmers war das Sofa, mit Pannesamt bezogen und mit kunstvoll gehäkelten Schonerdeckchen auf den Armlehnen; das Ganze war mit Plastik abgedeckt und wirkte, als hätte noch nie jemand darauf gesessen. Darüber hingen zwei gerahmte Seidenstickereien mit jeweils einem Pärchen Mandarinenten, die unter den Zweigen einer Trauerweide dahinschwammen. Auf dem dunklen, schweren Kaffeetisch vor dem Sofa stand eine hoch mit Orangen gefüllte Schale. Im ganzen Haus duftete es nach einer Mischung aus Räucherwerk, Knoblauch, Tausendgüldenkraut und verbranntem Speiseöl.

An einem kleinen Resopaltisch in der Küche sah ich Kyung-hees Schwester hinter einem Zeitschriftenstapel über ihren Büchern sitzen. »Hausaufgaben«, verkündete Mrs. Kim voll Stolz, als sie bemerkte, wohin ich blickte. Die Tochter hob keinen Moment den Kopf. Die Küchenwände waren praktisch tapeziert mit langen Kalendern in Rollenform, die anscheinend für asiatische Firmen Reklame machten. Die paar englischen Wörter, die ich auf ihnen entdecken konnte, lauteten etwa »Great Ocean Auto Repair« oder »Bul-Koki Barbecque Sauce«, und auf jedem Kalender prangte eine junge Asiatin, die so tat, als wolle sie Schmetterlinge fangen.

Am schlimmsten war nach meiner Ansicht jedoch der Lärm. Im Wohnzimmer lief, obwohl niemand zusah, geräuschvoll der Fernseher, und in der Küche war ein weiterer kleiner Apparat – der zweite, von dem Kyung-hee mir so stolz erzählt hatte – auf einen anderen Kanal gestellt. Kyung-hees Schwester schien sich von den beiden Lärmquellen nicht bei der Arbeit stören zu lassen. Der Gedanke, daß Kyung-hee ständig diesem Krach ausgesetzt war, verursachte mir Übelkeit. Mrs. Kim rief abermals nach Kyung-hee, der schließlich – genau, wie ich's mir vorgestellt hatte – in seinem Sportjackett ins Zimmer kam.

Die Mutter schickte ihn in die Küche; als er wiederkam, stellte er einen großen, mit einem Keramikdeckel versehenen Becher voll Tee vor mir auf den Kaffeetisch.

»Sie hinsetzen, erst trinken Tee«, befahl Mrs. Kim mit einem Lächeln, das sie nur selten zeigte, und deutete auf das Sofa. Ich gehorchte und trank meinen Tee. Kyung-hee setzte sich am anderen Ende des Zimmers in einen Sessel, der so groß war, daß seine Beine baumelten, während Mrs. Kim in der Küche verschwand, um mit einem Tablett voll aufgeschnittener Kuchenstücke zurückzukommen. »Mr. Kim bedauert, er nicht hier, Sie zu sehen«, erklärte sie und hielt sich beim Sprechen die Hand vor den Mund, anscheinend eine Geste des Bedauerns. »Er so viel arbeiten.«

Nachdem ich ein Stück Kuchen gegessen hatte, bedankte ich mich bei ihr und erklärte, daß ich nun wirklich mit Kyung-hee abfahren müsse, damit wir nicht in den Berufsverkehr gerieten und genügend Zeit für ein Abendessen hatten. Mrs. Kims einzige Reaktion darauf war, daß sie mir aus einer dicken Teekanne, die in einer mit rotem Samt ausgeschlagenen Kiste warmgehalten wurde, noch einmal den Becher füllte, um abermals in der Küche zu verschwinden. Diesmal kam sie mit einer runden Platte zurück, auf der kunstvoll verschiedene Obstscheiben arrangiert waren.

Sie sagte etwas zu Kyung-hee, und er übersetzte es für mich: »Meine Mom sagt, weil die Amerikaner die Schalen nicht mögen, hat sie das Obst für Sie geschält.« Ich bedankte mich für ihre Mühe, aber sie schüttelte nur den Kopf und sagte: »Nein, nein! Nichts!« Dann setzte sie sich neben Kyung-hee, faltete die Hände vor dem Bauch und sah mir zu. Ich aß so viel, wie ich nur konnte, und lobte vor allem ihre Birnenscheiben, die außergewöhnlich frisch waren, bedauerte meine Worte aber sofort, als sie voll Eifer aufsprang, in der Küche verschwand und mit einer Plastiktüte voll Birnen zurückkam. »Sie nehmen nach Hause«, drängte sie. Ich wollte ihr erklären, daß ich so viele Birnen unmöglich allein essen könnte, aber sie schüttelte nur wieder den Kopf und winkte mit der Hand ab, als müsse sie ein Feuer anfachen.

Als ich den zweiten Becher Tee getrunken hatte, erhob ich mich, um anzudeuten, daß wir jetzt wirklich gehen müßten. Mrs. Kim wirkte beinahe verstört, sprang sofort auf und streckte mir die Teekanne entgegen, als wolle sie mir beweisen, daß noch etwas Tee da sei; doch als ich ihr versicherte, ich hätte wirklich genug getrunken, stellte sie die Teekanne in ihr Samtbett zurück, erteilte Kyung-hee ein paar letzte Anweisungen auf koreanisch

und ließ uns endlich gehen. Als wir ins Auto stiegen, sah ich, daß sie es irgendwie geschafft hatte, Kyung-hee eine zweite Tüte mit Birnen für mich aufzudrängen.
Auf der Fahrt nach Los Angeles fragte ich Kyung-hee, wie es ihm in der Schule gefalle.
»Ist schon okay.«
»Und was sind deine Lieblingsfächer?«
»Ach, die sind eigentlich alle okay. Ich mag Mathe.«
»Hast du nette Freunde in der Schule gefunden?«
»Ich glaub' schon.«
So und ähnlich lauteten alle Antworten; und niemals begann er von sich aus ein Gespräch. Das verlieh mir das Gefühl, versagt zu haben; ich wollte, daß er sich amüsierte, sich freute, während unseres Ausflugs auflebte, ein bißchen fröhlicher wurde, aber das schien mir einfach nicht gelingen zu wollen. Als wir Los Angeles erreichten, wünschte ich mir schon fast, ich wäre zu Hause in meinem Zimmer bei einem Drink – der Preis, den ich für die Konzertkarten gezahlt hatte, schien immer weniger wichtig zu werden. Doch als das Gespräch aufs Essen kam, wurde Kyung-hee plötzlich mitteilsamer. Als ich ihn fragte, was er besonders gern äße, drehte er den Kopf und sah mich einen winzigen Sekundenbruchteil an; dann richtete er den Blick wieder auf seinen Schoß.
»Ich mag ...« begann er; alles Weitere ging in einem immer leiser werdenden Gemurmel unter.
»Tut mir leid, ich habe dich nicht verstanden. Was magst du?«
»Ich mag Wendy's«, wiederholte er mit verlegenem Grinsen.
»Du meinst diesen Schnellimbiß? Wir haben noch viel Zeit; wir brauchen uns mit dem Dinner nicht zu beeilen.«
»Okay.«
»Ißt du gern in einem Restaurant, Kyung-hee?«
»O ja! Aber wir müssen jeden Tag zu Hause essen. Meine Freunde in der Schule gehen dauernd zum Essen aus.«

»Ich wette, deine Mutter ist eine gute Köchin.«
Er nickte, sagte dann aber: »Manchmal mag ich amerikanisches Essen.«
»Möchtest du dann vielleicht mal eine andere Art westliches Essen ausprobieren? Wie wär's mit französisch – hast du so was schon mal gegessen?«
»Nein«, antwortete er, schien aber nicht interessiert zu sein.
»Aus Frankreich waren Debussy, Rameau und Ravel, und viele Leute finden, daß die französische Küche die beste von der ganzen Welt ist. Möchtest du sie probieren?«
»Okay.«
Tatsächlich hatte ich uns schon einen Tisch in einem ruhigen Restaurant in der Nähe des Konzertsaals bestellt; ich wollte alle Details des ersten Abends in der Symphonie unvergeßlich für ihn gestalten. Doch als wir Platz nahmen und er die Speisekarte studierte, schien er von den vielen fremden Gerichten alles andere als beeindruckt zu sein, sondern wirkte zutiefst beunruhigt. Als ich ihn fragte, was denn los sei, zog er einen zerknitterten Zehndollarschein aus der Jackentasche und sagte, urplötzlich mit den Tränen kämpfend: »Meine Mom hat mir nicht genug mitgegeben.«
Ich sagte ihm, er solle das Geld einstecken, ich hätte ihn eingeladen, und er könne essen, was er wolle. Als er sich aber noch immer nicht zu trauen schien, etwas zu bestellen, nahm ich ihm die Speisekarte aus der Hand und erkundigte mich, was ihm am liebsten sei, Huhn, Rindfleisch oder Fisch. Als er sich für Huhn entschied, bestellte ich ihm einen Coq au vin und als Vorspeise einen Krabbencocktail. Ich selbst wählte eine Zwiebelsuppe und den frischen Lachs in *beurre blanc.*
Während wir aufs Essen warteten, fiel mir auf, daß Kyung-hee mit verstohlenen Blicken immer wieder etwas beobachtete, das hinter mir vorging. Als ich ihn fragte, was denn da so interessant sei, antwortete er flüsternd: »Da ist ein Mann, der geht so ko-

misch.« Ich drehte mich um und sah den Oberkellner, der gerade zwei Frauen an ihren Tisch führte, vermochte an seinem Gang jedoch nichts Ungewöhnliches zu bemerken. Und doch konnte Kyung-hee den Blick nicht von ihm abwenden.
»Was ist denn so komisch an seinem Gang?« erkundigte ich mich leise.
»Sehen Sie doch!« Mehr sagte er nicht. Abermals wandte ich mich um, fand seinen Gang aber durchaus normal.
»Es ist nicht nur sein Gang!« erklärte Kyung-hee. »Es ist alles so langsam!« Erst jetzt bemerkte ich, daß er von den betont gemessenen Bewegungen des Mannes sprach, Bewegungen, wie man sie von Oberkellnern und Kellern guter Restaurants erwartet. Anscheinend hatte er noch nie einen Menschen gesehen, der stolz darauf war, sich graziös zu bewegen, um dadurch eine gedämpfte Atmosphäre zu schaffen.
Ich erklärte ihm, daß sich die Leute, die in einem sehr guten Restaurant arbeiten, große Mühe gäben, alles, was mit einem Essen dort zu tun habe, möglichst entspannend und schön zu gestalten, und daß deswegen zum Beispiel auch unsere Bestecke und Gläser so sorgfältig vor uns aufgebaut seien. In diesem Moment wurde die Vorspeise serviert. Seine Riesenkrabben waren auf dem Teller in einem kreisförmigen Muster arrangiert.
»Siehst du?« Ich deutete auf die Krabben. »Der Koch hat sich die Mühe gemacht, sie alle genau auf den richtigen Platz zu legen. Ist das nicht hübsch?«
Sein offener Mund zeigte, daß er gebührend beeindruckt war. Als er jedoch keinerlei Anstalten machte, die Krabben zu essen, fürchtete ich, mit meiner Erklärung möglicherweise übertrieben und ihn so eingeschüchtert zu haben, daß er glaubte, es sei eine Schande, das Arrangement zu zerstören, indem man etwas davon aß. Als ich ihn aufforderte, nicht so höflich zu sein, sondern zu essen, sah er mich hochrot vor Verlegenheit an und fragte: »Wie?«

Ich zeigte ihm, daß man die kleine Gabel benutzte, um die Krabben in die Cocktailsauce zu tauchen.
»Wieso ist die Gabel so klein?« wollte er wissen.
»Weil es eine Vorspeisengabel ist ... Da eine Vorspeise der kleine Gang vor dem Hauptgang ist, muß die Gabel ebenfalls klein sein.«
Ich selbst hielt das für eine geschickte Antwort, er aber wandte ein, die Riesenkrabben auf seinem Teller seien die größten, die er jemals gesehen habe; ob die Gabel daher nicht sogar größer als normal sein müsse. Ich gab zu, daß das nicht unbedingt ein triftiger Grund dafür sei, daß die Gabel so klein sei, aber er solle sich davon nicht stören lassen. Er zuckte die Achseln und biß ein kleines Stückchen ab, das er, ohne zu kauen, im Mund behielt; ich fürchtete schon, er werde es ausspucken, beruhigte mich aber sofort, als er sich den Rest der Riesenkrabbe auf einmal in den Mund stopfte und die nächste schon aufspießte, bevor er alles geschluckt hatte. Genauso ging es mit dem Hauptgang: Er schlang, als werde er nie wieder Gelegenheit haben, etwas zu essen. Für einen Neunjährigen hatte er einen bemerkenswerten Appetit.
Der Höhepunkt der Mahlzeit kam jedoch, als der Oberkellner einen Servierwagen an unseren Tisch rollte und die Desserts des Abends vorstellte. Als Kyung-hee die vielen Kuchen- und Tortenstücke, die Puddings, Obsttörtchen und Becher mit Mousse au chocolat sah, fürchtete ich schon, er werde allein vom Hinsehen einen Insulinschock erleiden. Eingehend musterte er jedes Stück und wählte, wie ich es mir hätte denken können, dasjenige, das am größten wirkte, eine mit Schokoladentrüffeln verzierte Schokoladenschichttorte, die er dann so blitzschnell verputzt hatte, daß ich Angst hatte, er werde sich den Magen verderben, aber es schien ihm gut zu bekommen, denn er fragte mich, ob er sich noch ein Stück bestellen dürfe. Ich sagte ja, aber unter der Bedingung, daß der Kellner es verpacken lasse, damit

Kyung-hee es nach Hause mitnehmen und am folgenden Tag essen könne. Denn es wäre ein katastrophaler Rückschlag gewesen, fand ich, wenn ihm plötzlich mitten im Konzert schlecht würde und ich ihn vorzeitig nach Hause bringen müßte, wo er den Abend seines ersten Konzertbesuchs damit verbringen würde, sich im Badezimmer zu erbrechen.
Auf der kurzen Fahrt zum Konzertsaal beschrieb ich Kyung-hee das Programm und erklärte ihm, er brauche sich diesmal keine Bilder vorzustellen, er solle nur zuhören und die Musik genießen. Im ersten Teil sollte es Luciano Berios *Sinfonia* geben, ein modernes Stück, das ich selbst noch nie zuvor gehört hatte, im zweiten Teil dann *Also sprach Zarathustra* von Richard Strauss. Als wir unsere Plätze im Saal einnahmen, sah Kyung-hee sich mit unverhohlenem Staunen um. Die Kleidung der Besucher, vor allem der Damen, schien ihn ebenso zu beeindrucken wie die außergewöhnlich hohe Decke, die Kronleuchter im Foyer und der blank polierte Holzboden der Bühne.
Das erste Stück war, wie der größte Teil der Kompositionen klassischer Tradition aus der Zeit seit dem Ersten Weltkrieg, enttäuschend. Das Orchester und die Sänger bemühten sich tapfer, der Musik gerecht zu werden, aber man kann sich abrackern, wie man will, es wird nicht gelingen, enttäuschende Musik inspirierend aufzuführen. Anklänge an Mahler, Debussy, Strauss, Schönberg, Strawinsky und Berg ergänzten sich in einer, wie es im Programm beschrieben wurde, »faszinierenden Collage« mit musikalischen Bildern von Martin Luther King und den Pariser Studentenprotesten. Durch mein privates Debakel vom Abend zuvor war ich besonders ungeduldig und konnte das Ende kaum erwarten. Außerdem war ich gespannt auf Kyung-hees erste Eindrücke von einem Symphoniekonzert. Aus den Augenwinkeln sah ich, daß er während der Darbietung mit vor Konzentration verkrampftem Gesicht vollkommen still dagesessen hatte. Als dann der Beifall kam, wandte er sich zu mir um

und sagte aufgeregt: »In dem Orchester spielen dreiundsiebzig Musiker!«

»Ja – ein großer Klangkörper, nicht wahr? Und wie hat dir die Musik gefallen?«

»Gut!« Eine positive Antwort, gewiß, aber ich hatte mir etwas Präziseres erhofft.

Als wir in der Pause in die Halle hinausschlenderten, zupfte er mich mehrmals am Ärmel, um mich auf Dinge aufmerksam zu machen, die ihm interessant erschienen. »Sehen Sie doch, Mr. Sundheimer, da – das Kleid dieser Dame!« sagte er und begaffte staunend eine Dame in Goldlamé. »Das kostet bestimmt eine Million Dollar!«

»Nein, nein, soviel bestimmt nicht. Vermutlich höchstens eintausend.«

»Eintausend Dollar? Mann!«

An der Bar bestellte ich ein Coke für ihn und ein Glas Whiskey für mich selbst. Ein älterer Herr, der neben uns stand, fragte seine Begleiterin: »Wie ist dein Drink?« – »Ein bißchen sehr trocken«, gab sie zurück. Ich fragte Kyung-hee: »Und wie ist dein Drink?« Er schien diese Chance, sich wie ein Erwachsener zu unterhalten, zu begrüßen und antwortete: »Gut« – genau wie er meine Frage nach dem Berio-Stück beantwortet hatte. Und da die *Sinfonia* die Ereignisse der sechziger Jahre darstellen soll, entschied ich, daß der Vergleich mit einem beliebten Softdrink vermutlich angemessen sei.

Die Hauptattraktion des Abends war Strauss' symphonische Dichtung *Also sprach Zarathustra.* Sie war als musikalische Ergänzung zu Friedrich Nietzsches Buch *Also sprach Zarathustra: Ein Buch für Alle und Keinen* gedacht gewesen, obwohl Strauss später über seine Komposition sagte: »Ich wollte weder eine philosophische Musik komponieren, noch Nietzsches großes Werk musikalisch porträtieren. Mit der Musik wollte ich eine Vorstellung von der Entwicklung der menschlichen Rasse von ihren Ursprüngen bis heute darstellen, die verschiedenen Entwicklungsphasen in der Religion wie in der Wissenschaft, bis hin zu Nietzsches Idee des Übermenschen.«

Bei der dramatischen Einleitung mit ihrem dunklen Orgelton im Orchester und dem ausgeprägten Trompetenstoß – heutzutage weithin bekannt als Thema des Films *2001 – Odyssee im Weltraum* – richtete sich Kyung-hee kerzengerade in seinem Sitz auf. Das weckte wirklich seine Aufmerksamkeit!

Der erste Abschnitt beschreibt Menschen, die, wie Zarathustra es selbst einst getan hatte, ihren Trost in der Religion suchen. Im zweiten Abschnitt verwendet Strauss die Celli und Fagotts, um mit einem zu Herzen gehenden, ansteigenden Thema die »große Sehnsucht« darzustellen. Der folgende Abschnitt, betitelt »Von den Freuden- und Leidenschaften«, bezieht sich dann auf eine Passage in Nietzsches Buch, in der Zarathustra darüber nachdenkt, daß er seine dunklen Leidenschaften dank strengster Selbstdisziplin und weiser Führung in Quellen der Tugend zu verwandeln vermocht hat.

Dann folgt ein Abschnitt mit der Überschrift »Das Grablied«, eine von der Oboe getragene Meditation über den Tod. »Von den Wissenschaften«, der nächste Abschnitt, schildert die Schwierigkeiten des modernen Lebens, und »Der Genesende« erinnert an die verhaltene Freude geistigen Erwachens. »Das Tanzlied« spiegelt Zarathustras Glück, als er Cupido und die Waldnymphen zusammen tanzen sieht. Seine Freude erlischt im letzten Abschnitt, dem »Nachtwandlerlied«, in dem wir zwölf schwere Schläge einer uralten Glocke hören, begleitet von Oktaven der Streicher, die allmählich schwächer werden.

Als der letzte Ton verklang und das Publikum in Beifall ausbrach, starrte Kyung-hee mich mit einem Ausdruck absoluter Verständnislosigkeit an. Sein Gesicht war schweißüberströmt.

»Es ist nicht fertig!« rief er mir durch den allgemeinen Lärm zu.

»Wie meinst du das? Das war das Ende, Kyung-hee.«

»Nein! War es nicht ... es war noch nicht das Ende! Er hat es nicht richtig zu Ende gebracht!«
Mit wachsender Erregung wurde mir klar, daß er von der Tatsache redete, daß Strauss das Werk in zwei verschiedenen Tonarten beendet hatte, ein Kniff, der auch schon die ersten Zuhörer verwirrt hatte, als sie es vor nahezu einhundert Jahren hörten. Die hohen Holzbläser und Streicher spielen in H, während die Bässe in C bleiben. Strauss selbst hat diesen Schluß niemals erklärt, was die meisten Menschen zu der Annahme führte, dieser fehlende harmonische Schluß stelle Zarathustras Erkenntnis dar, daß das Leben trotz all seines Wissens ein Geheimnis bleibt. Das versuchte ich Kyung-hee zu erklären, aber leider ohne Erfolg.
»Er hätte es schließen müssen«, sagte er immer wieder mit vor Erregung zitternden Händen. »Es war gut, bis fast zum Ende, es war so gut ...« Er sah aus, als hätte man ihn betrogen.
Ich hatte gehofft, sein erster Abend in der Symphonie werde zu einem vorbehaltlos glücklichen Ereignis werden, aber dennoch war es kein Mißerfolg. Im Gegenteil: Je länger ich darüber nachdachte, desto größer wurde meine Freude über seine Reaktion. Sie bewies mir, daß er auf die Musik als emotionale Erfahrung zutiefst reagierte, und daß er von dieser Erfahrung mehr erwartete als nur Zerstreuung. Er demonstrierte damit außerdem eine angeborene Affinität zur klassischen Harmonik, wie sie am vollkommensten von Bach und Mozart repräsentiert wird, und die verlangt, daß ein Stück nach den Regeln des Kontrapunktes harmonisch zu enden hat. Bach zum Beispiel hätte *Also sprach Zarathustra* lediglich in einer Tonart beendet (oder geschlossen, wie Kyung-hee es ausdrückte), und das hätte er in der Tonart der Tonika tun müssen, in diesem Fall C, weil damit das Stück begonnen hatte. Da ich Kyung-hees Neigung zum streng harmonischen Schema teilte, freute ich mich über seine Verärgerung und mußte mich zusammennehmen, um nicht

laut zu sagen, wenn Strauss mit Kyung-hees natürlichem Talent begnadet gewesen wäre, hätte er bessere Musik komponiert.

Trotz dieses erfolgreichen Abends trank ich schließlich den ganzen Sonntag über. Der Gedanke an mein nicht vorhandenes Gesellschaftsleben machte mich so wütend, daß ich mir einredete, meine gesamte Kindheit und Jugend vergeudet zu haben, nur weil ich die Musik für wichtiger hielt als alles andere. Und wohin hat mich das geführt, fragte ich mich. Schon mit achtzehn war ich ein Versager gewesen und hatte die folgenden sechzehn Jahre damit verbracht, immer weniger darüber zu wissen, wie man jene Art von Kontakten pflegte, für die wir Menschen geschaffen sind. Nicht einmal zum Sex war ich fähig, zum Sex mit einer wunderschönen Frau, die sich unendlich nach Zuneigung sehnte.

28

Am Montag morgen hatte ich einen Kater und traf als letzter der Geschworenen im Gerichtssaal ein. Maria Teresa merkte sofort, daß ich nicht sonderlich gut aussah. Sie erkundigte sich, was mir denn fehle, und ich antwortete, ich müsse mir ein Virus geholt haben und hätte das ganze Wochenende daran herumlaboriert.
Sie wirkte erleichtert: »Großer Gott«, sagte sie, »ich fürchtete schon, es wäre meinetwegen.«
»Nein, nein ... Mir dir hat das nichts zu tun. Wieso denn auch?«
Sie lächelte und gab zurück: »Hoffentlich nicht.« Ich wünschte, sie hätte sich nicht so nett verhalten; wenn sie sich über mich lustig gemacht oder geärgert hätte, wäre es leichter gewesen,

denn dann hätte ich wenigstens ungehalten oder gekränkt sein können, oder ... irgend etwas, bloß nicht dieses Gefühl des Versagens. An jenem Vormittag vermochte ich sie kaum anzusehen.

Der Tag kroch unerträglich langsam dahin. Nachdem alle Zeugenaussagen und Beweisvorbringungen überstanden waren, mußten wir uns nur noch die Schlußplädoyers anhören, bevor wir mit der Beratung begannen. Miss Doppelt kam zuerst an die Reihe.

Zunächst sagte sie, wir alle wüßten nun, daß Philip Weber an einer Geisteskrankheit leide – das sei eine unwiderlegte Tatsache. Die einzige Frage laute nur noch: Sollen wir einen geistig kranken Menschen ins Krankenhaus oder ins Gefängnis stecken? Hätte sie mich in diesem Moment nach meiner Meinung gefragt, ich hätte geantwortet: Das kümmert mich einen Dreck. Warum sollen wir so viel Zeit und Geld für einen einzigen spektakulären, aussichtslosen Fall aufwenden, während man von jenen unter uns, die ganz allmählich zu aussichtslosen Fällen werden, erwartet, daß sie sich aus unserem Blickfeld schleichen, ohne jemanden zu stören?

Obwohl ich mir wirklich Mühe gab, vermochte ich dem größten Teil der Ausführungen von Miss Doppelt nicht zu folgen. Der einzige Teil, den ich wirklich hörte, war der Schluß, als sie auf einmal die Stimme senkte und erklärte: »Ich habe einen bestimmten Grund für meine Überzeugung, daß Philip an jenem Tag nicht wußte, was er tat. Erinnern Sie sich an das *voir dire,* bei dem Mr. Graham jeden zurückwies, der einen Verwandten mit einer Geisteskrankheit besaß? Nun, dafür gibt es gute Gründe. Wenn nämlich irgend jemand in Ihrer Familie eine derartige Krankheit hat, wissen Sie genau, wie furchtbar das ist, und wie unschuldig die Menschen mit einer solchen Krankheit sind, wie schwer sie leiden. Ich würde mich nicht eignen, mit Ihnen auf der Geschworenenbank zu sitzen; Mr. Graham hätte

mich abgewiesen. Denn ich habe eine Schwester, die geisteskrank ist. Diese Krankheit hat ihr Leben zerstört, aber das ist nicht ihre Schuld. Ich mußte mit ansehen, wie es geschah, daher weiß ich, was so eine Krankheit dem Menschen antun kann.« Sie rieb sich mit der Handfläche die Stirn, dann ließ sie die Arme wieder hängen. »Philip Webers Zukunft, und möglicherweise die Zukunft anderer unschuldiger Menschen, mit denen er im Verlauf seines Lebens Kontakt haben wird, liegt nunmehr in Ihren Händen. Ich bitte Sie nur, stellen Sie sich, bevor Sie Ihre endgültige Entscheidung treffen und das Urteil über ihn fällen, diese eine Frage: Wenn Gerechtigkeit das Leben der guten Menschen in der Gesellschaft schützen soll, welches Urteil wird in diesem Fall am besten unser Leben schützen und verbessern: einen gefährlich kranken Menschen für eine Weile – und vermutlich eine kurze Weile – aus der Gesellschaft zu entfernen, indem man ihn für eine willkürlich festgesetzte Zeit in eine Zelle sperrt, oder einen gefährlich kranken Menschen aus der Gesellschaft zu entfernen, indem man ihn so lange in einer sicheren Anstalt verwahrt, bis er geheilt ist? Mir ist klar, daß diese Frage schwer zu beantworten ist. Aber ich hoffe, daß dieser Prozeß Sie dazu bringen wird, sie zu beantworten.
Vergessen Sie nicht, daß Philip selbst niemals behauptet hat, geisteskrank zu sein, sondern von einem qualifizierten Spezialisten für geisteskrank erklärt wurde, und daß ich seine Verteidigung auf diese Einschätzung sowie andere Beweismittel gestützt habe. Philip hat mich bei dieser Verteidigung nicht im geringsten unterstützt. Wie Sie erfahren haben, verweigerte er die Dienste eines privaten Verteidigers, weil er, wie er zu mir sagte, nicht wolle, ›daß mein Vater dafür bezahlen muß. Ich brauche keine Verteidigung, weil es hier niemanden zu verteidigen gibt!‹ Philip ist kein Mensch, der ein Verbrechen begangen hat und sich dann dachte: ›Ich weiß, wie ich da wieder rauskomme. Ich werde behaupten, daß ich geisteskrank bin!‹ An dem Tag, als ich

ihn kennenlernte, sah ich sofort, daß irgend etwas ganz und gar nicht mit ihm stimmte, deswegen bat ich einen Psychiater, ihn zu begutachten. Auf Grund dieses Gutachtens entschied ich mich dann, auf Unzurechnungsfähigkeit zu plädieren. Wenn Sie darüber verärgert sind, daß Sie bei einem Prozeß, bei dem die Verteidigung auf Unzurechnungsfähigkeit plädiert, in der Jury sitzen mußten, geben Sie mir die Schuld daran, nicht Philip. Er ist aufrichtig der Meinung, der Ausgang dieses Prozesses sei ganz und gar irrelevant. Aber er ist heute, genau wie am 4. Januar, ohne jeden Zweifel unzurechnungsfähig und nicht in der Lage, die Bedeutung seiner Tat zu begreifen oder den Unterschied zwischen Recht und Unrecht zu erkennen. Ihn in eine Strafanstalt zu stecken wäre genauso, als wolle man einen Fünfjährigen ins Gefängnis werfen – es würde Mr. Okakura nicht wieder ins Leben zurückrufen, es würde Mr. Okakuras Familie nicht helfen, und es wäre keine Bestrafung. Es wäre eine sinnlose Geste. Davon bin ich aufrichtig überzeugt.«

Maria Teresa schob mir einen Zettel zu, auf den sie »Wieder ins indische Restaurant?« gekritzelt hatte. Ich nickte und versuchte, erfreut dreinzublicken, aber mir war übel. Ich hörte nicht einmal Mr. Grahams Schlußplädoyer.

Der Lunch war eine Katastrophe. Maria Teresa versuchte mich aufzumuntern, aber das machte alles noch schlimmer. Ihre Aufmerksamkeit bewirkte nur, daß ich mir zu allen anderen negativen Empfindungen nun auch noch bemitleidenswert vorkam. Schließlich wurde sie zornig und fragte: »Du willst also nicht mehr mit mir sprechen – und nur, weil wir an jenem Abend keinen Sex gehabt haben? Ich hätte das nicht für so wichtig gehalten, aber wenn du jetzt tust, als sei das das Ende der Welt, *wird* es für mich wichtig, kapiert? Reg dich um Gottes willen ab!«

Ich konnte es ihr nicht übelnehmen, daß sie sich über mich ärgerte, vermochte aber nichts dagegen zu tun. Ich hatte das Gefühl, gefesselt, geknebelt und an einen Tisch gekettet zu sein, während mich jemand aufforderte, freundlich zu plaudern. Nicht einmal vollständige Sätze konnte ich formulieren. Schließlich war sie zu frustriert, um weitere Versuche zu machen, und wir trotteten in ohrenbetäubendem Schweigen in den Gerichtssaal zurück.

»Zunächst müssen wir einen neuen Sprecher wählen«, stellte Mrs. Friedman fest.
»Warum denn? Sie haben Ihre Sache doch gut gemacht, Ruth.«
»Aber ich möchte so was nicht zweimal machen. Ich schlage Mr. Anderson vor.«
Da sich sonst niemand meldete, übernahm Dwight Anderson, der schwarze Exmarinesoldat, die Diskussionsleitung. Er schlug vor, daß wir, wie beim erstenmal, mit einem geheimen Wahlgang beginnen sollten.
Ich schrieb »unentschieden«. Ich glaubte zwar, daß Weber nicht bei Verstand gewesen war, wollte aber nicht unbedingt dazu Stellung nehmen. Nachdem ich die Bemerkungen der anderen Geschworenen in den Korridoren und der Herrentoilette gehört hatte und jetzt ihre Gesichter beobachtete, wie sie hastig und mit dicken Blockbuchstaben »schuldig« auf ihre Zettel schrieben, befürchtete ich, die einzige abweichende Stimme abzugeben; und wenn das zutraf, wollte ich die Möglichkeit haben, meine Stimme unauffällig zu ändern, falls ich entschied, daß es sich nicht lohnte, darum zu kämpfen. »Elf schuldig, ein unentschieden.«
»Muß das Urteil einstimmig sein?« erkundigte sich Mathilda, die Frau, die immer so nervös war.
»Ja«, antwortete Dwight, »so hat es uns der Richter erklärt. Weil es sich um einen Mordprozeß handelt, muß das Urteil einstimmig sein.«
»O Gott«, stöhnte sie. In dem gespannten Schweigen, das ihrem

Seufzer folgte, wurde mir klar, daß alle, wie zuvor schon, vermuteten, die einzelne unentschiedene Stimme sei die ihre. Fast hätte ich über das Mißverständnis gelächelt, obwohl es wirklich nicht komisch war.

»Dann werden wir als nächstes über die Beweise sprechen«, erklärte Dwight. »Wir werden einer nach dem anderen sprechen und sämtliche Argumente beider Seiten auflisten. Dann werden wir abermals geheim abstimmen, um zu sehen, ob sich das Ergebnis verändert hat.«

»Warum sagen wir nicht einfach, wer wie gestimmt hat?« fragte Roy, der Betriebsleiter im Ruhestand. »Der- oder diejenige, die für ›nicht schuldig‹ gestimmt hat, wird doch ohnehin seine oder ihre Gründe darlegen müssen, nicht wahr?« Die ganze Art, wie er das sagte, vermittelte mir das Gefühl, daß er sich von Dwight einfach nichts sagen lassen wollte.

»Na ja«, antwortete Rose, die üppige Schwarze, »in diesen Geschworenenregeln heißt es, daß man es so machen soll. Also muß es doch einen Grund dafür geben.«

Dwight nickte. »Es ist noch zu früh, um jemanden zur Rede zu stellen«, sagte er. »Wir müssen uns Zeit lassen. Schließlich reden wir hier über Mord.«

Zu diesem Zeitpunkt waren alle noch zu höflich, um zu protestieren. »Dann wollen wir mal anfangen. Rose? Würden Sie als erste beginnen?«

»Womit denn eigentlich?« unterbrach ihn Mathilda. »Ich weiß gar nicht, um was es geht.«

Mehrere Personen stöhnten hörbar. Dwight erklärte ihr geduldig, daß wir zunächst die Beweise dafür rekapitulieren würden, daß Philip Weber geistig gesund sei, und anschließend die Beweise, die für seine Unzurechnungsfähigkeit sprächen.

Mathilda war schon wieder dabei, sich aufzuregen. »Ich glaube, ich bin hier die einzige Dumme, weil außer mir keiner eine Frage hat. Ich sollte wohl lieber einfach den Mund halten.«

»Sie sind nicht dumm«, widersprach Jesusita, die Schwesternhelferin, lächelnd. »Nur mit der Ruhe.«
Während der ganzen Zeit hatte Maria Teresa mich nicht angesehen. Sie schien jetzt nicht mehr nur gekränkt, sondern richtiggehend zornig zu sein, was mir zwar leid tat, wofür ich aber zugleich auch dankbar war.
»Äh … sollte nicht jemand Protokoll führen?« erkundigte sich Grace, die Witwe mit der leisen Stimme. »Das könnte uns die Sache auf längere Sicht erleichtern.«
»Gute Idee! Wer kann schnell schreiben?«
Keiner meldete sich freiwillig. »Nun kommt schon«, drängte Dwight. »Irgend jemand muß doch Notizen machen können – Rose?«
»He, Mister, das muß ich jeden Tag bei der Arbeit tun! Schlimm genug, daß ich in dieser Jury sitzen muß, aber dann möchte ich wenigstens mal Pause vom Diktatschreiben machen.«
»Ja, aber Sie können das besser als einer von uns«, widersprach Roy. Da ich fürchtete, die beiden würden anfangen zu streiten, meldete ich mich freiwillig. Ich dachte, es könne mir vielleicht dabei helfen, klarer und strukturierter zu denken, jedenfalls, was die Beweise betraf. Und es würde mir helfen, nicht daran zu denken, daß Maria Teresa mich so betont ignorierte. Inzwischen mußte unser Zerwürfnis allen aufgefallen sein, und das verstärkte mein Unbehagen noch.
Dwight reichte mir einen dicken, gelben Notizblock und einen Kugelschreiber.
»Wir sprechen hier von den Beweisen für Webers Zurechnungsfähigkeit«, sagte er dann. »Ich fange an, und dann können wir, wie letztes Mal, der Reihe nach ein Statement abgeben. Zunächst einmal haben wir das, was der zweite Psychiater gesagt hat. Daß der Junge krank, aber nicht verrückt ist. Dieser Psychiater war eindeutig der Meinung, daß der Junge wußte, was er tat.«

»Ja«, stimmte ihm Gary, der Gasableser, zu, »und dazu kommt, daß er mit diesem Stock so perfekt gezielt hat. So ein Verrückter würde, na ja, wild damit rumfuchteln, hin und her laufen, in Panik geraten ... vielleicht behaupten, er wäre Napoleon oder ...«

Roy nickte. »Jawohl. Und er war fähig, ein relativ normales Leben zu führen ... Eine Zeitlang hatte er einen Job, bezahlte Miete. Der Junge konnte gut genug denken, um seinen Vater zu überreden, ihn sechs Monate in seinem Haus rumhängen und Pot rauchen zu lassen. Vor dem Mord hat er sich wahrlich nicht sehr verrückt verhalten.«

Jesusita schien überzeugt zu sein, daß dafür der Rauschgiftkonsum verantwortlich war. »Selbst wenn er es an dem Mordtag nicht getan hat ... Ich kenne Leute, die Drogen nehmen und dann damit aufhören, aber ... in ihrem Kopf ist immer noch was nicht ganz richtig, verstehen Sie? Viele von ihnen ... na ja, waren ziemlich ruhige Leute, bevor sie ans Rauschgift gerieten, aber später konnten sie sich nicht mehr beherrschen.«

»Wissen Sie, was mir da noch durch den Kopf geht?« fragte Roy in die Runde. »Wenn dieser Bursche sich wirklich für Gott hält und sagt, es ist ihm egal, wohin er geht, dann könnte er doch ebensogut in den Knast gehen, stimmt's? Denn« – er klopfte mit seinem dicken Zeigefinger auf den Tisch – »wenn er schuldig ist und nur so tut, als ob er verrückt wäre, muß er den Preis dafür bezahlen, aber wenn er wirklich verrückt ist, wird er den verdammten Unterschied gar nicht merken und im Knast genauso glücklich sein! Also ist schuldig so oder so das sicherste Urteil.«

»Mag ja sein«, wandte Dwight mit einem Anflug von Geringschätzigkeit in der Stimme ein, »aber wir müssen nun mal die Frage beantworten, ob er geistig krank oder gesund war.«

»Was in dem Kopf von so 'nem Kerl vorgeht, wird kein Mensch je beweisen können«, fuhr Roy auf und sah sich Unterstützung heischend um. »Ich finde, wir sollten einfach tun, was wir für das beste halten, und für mich ist das beste, daß dieser Kerl ins Kittchen gesteckt wird.«

Dwight wartete nicht, bis jemand Roy beipflichtete. »Wenn wir nicht entscheiden können, ob er geistig gesund ist oder nicht«, erklärte er energisch, »müssen wir das dem Richter mitteilen. Dann müssen die das Ganze noch mal von vorn durchziehen. Aber selbst das wäre besser, als aus den falschen Gründen eine Entscheidung zu treffen.«

»Ich dachte, wir wollten jetzt noch nicht diskutieren«, warf Mrs. Friedman ein. »Wir müssen versuchen, bei der Sache zu bleiben, sonst werden wir nie zu Rande kommen. Wir sprechen jetzt ausschließlich über die Beweise.«

Als Maria Teresa an die Reihe kam, sagte sie: »Nachdem Weber den Mann getötet hatte, wurde er zu Boden geworfen und hat sich nicht darüber beschwert. Er wurde in Handschellen gelegt und geschlagen, leistete aber keinen Widerstand. Er wurde ins Gefängnis gebracht und hat mit seinem Anwalt und mit all diesen Ärzten gesprochen, und nun sitzt er seit vierzehn Tagen in einem Gerichtssaal, während die Leute darüber reden, wie verrückt er ist – das sind doch alles ziemlich stressige Situationen, nicht wahr? Aber er ist immer ruhig geblieben. Wenn man geisteskrank ist, verliert man doch angeblich die Beherrschung, stimmt's? Also auf mich wirkt er keineswegs unbeherrscht.«

Eine leise Stimme sagte: »Und dann ist da noch das Rätsel.« Das war Grace, deren verstorbener Ehemann im Jet Propulsion Lab gearbeitet hatte. »Das mit dem Töten des Buddha. Wenn in dem Rätsel vom Töten die Rede war und der Junge zugibt, daß das Töten des Lehrers seine Lösung für das Rätsel war, dann … dann wußte er doch, daß er tötete, oder? Mir scheint, daß dadurch das Argument, er hätte nicht gewußt, was er tat, entkräftet wird.«

»Fritz? Was meinen Sie?«

Der alte Pedell kratzte sich am Kopf. »Im Moment fällt mir nichts ein. Aber ich denke nach.«
Ich erwähnte die Tatsache, daß Weber vor seiner Tat fähig gewesen war, fast ein Jahr lang Tag für Tag stundenlang in absolutem Schweigen regungslos dazusitzen. Und daß ich den Eindruck hätte, ein Schizophrener würde so etwas kaum fertigbringen.
»Betty?« fragte Dwight.
»Es hat mich gestört, daß er überhaupt nicht ausgesagt hat. Wenn er unschuldig ist, warum hat ihn seine Anwältin dann nicht in den Zeugenstand gerufen? Das sieht doch so aus, als hätte die Verteidigung was zu verbergen.«
»Mathilda?«
Alle Blicke richteten sich auf die arme Mathilda. Sie rutschte unruhig herum; dann sagte sie mit gepreßter Stimme: »Das stimmt wohl alles, was gesagt wurde. Ich weiß bloß nicht, wie man sich das ganze Zeug merken soll.« Diesmal war ich dankbar für ihre Unsicherheit, denn damit wahrte sie vorerst noch meine Anonymität. Ich brauchte Zeit zum Nachdenken. Nach einem entnervend langsamen Prozeß ging die Entscheidungsfindung für meinen Geschmack viel zu schnell, und ich war noch nicht bereit, ein endgültiges Urteil zu fällen. Wir saßen erst seit wenigen Minuten im Geschworenenzimmer, und schon schien es, als wolle jeder außer mir für schuldig stimmen, um endlich nach Hause gehen zu können.
»Mir fällt da was ein«, sagte Fritz und lenkte damit die Aufmerksamkeit von Mathilda ab. »Er war ein intelligenter Junge, das haben alle bestätigt. Ich finde, er war zu … normal, um verrückt zu sein. Verrückte kann man leicht erkennen. Man sieht das einfach … ja, an der Art, wie sie gehen und reden. Die sehen niemals intelligent aus.«
Da sonst im Moment niemand etwas zu sagen hatte, zeigte ich Dwight meine Notizen. »Okay«, sagte er, »das ist fürs erste eine

gute Liste. Und jetzt wollen wir über die Beweise sprechen, die darauf schließen lassen, daß er unzurechnungsfähig war. Ich werde gleich mal anfangen. Ob wir nun meinen, er habe sich wirklich wie ein Verrückter verhalten oder nicht – Tatsache ist, daß er an Schizophrenie leidet. Darin sind sich beide Ärzte einig. Also sprechen wir hier nicht über einen Menschen, der aus heiterem Himmel behauptet: ›Ich bin plötzlich verrückt geworden.‹ Seine Krankheit wurde mit den Jahren schlimmer, obwohl es ihm gelang, nicht in Schwierigkeiten zu geraten. Wir dürfen nicht vergessen, daß er wirklich an dieser Krankheit leidet … Ein Mann mit dieser Krankheit lebte also in diesem Tempel, wo er eine strikte Disziplin befolgen mußte. Und während dieser Exerzitien bekamen sie alle sehr wenig Schlaf, durften nicht sprechen und mußten stundenlang stillsitzen. Wissen Sie noch, was der erste Arzt sagte? Irgend etwas darüber, daß so was selbst einen normalen Menschen in den Wahnsinn treiben kann?«

Diesmal waren die Pausen zwischen den Wortmeldungen wesentlich länger. Jesusita sprach als nächste: »Na ja, ich wollte sagen … der Japaner, der so nett war, der hat so getan, als wäre diese Religion richtig friedlich, aber ich weiß nicht … Der Lehrer, der da umgebracht wurde, war mir irgendwie unheimlich. Im Fernsehen hört man, wissen Sie, daß immer wieder einmal ein junger Bursche, der ganz normal zu sein scheint, zu so einer Religion geht und plötzlich ganz verrückte Sachen macht. Haben Sie schon mal von Santería gehört? Die sind verrückt … die töten Tiere und manchmal auch Menschen … Wenn dieser Philip also wirklich krank war – könnte doch sein, daß diese Religion ihn, na ja, eben umgehauen hat.«

Nach einer weiteren langen Pause versuchte ich beiläufig zu erwähnen, es erscheine doch wirklich seltsam, daß sich der Angeklagte dem Lehrer gegenüber so gewalttätig und anschließend dann so friedfertig verhalten habe. Wenn er sich wirklich unter Kontrolle gehabt und bewußt aus selbstsüchtigen Gründen getötet habe, hätte er sich doch in eine ziemliche Raserei hineinsteigern müssen, nicht wahr? Wäre es ihm dann nicht schwergefallen, so etwas plötzlich wieder abzustellen? Und danach nicht besorgt oder defensiv zu werden oder sich selbst zu widersprechen? Das scheine mir entweder eine geradezu übermenschlich genaue Planung und Selbstbeherrschung zu erfordern, die er in seinem Leben bis dahin noch nie an den Tag gelegt habe, oder einen Verstand, der unberechenbar und außer Kontrolle geraten sei. Als ich das sagte, wurde mir klar, daß ich direkt dem widersprach, was Maria Teresa wenige Minuten zuvor gesagt hatte. Sie warf mir kurz einen ausdruckslosen Blick zu.

Nach einer weiteren Pause wandte sich Rose an Mathilda und fragte sie betont aufmunternd: »Was ist mit Ihnen, Mathilda? Fällt Ihnen noch etwas ein, das dafür spricht, daß er nicht schuldig ist?«

Mathilda krauste die Stirn; dann sagte sie: »Wenn Sie mich jedesmal erst ganz zum Schluß fragen, wie kann es da noch irgend etwas geben, was ich sagen könnte? Ich ...«

»Sie sind nicht die letzte, die gefragt wird«, mischte sich Mrs. Friedman plötzlich ein. Sie verlor offenbar allmählich die Geduld mit der unglücklichen Mathilda. »Es gibt noch eine Menge Leute, die bisher noch nichts gesagt haben.«

»Na gut! Mir jedenfalls will nichts einfallen.«

Die anderen rutschten geräuschvoll auf ihren Stühlen herum; Mathilda schien sie wirklich zu verärgern. Alle vermuteten, daß sie der Abweichler war, aber nichts zu einer Erklärung ihrer Meinung beizutragen gedachte. Mrs. Friedman runzelte die Stirn und schnalzte mißbilligend mit der Zunge, enthielt sich aber jeglicher Bemerkung. Die Atmosphäre war gespannt, bis Grace mit ihrer ruhigen Stimme sagte: »Mir scheint, bevor er diesen Mann tötete, war der Junge kein böser Mensch. Er wirkte nicht wie ein Mörder. Er wollte Aufmerksamkeit, die er auf normalem Wege nicht zu erringen vermochte. Sein Familienleben war gestört, nachdem die Mutter so schwer krank war und sein Vater ... gar nicht zu bemerken schien, was in seiner Familie vorging. Wenn man das alles zusammen nimmt, gibt es einem schon zu denken.«

»Zu denken – was?« wollte Mathilda wissen.

»Ob alles wirklich die Schuld des Jungen war.«

»Mir gibt es keineswegs zu denken«, behauptete Roy. »Er ist einundzwanzig Jahre alt, er hat jahrelang nicht zu Hause gelebt, er hat einen Job und kann sich die Hosen selbst anziehen ... Man kann doch nicht seinem Alten die Schuld für das geben, was er getan hat.«

Als er merkte, daß keiner mehr etwas hinzufügen wollte, sagte Dwight: »Dann wollen wir noch einmal blind abstimmen.«

»Sie meinen, geheim?« erkundigte sich Mathilda, fast in Panik.

»Blind abstimmen, geheim abstimmen, ganz egal«, zischte Mrs. Friedman.

Diesmal schrieb ich »nicht schuldig« auf meinen Zettel. Warum, weiß ich nicht genau; ich hatte gar nicht vor, die anderen von meiner Ansicht zu überzeugen, aber je länger ich darüber nachdachte, desto sicherer war ich, daß Weber unzurechnungsfähig gewesen war. Wieder zählte Dwight die Zettel. Ohne Überraschung oder Verärgerung erkennen zu lassen, sagte er: »Diesmal ist es zehnmal schuldig und zweimal nicht schuldig.« Einige seufzten tief auf, und Roy stöhnte sogar. Ich war so dankbar für diese zweite Stimme, daß ich mich zusammennehmen mußte, um nicht zu fragen, wem ich sie zu verdanken hatte.

»Also, hat jemand was dagegen, wenn wir an dieser Stelle per Handzeichen abstimmen?« erkundigte sich Mrs. Friedman. Niemand meldete sich. Es hätte auch nicht viel genützt, da nur zwei Personen Grund gehabt hätten, Einwände zu erheben. »Also gut. Wer hat für schuldig gestimmt?«

Zehn Hände wurden gehoben. Ich spürte, wie mein Herz hämmerte, als ich meine Hand auf meinem Schoß liegen ließ. Maria Teresa warf mir einen flüchtigen Blick zu, als sie merkte, daß ich einer von den Gutgläubigen war, sah aber wieder fort, ohne eine Reaktion erkennen zu lassen. Ich beugte mich vor und sah nach links zu Mathilda hinüber, erkannte aber zu meiner Freude, daß sie die Hand höher gehoben hatte als alle anderen und sogar in der Luft schwenkte. Als ich nach rechts blickte, sah ich, daß Dwight, unser Sprecher, der andere Abweichler war. Der Sicherheitsmann aus der Rüstungsfabrik.

Ich war nicht der einzige, der überrascht war. Die meisten anderen musterten uns neugierig aus den Augenwinkeln – bis auf Roy, der den Kopf schüttelte und eine Art Prusten von sich gab, und Mrs. Friedman, die mich anstarrte, als wolle sie sagen, sie hätte es schon immer gewußt. Und es passe haargenau zu dem, was sie über mich erfahren hatte.

»Möchten Sie beginnen?« fragte mich Dwight.

»Ich hoffte eher, daß Sie das tun würden. Ich weiß nicht, ob ich jetzt schon eine schlüssige Begründung abgeben kann«, wehrte ich ab. Er lachte gutmütig und antwortete, er habe genau dasselbe Problem. Ich bat, die Rechtsbelehrung einsehen zu dürfen. Dabei war ich nicht sicher, wonach ich suchte; im Grunde wollte ich nur Zeit gewinnen. Ich las die Vorgaben durch, aber der quälende Druck machte es mir unmöglich, in Ruhe nachzudenken. Die Wörter sprangen so wild auf der Seite herum, daß ich mich am Ende eines Satzes nicht mehr an seinen Anfang erinnern konnte. Ich schloß die Augen und atmete tief durch, aber auch das vermochte mir nicht zu helfen. »Tut mir leid«, erklärte ich, »aber ich kann mich nicht konzentrieren.«

»Niemand verlangt, daß Sie weniger als zehn Minuten dafür brauchen«, versuchte Rose mich aufzumuntern. »Wollen wir ein paar Minuten Pause machen? Dann könntet ihr beiden in

Ruhe überlegen, und ich kenne mindestens zwei von uns, die dankbar für eine Zigarette wären.« Dabei lächelte sie Maria Teresa zu.

Während die anderen sich die Beine vertraten oder die Toilette aufsuchten, schloß ich die Augen und versuchte nachzudenken: Was war es nur? Was sah ich, das die anderen nicht sahen? Oder was sah ich nicht? Und warum stimmte ich nicht einfach für schuldig – Philip Weber bedeutete mir schließlich nicht das geringste.

Ich wollte hören, warum Dwight seine Meinung geändert hatte, aber der hatte den Raum als erster verlassen.

Wieder las ich die Rechtsbelehrung durch. Wenn ich nicht wirklich sicher sein konnte, daß Weber unzurechnungsfähig war, wenn ich auch nur den geringsten Zweifel hatte, mußte ich mit den anderen stimmen. Und ich wollte ja mit den anderen stimmen. Ich wünschte mir nichts anderes so sehr, als daß dieser Prozeß zu Ende ging. Was ist es denn nur, fragte ich mich abermals, warum sagt mir mein Gefühl so nachdrücklich, daß Weber unzurechnungsfähig ist?

Je mehr ich versuchte, mich zu konzentrieren, desto sinnloser wirbelten meine Gedanken umher. Ich lehnte mich auf dem Stuhl zurück und rieb mir Stirn, Schläfen und Augen. Dann beschloß ich, das Ganze für ein paar Minuten beiseite zu schieben, denn ich kam zu keinem Ergebnis und mußte ein wenig Abstand gewinnen, und sei es auch nur für kurze Zeit.

Natürlich wanderten meine Gedanken alle paar Sekunden zu Maria Teresa zurück, und ich fragte mich, wie ich überhaupt so dumm und verantwortungslos gewesen sein konnte, mich mit ihr einzulassen. Was hatte ich mir dabei gedacht, mit einer verheirateten Frau schlafen zu wollen, noch dazu in ihrem Ehebett? Auf einmal war es mir rätselhaft, warum ich es je so weit hatte kommen lassen, wie ich je etwas hatte tun können, was so gar nicht zu mir paßte. Diese Gedankengänge riefen mir wieder jenen seltsamen Moment in Chicago ins Gedächtnis zurück, als ich einfach aus einem Taxi ausgestiegen und davongegangen war – auch so ein Erlebnis, bei dem ich nicht »ich selber« gewesen war. Ich ermahnte mich, nicht in Selbstmitleid zu versinken – schließlich mußte ich über den Prozeß nachdenken –, und versuchte statt dessen, mich zusammenzureißen und auf die weit wichtigere Frage zu konzentrieren, woher meine Überzeugung kam, daß Weber unzurechnungsfähig gewesen war. Als meine Gedanken jedoch immer wieder zu dieser traumgleichen Episode zurückwanderten, begann ich ganz allmählich, den Zusammenhang zu erkennen.

Die anderen kehrten zurück, und ich verkündete: »Der Grund, warum ich für nicht schuldig gestimmt habe, ist folgender: Ich kann mich wirklich sehr gut erinnern, daß es Zeiten gegeben hat, da ich Dinge getan habe, die kein normaler Mensch tun würde, Dinge, die sogar mich selbst erstaunt haben.«

Als ich das sagte, kostete es mich eine übermenschliche Anstrengung, nicht Maria Teresa anzusehen. Dennoch sah ich aus den Augenwinkeln, daß sie erstarrte. »Wenn ich mir also diesen jungen Mann betrachte«, fuhr ich voller Nervosität fort, »dessen Verstand ohnehin durch eine Krankheit geschädigt war, und bedenke, wie er aufgewachsen ist, dann sehe ich ihn, wie er sich einige Jahre lang treiben läßt, und immer einsamer und immer anpassungsunfähiger wird, dann sehe ich ihn, wie er in diesem Tempel lebt und inbrünstig versucht, mit der starren Disziplin und den verwirrenden Ideen dieser Religion fertig zu werden – und wenn ich das alles berücksichtige, halte ich es für durchaus glaubwürdig, daß er die Beherrschung verloren und eine solche Tat begangen hat, ohne zu begreifen, was er tat. Meiner Meinung nach deuten die Zeugenaussagen, die wir gehört haben, insgesamt darauf hin, daß er ein Mensch ist, der die Kontrolle über sich selbst verloren hat und den man nicht mehr als geistig gesund ansehen kann.«

»Können Sie uns ein Beispiel geben? Ich meine für die Dinge, die Sie getan haben?« spöttelte Gary und wurde mit ein paar Lachern aus der Gruppe belohnt. »Tun Sie sich keinen Zwang an!« sagte er, höhnisch schnaubend.

Ich spürte, wie ich errötete, als ich seine Aufforderung ignorierte und statt dessen eine Gegenfrage stellte: »Haben Sie noch nie etwas gesagt oder getan, das falsch oder überflüssig war, nur weil Sie, sagen wir, an jenem Tag fürchterliche Kopfschmerzen hatten oder Ihnen vom Autofahren schlecht war? Das sind Bagatellen, ich weiß, aber es sind immerhin Beispiele. Oder haben Sie sich jemals in einer Situation befunden, die so furchtbar, so stressig war, daß Sie etwas getan haben, was Sie später bereuten oder sich überhaupt nicht erklären konnten? Ich schon, und deshalb meine ich, ein Mensch wie dieser Mr. Weber, der jahrelang unter Streß lebte und Drogen nahm und geistig zutiefst erschöpft war, der dann diese Exerzitien über sich ergehen lassen mußte ... Muß da nicht jeder einsehen, wie logisch es ist, daß er schließlich und letztlich zusammenbrach und die Selbstbeherrschung verlor?«

»Möglich wäre es«, stimmte mir Grace leise zu, »aber sagte der Richter nicht, daß wir unsere Entscheidung nicht auf Möglichkeiten stützen dürfen? Um ihn freizusprechen, müssen wir ganz sicher sein, daß er unzurechnungsfähig war. Und das, was Sie gesagt haben, überzeugt mich nicht ganz.«

Ich warf einen Blick zu Dwight hinüber, um zu sehen, ob er mir Hilfestellung leisten konnte. Er rückte sein Uhrarmband zurecht, stützte die Unterarme auf den Tisch und sah mich an. »Bis vor kurzem hatte ich nicht das Gefühl, daß die gesundheitlichen Probleme des Angeklagten der Grund für seine Tat waren. Ich hatte das Gefühl, daß seine Anwältin, nun ja, sie hochspielte, um ihm aus der Patsche zu helfen. Und daß diese Verteidigerin bei weitem nicht so glaubwürdig war wie der Ankläger. Deswegen habe ich das erste Mal für schuldig gestimmt ... zum Teil, weil ich wollte, daß der Kerl bestraft wird, verstehen Sie? Wenn ein Mensch einen anderen Menschen ohne triftigen Grund tötet, muß er bestraft werden. Das ist gerecht, das ist logisch. Ich hatte gehofft, daß alle dieselbe Stimme abgeben, dann wäre mein Gewissen rein gewesen. Aber da war diese unentschiedene Stimme, und die hat mir einen Strich durch die Rechnung gemacht. Auf einmal wußte ich, daß ich viel sorgfältiger überlegen mußte, bevor ich einen Menschen des Mordes beschuldigte, und das, was Sie jetzt eben gesagt haben, klingt für mich absolut logisch...«

Seufzend lehnte er sich auf seinem Stuhl zurück. »Als ich noch beim Militär war, habe ich einmal jemanden gekannt, der ganz plötzlich durchdrehte. Das war in Vietnam, als viele Männer den Verstand verloren. Am einen Tag war er noch okay, am nächsten brannte bei ihm eine Sicherung durch, und er erschoß unschuldige Menschen. Daher weiß ich, daß so was passieren kann. Die Frage ist aber: Ist es auch hier passiert? Wie Grace vorhin sagte, müssen wir ganz sicher sein. Bis jetzt kann ich noch nicht behaupten, daß ich sicher bin, aber ich bin auch noch nicht bereit, ihn zu verurteilen.«

»Ich habe eine andere Frage«, meldete sich Grace, beinahe entschuldigend. »Mr. Sundheimer, Sie sagten vorhin, Sie seien überzeugt, daß sich der junge Mann an jenem Tag nicht unter Kontrolle hatte. Ich weiß, was das heißt, die Kontrolle über sich zu verlieren – ich hab' wahrhaftig ein paar verrückte Sachen gemacht in meinem Leben, impulsive Sachen. Aber ich dachte, die Hauptfrage lautet, ob der Junge wußte, daß er einen Menschen umbrachte, nicht wahr? Ich finde, er muß einfach gewußt haben, was er tat. Und er scheint es auch zu wissen. Schließlich hat er doch mit diesen Ärzten darüber sprechen können, und mit der Polizei.«

»Das ist richtig«, stimmte Rose ihr zu. »Wir können nicht sagen, ob er sich unter Kontrolle hatte, und das brauchen wir auch gar nicht. Wir brauchen nur zu wissen, ob der Junge sich dessen bewußt war, daß er jemanden umbrachte.«

»Genau.«

»Hm-hm.«

»Ja.«

Ich zeigte auf die Rechtsbelehrung und sagte: »Ja, das war auch meine Meinung – bis ich das hier gelesen habe. Da fiel mir auf, daß Judge Davis hier die juristische Definition der Unzurechnungsfähigkeit niedergelegt hat. Ein Mensch ist juristisch unzurechnungsfähig, heißt es, wenn ihm infolge einer geistigen Krankheit oder Beeinträchtigung die substantielle Fähigkeit fehlt, *entweder* die verbrecherische Natur seines Verhaltens zu erkennen *oder* sein Verhalten den Bedingungen der Gesetze anzupassen. Die Wörter ›entweder‹ und ›oder‹ ... ich glaube, die geben uns einigen Spielraum.«

Roy schüttelte wieder den Kopf. »Hören Sie, er war fast immer in seinem Leben fähig, sein Verhalten den Bedingungen der Gesetze anzupassen, unter anderem auch, nachdem er den Mann getötet hat. Warum sollten wir glauben, daß er genau in jenem Augenblick den Verstand verloren hat? Gerade so lange, daß er etwas tun konnte, damit er als Guru, der alle Gurus schlägt, oder wie immer die sich nennen, in die Geschichte eingeht? Mir kommt es außerordentlich praktisch vor, daß er diesen einen Augenblick der Unzurechnungsfähigkeit ausgerechnet zu einem so perfekten Zeitpunkt hatte.«

»Richtig.«

»Gutes Argument.«

»Ja«, setzte Gary hinzu, »wissen Sie, das ist wie der Kerl, der sein Leben lang einen lausigen Job gehabt hat und neidisch auf seinen Boß ist, also erschießt er seinen Boß und sagt: ›He, Leute, tut mir leid, ich bin unzurechnungsfähig geworden, aber jetzt geht's mir wieder gut. Haben Sie was dagegen, wenn ich seinen Job übernehme?‹ Dieser Weber kommt vielleicht in ein oder zwei Jahren aus der Anstalt raus und gründet eine eigene Sekte mit lauter Leuten wie er selbst, die es für cool halten, verstehen Sie, so'n bißchen auszurasten, und ...«

»Solche Leute hatten wir auch in der Fabrik, das können Sie mir glauben«, warf Roy ein. »An einem Tag schweißen sie noch, am nächsten ruft in ihrem Namen irgendein Anwalt an, der nach Schadenersatz schreit und behauptet, sein Mandant habe einen seelischen Schaden erlitten oder sonst was. Also ließen wir ihn zum Doktor gehen, und Sie können mir glauben, die meisten von ihnen haben eindeutig nur simuliert. Man kann einfach nicht jeden x-beliebigen davonkommen lassen, der sagt, hoppla, ich hab' den Verstand verloren, sonst ziehen alle anderen nach.«

»Hm-hm.«

»Ich meine immer noch, es sind die Drogen«, wandte Jesusita ein.

»Aber wenn nun die Drogen die Geisteskrankheit verschlimmert haben?« fragte ich sie. »Können wir ihm das zum Vorwurf machen?«

»Ich werde euch was sagen«, meldete sich Rose, »und es ist was, das mich ärgert. Wenn dieser Kerl schwarz und aus South Central wäre und er hätte dasselbe Verbrechen begangen und ein paarmal Crack genommen, würden wir bestimmt nicht hier sitzen und diese Frage stellen. Der würde so schnell eingesperrt, daß es schon nicht mehr komisch wäre. Wenn aber ein weißer Junge Dope raucht und jemanden erschlägt, haben wir eine Armee von Leuten, die davon reden, daß ihm der Vater nicht genug Liebe gezeigt hat, Ärzte diskutieren stundenlang, und es kommen sogar Glaubensexperten an und dozieren über den Sinn des Lebens. Ich sage Ihnen, ich sitze hier und weiß nicht, ob ich lachen oder weinen soll. Wenn er schwarz wäre, wäre er ein Killer, und damit basta.«

»Das mag zutreffen«, entgegnete ich, »aber dadurch wird es

nicht richtiger. Sollen wir das hier denn einfach durchziehen und den Jungen schuldig sprechen, nur weil ein Schwarzer einen unfairen Prozeß bekommen würde?«

»Jawohl!« antwortete sie und warf mir einen flammend-zornigen Blick zu. »Das Gesetz ist für alle Menschen dasselbe, und wenn es für Schwarze gilt, sollte es auch für die Weißen gelten, denn nur so wird es verändert, wenn's lausig ist. Verstehen Sie, was ich sagen will?«

»Sie wollen sagen, daß es eine lausige Justiz wäre, wenn wir ihn schuldig sprechen? Sie stimmen mir zu?«

»Das habe ich nicht gesagt. Ich halte ihn für schuldig. Aber ich will sagen, daß ein Schwarzer innerhalb von fünf Minuten schuldig gesprochen werden würde. Das hilft mir, meine Entscheidung zu treffen, sagte ich Ihnen. Ich stimme für schuldig, und ich werd's mir bestimmt nicht anders überlegen.«

Wir diskutierten noch weitere zwei Stunden über Philip Webers Geisteszustand, ohne jedoch Fortschritte zu machen; um fünf wiederholten wir uns nur noch alle, und die Luft im Raum war unerträglich stickig geworden. Ich war müde von der Anspannung. Zehn Personen in diesem Zimmer wollten, nachdem sie nahezu drei Wochen im Gerichtssaal gesessen hatten, unbedingt schnell mit diesem Prozeß fertig werden. Einer von ihnen wollte vermutlich vor allem mich fertigmachen. Und sie alle hielten Philip Weber für schuldig. Doch Dwight und ich waren anderer Ansicht und hielten alle übrigen hier fest. Ihr Leben stand still, während wir als Minderheit auf unserer Meinung beharrten. Es war eine fast unerträgliche Situation für mich, aber ich tröstete mich mit der Tatsache, daß wenigstens ein weiterer Geschworener die Last mit mir teilte.

Endlich beschlossen wir, da wir an diesem Abend doch nicht mehr zu einem Urteilsspruch kommen würden, für heute Schluß zu machen und am nächsten Vormittag weiter zu diskutieren. Mehrere Geschworene stöhnten bei der Vorstellung, noch einen weiteren Tag beraten zu müssen, nur um zwei übertrieben gewissenhafte Männer zu überzeugen, daß ihr Zögern fehl am Platz war. Ich hatte das Gefühl, daß einige von ihnen überzeugt waren, Dwight und ich hielten an unserer Meinung nur fest, weil wir nicht nachgeben wollten oder weil wir es genossen, zehn andere Menschen in der Hand zu haben.

29

Am folgenden Morgen um acht hatten wir draußen schon fast fünfunddreißig Grad Celsius, und die erste Stufe des Smogalarms war ausgerufen worden. Unmittelbar nach dem Aufstehen hatte ich die Kims angerufen, um Kyung-hees Stunden für diese Woche abzusagen. Nach dem Wochenende, das hinter mir lag, und angesichts des Verlaufs, den die Beratungen am Tag zuvor genommen hatten, wußte ich, daß ich, selbst wenn der Prozeß noch am Vormittag abgeschlossen werden sollte, zu erschöpft sein würde, um in den kommenden paar Tagen auch nur an Unterricht zu *denken.* Mrs. Kim klang besorgt; Kyung-hee sei seit dem Konzertbesuch am Samstag abend sehr aufgeregt und brenne darauf, den Unterricht wiederaufnehmen zu können. Ich entschuldigte mich wortreich, versicherte ihr aber, daß wir spätestens am Montag der folgenden Woche weitermachen würden.

Der Verkehr war noch schlimmer als sonst. Ich sah, wie ein Mann, der in einen Bagatellunfall verwickelt worden war, vor Frustration regelrecht auf und ab hüpfte – anfangs dachte ich, er mache einen Scherz, weil es so komisch wirkte, doch als ich näher kam, erkannte ich, daß er vor Wut dunkelrot im Gesicht war.

Obwohl das Gerichtsgebäude klimagekühlt war, herrschte im Geschworenenzimmer schon eine stickige Atmosphäre. Mrs. Friedman fächelte sich mit einem Stück Pappe Luft zu. Der Gerichtsdiener verkündete, wir müßten auf Betty warten, deren Motor heißgelaufen sei und die immer noch auf den Abschleppwagen warte.

Ich konnte die Spannung, die im Raum herrschte, nicht ertragen, dieses Gefühl, daß so viele Menschen frustriert und böse auf mich waren. Ich versuchte eine komische Geschichte zu erzählen, weil ich hoffte, ihnen dadurch den Eindruck zu vermitteln, daß ich gar kein so unvernünftiger Mensch sei. Ich erzählte ihnen von einem Konzert mit Orchester, das ich in Rom an einem besonders schwülen Sommerabend gegeben hatte. Damals hatte ich gedacht, daß nichts mir so großes Unbehagen bereiten könne wie diese drückende Hitze. Plötzlich geschah das Unvorstellbare: Mein Stuhl stand auf dem festen Teil der Bühne, auf dem auch das Orchester saß, der Stachel meines Cellos dagegen ruhte auf der erweiterten Plattform, die durch das Umlegen eines Hebels hinter der Bühne angehoben oder abgesenkt werden konnte. Der Bühnenarbeiter, ein wahrhaft uralter Mann, wurde von der Hitze überwältigt, schlief ein, sank nach vorn direkt auf den Hebel und setzte dadurch die Plattform in Bewegung. Ich sah, wie sich die Augen der Zuhörer, Tausende von Augenpaaren, vor Entsetzen weiteten, als sich die Plattform abzusenken begann. Da der Dirigent das jedoch nicht sehen konnte, machten er und das Orchester weiter. Ich wiederum wollte nicht derjenige sein, der aufhörte, also spielte auch ich weiter, während das Cello abwärts sank. Auch als die Kadenz – mein Solo – kam, spielte ich weiter. Das Cello sank und sank, bis ich schließlich so weit vornübergebeugt saß, daß meine

Brust die Knie berührte. Zum Glück erkannte in diesem Moment der Kesselpauker, was geschah, eilte hinter die Bühne, um den Hebel umzulegen, und die Plattform begann langsam wieder zu steigen. Ich spielte die Kadenz, ohne einen Ton zu versäumen, wir beendeten das Konzert, und ich bekam brausende *standing ovations.* Da die Italiener derartige Schauspiele lieben, war ich, als die Story und die Fotos in die Lokalzeitungen kamen, sofort zu einer gewissen Berühmtheit gelangt.

Ich hatte gehofft, mit dieser Geschichte zu erreichen, daß ich über das Urteil diskutieren konnte, ohne weitere Feindseligkeiten auf mich zu ziehen. Einige der Geschworenen lachten über die Geschichte, aber ich glaube, mein Plan schlug fehl; einige von ihnen dachten anscheinend, ich erzählte sie als versöhnliche Geste, bevor ich zugeben würde, daß ich gestern unrecht gehabt hatte, und mich bereit erklärte, mit der Mehrheit zu stimmen.

Als Betty endlich eintraf – mit einer gräßlichen Leidensmiene –, lächelte Roy mir hoffnungsfroh zu und erkundigte sich: »Nun, haben Sie sich seit gestern anders besonnen?«

Alle wandten sich mir zu, und alle lächelten – bis auf Maria Teresa, die mich zwar auch ansah, aber vollkommen ausdruckslos.

»Eigentlich nicht.«

Ein kollektiver Verzweiflungsseufzer sagte mir, daß meine Hoffnung auf eine Diskussion ohne Ärger unrealistisch gewesen war.

»Und Sie, Mr. Anderson?«

Dwight warf mir einen Blick zu; dann lehnte er sich zurück und verschränkte die Arme vor der Brust. »Ich habe seit gestern abend sehr viel darüber nachgedacht. Vor allem über das, was Reinhart sagte, daß nämlich, wenn sogar normale Menschen in Streßsituationen die Kontrolle über sich verlieren können, ein junger Mann, der Probleme mit seiner geistigen Gesundheit hat ... na ja, daß der sehr viel schneller die Selbstkontrolle verlieren könnte. Und ich dachte an mein Beispiel des Soldaten in Vietnam, der sie wegen seiner Kriegsneurose verloren hat, und all die anderen, die sie sogar noch nach dem Krieg verloren haben, weil der Streß sie endlich eingeholt und ihnen den Verstand verdreht hat. Aber dann hatte ich ein Problem.«

»Was für ein Problem?«

»Na ja, Soldaten geraten in teuflische Situationen, weil das zu ihrem Dienst gehört. Sie müssen hier durch einen Sumpf waten, dort über ein Feld kriechen, auf dem sie beschossen werden oder in die Luft gejagt werden können, weil sie unter einem Befehl stehen, weil sie ihre Pflicht erfüllen müssen. Wenn ein Mensch, der sich nicht im Krieg befindet, etwas Seltsames tut, wenn er die Kontrolle verliert, müssen wir uns fragen, wie die Situation ausgesehen hat. Ob es vielleicht eine war, die er hätte vermeiden können, bevor er die Kontrolle verlor. Verstehen Sie, was ich sagen will?«

»Nein, ich nicht«, beklagte sich Mathilda. »Reden wir ... reden wir denn jetzt vom Krieg?«

»Ich werde Ihnen ein Beispiel geben, Ma'am. Wenn jemand betrunken ist, richtig sturzbetrunken, verliert er die Kontrolle über seine Reflexe und sein Urteilsvermögen. Er stolpert umher, verhält sich rüpelhaft, macht Dummheiten und bereut sie am nächsten Morgen – falls er sich überhaupt daran erinnert. Er verliert die Kontrolle, stimmt's? Ein Betrunkener kann sich nicht plötzlich aufrichten und sich zusammenreißen, stimmt's? Und dennoch verurteilen wir betrunkene Autofahrer – nicht, weil sie wußten, was sie taten, als sie Auto fuhren, aber weil sie wußten, was sie taten, als sie so viel tranken. Wenn sie wußten, daß sie noch fahren mußten, hätten sie sich das überlegen müssen, als sie noch nüchtern waren, und nicht so viel trinken sollen.

Mein Problem mit unserem Mr. Weber ist nun, daß ich ihm zwar glauben will, daß er zu dem Zeitpunkt, als er den Zen-Meister tötete, die Kontrolle verloren hatte; ich glaube aber, die Tatsache,

daß er sich zur Teilnahme an diesen Exerzitien meldete, obwohl er wußte, wie hart es sein würde, und obwohl er wußte, wie sonderbar all diese Rätsel sein würden – ich glaube, das ist der Punkt, wo er mein Mitgefühl verliert. Ein Mann wie er, der das College abgebrochen hat, der mit Dope rumexperimentiert hat, der Grips hat und ihn benutzen kann, wenn er will, ich glaube, der hatte 'ne Menge Chancen, seine Situation zu verbessern statt zu verschlimmern. Er hat also, glaube ich, mein Mitgefühl verloren, als er sich dieser Gruppe anschloß, statt, sagen wir, zu einer Beratungsstelle oder in eine Drogenklinik zu gehen.«
»Genau das wollte ich auch sagen«, behauptete Jesusita.
»Ja«, setzte Grace ruhig hinzu, »ich hatte zwar nicht daran gedacht, aber jetzt, da Sie es erwähnen ... Er hätte viele konstruktive Dinge tun oder es wenigstens versuchen können, statt dessen aber hat er sich einer Gruppe angeschlossen, in der er den ganzen Tag rumsitzen und über sich selbst nachdenken konnte. Ich glaube nicht, daß wir Mitgefühl für Menschen aufbringen müssen, die eine derartige Entscheidung treffen, vor allem, wenn sie zu einem Mord führt.«
»Ganz richtig!«
»Dann stimmen Sie also jetzt für schuldig?«
»Ja«, sagte Dwight zu meiner größten Enttäuschung. »Im Augenblick bin ich eigentlich überzeugt, daß das jetzt richtig wäre.«
Ich war allein. Niemand sah mich an, aber es war mehr als eindeutig, daß sich die Aufmerksamkeit der ganzen Runde nunmehr auf mich richtete.
»Was halten Sie von dem, was Dwight gesagt hat?« fragte mich Roy grinsend, als sei Dwights Meinungsänderung ein persönlicher Sieg für ihn.
Es klinge logisch, antwortete ich, und ich würde diese Beweisführung eingehend erwägen.

»Aber Ihre Meinung werden Sie nicht ändern?« fragte Gary.
»Noch nicht.«
»Können Sie uns erklären, warum nicht? Oder es wenigstens versuchen?«
»Ich … Ich fürchte, es ist … möglicherweise nicht unbedingt ein fairer Vergleich. Der Junge hat … eine körperliche Krankheit, eine, die ihm angeboren ist …«
»Aber er hat sich dieser Sekte freiwillig angeschlossen!« Roy schrie es fast heraus. »Und das ist eine Sekte, in der die Heiligen die Menschen mit Stöcken schlagen! Er hat den Entschluß gefaßt, sich dieser Gruppe anzuschließen, genauso wie er den Entschluß gefaßt hat, die Schule zu verlassen und im Haus rumzuhängen und Pot zu rauchen! Verdammt noch mal, das kann man doch nicht alles auf eine Krankheit schieben!«
»Nein, ich sage ja auch nicht, daß diese Krankheit alles erklärt. Er hat sich dieser Gruppe freiwillig angeschlossen, das stimmt, aber das sollte keineswegs gegen ihn sprechen. Sie reden, als beweise der Beitritt zu dieser Sekte nur, daß er ein schlechter Mensch ist!«
»Aber das tut er doch! Das ist keine normale Religion, von der Sie reden. Vielleicht ist sie für Leute drüben in Japan normal, aber hier nicht!«
Wieder kam Dwights Vergleich mit dem betrunkenen Autofahrer aufs Tapet – er war ein wirklich gutes Argument. Aber irgend etwas daran schien unrichtig zu sein. Ich versuchte herauszufinden, warum es auf mich nicht überzeugend wirkte; dann bot ich im Gegenzug einen anderen Vergleich an. »Was ist, wenn ein Mann zu Hause sitzt … Er trinkt zu Hause und hat nicht die Absicht, das Haus zu verlassen. Dann wird er angerufen, aus einem Krankenhaus. Seine Frau hat einen Unfall gehabt und ist schwer verletzt. Der Mann springt in seinen Wagen, um sofort ins Krankenhaus zu fahren. Wäre er nüchtern, oder wäre es nicht ein Notfall, hätte er vielleicht klar genug denken können,

um sich ein Taxi zu bestellen. Aber er ist in Panik; er läuft hinaus zu seinem Wagen, steigt ein und verursacht einen schweren Unfall. Okay? Dann steht er wegen Totschlags vor Gericht … Zugegeben, er hat diesen Unfall verursacht; er war betrunken, als er fuhr, es ist seine Schuld. Aber ist er genauso schuldig wie ein Mann, der nur so aus Spaß in eine Bar geht und sich betrinkt, um dann Auto zu fahren?«

»Nein, aber …«

»Was willst du damit sagen, Reinhart?« Es war Maria Teresa, die mir diese Frage stellte. Ihre Stimme klang sehr müde.

»Ich will sagen«, antwortete ich mit dem deutlichen Gefühl, daß sich nun alle gegen mich verbündeten, »daß dies keine … keine Frage von Schwarz oder Weiß ist, absolut schuldig oder absolut unschuldig. Es ist vielmehr eine Grauzone, und … ich glaube, daß hier die Verteidigung wegen Unzurechnungsfähigkeit greift. Sie scheint mir genau auf diesen Jungen und seine Tat zu passen … Es geht ja nicht darum, ihn freizusprechen, es geht vielmehr darum … Ich meine, es ist ganz eindeutig, daß er hinter Schloß und Riegel gehört, aber so würde er wenigstens behandelt, und … da er als Heranwachsender niemals einem Arzt vorgestellt wurde, finde ich, daß man ihm das wenigstens jetzt ermöglichen sollte. Ich finde, er verdient die Chance, endlich richtig behandelt zu werden. Halten Sie das nicht auch für fair?«

»Nein, keineswegs«, grollte Roy. »Wissen Sie überhaupt, was Sie da sagen? Sie sagen, daß wir anderen – alle elf – unrecht haben. Daß wir uns völlig in diesem Jungen geirrt haben. Aber Sie, Sie sind der einzige, der wirklich klar sieht. Kommt Ihnen das nicht auch ein bißchen … Würden Sie nicht auch sagen, daß möglicherweise *Sie* ein bißchen unlogisch sind, daß möglicherweise *Sie* es sind, der unrecht hat?«

»Natürlich würde ich das sagen!« Vor Verzweiflung schlug ich mit der Handfläche auf den langen Tisch. »Glauben Sie vielleicht, daß mir das Spaß macht? Nur allzu gern würde ich für schuldig stimmen, damit wir endlich nach Hause gehen können! Sie starren und schreien mich hier an, als verhielte ich mich absichtlich so, um Ihnen Ungelegenheiten zu bereiten. Das trifft nicht zu. Ich überprüfe alles, was ich sage, möglichst gründlich, und wenn ich einsehe, daß ich unrecht habe, bin ich der erste, der das bereitwillig zugibt. Ich tue nur, was ich meiner Meinung nach tun muß – ist das so falsch? Wird nicht eigentlich von uns erwartet, daß wir dies alles ernst nehmen, daß wir unserer ehrlichen Überzeugung folgen, wenn wir abstimmen? Wir haben es hier mit einem Mordfall zu tun, und ich vermag einfach jetzt noch nicht für schuldig zu stimmen. Ich kann mich nicht mit dem Gedanken abfinden, daß ich einen Mann des Mordes schuldig sprechen soll, nur weil elf Personen anderer Meinung sind und sich über mich ärgern. Könnten Sie bitte versuchen, das zu verstehen?«

Auf eines hatte mich nichts von alldem vorbereitet, was ich über Dramen im Geschworenenzimmer gesehen oder gelesen hatte: auf das Schweigen, auf die angespannten Pausen zwischen den Wortwechseln, die zuweilen minutenlang dauerten. Immer wieder mußte ich an den Film *Die zwölf Geschworenen* denken, in dem Henry Fonda gegen elf andere Männer antritt, aber dort hatten sie wenigstens ständig geredet. Mit Leuten diskutieren zu können war weitaus besser als diese endlosen Pausen, in denen niemand ein Wort sagte und die mir das Gefühl gaben, als einzige Gegenstimme sei es meine Pflicht, die Debatte in Gang zu halten. In Gedanken fahndete ich hektisch nach neuen Ideen, während ich mich gleichzeitig selbst fragte: Ist das wirklich notwendig? Wäre es wirklich so schlimm, wenn du deine Meinung änderst?

Was mich außerdem überraschte, war die Erkenntnis, welche Dinge den Eindruck der Geschworenen von diesem Fall und ihrer Entscheidung, auf schuldig zu erkennen, beeinflußt hatten.

Sehr stark wogen die Kleidung, das Auftreten und der Akzent der Anwälte. Miss Doppelt wurde von den meisten als »kalt« und »aggressiv« eingestuft, während Mr. Graham als »nett«, als »anständiger Kerl, der keinem was anhängen will«, und »sehr vernünftig« beschrieben wurde. Die Tatsache, daß der Angeklagte geistesabwesend wirkte und ein leeres Lächeln zur Schau trug, sprach gegen ihn. Der erste Psychiater war zu jung; er war ein Klugscheißer, ein Intellektueller. Viel zu gerissen. Der Psychiater der Anklage wiederum wurde als vernünftig eingestuft, als ein ganz normaler Mann. Die redegewandte, nahezu poetische Aussage des Japaners war, wie sich herausstellte, vielen Zuhörern auf die Nerven gegangen. Ich hatte den Eindruck, es passe ihnen nicht, daß ein Ausländer, vor allem ein Asiat, schwierigere Wörter benutzte als sie selbst.

Ich erwog tatsächlich, anders zu stimmen – nur damit jetzt endlich Schluß war; immer wieder erwog ich diesen Schritt. Wenn elf Personen Weber für schuldig hielten und ich keine von ihnen eines Besseren belehren konnte – warum sollte ich mir die Mühe machen, gegen sie zu stimmen? Keiner der anderen schien von dem, was ich sagte, irgend etwas zu begreifen. Es war, als spräche ich eine andere Sprache. Während ich redete, starrten alle mit kaum verhohlener Verärgerung auf die Tischplatte. Wenn ich bei meinem Urteil blieb, würde alles wieder von vorn beginnen. Die Anwälte würden von vorn beginnen müssen, die Zeugen hätten alle noch einmal zu erscheinen, ein neuer Richter würde bestimmt werden müssen, man würde einen anderen Gerichtssaal brauchen, eine andere Jury würde gewählt werden, und dann begänne ein ganz neuer Prozeß – und das alles nur, weil mein Gewissen es nicht zuließ, einen Mann, der einen anderen Mann getötet hatte, ins Gefängnis zu schicken. Aller Voraussicht nach würde es eine sinnlose und sehr kostspielige Geste bleiben.

Ich fragte mich, ob sich die Anstalt wirklich so sehr vom Gefängnis unterscheiden würde. Außerdem war zumindest zu bezweifeln, ob eine Therapie diesem Jungen letztlich wirklich helfen würde. Beide Ärzte hatten erklärt, daß Schizophrenie nicht geheilt werden kann, und Weber selbst wirkte, so wie er war, absolut zufrieden. Vielleicht reagierte er gar nicht auf die Therapie. Vielleicht wurde er dadurch nur noch selbstgerechter. Das Schlimmste allerdings schien mir, daß es mir wirklich gleichgültig war, was aus ihm wurde. Ich hatte nur sehr wenig Mitleid mit ihm und hegte auch kaum Hoffnung, daß er je einen sinnvollen Beitrag zur Gesellschaft leisten würde. Schließlich hatte er einen Menschen getötet, hatte einem Menschen endgültig das Leben genommen, und man wurde schon wütend, wenn man ihn nur ansah.

Von Kempen erklärte mir einmal vor meinem ersten Soloauftritt mit einem kompletten Symphonieorchester, ein musikalisches Orchesterstück gleiche einem komplizierten Gewebe. Sobald man nur einen Faden beschädigt, lösen sich die umgebenden Fäden auf, und das ganze Gewebe ist irreparabel beschädigt. Deswegen muß jedes einzelne Mitglied eines Orchesters ständig konzentriert und bei der Sache sein, sogar während der Passagen, in denen es keinen Ton spielen muß. Von Kempen war überzeugt, es sofort spüren zu können, daß die Musik negativ beeinflußt wurde, wenn nur ein einziger Musiker abgelenkt war und an etwas anderes dachte als an die Musik. Ich glaube, daß nicht nur die Musik so reagiert, sondern auch die Gesellschaft selbst. Wenn ein Mann wie Weber ein Loch in das Gewebe stanzt, beginnen sich sofort Fäden zu lösen. Der Schaden wird größer, wächst weit über die Zen-Sekte und die Familie des Japaners hinaus. In Anbetracht des Schadens, den er angerichtet hatte, fragte ich mich also, ob es da wirklich menschlich richtig war, ihm so viel Aufmerksamkeit, so viel Verständnis entgegenzubringen? Wäre es nicht vielleicht besser gewesen, sich auf das Reparieren des Schadens zu konzentrieren?

Eine Möglichkeit, das zu tun, war es wohl, ihn ins Gefängnis zu schicken, ihn zu bestrafen. Die Gesellschaft möchte Menschen, die anderen Menschen Schaden zugefügt haben, bestraft sehen; das bringt die Dinge wieder ins Lot.

Aber nur, weil die Gesellschaft solche Menschen bestraft sehen will, bedeutet das noch lange nicht, daß es auch richtig ist. Zum Beispiel würde man eine Seidenstickerei niemals mit einer Angelleine reparieren. Allein die Tatsache, daß die Leute, die mit mir in dieser Jury saßen, elf mehr oder weniger ungebildete Personen, Auge um Auge abrechnen wollten, würde den Prozeß noch nicht zu einem guten Ende führen.

Das ist es letztlich, warum ich meine Meinung nicht zu ändern vermochte. Da ich unmöglich wissen konnte, was absolut richtig war, und da ich auch nicht wissen konnte, wie die Konsequenzen der beiden Urteilssprüche aussehen würden, hatte ich keine Wahl: Ich mußte abstimmen, wie es mir mein Gewissen eingab. Das war wirklich die einzig gültige Basis für eine Entscheidung.

Und genau das ist es, was ich den anderen Geschworenen erklärte, immer und immer wieder, eine strapaziöse Stunde nach der anderen. Ich sagte es vor dem Lunch, ich sagte es nach dem Lunch, ich sagte es den ganzen Tag lang. Am Ende des zweiten Tages war es nicht nur Maria Teresa, die mich nicht mehr ansehen mochte. Gegen sechs Uhr an jenem Nachmittag vereinbarten wir, nach Hause zu gehen und noch einmal, zu einem dritten Tag, zusammenzukommen, und daß wir, wenn ich dann immer noch überzeugt sei, ich könne meine Meinung nicht ändern, dem Richter erklären würden, daß unsere Abstimmung unentschieden ausgefallen sei.

30

Am nächsten Tag stimmten die anderen nach weniger als einer Stunde dafür, daß der Spruch der Jury unentschieden laute. Im Gänsemarsch kehrten wir in den Gerichtssaal zurück, wo Dwight sich erhob und dem Richter erklärte, daß wir mit elf zu einer Stimme in einer Sackgasse gelandet und während der ganzen zwei Tage intensiver Diskussionen nicht von der Stelle gekommen seien. Im Gerichtssaal brach lärmende Verwirrung aus, die Mutter des Toten begann zu weinen. Ihre Familie mußte sie hinausführen.

Als sie den Saal verlassen hatten, glaubte ich, das Schlimmste sei vorbei, doch zu jedermanns Erstaunen und Entsetzen weigerte sich Judge Davis, unseren Spruch zu akzeptieren. Nachdem er das Gericht zur Ordnung gerufen hatte, starrte er die Jury so durchdringend an, daß seine Augen fast unter den zusammengezogenen Brauen verschwanden, und warf uns mit dröhnender Stimme vor, wir hätten uns nicht genug Mühe gegeben. Er erinnerte uns daran, daß es sich hier um einen Mordprozeß handle, der die Gerichte, ganz zu schweigen von den Zeugen und Anwälten, eine Menge Zeit und eine Menge Geld gekostet hätte, und erklärte, er denke gar nicht daran, uns schon nach zwei Tagen nach Hause gehen zu lassen. Also schickte er uns ins Geschworenenzimmer zurück und befahl uns, nicht wieder herauszukommen, bevor wir unserer Pflicht im Dienste der Gerechtigkeit Genüge getan hätten und zu einem Urteil gelangt seien.

Ich hatte gedacht, die Diskussionen seien bisher schlecht verlaufen, aber sie waren nichts im Vergleich zu dem, was nun folgte. Vier weitere Tage blieben wir in diesem Zimmer, so daß ich gezwungen war, Kyung-hees Musikstunden am Montag zum zweitenmal abzusagen. Einer nach dem anderen hörten die Geschworenen auf, so zu tun, als hätten sie Respekt vor mir und meiner Meinung, und machten jeden Tag unangenehmer als den vorherigen. Ich fühlte mich heftig hin und her gerissen zwischen dem Wunsch, meine Meinung zu ändern, und der Furcht, daß mich, falls ich es tat, dieser Gedanke bis ans Ende meiner Tage verfolgen würde. Ich hielt Weber für unzurechnungsfähig und fand, das beste sei, ihn in eine Heilanstalt zu schicken, und wenn das noch so unbefriedigend sein mochte. Ich hatte das Gefühl, wenn man ihn ins Gefängnis schickte, käme das einer Untergrabung der Moral gleich; unser soziales Gewissen meldet sich jedesmal, wenn wir uns an die Vereinbarung halten, die wir miteinander geschlossen haben, nämlich keinen Menschen zu bestrafen, der nicht bestraft zu werden verdient, unter anderem Menschen, die nicht fähig sind, Verantwortung für ihr Verhalten zu übernehmen. War ich hundertprozentig sicher, daß Weber sich nicht hätte kontrollieren können? Nein, hundertprozentig nicht, aber in vertretbaren Grenzen, und wenn es zutrifft, daß man in Amerika unschuldig ist, bis die Schuld bewiesen ist, und daß wir als Gesellschaft beschlossen haben, es sei besser, hundert Schuldige laufen zu lassen, als einen Unschuldigen ins Gefängnis zu stecken – auf welcher Grundlage hätte ich für schuldig stimmen können? Wenn ich ein Unschuldiger wäre, der fälschlich eines Verbrechens beschuldigt wird, würde ich mit Sicherheit hoffen, daß sich wenigstens *ein* Mitglied meiner Jury an diese Maxime hält. Ich konnte meinen Entschluß unmöglich ändern, wie es die anderen von mir verlangten, bloß um dem Steuerzahler die Ausgabe für einen zweiten Prozeß zu ersparen! Das hätte gar nicht erst in Erwägung gezogen werden dürfen.

Während der schlimmsten Augenblicke, als ich glaubte, ich würde selbst vor Nervenanspannung verrückt werden, dachte ich daran, daß von Kempen auch so etwas und Schlimmeres erlebt hatte. An jedem Tag der letzten fünfundzwanzig Jahre seines Lebens hatte er mit dem Bewußtsein leben müssen, daß sein Name mit einer der schmachvollsten Perioden der Geschichte der Menschheit in Verbindung gebracht wurde. In der Überzeugung, daß es mehr schaden als nützen würde, sich gegen diese Anschuldigungen verbal zu wehren, und vermutlich auch aus Schuldbewußtsein, weil er dem Faschismus nicht, wie Pablo Casals, energischeren Widerstand geleistet hatte, reagierte er mit würdevoller Opferhaltung. Sein Instrument zum Schweigen zu verurteilen, war für einen solchen Menschen mit Sicherheit so schmerzhaft wie für einen normalen Menschen, sich selbst die Zunge herauszuschneiden oder die Augen auszureißen, doch dieses Opfer führte, statt ihn zu erlösen, lediglich dazu, daß man ihn um so gründlicher vergaß. Trotz all dieser Umstände hatte er sich dennoch niemals der Verzweiflung anheimgegeben und ließ nie auch nur ein einziges Wort der Klage hören.

Wieder im Geschworenenzimmer, baten wir um die Niederschriften der Aussagen und gingen das Beweismaterial der Verhandlung so oft durch, daß ich den größten Teil bald auswendig konnte. Besonders ein Zitat, ursprünglich aus dem Bericht der American Bar Association, faßte sowohl den gesamten Prozeß als auch das Dilemma zusammen, in dem wir Geschworenen steckten: »Es gibt keine objektive Grundlage für die Unterscheidung zwischen Straftätern, die nicht aufzuhalten waren, und solchen, die nicht aufgehalten wurden, zwischen dem Impuls, der unwiderstehlich war, und dem Impuls, dem nicht widerstanden wurde, zwischen beträchtlicher Einschränkung von Fähigkeiten und weniger beträchtlicher ... die Frage ist nicht zu beantworten oder kann im günstigsten Fall höchstens durch moralische Vermutungen beantwortet werden.«
Elf Personen, eine davon die einzige Frau, die ich jemals zu lieben versucht hatte, vermuteten, daß Philip Weber hätte aufge-

halten werden können, ich dagegen war anderer Meinung. Eine ganze Woche lang diskutierten wir darüber, wessen Vermutung die bessere war.

Maria Teresa sprach während der Diskussionen selten mit mir, schnalzte aber gelegentlich, wenn ich etwas sagte, mit der Zunge, schloß die Augen, hielt den Atem eine halbe Sekunde an und seufzte dann, als vermöge sie nicht zu fassen, als was ich mich da entpuppte. Ihr wortloser Kommentar kränkte mich weit mehr als die offenere Kritik der anderen. Einmal, als ich sagte, ich könne nicht einsehen, warum ein Mann dafür bestraft werden solle, daß er den Verstand verloren habe, weil schließlich niemand absichtlich den Verstand verliert, erwischte ich sie, wie sie einen angewiderten Blick mit Rose tauschte. Das war der Tropfen, der das Faß zum Überlaufen brachte: Ich konnte sie zwar nicht richtig hassen, vermochte aber von da an nichts mehr für sie zu empfinden.

Zu allem Übel beklagte sich Betty, deren Ehemann angeblich »im Verkauf« arbeitete, bitterlich, ihr Mann sei in Wirklichkeit ein Säufer, habe überhaupt kein festes Einkommen, und sie müßten von ihrem unversteuerten Lohn als Haushaltshilfe leben. Das hatte sie während des *voir dire* nicht eingestehen dürfen, weil sie furchtbare Angst hatte, erwischt zu werden und Steuern dafür bezahlen zu müssen. Jeder weitere Tag des Prozesses bedeutete für sie Geld, das sie nicht für ihre Familie verdiente, und sie erzählte mir, ihre Kundinnen hätten schon angedeutet, sie würden sich nach einer anderen Hilfe umsehen.

Während sich dies alles abspielte, versuchte ich an jedem Abend zu üben, weil ich der Meinung war, die Musik sei meine einzige Hoffnung. Bach, sagte ich mir, hatte bis zu seinem vierzigsten Lebensjahr noch nie eine Komposition veröffentlicht; ich war noch jung, es bestand noch Hoffnung, die Beratungen waren bestimmt bald zu Ende, und dieses furchtbare Erlebnis würde bald, zusammen mit meiner enttäuschenden Erfahrung mit

Maria Teresa, der Vergangenheit angehören. Aber der Klang des Cellos, ja sogar der Duft des Kolophoniums wurde mir zur Qual. Immer wieder wünschte ich mir, laut schreien, etwas an die Wand werfen oder weinen zu können, doch nichts kam heraus. Ich habe meine stärksten Gefühle immer nur durch die Musik ausdrücken können, und dann war mir selbst dieser Weg verschlossen worden.

Als ich jedoch am letzten Vormittag des Prozesses unter die Dusche trat, bevor ich zum Gericht fuhr, und den Kopf unter das heiße Wasser hielt, kam mir der sonderbare Gedanke, daß mich unter all dem Wasser unmöglich irgend jemand sehen könne. Ein alberner Gedanke, da mich in der Duschkabine meiner Wohnung ohnehin niemand hätte sehen können, aber das Wasser bildete einen spürbaren, beruhigenden Schutzschild, und ich konnte, mit den Händen den Duschkopf umklammernd, wenigstens ein paar Minuten weinen. Das tat mir so gut, daß ich tatsächlich zugleich lachte.

Als ich danach zum Gericht fuhr, war mir klar, daß mein Gewissen es mir verbieten würde, meine Meinung zu ändern. Sobald ich im Geschworenenzimmer war, machte ich den Vorschlag, noch einmal zu Judge Davis zu gehen, und bot an, ihm notfalls persönlich zu erklären, daß ich der Abweichler sei und für eine Befragung durch den Richter zur Verfügung stünde. Wir benachrichtigten Judge Davis, der Gerichtsdiener rief uns in den Saal, und Dwight erklärte zum zweitenmal, daß wir unentschieden seien. Noch einmal schickte uns der Richter in das Geschworenenzimmer zurück, allerdings diesmal ohne jegliche Kommentare und Anweisungen. Wir warteten einige lange Minuten, unschlüssig, was als nächstes zu tun sei, dann aber kam der Gerichtsdiener herein und verkündete, der Richter bitte jeden von uns einzeln in den Gerichtssaal.

Dwight ging als erster. Er kam nach ein paar Minuten zurück, dann wurde Rose gerufen, danach Gary und Mathilda. Ich wurde als zehnter zum Richter beordert. Der Gerichtsdiener führte mich in den Saal, und ich nahm auf der Geschworenenbank Platz. Der ganze Saal blickte auf mich, als Judge Davis mit fester Stimme fragte: »Mr. Sundheimer, was geht da drinnen vor?«

Ich hätte fast die Nerven verloren, weil mir der Verdacht kam, er wisse, daß ich derjenige sei, der die Entscheidung blockierte, und wolle, daß ich mich erklärte. Doch es gelang mir, ruhig zu bleiben, und ich antwortete: »Wir sind in einer Sackgasse.«

»Ja, das weiß ich bereits. Was ich jetzt wissen will, ist, ob die Beratungen da drinnen abgeschlossen sind. Oder verhandeln Sie immer noch?«

»Wir verhandeln die ganze Zeit, Euer Ehren.«

»Besteht irgendeine Chance, daß Sie zu einem Schiedsspruch gelangen, wenn Sie weiter verhandeln?«

»Ich glaube nicht.«

»Was meinen Sie mit ›Ich glaube nicht‹? Mr. Sundheimer, ich werde diesen Prozeß nicht als gescheitert erklären, solange die Möglichkeit besteht, daß weitere Verhandlungen zu einer Einigung führen. Besteht eine Chance, daß es zu einem Urteilsspruch kommen wird?«

Als ich sagte, ich hätte das Gefühl, mit etwas Derartigem sei nicht mehr zu rechnen, entließ mich Judge Davis, und der Gerichtsdiener führte mich in das Geschworenenzimmer zurück. Nachdem alle zwölf Mitglieder der Jury diese Prozedur hinter sich gebracht hatten, rief uns der Richter erneut als Gruppe herein und stellte uns, bei Dwight anfangend, dieselben Fragen noch einmal.

»Mr. Anderson, sind Sie immer noch gewillt, weiter zu beratschlagen?«

»Ja, Sir.«

»Besteht eine Chance, daß weitere Beratungen zu einem Schiedsspruch führen?«

»Ich glaube nicht.«
Als Roy an der Reihe war, antwortete er auf die gleiche Weise, bat dann jedoch um die Erlaubnis, selbst eine Frage zu stellen: »Euer Ehren, was ich wissen möchte, ist, ob man einen Geschworenen ersetzen kann, der nicht gewillt ist, weiter zu beraten?«
Der Richter wurde plötzlich dunkelrot vor Zorn. »Es ist gegen das Gesetz, die Beratung zu verweigern!« dröhnte er. »Wenn ein Mitglied der Jury sich weigert zu beraten, muß er oder sie auf der Stelle entlassen werden. In diesem Fall würde man einen der Ersatzgeschworenen einberufen, und die Beratungen müßten noch einmal von vorne beginnen. Ich habe gerade jeden einzelnen von Ihnen gefragt, ob Sie noch bereit sind, zu verhandeln, und jeder hat es mir bestätigt. Jetzt möchte ich auf der Stelle wissen – was geht hier vor? Ist jemand von Ihnen nicht mehr gewillt, zu beraten?«
Roy beugte sich in seinem Sitz nach vorn, wandte sich mir zu und starrte mich finster an. Einer nach dem anderen taten es ihm die Geschworenen nach. Mit einemmal war es um meine Anonymität geschehen; jetzt wußte der ganze Gerichtssaal, daß ich derjenige war.
»Mr. Sundheimer, sind Sie nicht mehr gewillt, zu beraten?«
Jeder schaute mich jetzt an: der Richter, die Geschworenen, die Polizeibeamten, der freundliche Staatsanwalt, die Protokollanten, die Reporter, die Zuschauer, einschließlich einer Gruppe von Schülern mit ihrem Sozialkundelehrer. Obwohl intellektuell für die Konsequenzen meiner Entscheidung gewappnet, war ich gefühlsmäßig am Boden zerstört. Im Mittelpunkt einer solch starken Mißbilligung zu stehen, noch dazu in der düsteren Atmosphäre des Gerichtssaales, war überraschend schmerzhaft, schmerzhafter, glaube ich, als wenn man mich physisch geschlagen hätte. Ich spürte, wie ich anfing zu zittern, und glaubte, unter der Anspannung fast zusammenzubrechen. Dann schaute ich

zum Tisch des Angeklagten. Er selbst sah mich nicht an; seine Augen waren geschlossen, und er schien leise mit sich selbst zu reden. Aber seine Anwältin schaute zu mir, und eine Bewegung von ihr erregte meine Aufmerksamkeit. Miss Doppelt trug ein Paar schlichte Perlohrringe und spielte nervös an einem davon herum. Diese winzige Geste lenkte meinen Blick auf ihr Gesicht, in dem sich eine so aufrichtige Mischung aus Respekt und Dankbarkeit abzeichnete, daß der größte Teil meiner Angst dahinschwand und ich in der Lage war, mich soweit zu sammeln, daß ich dem Richter antworten konnte.

»Ich bin durchaus gewillt, zu verhandeln, Euer Ehren. Ich glaube nur, daß die anderen Geschworenen äußerst unzufrieden sind, weil ich ihre Meinung nicht teile.«

»Schenken Sie ihren Meinungen denn wirklich Gehör, Mr. Sundheimer?«

»Ja, das tue ich, Sir.«

»Und Sie haben das aufrichtige Gefühl, daß es unmöglich ist, Ihre Meinung zu ändern?«

»Euer Ehren, die Verhandlungen drehen sich im Kreis – wir kommen nicht mehr weiter. Wir haben über alle Punkte eingehend diskutiert. Die Meinungsverschiedenheit zwischen mir und den anderen Geschworenen ist grundsätzlich, sie bezieht sich nicht auf Einzelheiten.«

Der Richter schwieg eine ganze Weile, dann tauschte er einen müden Blick mit dem Staatsanwalt. Er seufzte tief, beugte sich in seinem Sitz vor und sagte, an den gesamten Gerichtssaal gerichtet: »Nach Befragung der Geschworenen befindet das Gericht, daß weitere Beratungen sinnlos sind und daß die Jury in eine Sackgasse geraten ist. Das Gericht erklärt das Verfahren für gescheitert, und die Jury ist entlastet.«

Unversehens war alles vorbei. Diesmal saß die Mutter des toten Zen-Meisters nicht im Zuschauerraum. Miss Doppelt nickte mir dankbar zu, aber ich konnte mir gut vorstellen, daß sie kei-

nen Grund zum Feiern hatte. Sie würde das Ganze noch einmal von vorn mitmachen müssen.
Philip Weber lächelte genauso nichtssagend, wie er den ganzen Prozeß hindurch gelächelt hatte. Sein Vater beugte sich vor und berührte ihn an der Schulter, aber es war eine ungeschickte Geste, und Philip schien überhaupt nicht darauf zu reagieren. Er richtete den Blick auf die Geschworenenbank und sah mich an. Unsere Blicke trafen sich, aber nach wenigen Sekunden zuckte er die Achseln, als wolle er sagen: »Was weiß ich?« Es war ein äußerst unbefriedigendes Ende.

Es heißt, daß die meisten Geschworenen, sobald ein Urteil gesprochen ist, durchaus in der Lage sind, ihre Differenzen beizulegen, die während der zumeist hitzigen Diskussion geschlagenen Wunden zu lecken und den Gerichtssaal mit einem positiven Gefühl zu verlassen. Leider traf das auf unsere Jury nicht zu; wir hatten versagt, also ging jeder voll Zorn nach Hause. Gegen Ende der Diskussionen waren nur noch zwei Personen höflich zu mir gewesen: Grace, die unfähig zu sein schien, gegen irgend jemanden die Stimme zu erheben, und Dwight, der während der gesamten Beratungen kein einziges Mal die Beherrschung verloren hatte. Ich vermute, daß das etwas mit seiner militärischen Vergangenheit zu tun hatte; ich bin sicher, er hatte gelernt, auch unter den schlimmsten Bedingungen einen klaren Kopf zu bewahren. Maria Teresa hatte mich niemals angeschrien, doch als es gegen das Ende ging, hatte auch sie keinen Versuch mehr gemacht, ihren Zorn auf mich zu kaschieren.
Als Judge Davis den Prozeß für beendet erklärte, verabschiedete sich nur Dwight von mir, bevor er das Gericht verließ; dabei sagte er etwas Ähnliches wie, er wisse, was ich die ganze Zeit über empfunden haben müsse. Sogar die Hand schüttelte er mir. Maria Teresa sah ich nicht fortgehen; ich konnte verstehen, daß sie verschwinden wollte, ohne mich noch einmal zu sehen. Da-

mit ich nicht mit den anderen im Bus fahren mußte, wartete ich ungefähr zwanzig Minuten lang in einem leeren Zimmer und verließ erst dann das Gerichtsgebäude. Als ich die vordere Freitreppe halb hinter mich gebracht hatte, hörte ich, daß jemand meinen Namen rief.

Es war Miss Doppelt. Sie kam auf mich zu und sagte: »Ich wollte mich nur bei Ihnen bedanken. Ich habe noch nie durchmachen müssen, was Sie da durchgemacht haben, und ich weiß nicht, ob ich das geschafft hätte. Es war ein harter Prozeß, was die Dauer angeht, und alles andere als leicht zu begreifen. Aber Sie haben begriffen, und Sie haben etwas sehr Wichtiges getan, noch dazu unter unglaublich schlechten Voraussetzungen. Das werde ich Ihnen nie vergessen.«

In dem Moment war ich außerstande, ihr zu sagen, wieviel mir ihre Wertschätzung bedeutete. Wir gaben uns die Hand, und damit gehörte mein Erlebnis als Geschworener endlich der Vergangenheit an.

31

Nach einigen Tagen rief ich Kyung-hees Mutter an, um die Musikstunden wiederaufzunehmen, spürte aber sofort, daß es ihr Unbehagen bereitete, mit mir zu sprechen. »Verzeihen bitte«, sagte sie, »aber Kyung-hee nicht mehr Ihr Haus kommen für Stunden. Kyung-hee bedauern sehr.«

Als ich fragte, warum, schien sie zu zögern, aber schließlich erfuhr ich von ihr, daß ihr Mann die Stunden bei mir von Anfang an mit gemischten Gefühlen betrachtet hatte. Zum einen fand er sie zu teuer für die Familie, auch müsse Mrs. Kim zu viel Zeit mit Fahren verschwenden, vor allem aber wollte er, daß Kyung-hee sich mehr auf Mathe konzentrierte. So erfuhr ich zum erstenmal, daß die Leistungen des Jungen in diesem Fach ebenso vielversprechend waren wie in der Musik. Das erklärte – endlich –, warum die Kims von Kyung-hees musikalischen Fähigkeiten so auffallend wenig begeistert waren. Konfrontiert mit zwei außergewöhnlichen Begabungen ihres Sohnes, machten sie sich offenbar Sorgen darüber, ob nicht der Versuch, beide zu fördern, ein Fehler sein könnte. Mr. Kim hatte – unter diesen Umständen verständlich – entschieden, daß die Musik die entbehrlichere der beiden sei. Infolgedessen hatte er beschlossen, daß Kyung-hee nur eine Cellostunde pro Woche haben sollte statt zwei, und zwar bei einem einheimischen Cellolehrer, der weniger anspruchsvoll war und das vernünftigere Honorar von acht Dollar für fünfundvierzig Minuten nahm. Trotz meiner tiefen Enttäuschung versuchte ich nicht, sie zu drängen, ihren Ehemann umzustimmen. Nach allem, was ich bei dem Prozeß durchmachen mußte, hatte ich nicht mehr genug Energie, um mich mit jemandem zu streiten, und selbst wenn ich mich erboten hätte, ihren Sohn kostenlos zu unterrichten, hätte ich mich noch mit Mr. Kims verärgertem Argwohn herumschlagen müssen, ich führte seinen Sohn in die Armut, und in diese Lage wollte ich mich nicht unbedingt hineinmanövrieren.

Während der Beratungstage hatte ich meine Musikübungen ganz eingestellt und nahm sie auch nach Beendigung des Prozesses nicht wieder auf. Die paar Male, die ich mich dazu zwang, es zu versuchen, waren, als wolle ich mit Fausthandschuhen spielen.

Gegen Ende des Sommers gab ich mein Apartment auf und fand eine Wohnung in den Hügeln oben im Norden, fern vom Campus und der Großstadt. Der Herbst kam und ging, dann der Winter, und noch immer spielte ich nicht. Ich lehrte, ohne mein eigenes Cello zu benutzen. An diese Zeit habe ich keine deutlichen Erinnerungen. Rückblickend scheint mir, als sei mein Kopf in diesen sieben oder acht Monaten wie mit atmosphärischen Störungen angefüllt gewesen, mit einer Wolke von weichen Geräuschen, und als hätte ich die Dinge an der Peripherie dieser Wolke nur so undeutlich wahrgenommen wie in einem Traum, in dem man etwas betrachten möchte, während die Augen alles sehen, nur nicht das, was unmittelbar vor ihnen liegt. Während dieses gesamten Zeitraums stand mein Cello in seinem Kasten im Schlafzimmerschrank.

Dann, im Februar, rief Mrs. Kim an und erkundigte sich, ob ich noch unterrichtete. Kyung-hee möge seinen neuen Cellolehrer nicht, erklärte sie und deutete an, daß seine Mathe-Noten eher gelitten hätten, als besser zu werden, obwohl nun der größere Nachdruck auf diesem Fach liege. Außerdem, erklärte sie mir mehrfach, habe er immer wieder gebeten, bei mir weiterlernen zu dürfen. Schließlich habe Mr. Kim seiner Frau erlaubt, mich anzurufen. In Anbetracht dessen, daß ich selbst überhaupt nicht mehr spielte und daß mein allgemeiner Gemütszustand zu jenem Zeitpunkt nicht der beste war, wußte ich nicht, ob ich auch jetzt noch ein guter Lehrer für ihn sein konnte, aber es freute mich, daß er mich vermißte, und da er mir ebenfalls gefehlt hatte, erklärte ich mich bereit, noch einmal einen Versuch zu wagen. Am Samstag vormittag kam er dann mit seiner Mutter zu meiner neuen Wohnung, und ich freute mich aufrichtig. Er dagegen schien mir an diesem ersten Tag fast Angst davor zu haben, mich anzusehen, vermutlich aus Verlegenheit darüber, daß seine Eltern mich ein Jahr zuvor »gefeuert« hatten.

Als ich ihn fragte, woran er mit seinem anderen Lehrer gearbeitet hatte, ließ er die Schultern hängen. Sie hätten eine Menge Popper und Grützmacher gespielt, berichtete er.

Langweilige Fingerübungen, zum größten Teil. Aber, sagte er, zu Hause habe er die Bach-Suiten geübt, die ich ihm gegeben hatte. Jetzt wolle er mir die Fünfte Suite vorspielen.

Vom ersten Augenblick an, da Kyung-hee die Saiten berührte, wußte ich, daß er reifer geworden war: Er wirkte entspannter und hatte offensichtlich von seinen Fingerübungen profitiert. Als er die Suite etwa zwanzig Minuten später beendete, war in mir eine Veränderung vorgegangen. Vielleicht klingt es übertrieben, aber ich spürte wirklich, daß sich etwas in mir bewegte: Es war zugleich ein körperliches und ein seelisches Gefühl. Niemals in meinem ganzen Leben habe ich vor den Augen eines Schülers tatsächlich geweint, aber an diesem Vormittag tat ich es. Man denke nur – vor den Augen eines so kleinen Jungen! Zum Glück war er so sehr in seine Musik vertieft, daß er meine Reaktion anscheinend nicht bemerkte, und es gelang mir, meine Emotionen unter Kontrolle zu bekommen, bevor er endete. Während Kyung-hee spielte, schien die Musik Hände zu haben, die bis in meine Brust hineingriffen, fest zupackten und mich heftig durchschüttelten. So kräftig schüttelten sie mich, daß ich das Gefühl hatte, tatsächlich aus einem Traum zu erwachen. Es war, als erwache man aus einem Traum, nur um festzustellen, daß man sich in einem anderen Traum befindet, aber dann wacht man schließlich wirklich auf, und die Realität hat etwas so Unverwechselbares an sich, daß man sich sicher ist: Jetzt bist du wirklich aufgewacht. Genauso fühlte ich mich damals. Es war wie eine Halluzination, unendlich stark. Und als ich die Augen öffnete und mich umblickte, sah ich diesen winzigen Jungen, der Cello spielte, und fühlte mich umschlungen, hinweggetragen von etwas, das mir sofort vertraut vorkam: Es war das Erlebnis der Musik, das ich während der ersten Hälfte meines Lebens beinah tagtäglich erfahren hatte. Während er spielte, wußte ich wieder, was für ein Gefühl es war, selber zu musizieren. Und dann kam mir ein sehr sonderbarer Gedanke. Es ist so einfach, sagte ich mir, und so einleuchtend: Wenn er spielt, dringt die Musik in meine Ohren, weckt Resonanzen in meiner Seele und wird zu einem Teil von mir! Dabei wird sie auch zu meiner

Musik. Als ich es so betrachtete, wurden die unbeholfene Erscheinung des Jungen, sein Auftreten, die unglückselige Situation bei ihm zu Hause – wurde das alles unwichtig bis auf die Musik. Ich hatte das Gefühl – ein köstliches Gefühl –, daß es möglicherweise genügte, ihn zu unterrichten. Das könnte die Leere in mir ausfüllen, das könnte mich befriedigen.

Nachdem Kyung-hee an jenem Nachmittag gegangen war, machte ich einen Ausflug in die Berge. Ich fuhr zum Mount Wilson, wo es in einem riesigen Observatorium ein Teleskop mit einem Spiegel von dreißig Metern Durchmesser gibt. In einem meiner Bücher hatte ich gelesen, daß Edwin Hubble durch dieses Teleskop geblickt und entdeckt hatte, daß sich das Universum ausdehnt und alles mit einer unvorstellbar mächtigen Explosion von einem einzigen, unendlich kleinen Punkt ausgegangen ist. Ich parkte an einem Aussichtspunkt in der Nähe des Observatoriums, stieg aus dem Wagen und blickte auf den Ozean im Westen und die Großstadt unmittelbar im Süden hinab.

Von den Bergen oder von einem Flugzeug aus gesehen, besitzt der Smog scharf gezogene Grenzen und echte Substanz. Er ist giftig und deprimierend, aber trotzdem finde ich, daß er irgendwie gemütlich aussieht. Wie ein weiches, braunes Federbett, das sich über die ganze Stadt legt.

Ich hätte mich gern am Rand des Aussichtsplatzes auf den Boden gesetzt, brachte es anfangs aber nicht fertig, mich mit meiner guten Hose in den Dreck zu setzen. Ich hatte noch immer nicht die Gewohnheit abgelegt, mich für die Musikstunden gut anzuziehen. Dann aber sagte ich mir: Verdammt, was soll's, hier oben wird mich doch niemand sehen – und setzte mich. Ich lachte laut auf, so komisch kam ich mir vor. Es muß zwanzig Jahre her gewesen sei, daß ich zuletzt auf der nackten Erde gesessen hatte.

Die Stadt breitete sich in alle Richtungen aus, ein riesiges Becken aus bunt verputzten Häusern, Parkplätzen und Swimmingpools mit einem dicht gedrängten Haufen von Wolkenkratzern im Zentrum. Diese zentralen Gebäude erinnerten mich plötzlich an Rodins Skulptur *Die Bürger von Calais* – eine Gruppe von Figuren, die sich mit schreckverzerrten Mienen dicht aneinanderdrängen, weil sie unmittelbar danach hingerichtet werden sollen. Die Wolkenkratzer an sich sind zwar nicht häßlich, aber so, inmitten all dieses fürchterlichen Kitsches, konnte man sich gut vorstellen, daß sie sich verzweifelt aneinanderklammern.

Die weiße Kuppel des Observatoriums hinter mir erinnerte mich an den Winternachmittag in Edersee, kurz nach meinem elften Geburtstag, als von Kempen meine Mutter und mich gebeten hatte, nach dem Unterricht noch eine Weile zu bleiben, um etwas zu betrachten, was er als »himmlische Vorstellung« bezeichnete. Als die Standuhr oben in seinem Musikzimmer fünf Uhr schlug, schauten wir alle drei aus den Erkerfenstern, hoch über seinem Garten, und sahen den eben erst über der Talsperre aufgegangenen Vollmond staubig-rot glühen, als wäre er in Blut getaucht.

»Mondfinsternis«, erklärte er andächtig. Eine Eklipse.

Ich fragte ihn, was das bedeute, und er erklärte mir, daß die Sonne, die Erde und der Mond in diesem Moment in einer geraden Linie aufgereiht seien, so daß der Mond sich jetzt vollständig im Schatten der Erde befinde und kein direktes Licht von der Sonne empfangen könne.

»Und warum können wir ihn dann noch sehen?« wollte ich wissen. Der alte Meister sah mich ratlos an und hinkte zu seinem Schreibtisch hinüber. Dort nahm er eine Zeitung, hielt sie unters Licht und begann mit einem riesigen Vergrößerungsglas einen Text zu lesen, der anscheinend ein kurzer Artikel über diese Mondfinsternis war.

»Ah ja. Mein lieber Junge ... ein so wacher, aufmerksamer Verstand! Die Zeitung hier berichtet, daß wir den Mond noch immer sehen können, weil er in dem Licht glüht, das von der Erde reflektiert wird.«

Trotz der geringen Strahlkraft des Mondes vermochte ich die Einzelheiten auf seiner Oberfläche deutlicher zu erkennen als je zuvor – möglicherweise aus demselben Grund, aus dem ferne Bäume und Berge schärfere Konturen zu haben scheinen, wenn man sie durch eine dunkle Brille sieht. Von Kempen kehrte ans Fenster zurück, um noch ein wenig den Anblick zu genießen; plötzlich lachte er in sich hinein. »Mir ist gerade etwas eingefallen«, sagte er und öffnete eine frische Dose seiner Tabakmischung. »Der Mond und ich, wir haben etwas gemeinsam. Kannst du erraten, was das ist?«

»Nein, Herr Professor.«

»Ach, nun komm schon! Rate wenigstens mal.«

Derart herausgefordert, konnte ich noch nie schnell denken. Mir wollte und wollte nichts einfallen, aber um meinen erwartungsfrohen Lehrer nicht zu enttäuschen, stieß ich hervor: »Sie haben beide ein rotes Gesicht.«

Der alte Cellist lachte laut auf, meine Mutter jedoch war zutiefst entsetzt. »Wie kannst du nur so taktlos sein!« schalt sie mich lautstark auf englisch.

Zum Glück kam mir von Kempen zu Hilfe, bevor sie mit ihrem Geschimpfe fortfahren konnte.

»Ganz und gar nicht, meine liebe Frau Sundheimer. Der junge Maestro hat ganz recht. Aber ich dachte an etwas anderes.« Er setzte seine Pfeife in Brand und paffte verträumt; dann lachte er wieder auf. »Ich bin immer noch zu sehen – aber nur deinetwegen. Deswegen bin ich wie der Mond. Wie gut für mich, daß du Cello spielst.«

Fast ein Vierteljahrhundert später begriff ich endlich nur allzu gut, was er damals gemeint hatte. Ich hörte mich selber denken:

»Mein altes Leben ist vorbei – es ist aus.« Dabei wußte ich nicht, ob ich darüber nun ängstlich, erfreut, besorgt oder was sonst noch sein sollte, ich wußte überhaupt nicht, was ich empfinden sollte, so unerwartet war dieser Gedanke. In jenem Augenblick hörte ich endgültig auf, Konzertcellist zu sein. Ich fühlte mich losgelöst von mir selbst, falls man das überhaupt so sagen kann; zugleich aber war ich ganz und gar da. Wer sonst war schließlich dieser Mann, der in seiner guten Hose auf der nackten Erde saß?

Ich glaube, ich habe mich immer für einen guten Menschen gehalten, für einen begabten Menschen, für einen Profimusiker mit der richtigen Vorstellung von den wichtigen Dingen, der niemals wirklich etwas falsch machen würde. Zwar könnte ich manche Dinge falsch beurteilen, kleine Fehler könnten mir passieren, aber immer würde ich große Musik machen und niemals bewußt etwas wahrhaft Törichtes oder Böses tun. Nun jedoch, als ich am Rand des Aussichtsplatzes saß, begann ich zu argwöhnen, daß ich dieser Mann möglicherweise gar nicht war. Ich hatte das Gefühl, als könnte ich plötzlich mein Leben aus verschiedenen Blickwinkeln betrachten und Bilder von mir selbst sehen, die ganz und gar nicht schmeichelhaft waren. Meine verpatzte Karriere; die Art, wie ich seit meinem Auszug von zu Hause meinen Eltern aus dem Weg gegangen war; die Art, wie ich meinen Studenten ihre Erfolge geneidet hatte, meine Unbeholfenheit gegenüber Frauen. Aber ich wurde nicht zornig, es schmerzte nicht, so etwas zu denken. Ich saß ganz einfach da, war fasziniert und beobachtete. Das Ganze war wie dieses Fernsehprogramm, in dem der dicke und der dünne Kritiker sich über Filme streiten. Nur gab es hier zahlreiche Kritiker, und der Film, das war ich selbst.

Von jenem Tag an dachte ich anders über die Gründe, warum ich nicht mehr auf dem Konzertpodium spielen konnte. Ich hatte immer angenommen, daß es mit meinem absoluten Gehör zu tun habe, denn das hatte sich mit Sicherheit verändert, wie ich bemerkt hatte. Ich vermochte die Töne nicht mehr ganz genau zu treffen, weil mein Gehör zu fein geworden war und meine Finger die Töne nicht mehr rein genug halten konnten: Es war, als wolle man Haare mit einem Buttermesser spalten. Nun aber kam mir allmählich der Gedanke, daß das Problem möglicherweise nichts mit meinen Ohren zu tun hatte.

Damals, als Wunderkind, konnte ich nichts falsch machen. Alles, was ich tat, kam bei den Zuhörern an. Niemals befürchtete ich, Fehler zu machen. Und ich würde immer noch besser werden, das war keine Frage. Das bestätigte mir jeder; es war mir verheißen. Als man mich zu von Kempen schickte, war klar, daß ich der nächste von Kempen werden würde. Ja, ich würde ihn übertreffen, das hatte er mir selbst – freudig – vorausgesagt. Doch dann auf einmal bekam das, was für mich eine grenzenlose Ausdrucksmöglichkeit gewesen war, unvermittelt Grenzen. Ich war die unvollendete Version einer größeren Perfektion. Ich hatte keine Wahl, ich mußte suchen, tiefer und immer tiefer schürfen, bis ich diese Perfektion endlich fand und ans Licht brachte. Also versuchte ich es und sondierte tiefer, aber ich fühlte mich dabei wie ein Taucher, der ohne Ausrüstung ins Meer springt, wo es am tiefsten ist, um eine versunkene Galeone zu suchen: So tief ich auch tauchte, ich fand dort unten nicht nur keinen Schatz, sondern sogar überhaupt keinen Boden! Und das war genau in dem Moment geschehen, als von Kempen starb, genau zu diesem lebenswichtigen und entscheidenden Zeitpunkt! Als ich ihn am dringendsten brauchte, wurde er mir genommen, und das machte alles noch viel schlimmer. Nun, da er fort war, wurde die Erwartung noch sehr viel stärker, daß ich seine Musik in ihrem ganzen Glanz zu neuem Leben erwecken würde, um seine Ehre und seine unvergleichliche Stimme wiederherzustellen und dabei gleichzeitig meine eigene zu etablieren. Von allen Seiten drang sie auf mich ein, diese Erwartung:

von meinen Eltern, den Kritikern, den Musikmäzenen und vor allem, am unerbittlichsten, von mir selbst.

Wenn ein dreißigjähriger Mann genauso spielen würde wie ich mit fünfzehn, würde niemand darauf bestehen, daß er besser werden müsse. Niemand würde zu ihm sagen: »Ich kann's nicht erwarten, dich zu hören, wenn du vierzig bist!« Ich weiß noch, wie dieser wundervolle Japaner während des Prozesses sagte, beim Tanz erwarte niemand, daß jede Bewegung besser ist als die vorhergehende – jede Phrase habe ihre eigene Berechtigung, und jede Passage erfülle das Kriterium der Musik, Augenblicke der Harmonie und Ordnung in das chaotische Medium des Klanges zu bringen. Die einzelnen Sätze zu vergleichen, Verbesserungen der Mclodie zu erwarten würde die Musik zerstören. Hätte ich diese Betrachtungsweise doch nur schon fünfzehn Jahre früher haben können!

Jetzt weiß ich, glaube ich, was damals mit mir geschah. Da ich ebensowenig wußte, wie ich mich musikalisch noch verbessern konnte, wie jemand seine Fähigkeit, Hunger oder Freude zu empfinden, verbessern kann, wandte ich meine Aufmerksamkeit dem einzigen Problem zu, das ich zu kontrollieren vermochte, der Intonation. Ich wußte zum Beispiel, daß ein Musiker sich daran gewöhnen kann, kleine Terzen zu weit zu greifen; also wurde es für mich zur fixen Idee, derartige Nachlässigkeiten in meinem eigenen Spiel aufzuspüren, und ich vergaß vollständig, daß es die absolute Intonation nicht gibt. Ich verlor die Fähigkeit, die Musik zu empfinden. Es war genau das gleiche Problem wie damals, als ich Maria Teresas Familienfotos anstarrte und zugleich versuchte, mit ihr zu schlafen.

Wenn man wirklich gut musiziert, wird man mitgerissen, emporgetragen. Meiner Erfahrung nach jedoch kann man große Musik nicht herbeizwingen; man kann sich nur darauf vorbereiten, daß sie geschieht. Diese Vorbereitung bestimmt bis zu einem gewissen Grad, was geschehen wird, aber wenn es geschieht, muß man sich ihm ganz hingeben. Sobald man sich hingibt, ist man frei, allerdings nur innerhalb der Grenzen, die man durch die eigene Vorbereitung geschaffen hat. Als ich mit achtzehn Jahren versuchte, große Musik herbeizuzwingen, war das Ergebnis schlechte Musik, ja es war nicht einmal mehr Musik.

Bei dem jungen Mann, der seinen Zen-Lehrer umgebracht hatte, war es mir so erschienen, als habe auch er versucht, einen unerreichbaren Grad der Reinheit herbeizuzwingen. Vor der Tat, während der Exerzitien, hatte er offenbar gehofft, Zen werde ihm helfen, ganz plötzlich, wie durch einen Blitz, über dieses unvollkommene Leben hinauszuwachsen; er wollte ein anderer werden, ein Mensch, dessen Weisheit es ihm gestattete, die absolute Freiheit zu erleben. Vielleicht erlebte er ja eine Art Freiheit, als er den Verstand verlor, aber von jedem Standpunkt außerhalb seines eigenen aus gesehen, war das eine lausige Art von Freiheit.

Ich dachte an den Prozeß, der nunmehr fast ein Jahr zurücklag, und fragte mich, ob das kurze Gefühl der Losgelöstheit, als ich da unterhalb des Observatoriums saß, ein wenig dem ähnelte, was der junge Mann empfunden hatte, eine Perspektive, die es ihm gestattete, zu wissen, daß er einen Mord begangen hatte, ohne dabei aber Schuld- oder Zornesgefühle zu hegen. Vielleicht hatte er seinem Vater deswegen nicht erlaubt, einen kostspieligen Verteidiger zu nehmen, vielleicht interessierte es ihn wirklich nicht, was mit ihm geschah.

Nach etwa einer halben Stunde wurde mein Erlebnis der Offenbarung matter, bis es nur noch ein sanftes Glühen war, ein Licht, ein erfrischendes Gefühl; es war, als hätte ich einen Kettenpanzer abgeworfen. Auf der Heimfahrt empfand ich jeden Atemzug als Genuß, schwang in jeder Kurve der Straße mit. Ich war davon überzeugt – natürlich völlig ungerechtfertigt –, daß selbst die Pendler um mich herum, die mit ausdrucks-

loser Miene in ihren Autos saßen und sich durch den starken Verkehr quälten, alle gleich in fröhliches Lachen ausbrechen würden.
Ich war nicht der Erbe der musikalischen Tradition von Kempens geworden, aber ich hatte sein Vermächtnis auch nicht ganz und gar verraten. Ich hatte etwas getan, das ich für richtig hielt, obwohl es vielleicht eine sinnlose Geste war. Wäre von Kempen noch am Leben, hätte er vielleicht gesagt, indem ich das tat, was ich getan hatte, hätte ich seine Arbeit mit mir gerechtfertigt. Er sagte immer wieder, daß man keinen Trennstrich zwischen dem musikalischen und dem geistigen, gesellschaftlichen oder politischen Leben ziehen dürfe. Diese kleinen Vorträge darüber, daß man sein Leben mit seiner Kunst vereinen müsse, es mit ihr beleben, ja sein Leben zur Kunst machen müsse, hatten mir immer das Gefühl gegeben, er werde senil. Das alles hatte ich seit vielen Jahren vergessen, nun aber erinnere ich mich. Ich habe nicht mehr das Gefühl, daß meine Lehrjahre unvollständig geblieben sind, sondern sage mir, daß meine Erfahrungen bei diesem Prozeß meine Meisterprüfung waren.

32

Eine der positiven Veränderungen in meinem Leben seit damals ist der Erwerb eines Haustiers. Da ich wußte, wie sehnlich Kyung-hee sich eine Katze wünschte, dachte ich mir, ich könne ihm eine besorgen, damit er mit ihr spielen konnte, wenn er zu seinen Stunden kam. Katzen, hatte ich immer gehört, seien die Haustiere, die am wenigsten Arbeit machen.
Zunächst wollte ich in eine Zoohandlung gehen, doch als ich das Martin gegenüber erwähnte, riet er mir, statt dessen eine aus

dem Tierheim zu holen. Bei dieser Gelegenheit hielt er mir einen höchst informativen Vortrag über die Gründe, warum eine Adoption von Tieren aus dem Tierheim von größerer sozialer Verantwortung zeuge als der Kauf in einer Zoohandlung. Außerdem erklärte er mir, daß viele der Katzen aus den Zoohandlungen in elenden Zwingern unter schlimmsten Umständen gezüchtet würden und daß kommerzielle Zoohandlungen die Verbreitung exotischer, spezieller Züchtungen förderten, die als Ergebnis der Inzucht häufig unter grausigen Geburtsdefekten leiden. Sogar die Statistiken hatte er auswendig gelernt, obwohl ich mich nicht erinnere, auf welche Statistiken er sich bezog. Am überzeugendsten für mich war seine Erklärung, daß ich so eine Katze aus dem Tierheim mit höchster Wahrscheinlichkeit vor dem Einschläfern bewahren würde. Darüber hinaus könne ich mir im Tierheim ein älteres Exemplar auswählen und würde mich, wenn sich herausstellte, daß es mir keine Freude machte, ein Haustier zu haben, nicht mehr so lange um die Katze kümmern müssen.

Das Tierheim in meinem Viertel hatte getrennte Abteilungen für Katzen und Hunde. Um zum »Katzenhaus« zu gelangen, mußte ich einen langen Gang mit endlosen Käfigen voller Hunde entlangwandern. Die Hunde bellten und jaulten ganz erbärmlich; ich versuchte, keinen von ihnen direkt anzusehen. Es war ein furchtbares Gefühl, einfach so an ihnen vorbeizugehen.

Es gab ungefähr zwanzig bis dreißig Katzen. Einige waren eindeutig verwildert, drückten sich in die hintersten Ecken des Käfigs und fauchten verzweifelt, sobald jemand den Raum betrat. Kleine Kärtchen unter ihren Käfigen identifizierten sie als Streuner und gaben kurze Kommentare, wie etwa: »Nicht sehr zahm«, »Braucht viel Geduld«, oder auch einfach: »Aggressiv«. Die meisten Katzen schienen jedoch zahm und zutraulich zu sein. Einige von ihnen miauten, um meine Aufmerksamkeit zu erregen, und rieben sich an den Käfigstangen, wenn ich sie ansah, doch diese aktiveren waren fast alle noch ganz jung. Als ich die wenigen älteren Katzen betrachtete und mich schon fast für eine dicke, getigerte namens Mango entschieden hatte, wies mich ein freiwilliger Helfer, ein Teenager mit umgekehrt getragener Baseballkappe, daraufhin, daß es gleich um die Ecke noch ein paar weitere Käfige gebe. In einem dieser Käfige entdeckte ich eine kleine, pechschwarze Katze mit langhaarigem Fell und grünen Augen. Sie hieß Smoky, und die Karte unter ihrem Käfig verkündete: »Zehn Jahre alt. Besitzer verstorben. Sterilisiert, Krallen beschnitten. Sehr sanftes Tier.« Diese Katze tat mir besonders leid. Die Tatsache, daß sie früher ein Herrchen gehabt hatte und von ihm geliebt worden war, dann aber plötzlich ganz allein zurückbleiben mußte, machte sie in meinen Augen bemitleidenswerter als die Katzen, die nur das Leben auf der Straße gekannt hatten. Unwillkürlich sah ich eine verhängnisvolle Parallele zwischen Smokys Statusverlust und dem meinen als verkrachtes Wunderkind. Der Helfer, der die Wassernäpfe in den Käfigen austauschte, blieb einen Moment neben mir stehen und warf einen Blick auf die unterste Zeile auf Smokys Karte. »Heute ist ihr letzter Tag«, informierte er mich sachlich. Als ich ihn fragte, was er meinte, erklärte er mir, daß der Frühling die Jahreszeit für junge Kätzchen sei und jede Katze wegen der überwältigenden Zahl von Katzen, die ins Heim eingeliefert wurden, jeweils nur drei Tage Zeit hatte, um ein neues Herrchen oder Frauchen zu finden, bevor sie eingeschläfert wurde. Ich kontrollierte Mangos Karte und sah, daß der Kater noch einen Tag vor sich hatte, also entschied ich mich für Smoky.

Sie ergriff sofort von der Wohnung Besitz. Als Kyung-hee fünf Tage später mit seiner Mutter erschien, kam Smoky (der Name gefiel mir nicht, aber mit den anderen, die ich mir ausdachte, vermochte ich ihre Aufmerksamkeit nicht zu erregen) ins Musikzimmer mäandert und starrte die Eindringlinge unbeein-

druckt an. Sie warf mir einen strengen Blick zu, als wolle sie fragen, warum ich die Leute nicht hinauswarf.
»Ist das Ihre?« erkundigte sich Kyung-hee und schob sich die Brille höher auf die Nase, als wolle er sich vergewissern, daß er nicht nur einen katzenförmigen Fleck auf seinen Brillengläsern sah.
»Ja. Sie heißt Smoky.«
»Darf ich sie anfassen?«
»Selbstverständlich. Aber langsam, damit sie sich an dich gewöhnen kann.«
Zentimeterweise näherte er sich der alten Katze, streckte unsicher, als fürchte er, sie könne ihn beißen, die Hand nach ihr aus und berührte ihren Kopf mit den Fingerspitzen.
»Mann!« sagte er in ehrfürchtigem Staunen – und fing an zu niesen.
Betrüblicherweise stellte sich heraus, daß er auf Katzen leicht allergisch reagiert. Das scheint ihn jedoch nicht zu entmutigen; er hat sich bereits in Smoky verliebt und denkt nicht daran, sie wieder aufzugeben, nur weil seine Nase läuft. Allerdings muß er nun, seit jenem ersten Kennenlernen, das Ende seiner Musikstunden abwarten, bis er mit ihr spielen darf. Ein unerwartetes, positives Ergebnis der Beschäftigung mit seinem neuen Spielkameraden ist, daß ich Gelegenheit habe, mich mit seiner Mutter zu unterhalten. Wir haben schon darüber gesprochen, Kyung-hee einen kleinen Auftritt in der Universität zu verschaffen, weil ich der Meinung bin, das wäre eine gute Generalprobe vor einem wirklich professionellen Konzert. Außerdem könnten wir dort sicher sein, auf ein wohlwollendes Publikum und auf eine freundliche Reaktion zu treffen. Ich denke, das wird für diesen scheuen kleinen Jungen ausschlaggebend sein und vermutlich auch einen positiven Eindruck auf den Vater machen.
Die eigentliche Überraschung bei dieser Katze war jedoch

meine eigene Reaktion auf sie. Ich hatte Smoky hauptsächlich adoptiert, um mein Verhältnis zu Kyung-hee zu verbessern, und angenommen, daß ich, nachdem ich sie jeden Morgen gefüttert und ihr Katzenklo gesäubert hatte, kaum einen Gedanken an sie zu verschwenden brauchte. Wie es scheint, war diese Katze jedoch daran gewöhnt, täglich mehrere Stunden lang auf dem Schoß eines Menschen zu sitzen, und so begann sie innerhalb weniger Tage nach ihrem Umzug in meine Wohnung dasselbe Arrangement von mir zu verlangen. Sie folgte mir durch die ganze Wohnung und wartete, bis ich mich irgendwo hinsetzte. Sobald ich mich in einem Sessel niedergelassen hatte, fixierte sie mich, wartete fünf bis zehn Sekunden, als wolle sie sichergehen, daß es kein falscher Alarm war und ich nicht sofort wieder aufsprang. Wenn ich während dieses Zeitraums sitzenblieb, legte sie den Kopf schief, erwog den strapaziösen Sprung vom Boden auf meinen Schoß und sprang. Das arme Tierchen war so alt und mußte sich so anstrengen, auf meinen Schoß zu gelangen, daß ich mich zwang, mindestens zwanzig Minuten stillzusitzen, bevor ich wieder aufstand. Wenn ich sie dann schließlich runtersetzte, legte sie die Ohren zurück und blickte mit einem Ausdruck so hilfloser Verwirrung und Enttäuschung zu mir auf, daß ich sie fast immer auf meinen Schoß zurückhob, eine weitere halbe Stunde sitzen blieb und sie dabei zärtlich hinter den Ohren und unter der Schnauze kraulte.

Wie ich feststellte, genoß ich es mindestens ebensosehr, die Katze zu berühren, wie sie es genoß, von mir berührt zu werden. Allein schon, wenn ich ihr weiches Fell streichelte, atmete ich ein bißchen tiefer und fühlte mich seltsam zufrieden. Dennoch hatte ich bald das Gefühl, von der kleinen Katze manipuliert zu werden, und legte ein paar Grundregeln fest. Inzwischen haben wir ein Schema erarbeitet, bei dem sie jeden Morgen eine Stunde auf meinem Schoß sitzt, während ich Kaffee trinke und ein wenig lese, und jeden Abend ebenfalls für ein bis zwei

Stunden, während ich meinen Schallplatten lausche. Weitere Schoßsitzungen im Verlauf des Tages sind ganz und gar freiwillige Leistungen, und ich fühle mich nicht im geringsten schuldbewußt, wenn ich sie kurzerhand verscheuche. Mir ist klar, daß meine Verhandlungen mit Smoky im Vergleich zu dem, was Ehepaare oder Familien tagtäglich bewältigen, in beinah komischem Maße simpel sind, aber ich bin trotzdem stolz auf mein Verhältnis zu meiner Katze.

Als es Zeit wurde, einen Tierarzt für Smoky auszuwählen, erkundigte ich mich in der Fakultät und erhielt einige Empfehlungen von Leuten, die selbst schon ein Haustier besaßen. Ich wollte nicht einfach einen Namen aus dem Telefonbuch nehmen. Gwen, die Pianistin, die sich ein Büro mit Martin teilt, gab mir die wärmste und außergewöhnlichste Empfehlung: Sie sagte, wenn sie nur einen Gynäkologen finden könnte, der so gut sei wie ihre Tierärztin, würde sie in Erwägung ziehen, selbst Kinder zu bekommen. Ich meldete mich sofort an und brachte Smoky in einer Kiste zu ihr, die ich dick mit Handtüchern gepolstert sowie mit Spielzeugmäusen und kleinen Leckerbissen ausgestattet hatte. Eine Helferin führte mich ins Sprechzimmer und bat mich, Platz zu nehmen, die Ärztin behandle gerade noch einen chirurgischen Notfall und werde in wenigen Minuten fertig sein. Während des Wartens hörte ich erfreut, daß im Hintergrund ein Band mit klassischer Musik lief.

Dr. Polk öffnete die Schiebetür und entschuldigte sich für die Verspätung. Sie war jünger, als ich gedacht hatte, denn wie Gwen sie schilderte, hatte ich eine Jane-Goodall-Figur erwartet: hochgewachsen und mager, mit grauen Haaren und vielen Falten auf der Stirn, eingegraben von jahrelanger, mitleidiger Sorge um unsere tierischen Freunde. Statt dessen war sie klein und schien eher in meinem Alter zu sein, mit dunklen Haaren und heller, glatter Haut. Sie war nicht besonders hübsch, aber sobald sie meine Katze zu untersuchen begann, verstand ich, warum

Gwen so begeistert von ihr war. Die arme Smoky, die vermutlich dachte, sie würde ins Tierheim zurückgeschickt, zitterte vor Angst, als ich sie aus ihrer Kiste holte, die Ärztin jedoch brachte es in bemerkenswert kurzer Zeit fertig, daß sie schnurrte und es sich auf ihrem Schoß bequem machte. Ihre Stimme schien beruhigend auf die Katze zu wirken. Als ich sie gegen Ende der Untersuchung zur Wahl ihrer Hintergrundmusik beglückwünschte, leuchteten ihre Augen auf. »Mögen Sie klassische Musik?« erkundigte sie sich.

Zuletzt vereinbarten wir noch, daß ich Smoky in der folgenden Woche zum Zähnereinigen bringen sollte, und im Verlauf jenes Besuchs lud ich die Ärztin zu einem Barockkammerkonzert im folgenden Monat ein, dem wichtigsten Ereignis eines Frühjahrsmusikfestivals, bei dessen Organisation ich half. Sie schien sich aufrichtig darüber zu freuen.

Ich pflege nicht mehr richtig zu üben, habe aber ein kleines, cellistisches Ritual eingeführt, dem ich mich jeden Tag unterziehe und das mich glücklich macht. Es begann damit, daß ich das Cello vor ein paar Monaten endlich aus seinem Kasten nahm, um mich zu vergewissern, daß die Saiten noch die richtige Spannung hatten. Wenn sie nämlich zu schlaff werden, rutscht der Stimmstock möglicherweise von seinem Platz, und das kann bei einem älteren Instrument schwerwiegende Probleme bereiten. Als ich das Instrument herausnahm, sah ich, daß es völlig verstaubt war, also legte ich es mir quer über die Knie, um es zu säubern.

Smoky war von dem Cello fasziniert. Sie hüpfte aufs Sofa, um es von oben bis unten zu beschnuppern, und nachdem ich wußte, daß mich niemand in der Wohnung sehen konnte, versuchte ich es ihr nachzumachen. Ich entdeckte zwar keinen nennenswerten Geruch, aber indem ich mein Gesicht so nah an das Instrument heranbrachte, sah ich es auf eine ganz andere

Art als jemals zuvor. Komisch, daß ich dieses Cello seit zwanzig Jahren besitze, es bis dahin aber noch nie richtig betrachtet hatte. Ich hatte es nur gespielt, benutzt. Es war das Geschenk einer reichen Kunstmäzenin gewesen, die von meinen Konzerten gehört hatte und fand, es sei an der Zeit, daß ich ein adäquates Instrument bekäme. Meine Eltern hätten sich niemals selbst ein so gutes Cello leisten können.

Die Mäzenin lud damals meine Eltern und mich zusammen mit einem Händler für erstklassige Instrumente zu sich zum Tee ein. Er brachte sechs Celli mit, allesamt wundervoll. Ich spielte auf allen und entschied mich dann für das hier. Da ich mich verpflichtet fühlte, meine Wahl zu begründen, erging ich mich des langen und breiten über die Vorzüge der einzelnen Instrumente, bis ich schließlich erläuterte, warum die Vorzüge dieses speziellen Cellos mir besonders zusagten. In Wirklichkeit gefiel mir jedoch die Farbe der Holzbeize am besten. Ich war erst dreizehn. Der Händler, der sich ständig mit einem Elfenbeinzahnstocher die Zähne säuberte, beglückwünschte mich wortreich für mein feines Gehör. Wenn ich jetzt daran zurückdenke, kommt mir der Verdacht, daß ich zu seiner größten Freude das teuerste Instrument gewählt hatte. Wieviel die alte Dame dafür bezahlen mußte, erfuhr ich nie. Meine Mutter befahl mir noch am selben Abend, mich hinzusetzen und ihr einen Dankesbrief zu schreiben. Beschämt muß ich gestehen, daß ich es für eine ebenso langweilige Pflicht hielt, diesen Brief zu schreiben, wie den alljährlichen Dankesbrief an meine Großmutter für ihr traditionelles Geburtstagsgeschenk in Form eines neuen Dollarscheins abzufassen. Auch eines der vielen Dinge, von denen ich wünschte, ich könnte sie noch einmal tun.

Als ich es nun, weit über zwanzig Jahre später, zum erstenmal aus nächster Nähe betrachtete, entdeckte ich winzige Knoten in der Holzmaserung der Vorderseite und sah, daß das Griffbrett nicht so pechschwarz war, wie ich es immer vermutet hatte,

sondern in seiner Länge von fast unsichtbaren Streifen in einem dunklen Kastanienbraun durchzogen war. Um sie zu entdecken, mußte man bei sehr starkem Licht wahrhaftig genau hinsehen. Mit beiden Händen strich ich über das Instrument und entdeckte dabei den Unterschied zwischen dem glasigen Lack des Körpers und der stumpferen, aber glatteren Oberfläche des Halses, die seit dreihundert Jahren von auf und ab gleitenden Daumen poliert worden war. Wie viele linke Hände außer der meinen, fragte ich mich, hatten sich mit der wundervollen Aufgabe abgemüht, den richtigen Ton zu treffen?
Plötzlich kam mir eine Idee. Ich stand auf und machte das Licht im Musikzimmer aus. Im Dunkeln stellte ich den Stachel des Cellos auf eine lose Stelle im Teppich, straffte den Bogen und zog ihn über die offenen Saiten. Ich zog das Hemd aus und versuchte es abermals: Zum erstenmal in meinem Leben spürte ich das Instrument an meiner nackten Brust. Ich fühlte, wie die Schwingungen der Saiten durch den Körper des Instruments auf meinen eigenen Körper übergingen. Darüber hatte ich noch nie nachgedacht; die Musikgelehrten reden immer von den Resonanzeigenschaften der verschiedenen Instrumente, aber der Körper des Künstlers übt mit Sicherheit auch eine gewisse Wirkung auf den Klang aus. Während ich mich in die Töne versenkte, stellte ich mir vor, daß meine Brust und meine Lunge Verlängerungen des Klangkörpers seien; ich schien den Klang verändern zu können, indem ich meine Sitzposition veränderte und die Muskelspannung in meinem Oberkörper variierte.
Nachdem ich so eine Zeitlang improvisiert hatte, begann ich, immer noch im Dunkeln, die d-Moll-Suite von Bach zu spielen. Ungewohnt frei von der Pflicht, die richtige Phrasierung, die richtige Intonation, den richtigen Bogenstrich zu finden, hörte ich die Musik durch meine Haut. Ich dachte keine Sekunde darüber nach, wie die Musik für andere klingen mochte.

Und allmählich, selig und voll Dankbarkeit, begann ich sie wieder zu hören. Die Töne sangen, zunächst wie ein Rinnsal, dann wie eine Quelle kühlen Wassers, das aus einem Loch mitten im Wüstenboden sprudelt. Nach etwa einer Stunde blickte ich auf und sah im Dunkeln die Umrisse der Katze, die vor mir auf dem Boden saß, sich die Pfoten leckte und dabei laut schnurrte. So bescheiden es auch sein mochte – ich hatte wieder ein Publikum.

Das ist es also, was ich heutzutage mit meinem Cello treibe. Mindestens einmal am Tag nehme ich mir die Zeit, es zu stimmen, die Augen zu schließen und zu lauschen. Das wird vermutlich nicht zu der Art von Comeback führen, von dem ich so lange geträumt habe: das jahrelange schlechte Spielen hat Narben auf meiner Technik hinterlassen, und praktisch gesehen sind klassische Musiker, die aus der Versenkung wieder auftauchen, so gut wie unmöglich zu verkaufen – aber wenn mir danach ist, könnte es sein, daß ich mich schließlich an ein kleines Konzert wage. Oder noch besser, daß ich für Dr. Polk spiele – falls unsere Konzertverabredung entsprechend verläuft. Gelegentlich verspüre ich einen Anflug von Sehnsucht und wünsche, ich könnte noch ein einziges Mal ein großes Konzert geben, bevor meine Lichter ausgehen, doch diese Sehnsucht vergeht inzwischen immer schneller. Ich tröste mich mit der Tatsache, daß es mir, anders als zuvor, inzwischen Freude macht, für mich allein zu spielen. Wenn ich spiele, fühle ich mich entspannt und grenzenlos, als könne ich die Arme ausstrecken und die Wände von einem Ende der Wohnung bis zum anderen berühren. Ein Gefühl der Erfülltheit, der Würde hüllt mich ein und trägt mich empor. Darüber habe ich in letzter Zeit oft nachgedacht und bin zu der Schlußfolgerung gekommen, daß wir uns alle nach dem Gefühl der Würde im Leben sehnen, daß sie für die meisten aber ein unerreichbares Ziel bleiben wird. Unendlich lange hatte ich selbst versucht, dieses Gefühl herbeizuzwingen, indem ich daran dachte, wer ich einmal war und was ich damals konnte oder was ich tun könnte, wenn sich gewisse Dinge änderten. Nun meine ich, daß etwas Häßliches an dem haftet, der mit Sehnsucht an das denkt, was er einst war, oder was er hätte werden können. Gleichzeitig haftet demjenigen etwas Unangenehmes an, der mit Abscheu an das denkt, was er einst war, oder was er vermutlich werden kann.

Vielleicht werde ich wie mein Vater; vielleicht kann ich es einfach nicht ertragen, das große Gesamtbild zu betrachten, und habe mich deswegen damit begnügt, den Blick auf meine Schuhspitzen zu richten. Für meinen Vater war es das Abdichten der Fliesen zu Hause, das Reinigen der Abflüsse, der Ölwechsel im Wagen. Für mich ist es die Fähigkeit, aus einem Holzkasten Musik zu zaubern und andere Menschen zu lehren, wie man das macht. Ich denke nicht mehr so viel an die Vergangenheit wie früher und kaum jemals weiter als ein Semester voraus. Ich bin mir aber gar nicht so sicher, ob das so schlecht ist. Allmählich glaube ich, daß die größere Sicht weit überschätzt wird.

Dank

An dieser Stelle möchte ich mich bei einigen Personen für ihre liebenswürdige Hilfe bei diesem Buch bedanken. Mit meinen Fragen über die Musik und das Berufsleben der Musiker habe ich mich vor allem an Martha Salzman gewandt, Harfenistin, Musiklehrerin und geliebte Mutter. Aus der Widmung dieses Buches spricht meine Dankbarkeit dafür, daß sie mich lehrte, Musik zu genießen, stets fleißig, aber auch nicht allzu fleißig zu sein und Freundlichkeit über alles andere wertzuschätzen.

Ebenfalls dankbar für seine Beratung und seine hinreißend komischen Anekdoten bin ich dem Cellisten Yo-Yo Ma, der so herzlich, liebenswürdig und ausdrucksstark wie talentiert ist. Dr. L. Jolyon West vom Neuropsychiatric Institute of UCLA, dem ich unbezahlbare Erkenntnisse aus seinen Erfahrungen als einer unserer besten forensischen Psychiater verdanke, gab mir einen Schnellkurs in der Geschichte der Plädoyers auf Unzurechnungsfähigkeit und lieferte mir phantastische Lösungen für die Probleme, die ich mit meiner Erzählung hatte – alles an einem einzigen, unvergeßlichen Nachmittag. Karen Gee, stellvertretende Pflichtverteidigerin, Ryan H. Rainey, stellvertretender Bezirksanwalt, und Luis Li, Anwalt und Bergsteiger, erklärten mir von Grund auf, wie Prozesse in Kalifornien ablaufen. Karen war so freundlich, während eines für sie so seltenen Urlaubs mein fast beendetes Manuskript durchzulesen und es mit so detaillierten Kommentaren zurückzugeben, daß ich erwog, ihre Anmerkungen der *Yale Law Review* zu übersenden.

Andere freundliche Helfer, die mir ihre Kenntnisse auf verschiedenen Sachgebieten vom Leben in einer organisierten Zen-Gemeinschaft bis zur Lehre von der Mondfinsternis zukommen ließen, sind Tek Young Lin, James und Van Loc Tran Doran, Shiho Ito, Dr. Christine Guigui und Dr. Armand Guigui, John Ahouse und Joseph Salzman. Besonderen Dank schulde ich Victoria Steele, der Leiterin des Special Collections Department der USC Library, die unermüdlich war, wenn es darum ging, mir die besten Unterlagen und Informanten zu besorgen, wann immer ich Fragen oder Probleme hatte. Sie ist ein wahrer Schatz, darin wird mir wohl ein jeder zustimmen, der das Vergnügen hatte, sie kennenzulernen oder mit ihr zusammenzuarbeiten.

Über ein Dutzend gute Freunde und eine fast ebenso große Anzahl von Familienmitgliedern erklärten sich bereit, frühe Entwürfe des Manuskripts zu lesen, und zwar trotz meiner absurden Bedingung, daß sie nur dann ehrlich mit mir sein durften, wenn es ihnen gefiel. Ihnen allen gelang es, mir so geschickt Komplimente über das Buch zu machen, daß mir kaum bewußt wurde, wie subtil ich korrigiert wurde, und dafür bin ich ihnen zutiefst dankbar. Besonders erwähnen möchte ich zwei Freunde – beide Künstler im schönsten Sinne des Wortes –, die meinem Manuskript mehr Aufmerksamkeit widmeten, als ich ihnen danken kann und deren rücksichtsvolle Komplimente zu den meisten Korrekturen führten: Timothy Steele, Dichter, und Terry Sanders, Filmemacher. Mein Lektor von Random House gab mir ausgezeichnete Ratschläge, die die Erzählung stärkten und letztlich zu einem richtigen Buch machten. Tief in der Schuld stehe ich außerdem bei Eric Ashworth, Rebecca Saletan, Neil Olson, Michael Siegel und Andrew Reich, ohne deren Anleitung und unablässige Bemühungen ich inzwischen vermutlich wieder in chinesischen Restaurants arbeiten würde. Danken möchte ich auch Professor Hugh M. Stimson für seine Freundschaft, mit der er mich immer wieder liebevoll angespornt hat, und für den unendlich ermutigenden Anteil, den er im Laufe der letzten sechzehn Jahre an dieser und anderen meiner Arbeiten genommen hat.

Schließlich muß ich noch erklären, daß es fast unmöglich ist, Jessica Yu – Filmemacherin, Schriftstellerin, Ehefrau und begeisterter Kleintierfan – in angemessener Weise für ihre Hilfe während der beiden Jahre zu danken, in denen ich an diesem Buch gearbeitet habe. Wie immer gab sie mir vom Anfang bis zum Ende unfehlbare, konstruktive Ratschläge und Kritiken, und wenn sie es jemals müde wurde, von diesem Buch zu hören oder darüber zu diskutieren, ließ sie es sich niemals anmerken. Sie ist eine unerschöpfliche Quelle brillanter Ideen und besitzt einen unbezahlbaren Humor. Als unsere Wege sich kreuzten, lächelte mir wahrhaftig das Glück.